milan kundera

NESMRTELNOST

不朽

米蘭·昆德拉

尉遲秀——譯

目錄

第一部 臉

1

那婦人約莫六十歲，或者六十五歲。我在一棟現代建築頂樓的健身俱樂部，躺在一張面向游泳池的躺椅上，看著這婦人。從巨大的玻璃帷幕望出去，巴黎盡收眼底。我在等阿弗納琉斯教授，我們時不時就會約在這裡聊聊天，談些事情。可是阿弗納琉斯教授還沒來，我只好一直看著那婦人了；池裡只有她一個人，水深到她的腰部，她兩眼盯著年輕的教練——他穿著厚運動衫，站在她頭頂上，正在給她上游泳課。婦人聽從教練的指示，靠在游泳池邊深深地吸氣、吐氣。她很認真賣力地做著這件事，她的聲音聽起來像是水底有一輛古老的蒸氣火車頭（這田園詩一般的聲音如今已被遺忘，我只能拿老婦人在游泳池畔吸氣吐氣的喘息聲來比擬，才能讓那些沒見過蒸氣火車頭的人有個概念）。我看著她，看得入迷，她那讓人心碎的喜劇性把我迷住了（這喜劇性，游泳教練也發現了，因為他的嘴角似乎一直微微顫動著），不巧這時有人跟我說話，害我分了神。沒一會兒，當我回頭要再仔細看她的時候，游泳課已經結束了。她穿著泳衣沿著池邊離去，走過教練身邊四、五公尺遠的時候，她轉頭對教練露出微笑，還做了個手勢。我的心揪了一下。這微笑，這手勢，屬於二十歲的女人哪！她的手飛舞著曼妙迷人的輕盈。那動作像是為了好玩而把一顆五彩的氣球向情人拋去。這微笑和這手勢充滿魅力，可是臉和身體卻已不再迷人。這種魅力，是因為這個手勢淹沒在沒有肉體魅力的氤氳裡。儘管婦人應該知道自己不再美麗，可是在這一刻，她忘了。我們也一樣，我們都有某個部分活在時間之外。或許只在某些特殊時刻，我們才會意識到自己的年齡，大部分的時候，我們都處在無年齡的狀態。總之，在她轉身微笑並且向教練做了個手勢的那一刻（教練終於忍俊不住，噗哧一聲笑了出來），她渾然不知年齡為何物。這個占據了一秒鐘的手勢，為她那無涉於時光的某種魅力的本質掀開了面紗，眩惑了我。我感動莫名。阿涅絲這名字就這樣突然出現在我腦海裡。阿涅絲。我從來沒認識過叫這名字的女人。

2

我在床上，沉浸在半夢半醒的甜美感覺之中。清晨六點，鬧鐘才輕輕響起，我就把手伸向枕邊的小收音機，往開關摁了下去。我聽到的是晨間新聞，但我幾乎聽不出新聞在說什麼，就又昏昏沉沉地睡去，於是這些句子都化成了夢。那是最美好的睡眠狀態，是一天當中最甜美的時刻——感謝收音機，讓我可以享受連綿不絕的甦醒和睡去，享受這搖盪在睡和醒之間的美妙平衡，唯有這寤寐之間的晃動可以讓我不再懊惱自己被生在這個世界。我是在作夢？還是真的在歌劇院，面對兩個打扮成騎士卻用歌劇報氣象的演員？他們唱的怎麼不是愛情？後來我才意識到，那是兩個主持人，後來，他們沒再唱了，但是卻不停地插科打諢，互相打斷對方的話。「白天會很熱，酷熱，會有雷雨。」第一個人先是這麼說，另一個人就嬌聲嬌氣地插了嘴：「怎麼可能呢！」第一個人也用同樣的語調回答說：「當然可能囉，貝爾納。對不起，我們別無選擇。勇敢一點吧！」貝爾納哈哈大笑說：「這就是在懲罰我們的罪。」第一個人又說：「貝爾納，為什麼我要為了你的罪而受罪？」貝爾納笑得越來越起勁，好讓聽眾們知道他說的是什麼罪，而我也很明白他的心理——只有一件事，是我們每個人都深深渴望的，那就是讓全世界都把我們當成大罪人！就是讓我們所做的壞事被比作驟雨、雷雨、暴風雨！今天，每個法國人在頭上撐開雨傘的時候，都會想到貝爾納曖昧的笑聲並且羨慕他。我轉了一下收音機的旋鈕，想讓一些更出乎意料的意象伴我入睡。隔壁那台是個女人的聲音，播報著白天會很熱，酷熱，會有雷雨。想到法國有這麼多電台，而且所有電台都在同一個時刻說著同樣的事，我就覺得很開心。既一致又自由，這麼幸福的組合，不正是人類最美好的企盼嗎？我於是把收音機轉回貝爾納在炫耀自己的罪的那個電台；可是貝爾納的聲音不見了，聽到的是個男聲在唱聖歌，歌頌著最新款的雷諾汽車。我繼續轉，一組女聲大合唱，頌揚著皮草大減價。我又轉回貝爾納那台，聽完雷諾汽車最後幾小節的聖歌，然後貝爾納又開始說話了。他哼著剛剛才結束的一段旋律，唱歌似地告訴聽眾，有一本海明威的傳記剛剛出版，那是第一百二十七本關於他的傳記，可是這一本真的非常重要，因為它證明了海明威一輩子沒說過半句真話。他誇大了他在戰爭中負傷的傷口數目，他裝得像個獵豔高手，可是有人證明了，他在一九四四年八月的時候完完全全是性無能，後來在一九五九年七月以後也是一樣。「怎麼可能呢。」另一個正在笑的聲音這麼說，貝爾納嬌聲嬌氣地回答說：「當然可能囉……」於是，我們又出現在歌劇院的舞台上了，連性無能的海明威也和我們在一起，後來，一個非常低沉的聲音談到最近幾星期把全法國搞得沸沸揚揚的一場訴訟，起因是誤用麻醉劑而導致病人死亡的一個小手術。結果，有個保護「消費者」的組織（這組織確實是用「消費者」來稱呼我們）提議以後所有的外科手術都得錄影存檔。根據「保護消費者」的組織的說法，唯有如此，才能保證以適當的方式給那些死於手術刀下的法國人一個公道。後來，我又睡著了。

醒來的時候，已經快要八點半了；我想像著阿涅絲。她跟我一樣，也躺在一張大床上。床的右半邊是空的。她的丈夫是誰？顯然，她的丈夫是個星期六一早就得出門的人。這就是為什麼阿涅絲會一個人躺在床上，甜甜地，在甦醒與夢境之間搖盪。

後來她起身了。在她面前，立著一台高腳架的電視機。她把襯衣丟在上頭，襯衣垂覆在螢幕上，成了一片白色的布幔。阿涅絲——我的小說的女主角——這是我第一次看見她裸身。她站在床邊，是個漂亮的女人，我的眼睛沒辦法從她身上移開。終於，她彷彿察覺了我的目光，走去隔壁房間穿了衣服。

阿涅絲是誰？

一如夏娃出自亞當的一根肋骨，一如維納斯誕生於浪花的泡沫之中，阿涅絲從那六十歲婦人的手勢裡出現了——我在游泳池畔看見她揮手向游泳教練道別，如今，她的容貌在我的記憶中已漸漸模糊。彼時，她的手勢在我心裡喚醒的卻是一股無垠、無名的鄉愁，而這被我喚作阿涅絲的人物就誕生於這股鄉愁之中。

可是，人不是都把自己當作獨一無二、無從模仿的生命嗎？小說人物不更是如此嗎？那麼，在A身上觀察到的手勢——這手勢和這個人形成一個整體，標誌著這個人的特色，創造了這個人的獨特魅力——它怎麼可能同時也是B以及我對B的一切夢想的本質呢？這問題發人深省：

如果我們的星球上曾經存在過將近八百億人，那麼每個人都要有一整套自己的手勢，那是不可能的。在算術上，這也是無法想像的。沒有人會懷疑，這世上存在的手勢遠遠少於世上存在的個人。於是我們會有個令人不快的結論：手勢比個人有個性。用諺語的形式來說，就是：人多手勢少。

我在第一章提到穿泳衣的婦人時曾經說過，「這個占據了一秒鐘的手勢，為她那無涉於時光的某種魅力的本質掀開了面紗，眩惑了我」。是的，當時我是這麼想的，可是我錯了。那手勢並沒有揭示那婦人的任何本質，而是那婦人向我展露了一個手勢的魅力。因為我們不能把手勢當作個人的財產，也不能當作是個人的創造（沒有人能夠創造出特有的、十足原創的、只屬於他自己的一個手勢），甚至也不能當成個人的工具；反之則是真確的：是手勢在利用我們；我們是各種手勢的工具、傀儡、化身。

阿涅絲穿好衣服，正準備出門。她在前廳停下腳步聽了一下。隔壁房間隱隱傳來一個聲音，她知道是女兒剛起床。她加快腳步匆匆出門，彷彿怕碰到她女兒似的。走進電梯，她摁了一樓的按鈕。電梯沒往下走，反而痙攣似地抖來抖去，像個患了舞蹈症的病人。電梯鬧情緒嚇到她，這也不是第一次了。有時她要下樓，電梯偏偏往上，有時電梯硬是不開門，把她像犯人一樣關了半個小時。電梯彷彿有話要說，彷彿一隻不會說話的動物，要用粗魯的方式告訴她什麼緊急的事。她已經三番兩次向門房大媽抱怨過這個問題；可是門房大媽見那電梯跟其他房客都相安無事，也就把阿涅絲和電梯之間的問題當作單純的私人問題，一點也沒放在心上。阿涅絲只得走出電梯，徒步下樓。她才走出來，電梯也平靜了下來，兀自下樓去了。

星期六是最累人的日子。她的丈夫保羅七點不到就出門，中午會跟一個朋友吃飯，而她就得利用這個空閒的日子去處理一堆比辦公室的工作更讓人痛苦的雜事，像是去郵局，捺著性子排半個小時的隊，到超級市場買東西，跟售貨員吵架，在結帳櫃台前面浪費時間，打電話給水電工人，拜託他下午一點整準時過來，免得她在家裡等一整天。在兩件急事中間，她還要設法抽空去做蒸氣浴（星期一到星期五，她從來就沒有時間去），傍晚的時候，她還得拿起吸塵器和抹布，因為星期五來打掃的清潔婦做事越來越不經心。

不過這個星期六和其他的星期六不一樣，這一天是她父親過世五周年的忌日。她的腦中浮現了這麼一幕，她的父親坐在那裡，低頭看著一堆撕碎的照片，阿涅絲的妹妹大叫：「你為什麼要撕媽媽的照片？」阿涅絲站在父親這邊，於是兩姊妹吵了起來，彼此的恨意猝然升起。

阿涅絲坐進她停在公寓前的車子。

3

電梯把她載到一棟現代建築的頂樓，健身俱樂部就在那裡，裡頭有健身房、游泳池、按摩水池、蒸氣浴室，還有巴黎的美景。更衣室裡，擴音器流瀉著搖滾樂。十年前阿涅絲加入這家健身俱樂部的時候，會員並不多，氣氛很靜。後來，年復一年，俱樂部發展得越來越好，裝了越來越多的玻璃，燈光越來越明亮，人造植物、擴音器、音樂越來越多，常來的顧客也越來越多，而在管理部門決定之後，在健身房的所有牆面都裝上鏡子的那一天，顧客映在巨大的鏡子裡，人數又增加了一倍。

阿涅絲打開她的櫃子，開始脫衣服。一旁有兩個女人正在聊天。一個次女低音的柔緩聲音抱怨著一個把東西丟滿地的丈夫：他亂丟書，亂丟襪子，甚至亂丟菸斗，還有火柴。另一個女高音說話的速度則快了兩倍；句尾拉高八度音的法蘭西風格，讓人想起一隻氣憤的母雞在那兒咕咕咕叫著：「你這樣子太讓我失望了！你讓我很痛心哪。怎麼可以這樣！他不可以這麼做！怎麼能這樣！那是你的家耶！你有你的權利呀！」次女低音彷彿被一個素來頗有權威的朋友和她愛戀的丈夫撕扯著，她憂鬱地解釋說：「你要我怎麼樣。他就是這樣啊。他一直就是這副德行啊。他一向都把東西丟在地上。」「那好啊，叫他不要再這樣了！那是你的家耶！你有權利要他這麼做！換作是我，我絕對不會容忍他！」

阿涅絲不會加入這樣的談話；她從來不說保羅的壞話，她很清楚，這樣會讓其他女人對她有點反感。她把頭轉向那個尖銳的聲音——那是一個非常年輕的女孩，淡色的頭髮，天使的臉龐。

「才不是這樣，不可能的！那是你的權利！你不要讓他為所欲為！」天使又說了幾句，阿涅絲瞥見她說話時伴隨著短促的搖頭動作，從右到左，從左到右，還聳著肩膀，蹙著眉頭，做出憤慨震驚的模樣，像是無法理解她的朋友為何不識人權為何物。阿涅絲認得這動作，這和她女兒布麗姬特搖頭的方式一模一樣。

脫了衣服之後，她把櫃子鎖上，推開雙扉門，走進一個鋪著地磚的房間，裡面一邊是淋浴的地方，一邊是蒸氣浴的玻璃門。女人們待在裡頭，並肩挨坐在一排一排的長木椅上。有幾個女人包著特製的塑膠膜，把整個身體（或是身體的一部分，特別是腹部或臀部）包得密不透風，刺激排汗的速度，也刺激著減肥的希望。

阿涅絲爬到最上頭，那一排長木椅上還有空位。她倚著牆，閉上眼睛。嘈雜的音樂到不了這裡，可是七嘴八舌的女人還是一樣大聲。這時，一個陌生的年輕女人走了進來，她一進門就在那兒發號施令，她讓一排排的女人挨得更緊，空出爐子旁邊的位子，接著她彎腰提起水桶，把水潑在爐子上。一陣劈劈啪啪之後，蒸騰的水氣衝上天花板，坐在阿涅絲旁邊的那個女人用雙手摀住自己痛苦扭曲的臉。年輕的女人看到了，高聲說：「我喜歡水氣熱滾滾的！這樣才能證明我們是在蒸氣室裡頭！」然後在兩具赤裸的身體中間大剌剌地坐下去，談起昨天晚上的電視節目，主題是一位著名的生物學家剛剛出版了回憶錄。「他真是太棒了。」年輕的女人說。

有個女人附和說：「當然囉！而且又那麼謙虛！」

年輕女人又說了：「謙虛？您沒發現這個人有多傲慢呀？不過我很喜歡他的傲慢！我欣賞傲慢的人！」然後她轉頭看著阿涅絲：「您該不會也覺得他謙虛吧？」

阿涅絲說她沒看過這個節目；彷彿這樣的回答隱含著歧見，年輕女人看著阿涅絲的眼睛，語氣堅定地重申：「我無法忍受謙虛！謙虛的人都是偽君子！」

阿涅絲聳了聳肩，年輕女人又繼續說：「蒸氣浴就是要熱。我要讓汗水淋漓。可是接下來呢，得去沖個冷水澡。沖冷水澡，我最愛這樣了！我不明白為什麼有人做完蒸氣浴之後，要去沖熱水澡。我呀，我只沖冷水澡，我最怕熱水澡了。」

沒多久她就熱得受不了了，她又說了一次自己多麼憎惡謙虛，接著就起身，不見人影了。

阿涅絲小時候有一回跟父親去散步，她問父親信不信上帝。父親回答說：「我相信造物者的電腦。」這麼奇怪的回答，小阿涅絲一直記得。不只「電腦」這個字眼奇怪，「造物者」也很奇怪。因為父親從來不說上帝，他每次說的都是造物者，彷彿想把上帝的重要性侷限在祂作為工程師所展現的成就。造物者的電腦，可是人要怎麼樣才能跟一個儀器溝通呢？阿涅絲於是問她父親有沒有做過禱告。父親說：「燈泡燒掉的時候也可以向愛迪生禱告。」

阿涅絲心想：造物者把一張存有精密程式的磁片放進電腦裡，然後就走了。上帝創造世界之後，就把世界留給被上帝遺棄的人類，任憑人類擺布，這些無依的人向上帝說話，卻墮入一片沒有回聲的空無裡。這不是什麼新鮮的想法。可是被我們祖先的上帝遺棄是一回事，被宇宙大電腦的神奇創造者遺棄又是另一回事。這個神奇的創造者不在位子上，卻留下一套無從修改的運轉程式，讓我們什麼也沒辦法改。設定電腦的程式，意思不是說未來的細節都規劃好了，也不是說「在上頭」一切都注定好了。譬如，程式並沒有規定，一八一五年的滑鐵盧之役會發生，也沒規定法國會戰敗，只是規定了人的天性好戰，規定了戰爭與人類是共存並生的，規定了戰爭隨著科技的進步會變得越來越殘酷。從造物者的觀點來看，其他的事情都不重要，一切都只是一個基本程式的變化與排列組合，這程式跟什麼先知預言完全無關，只是決定了種種可能性的界限，而在這些界限之間，造物者將一切權力留給偶然。

人是一張草圖，這和前面說的是同一回事。電腦裡並沒有規劃好任何一個阿涅絲，或是任何一個保羅，電腦裡只有一個原型，那就是人類——一大群從原始模型印出來的相似成品，全都是單純的衍生物，沒有任何個別的特質。這和雷諾工廠出產的汽車沒有兩樣。屬於汽車個體的本質，得到汽車之外去找，得到汽車裝配工人的檔案裡頭去找。只有生產的序號可以讓一輛汽車有別於另一輛汽車。就一個人類的相似成品來說，產品序號就是臉——一些偶然而獨特的線條的集合。性格，靈魂，或是我們喚作我的東西都不會在這個集合之中顯露出來。臉只是標示著一個產品的序號。

阿涅絲想起剛才宣稱自己痛恨熱水澡的年輕女人。她是來告訴所有在場的女人（一）她喜歡流汗，（二）她欣賞傲慢的人，（三）她瞧不起謙虛的人，（四）她迷戀冷水澡，（五）她厭惡熱水澡。她用五筆線條勾勒出她的自畫像，她用五個重點定義出她的自我，並且將之昭告世人。而且她昭告的態度並不是謙虛（畢竟，她都說了，她瞧不起謙虛的人），而是充滿戰鬥氣息。她用的都是一些激情的動詞，我欣賞，我瞧不起，我厭惡，彷彿就為了強調她已經準備好要捍衛她的自畫像，捍衛屬於她的五點定義，毫釐不得失守。

阿涅絲問自己，為什麼會有這樣的激情，她心想：我們一旦以這個模樣被送到這個世界上，那麼我們首先得要做的事，就是像擲骰子那樣，讓自己認同於神奇大電腦造成的這個意外，不要再覺得驚訝，這個（我們在鏡子裡看到的東西）確確實實就是我。如果我們不確定臉所表現的就是我，如果沒有這最初、最根本的幻象，我們會活不下去，或者至少我們沒辦法把生命當一回事。而這還不足以讓我們與自己認同，我們得要對生命，對死亡有一種激情的認同，因為只有在這樣的境況下，我們眼中的自己才不會像是出自人類原型的一個單純的變體，而會像是配備著獨特的、無法替換的本質的生命。這就是為什麼那個陌生的年輕女人不僅感受到一股渴望，想要描繪她自己的畫像，而且，她還渴望讓所有人都明白，這幅畫像裡隱藏著某種全然獨特、無可取代的東西，為了這個，挺身而戰甚至犧牲生命都是值得的。

阿涅絲在浴室的熱氣裡待了一刻鐘之後，起身泡進了冰水池。然後，她走去休息室，和其他女人躺在一起。休息室裡也一樣，女人們不停地說著話。

一個問題迴盪在她的腦海裡：人死之後，造物者的電腦安排了什麼樣的存在模式？

有兩種可能。如果造物者的電腦的活動範圍只及於我們的這個星球，如果我們所倚賴的對象只有這部電腦，而且也只能倚賴它，那麼我們對於死後的期待就只能是我們在世所見所聞的變奏版了；我們會再看到的也只有相似的景象、相似的生物了。那麼我們會獨自一人？還是會在人群當中？唉！孤獨的機會是微乎其微的，我們在世的時候都這麼稀罕了，更何況是死了以後！死人比活人要多得多啊！我們能假設的最佳狀況是，人死了以後，就像阿涅絲此刻在休息室裡感受到的情形一樣——她聽見四面八方不斷傳來女人絮絮叨叨的聲音。永恆一如無窮無盡的叨叨絮絮。說句實在話，我們還可以想像更糟的畫面，但是對阿涅絲來說，只要想到她得一直聽著這些女人的聲音，永無休止，這理由就足以讓她憤怒地抓緊生命，盡力推遲死亡。

然而另一種可能則是：在塵世的電腦之上，還有其他位階更高的電腦。這樣的話，死後的存在就不一定會像我們在世所見所聞的模樣了，而人類也可以抱著一個模糊且合理的希望赴死了。於是阿涅絲看見這陣子縈繞在她腦海裡的一個畫面——她和保羅在家裡接待一位陌生的訪客。這位和藹可親的陌生人坐在他們對面的扶手椅上，跟他們聊了起來。這位訪客異常親切的魅力感染了保羅，他表現得相當友善、健談、風趣，還去找來了一本家族相簿。客人翻看著相簿，其中有些相片令他感到迷惑。例如，阿涅絲和布麗姬特在艾菲爾鐵塔下拍的這張照片，他問道：「這是？……」

「您認不出她是誰呀？是阿涅絲啊！」保羅回答。「旁邊那個，是我們的女兒布麗姬特！」

「這個我知道，」客人說：「我說的是這個建築物！」

保羅驚訝地望著他說：「那是艾菲爾鐵塔呀！」

「哦，」客人說，「就是那座著名的鐵塔呀！」他的語氣像是看了您拿出來的祖父畫像，然後說：「就是他呀，他就是我常常聽人家說起的祖父呀。很高興終於見到他了。」

保羅很困惑，阿涅絲卻沒什麼感覺。她知道這個人是誰。她知道他為什麼會來，也知道他會向他們提出什麼問題。也正因為如此，她有點焦慮，她要設法跟這位訪客獨處，但是不知道該怎麼做。

4

五年前她的父親過世，六年前她失去了母親。從前，父親臥病在床的時候，所有人都覺得他死期不遠。相反的，母親身強體健活力充沛，顯然注定要過一段漫長而幸福的寡婦生活了；所以父親沒死，反而是母親出乎意料地死了，這事讓父親有些尷尬。他似乎擔心人們的譴責。所謂的人們，就是母親的家族。父親的家族分散在世界各地，除了一個住在德國的遠房表姊之外，阿涅絲沒認識半個父親的家族成員。母親這邊可就完全不一樣了，所有的親戚都住在同一個城裡，姊妹、兄弟、堂表兄弟、堂表姊妹，還有一大串的姪子、姪女、外甥、外甥女。外祖父住在山裡，是個樸實的農夫，一輩子犧牲自己讓孩子一個個完成學業，找到好的對象成親。

毫無疑問，剛開始的時候，母親並不愛父親。這也沒什麼好奇怪的，母親就是看他樣子長得好，才三十歲就已經當了大學教授，還算是一份讓人尊敬的工作。她覺得開心不只是因為找到一個得人稱羨的好丈夫，更因為她可以把丈夫當作禮物送給她因為古老鄉土傳統而相繫的家族。但是由於父親不善交際又沉默寡言（沒有人知道他是害羞還是心不在焉，換句話說，沒有人知道他的沉默是謙虛的表現，還是漠不關心），作為祭獻品，父親帶給母親家族的尷尬比快樂多。

歲月流逝，這對伴侶也老了，母親跟她那邊的親戚關係始終是越來越親，其中一個原因是，父親永遠都關在他的書房裡，而母親則感受到一股極其強烈的渴望，想要跟她的妹妹，她的兄弟，她的堂表姊妹或是姪女、外甥女們講上幾個小時的電話，她有越來越多的心事要跟這些親戚說。現在母親死了，阿涅絲覺得她的一生像是兜了個圈——她離開自己出身之處，勇敢地投入一個截然不同的世界，然後，又開始往她的起點走回去——她和父親帶著兩個女兒，住在一棟花園別墅裡，她每年都要在這裡辦好幾次大宴會（聖誕節或是有人生日的時候），招待她家族的親戚；她心裡的盤算是在父親死後，把她的妹妹和外甥女接過來一起住（而這長期預告的死訊，使得當事人得到的關懷有如人們加之於緩刑犯人的殷勤探問）。

結果母親死了，可是父親還活著。葬禮之後半個月，阿涅絲和妹妹蘿拉去看父親，她們發現父親坐在客廳的桌前，俯身望著一堆撕碎的照片。蘿拉抓起一把碎片，大聲叫道：「你為什麼要撕媽媽的照片？」

阿涅絲也俯身去探看這場災變：不，那不全是媽媽的照片，裡頭其實大多是父親的照片；但是其中有幾張母親站在他的身邊，也有幾張是母親的獨照。父親被女兒們嚇了一跳，沉默不語，沒做任何解釋。「別再叫了。」阿涅絲在唇齒之間輕聲喝叱，但蘿拉還是繼續嚷著。父親起身，走進隔壁的房間，兩個女兒爆發了前所未有的爭吵。第二天，蘿拉回巴黎去了，阿涅絲留在家裡。父親告訴阿涅絲，他在市中心找到一個小公寓，他決定把這棟房子賣掉。這又是另一件讓人吃驚的事：因為在所有人的眼裡，父親是一個笨拙的人，他將一切日常事務的主導權完全讓給母親。大家都以為他沒有母親就活不下去，這不只是因為他一點現實感也沒有，也因為他從來不知道自己想要什麼；因為即使是意願這回事，他似乎也早已讓渡給母親。可是當他毫不猶豫，才鰥居沒幾天就突然決定要搬家的時候，阿涅絲明白，父親要實現的是他想了很久的一件事，而且父親也很清楚自己想要的是什麼。而由於父親自己也沒想到母親會比他早過世，這件事就更有意思了；如果父親曾經動念，想在舊城區有個公寓房子，那頂多也只是夢想而不是計畫。他曾經和母親住在他們的別墅裡，他曾經和母親在花園散步，他曾經接待母親的姊妹和外甥、外甥女，他曾經假裝聆聽他們說話，但是在這些時候，在他的想像裡，他卻是一個人住在他的單身小公寓裡；母親死後，他就搬到那裡，搬到他長久以來在心裡居住的地方。

這是第一次，阿涅絲覺得父親像個謎。為什麼他要撕毀照片？為什麼他這麼長久以來都夢想著自己的小公寓？為什麼他不忠於母親的心願，讓她的妹妹和外甥女搬來家裡？這樣會方便得多，她們可以照顧他，而且肯定比他日後花錢雇用的護士好。問他為什麼要搬家，他的回答很簡單：「我一個人在這麼空曠的房子裡要做什麼？」邀阿姨和表妹來住的事，阿涅絲連提都沒提，因為很顯然父親不想這麼做。於是阿涅絲想到，父親也兜了個圈。母親，從家族兜回家族，中間經過婚姻。父親，中間經過婚姻，從孤獨到孤獨。

父親的重病第一次發作，是在母親過世前幾年。當時，阿涅絲請了半個月的假，想要獨自陪伴他。但是她的希望落空了，因為母親從來不讓他們獨處。有一天，大學的同事們來探望父親，他們問他各式各樣的問題，可是都是母親在回答。阿涅絲忍不住說：「拜託你好不好！你讓爸爸自己說嘛！」母親生氣地說：「你沒看到他人不舒服嗎？」半個月快要過去了，父親覺得身體稍微好了一點，阿涅絲有兩次單獨跟他出去散步。可是第三次，母親又加入了。

母親死後一年，父親的健康狀況突然急遽惡化。阿涅絲去看他，陪了他三天，第四天，他就過世了。這三天，是她如願獨自陪伴父親的唯一一次經驗。她心想，他們都愛對方，可是卻沒有時間好好認識對方，沒有機會單獨相處。只有在八歲到十二歲的時候，她經常可以和他獨處，因為母親得照顧小蘿拉；那時他們總在野外悠悠地閒晃，父親回答她無數的問題。父親就是在這個時候提到了神奇的電腦，還有一堆其他的事。這些談話只留給她片片段段的回憶，猶如碗盤的碎片，那是她成年以後努力要黏合的東西。

死亡給他們兩人溫柔的孤獨時光劃上了句點。葬禮那天，母親的家人全都來了。可是母親已經不在了，沒有人想把葬禮辦成告別宴，於是送葬的隊伍一下就解散了。而且，母親的家人把父親賣掉別墅、住進公寓的行為解釋成一種拒絕。他們聽說了別墅的價錢，只想到兩個女兒可以繼承的財產，可是法院的公證人卻告訴他們，銀行裡所有的錢都給了一個數學家的社團，父親曾是社團的創辦人之一。這就讓他們更納悶了，因為父親在世的時候已經不再參與這個社團的活動。他彷彿要藉由這遺囑客氣地說，勞煩大家，把他給忘了吧。

後來，有一天，阿涅絲發現她瑞士的銀行戶頭裡多出一大筆錢。這下她全都明白了。這個表面上與現實這麼脫節的人，做了這麼狡猾的事。十年前，父親的健康第一次亮起病危的警訊，她陪在他身邊待了半個月，那時，父親就逼她在瑞士開了一個帳戶。死前沒多久，他幾乎把自己所有的銀行存款都匯進這個戶頭裡，只留下一部分給那些數學家。如果他公開指名阿涅絲是他的遺產繼承人，只會徒然傷害另一個女兒；如果他偷偷地把所有的錢都轉到阿涅絲的帳戶，而沒有象徵性地留一筆錢給數學家們，這樣又會引起大家的好奇。

一開始，她告訴自己應該和蘿拉平分這筆錢。由於阿涅絲比蘿拉大八歲，她總是擺脫不了關心妹妹的那種心情。但是最後，她什麼也沒跟蘿拉說。倒不是因為貪心，而是怕會背叛父親。藉由這份禮物，父親肯定是想告訴她什麼事，想要給她打個信號，想要給她一些他在世的時候來不及給她的建議，所以她應該從此保守這個僅屬於他們兩人的祕密。

5

她把車停好，下了車，往大街走去。她很累，又餓得要命，但是又覺得一個人孤伶伶地在餐廳裡吃午飯很可憐，於是她決定走進路上看到的第一家小餐館，站在吧台胡亂吃點東西。從前，這一帶到處都是布列塔尼人開的小餐館，對客人殷勤又親切，她可以花很少錢又很自在地吃到各式各樣淋上蘋果酒的烘餅。一天，小餐館全都消失了，把位子讓給了這些廉價的小食堂，人們還給小食堂取了個蹩腳的名字，叫做速食店。她試著壓抑一次心裡的反感，走向其中一家速食店。透過玻璃窗，她看見顧客們俯身在油膩膩的紙桌巾上。她的目光停在一個臉色非常蒼白，嘴唇卻鮮紅的女孩子身上。她的餐點吃到幾乎一點也不剩，她推開空空的可樂杯，然後把食指伸進嘴巴的最深處，在裡頭攪了半天，還翻著眼白在那兒轉著眼珠子。旁邊那桌的男人癱在椅子上，兩眼直愣愣地望著街上，嘴巴張得大大的。他的哈欠沒有開始也沒有結束，那是一種無窮無盡的哈欠，屬於華格納的曲調——嘴巴闔起來的時候並不是完全闔攏，打開的時候則是越來越開，越來越開，兩眼則不按節拍地時而睜開，時而閉上。其他的客人也在打哈欠，大剌剌地展示著他們的牙齒和補牙的銀粉，展示著他們的牙套和假牙，就是沒有人用手在嘴前遮一下。餐桌之間，有個穿著粉紅色洋裝的小女孩在那兒走來走去，手裡抓著玩具熊的一條腿，嘴巴也是開開的；可是我們一看就知道，她不是在打哈欠，而是在鬼吼鬼叫，不時還用玩具熊去打人。餐桌一張張擠在一起，即便從玻璃窗看進去都猜得到，每個人一邊吃著自己的那份肉，一邊還得把鄰桌客人身上散發的六月天的汗臭味一起嚥下去。醜陋的浪潮拍打在阿涅絲的臉上，這醜陋的浪潮是視覺的、嗅覺的、味覺的（阿涅絲想像那淹沒在甜膩的可樂之中的漢堡會是什麼滋味），於是她移開了雙眼，決定到別處去安撫她轆轆的飢腸。

人行道上擠滿了人，往前走並不容易。她的前面，是兩個長長的北歐人的身影，蒼白的臉頰，黃色的頭髮，在人群中開出一條路，一男一女，兩顆腦袋高高在上，走在這群移動的法國人和阿拉伯人當中。兩個人背上都揹著一只粉紅色的袋子，肚子上則吊著一塊兜子，裡頭包著一個奶娃。不久，他們就消失了，出現在阿涅絲眼前的是一個穿著寬鬆白短褲的女人，褲長及膝，那是當年流行的款式。她的臀部包在這樣的衣服裡，顯得更大，離地面更近；她光裸裸的白腿肚，像兩個土裡土氣的瓦罐，上頭裝飾的浮雕是淡青色的靜脈瘤，錯綜複雜，活像一團糾結的小蛇。阿涅絲心想：這女人至少有其他二十種穿著方式可以讓她的臀部看起來沒那麼巨大，而且還可以把靜脈瘤遮起來。為什麼她不這麼做呢？人一旦出現在其他人當中，不只是不再想方設法讓自己好看些，甚至連避免變醜都懶得去想了！

她告訴自己：哪一天，要是醜陋的東西攻勢太猛，讓她頓時無法承受，她會去花店買一朵勿忘我，一朵勿忘我就好了，細瘦的花梗上是一朵小巧的花，她要帶著這朵花上街，把花拿在眼前，目光直盯在花上，眼裡除了這個藍色的美麗小圓點，別無他物，那是她從自己不再愛戀的世界保存下來的最後一個畫面。她會這樣走在巴黎的街頭，人們很快就會認得她，孩子們會在後頭跟著她跑，嘲笑她，向她丟東西，全巴黎的人都會叫她：瘋婆子勿忘我……

她繼續往前走。音樂的碎浪拍打著她的右耳——打擊樂器節奏分明的聲響從店家、美容院、餐廳湧出來；可是左耳聽見的卻全是馬路上的噪音——汽車千篇一律的轟轟轟，巴士開動的隆隆隆。接著是一輛摩托車尖銳的噪音穿透她的耳膜。她忍不住張望了一下，想找出是誰帶給她這種肉體的痛苦——那是一個穿牛仔褲的女孩子，黑色的長髮隨風飄逸，直挺挺地坐在座墊上，彷彿眼前放著一架打字機；摩托車沒有消音器，引擎凶惡地喧囂著。

阿涅絲想起三小時前走進蒸氣浴室的陌生女人，這女人為了介紹她的自我，為了把她的自我強迫推銷給別人，她在門口高聲宣稱她痛恨熱水澡也痛恨謙虛。阿涅絲心想：黑髮的女孩子把摩托車的消音器拆掉，驅使她這麼做的正是類似的衝動。發出噪音的不是機器，而是黑髮女孩的自我；這個女孩子，為了讓別人聽見她，為了占據別人的思緒，她在自己的靈魂上裝了一根嘈雜刺耳的排氣管。阿涅絲望見這喧鬧的靈魂飛舞的長髮，她知道自己恨不得這個女騎士橫死當場。如果一輛巴士把她撞倒，如果她渾身是血倒臥在柏油路上，阿涅絲看了不會害怕也不會悲傷，只會覺得滿足。

她被這突如其來的恨意嚇了一跳，心裡想著：世界已經走到了一個邊界；當世界越過邊界的時候，一切都會變成瘋狂——人們會拿著一朵勿忘我在街上走，或者一見到人就互相開槍。事情一觸即發，只要再多一滴水就可以讓花瓶裡的水滿出來，譬如，讓街上再多一輛車、一個人或是再多一分貝的噪音。有個數量的邊界在那兒，不該跨越；可是這邊界卻無人看守，說不定根本沒有人知道它的存在。

人行道上的人越來越多，沒有人要讓她，於是她走到馬路上，走在人行道的邊緣和車流之間。這種事她早就習以為常了——從來沒有人要讓她。她把這種事看作某種厄運，因為她總是使盡全力不要偏離原先行進的直線，好迫使迎面而來的人讓開，可是她每次都做不到。在這日常的、平凡無奇的力量的考驗之中，她一直都是輸家。一天，一個七歲的小孩走到她面前；她試著不要讓開，可是到最後，她還是怕會撞上那個小孩，只好把路讓出來。

一件往事湧上她的心頭，約莫在十歲那年，她和父母親一起去山裡走走，在森林裡的一條大路上，他們看見村裡的兩個男孩子站在那兒，其中一個手上拿著一根棍子，攔下他們的去路，他說：「這是私人道路！付了錢才能過去！」他一面大叫，一面用棍子輕輕打著父親的肚子。

這應該只是孩子的惡作劇，所以只要把那小毛頭推開就好了。也或者這是一種乞討的手段，那就從口袋裡掏出一個法郎給他們也行。但父親卻掉頭走了，他寧願走另一條路。說真的，這種事實在無足輕重，他們反正也是漫無目的地走著；可是母親卻受不了，她忍不住說：「他連看到十二歲的小孩都要退縮！」當時，阿涅絲多少也對父親的行為感到有些失望。

又是一陣來勢洶洶的噪音，打斷了這樁往事，有幾個戴頭盔的男人正使勁地用電鑽挖著柏油路。不知何處傳來一首鋼琴彈奏的巴哈賦格曲，彷彿從天而降，在這片喧囂之中猛烈地迴盪。很顯然，有個頂樓的房客打開了窗戶，並且把音響開到最大聲，好讓巴哈音樂嚴厲的美感在那裡迴響，猶如對這誤入歧途的世界提出威嚇性的警告。然而巴哈的賦格卻敵不過電鑽，也敵不過汽車，反而是汽車和電鑽把巴哈的賦格融入了它們自己的賦格之中；阿涅絲雙手緊緊摀住耳朵，繼續走她的路。

一個相反方向的路人恨恨地瞪了她一眼，還輕輕敲了敲自己的額頭，這在所有國家的肢體語言裡，意思都是說那個人瘋了，那個人是神經病，或者那個人的心智耗弱。阿涅絲看見那路人的眼神，看見那恨意，心底升起一股難以遏止的憤怒。她停下腳步。她想要撲向那男人，痛打他一頓。但是她不能這麼做，那男人被人群帶走了，而阿涅絲也讓人用手肘撞了一下，因為在人行道上根本停不了三秒鐘。

她繼續走她的路，那男人的樣子卻揮之不去。當時，同樣的噪音包圍著他們，那男人覺得有必要讓她知道，她塞住耳朵根本就毫無道理（或許還毫無權利）。這男人提醒了她，她的動作破壞了秩序。人人平等的秩序不允許任何個體拒絕承受所有人應該承受的事，這秩序給她帶來了指責。人人平等的秩序禁止她不同意這個人人生活於其中的世界。

她很想殺了這男人，這並不只是一閃即逝的反應。即使在最初暴怒的瞬間過後，這渴望依然沒放過她；只是多加了幾分驚訝，驚訝自己為何會有如此高張的恨意。男人輕敲額頭的畫面在她的肚腸裡漂浮著，彷彿一條魚在裡頭慢慢腐爛，而她又吐不出來。

父親又回到她的腦海裡。自從他在兩個十二歲的小鬼頭面前退縮之後，她經常想像父親置身於這樣的處境：他站在一艘正在下沉的船上；很顯然，救生艇載不了所有的人，於是甲板上處處是狂亂的推擠。父親一開始也跟著大家跑，但後來他發現乘客們擠成一團，幾乎要踩死人了，有個女人還氣沖沖地賞了他一拳，因為他擋住她的路，於是他猛然停下腳步，然後離開人群；最後，他望著那些超載的救生艇，在叫囂和咒罵聲中，緩緩地降到狂暴的浪頭上。

父親的這種態度該如何命名？懦弱？不對。懦弱的人都怕死，為了活下去，他們懂得如何兇惡地鬥爭。高貴？或許吧，如果他這麼做是為了身邊的那些人。但是阿涅絲不相信是因為這樣的動機。那到底是為了什麼？她也不知道。她唯一覺得確定的是：在一艘正在下沉的船上，如果必須打鬥才能登上救生艇，在這樣的情況下，父親注定會死。

是的，這是肯定的。她的疑問是：父親恨船上的那些人嗎？（就像她剛才恨那個騎摩托車的女孩子，還有那個嘲笑她摀住耳朵的男人。）不，阿涅絲無法想像她的父親會恨誰。仇恨的圈套，在於它把我們和對手纏繞得太過緊密。戰爭的猥褻正在於此：血液相互流注的親密關係，兩個士兵四目相交，互相戳穿身體，淫猥地貼近。這部分阿涅絲很確定，父親厭惡的恰恰是這種親密：船上的推擠讓他心裡極度厭惡，他寧可淹死。跟那些互相打鬥、互相踐踏、把對方推向死亡的人們有肉體接觸，他覺得比孤獨地死在水的純粹之中悽慘。

對父親的回憶開始讓她從方才滿心的恨意之中解脫出來。漸漸地，那個惹人厭的形象——那個敲著額頭的男人——從她的腦海消失了。腦海裡突然出現了這個句子：我不能恨他們，因為沒有任何東西可以把我跟他們結合在一起；我們沒有任何共通之處。

6

阿涅絲之所以不是德國人，那是因為希特勒戰敗了。這是史上第一次，人們沒有給戰敗者留下任何榮光，一絲、一毫都不留——甚至連毀滅的痛苦榮光也沒有。勝利者並不因勝利而滿足，他們決定審判戰敗者，並且審判了整個國族；這就是為什麼在那年頭說德語或者當德國人很不容易。

阿涅絲的外祖父和外祖母曾經是農場的主人，農場位於瑞士法語區和德語區的交界地帶；所以他們兩種語言都說得很流利，但是在行政上，他們屬於瑞士的法語區。阿涅絲的祖父和祖母則是住在匈牙利的德國人。阿涅絲的父親從前在巴黎讀大學，法文程度很好；可是結婚以後，德語卻自然而然成了夫妻之間交談的語言。到了戰後，母親想起她父母親居住地的官方語言，阿涅絲因此被送進一家法文高中。父親作為德國人，當時他能享有的唯一樂趣，就是背誦課本上歌德的詩句給他的大女兒聽。

這是從古至今最有名的一首德文詩，每個德國小孩都得把它背得爛熟：

每一座山峰上
是寂靜，
每一棵樹的頂端
你幾乎

感覺不到一絲呼吸；
鳥兒在森林裡不再言語。
耐心等候，不久
你也將得到休息。

這首詩的意境很簡單：森林睡著了，你也一樣，你也會睡著。這首詩的用意不是要用什麼唬人的意境來眩惑我們，而是要營造一個令人難忘的存在瞬間，讓這瞬間化作令人無法承受的鄉愁。

譯文裡，什麼都不見了，只有用德文讀這首詩，才能感受到它的美：

Üer allen Gipfeln
Ist Ruh,
In allen Wipfeln
Spürest du
Kaum einen Hauch;
Die Vögelein schweigen im Walde.
Warte nur, balde
Ruhest du auch.

這些詩句每一行的音節數都不一樣，揚抑格、抑揚格、揚抑抑格交替，第六行跟其他詩句比起來顯得出奇的長；雖然這首詩是由兩組四行詩構成的，但是文法上的第一個句子卻不對稱地在第五行結束，創造出一種絕無僅有的旋律，只存在這首獨一無二的詩中，極其平凡卻又無比絕妙。

父親從小在匈牙利就背過這首詩，當時他還是德文小學的學生。阿涅絲也一樣，父親第一次讀這首詩給她聽的時候，她也是這個年紀。他們散步時會一起背誦這首詩，誇張地加重每個應該重讀的音節，還跟著詩的節奏踏步。要依照這首詩複雜的格律走路可不容易，他們只有在最後兩節才辦得到：war - te nur - bal - de - ru - hest du - auch。最後一個字，他們是用喊的，聲音大到方圓一公里都聽得到。

父親最後一次讀這首詩給她聽，是在他死前的兩三天。阿涅絲原本以為，父親這麼做是想要轉身走回童年，走回他的母語；後來她見父親深情地凝望著她的雙眼，她又想，父親是要讓她憶起他們從前一同散步的幸福；直到最後，她才明白，這首詩說的是死亡：父親想告訴她，他就要死了，他心裡明白。過去，她從來不曾想到，這些對小學生有益的純真詩句竟然會有這樣的意涵。父親臥病在床，額頭上全是汗；她握住父親的手，強忍住眼中的淚水，柔緩地重複父親讀過的詩句：warte nur, balde ruhest du auch. 你也一樣，不久，你也將得到休息。她這才意識到，她認出了父親死亡的聲音，那是鳥兒在樹頂沉睡的寂靜。

寂靜，在父親死後確實蔓延開來，盈滿了阿涅絲的靈魂，那寂靜真是美好；我忍不住要再說一次：那是鳥兒在樹頂沉睡的寂靜。而在這片寂靜之中，父親最後的訊息像來自森林深處的狩獵號角，隨著時間一點一滴過去，號角聲越來越清晰。他留下的禮物要告訴阿涅絲什麼？自由。活得如自己所願，去自己想去的地方。他自己，從來沒有勇氣這麼做。這正是為什麼他要把所有的財產都留給女兒，讓她有勇氣去做她想做的事，做自己。

結婚之後，阿涅絲不得不放棄一切孤獨的愉悅：每一天，她都得跟兩個同事一起待在辦公室裡；回到家，她關在屋子裡，但是沒有一個房間是屬於她的，家裡有個大客廳，有間臥室，有布麗姬特的房間，還有保羅的小書房。她抱怨的時候，保羅總是勸她把客廳當作自己的房間，還向她保證（用一種無可置疑的誠意），他和布麗姬特都不會去打擾她。可是她怎麼會自在呢？客廳裡擺設的是一張大餐桌和八張椅子，通常就是他們僅有的幾個客人來家裡晚餐的時候坐的。

現在或許我們比較能理解，為什麼這天早上阿涅絲躺在保羅剛剛離去的空床上，會感到如此幸福，又為什麼她後來靜悄悄地穿過前廳，就怕引起布麗姬特的注意。甚至那任性的電梯也讓她感到一絲柔情，因為電梯帶給她片刻的孤獨。連她的車子也給了她一些幸福，因為車裡沒有人會跟她說話，沒有人會看她。是的，這正是最重要的，沒有人會看她。孤獨：目光溫柔的缺席。有一次，她的兩個同事都生病了，她一個人在辦公室裡工作了兩個星期。到了晚上，她很驚訝，她發現自己幾乎不覺得疲憊。這讓她明白了，目光是可以壓垮人的沉重包袱，是吸血鬼的死亡之吻；在她臉上刻下皺紋的正是目光的針刺。

這天早上醒來的時候，她聽見收音機說，在一場外科手術裡，而且是一場小手術，由於麻醉師的疏忽，竟然導致一個年輕的女病患喪了命。結果，有三位醫師因此被起訴；一個消費者的組織則提議以後所有的手術都要錄影，所有的影片膠捲都要建檔。似乎所有人都為這創舉鼓掌叫好。每天都有千百個目光穿刺著我們，可是這還不夠，除此之外，還得要加上制度性的目光，片刻不離，在醫院，在街頭，在手術台上，在森林，在被窩裡注視著我們；我們生命的形象將完完整整地保存在檔案室裡，以備訴訟的不時之需，或是滿足公眾的好奇心。

再一次，她對瑞士的鄉愁鮮活地湧上心頭。自從父親死後，她每年都會去瑞士兩三次。保羅和布麗姬特帶著寬容的微笑，說這是她心理衛生方面的需求——去清掃父親墳上的落葉，去阿爾卑斯山的旅店，敞開窗戶呼吸純淨的空氣。他們都想錯了，雖然沒有情人在瑞士等候阿涅絲，但瑞士卻讓她心生罪惡感，因為那是阿涅絲對他們父女唯一嚴重而且經常的背叛。瑞士：鳥兒在樹頂的吟唱。阿涅絲夢想有一天在瑞士留下來，不再回去。她甚至去看了要出售或出租的公寓；甚至還開始寫信要告訴女兒和丈夫，她依然愛他們，只是她打算從此獨自生活。她只求他們不時跟她說說近況，讓她放心，知道他們過得好。這也正是她無法開口解釋的——她希望知道他們過得好不好，即便她不想看到他們，也不想跟他們一起生活。

當然，這只是夢想。一個通情達理的女人怎麼可能拋棄幸福的婚姻？但是，遠方傳來誘人的聲音，打亂她婚姻生活的平靜——那是孤獨的聲音。她閉上眼睛，聽見遠方森林的深處傳來狩獵的號角聲。森林裡有幾道小徑，父親就站在其中的一條路上；他對阿涅絲微笑；他在召喚她。

7

阿涅絲坐在客廳的扶手椅上等保羅。待會兒，他們要去吃一頓累人的「城裡的晚宴」。阿涅絲整天沒吃東西，身子有點發軟，她翻著一本厚厚的雜誌讓自己放鬆一下。她累得沒力氣去讀那些文章，只想看看琳琅滿目的彩色照片。雜誌中間的幾頁是一份專題報導，主題是一次飛行演出的嚴重意外。一架冒火的飛機掉進觀眾群裡。照片巨大無比，每一幀都占了兩頁；受到驚嚇的人們四散奔逃，著火的衣服，燒焦的皮膚，火星點點的身軀；阿涅絲不由自主地盯著這些照片，心裡想的卻是攝影師突然望見這般景象時的狂喜──原本在這場令人昏昏欲睡的飛行演出中感到百無聊賴，好運卻從天而降，掉下來一架冒火的飛機。

翻過這一頁，她看到海灘上有一些裸體的人，還有一個大標題：白金漢宮相簿裡看不到的度假照片。標題底下是一段短文，最後一句話是這麼說的：「……有個攝影師就在那裡：公主的密友們再次引起流言蜚語。」有個攝影師就在那裡。到處都有攝影師。攝影師躲在一叢灌木後頭。攝影師喬裝成跛腳的乞丐。到處都是眼睛。到處都是鏡頭。

阿涅絲想起從前，在她小時候，她想到上帝看著她，而且無時無刻不看著她，她為這想法深深著迷。應該就是在這時候，她第一次感覺到這種快感，這種詭異的樂趣──來自人類被觀看，不情願地被觀看，在私密的時刻被觀看，被目光觀看、侵犯。她的母親是教徒，總是對她說「上帝在看你」，為的是讓她改掉說謊的習慣，讓她不再咬指甲，不再摳鼻孔，結果卻適得其反；正是在全心投入這些壞習慣的時候，或是在感到羞恥的時刻，阿涅絲會想像上帝在那兒，而她正在做些什麼事給上帝看。

她想到英國女王的妹妹，她對自己說，這年頭，照相機取代了上帝的眼睛。眾人的眼睛取代了唯一的眼睛。生活變成唯一的大型狂歡會，所有人都可以參加。所有人都可以在一片熱帶海灘上，看見英國公主裸身慶祝生日。顯然，攝影器材只對名人感興趣，但是別忘了，只要一架飛機在您身邊墜毀，火焰燒上了您的襯衫，您也會一夕成名，被捲進這場眾人的狂歡會。這場狂歡會和歡愉毫不相干，但是卻莊嚴地宣告了一件事：人們再也無所遁形，每個人都得任憑所有人擺布。

有一次，她跟一個男人見面，她在飯店大廳吻他的時候，突然出現了一個穿牛仔褲和皮夾克的傢伙，身上還披掛著五個背包；他蹲了下來，把眼睛湊在相機上。阿涅絲揮著手，想讓他明白自己並不想拍照，可是這傢伙咕噥了幾句英文之後，笑了起來，然後像隻跳蚤似的四處蹦蹦跳跳，一邊不停地按著快門。這是一段無關緊要的插曲，那天有一場會議在這家飯店舉行，主辦單位雇了一位攝影師為這些來自世界各地的學者拍照，讓他們可以在第二天買到自己的照片留念。可是阿涅絲想到她和男友見面竟然會留下見證，而且還一直存放在某個地方，這令她無法忍受。於是第二天，她又來到飯店，買下所有的照片（她站在那男人身邊舉手擋在臉前的相片），還要把底片也買回來，可是底片早已歸檔，進了公司的檔案室，無從取得了。其實，就算照片流出去也不會怎麼樣，但她還是無法擺脫焦慮——想到自己生命裡的一秒鐘不像其他時刻的分分秒秒一樣化作空無，而是被人從時光的水流之中抽了出來，哪天要是因為什麼偶然的愚蠢理由要讓這一秒鐘重現，它又會像個沒有埋好的死人一樣，從墳墓裡爬出來。

她拿起另一本週刊，這本的內容比較偏向政治和文化。沒有災難，沒有公主裸身在海邊，只有臉孔，一張張的臉，到處都是臉。就連拿來做書評的最後一個單元也一樣，每篇文章都有一張作者的照片。這些作者通常是名不見經傳，他們的照片說是有用的資訊還說得過去，可是總統的那五張人像照又該怎麼說呢？所有法國人都認得他的長相，從鼻子到下巴都清楚得很哪。專欄作家也一樣，欄名旁邊都有一張照片作為標記，一週又一週，這照片一定占據著相同的位置。在天文學的專題報導裡，看到的是太空人們的微笑特寫照片；還有廣告別冊裡的臉，賣家具、賣打字機、賣紅蘿蔔的臉。她把整本雜誌從第一頁翻到最後一頁，一邊計算，結果有九十二張照片是單人的臉部特寫；四十一張是臉加上身體；二十三張團體照裡頭有九十個臉孔；只有十一張照片，人在畫面裡的角色無足輕重，或者沒有戲份。加總起來，週刊裡一共有兩百二十三張臉。

後來，保羅回到家，阿涅絲把她計算的結果告訴他。

「是啊，」保羅附和說：「人類對政治，對他人的利益越是漠不關心，就越會對自己的臉著迷。這是我們這個時代的個人主義。」

「個人主義？你快要死的時候攝影機還對著你拍，哪裡有什麼個人主義？事情根本不是這樣，擺在眼前的是，個人不再屬於個人，而是完完全全成了其他人的財產。我還記得小時候，如果有人要給什麼人拍照，都會問他可不可以。連對我也一樣，大人會問我說：小姑娘，我們幫你拍個照好不好。後來，有那麼一天，再也沒有人開口問了。攝影機的權利大過所有的權利，從這天開始，一切都改變了，完全改變了。」

她拿起雜誌，又說：「兩張臉的照片擺在一起的時候，你會很驚訝，它們之間有那麼多的不同。但是如果你眼前有兩百二十三張臉，你會突然覺得，你看到的只是一張臉的無數變形，裡頭根本不曾存在過任何一個個人。」

「阿涅絲，」保羅的聲音突然變得低沉，他說：「你的臉跟任何人的都不像。」

阿涅絲笑了，她沒有注意到保羅的語氣。

「別笑，我是說認真的。我們愛一個人的時候，也會愛他的臉，所以我們會覺得這張臉跟其他人的臉完全不一樣。」

「我知道。你是從我的臉來認識我的，你對我的認識就是臉，你從來沒有用別的方法認識過我。你也不會想到我的臉可能不是我。」

保羅以老醫生的耐心與關心回答：「你怎麼能說你的臉不是你呢？那在你臉後面的是誰？」

「你想像一下，如果你活在一個沒有鏡子的世界，你會夢到你的臉，你會把它想像成你身上的一些東西的某種外部投射。然後呢，假設到了四十歲的時候，有人給你一面鏡子。想想看你會多麼吃驚，你會看到一張全然陌生的臉。到時你就會清清楚楚地明白你不願承認的這件事：你的臉，不是你。」

「阿涅絲。」保羅一邊起身一邊說。他緊緊靠著阿涅絲。阿涅絲在保羅的眼裡看見愛情，在保羅的輪廓裡看見他的母親。保羅像他的母親，一如他的母親應該也像她的父親，而她的父親應該也像某個人。第一次看到這個女人的時候，阿涅絲因為她跟她兒子長得那麼相似而覺得非常不舒服。後來，她跟保羅做愛時，某種惡意在她心裡喚起了這個相似的長相，她不禁一再地想到，壓在她身上的是個老婦人，臉孔因為快感而變形。可是保羅早已忘記他臉上帶著母親的印記，他相信他的臉就是他自己，不是別人。

「我們的姓也一樣，是因為偶然才落在我們身上的，」阿涅絲接著說：「我們不知道它從什麼時候開始出現在這世界上，也不知道我們不認識的祖先是怎麼找上這個姓的。我們完全不明白這個姓，我們對它的由來一無所知，可是我們卻以狂熱的忠誠冠上這個姓，把自己跟這個姓混為一談，我們很喜歡這個姓，總是傻乎乎地引以為傲，好像還以為這個姓是我們在靈光一閃的時候，自己發明的。至於臉，也是同一回事。我還記得，這事應該是發生在我童年最後的一段日子裡：由於不停地照鏡子，我終於相信在鏡子裡看到的就是我。我對這個年代只有模糊的印象，但是卻記得發現『我』的這件事很令人陶醉。可是到後來，我又開始站在鏡子前面問自己：這真的是我嗎？為什麼是？為什麼我得跟這個連在一起？這張臉跟我有什麼關係？從此，一切都開始崩潰了。一切都開始崩潰了。」

「什麼東西開始崩潰了？」保羅問道。「你怎麼了，阿涅絲！你最近怎麼了？」

她凝望保羅，然後又低下頭。沒辦法，他長得就是像他的母親，甚至還越來越像。越來越像，他越來越像那個曾經是他母親的老婦人。

保羅把她摟在懷裡，摟得她直起身子。她抬眼望著保羅，保羅這才發現，她的眼裡含著淚。

保羅緊緊抱住她。她明白保羅深愛著她，這讓她心裡充滿歉意。他愛她，而她因此感到悲傷；他愛她，而她卻想要哭泣。

「該走了，該去換衣服了。」阿涅絲一邊說，一邊從保羅的懷裡掙出來。她往浴室跑去。

8

我正在寫阿涅絲，我想像著她，我讓她在蒸氣浴的長椅上休息，在巴黎的街上閒逛，她翻著雜誌，跟她的丈夫說話，可是那開啟一切的手勢，那個婦人在游泳池畔跟教練告別的手勢，我彷彿將它遺忘了。阿涅絲從此不再對任何人做這手勢了嗎？沒錯。雖然這樣可能有點怪，但我覺得她應該很久都沒這麼做了。從前，她很年輕的時候是的，她那時常常做這手勢。

那個時候她還住在家鄉的城裡，城的後頭是阿爾卑斯山的重重峰巒。十六歲的少女阿涅絲，跟一個班上的男同學去看電影。燈光一熄，男同學就握住她的手。沒多久，他們的手心開始冒汗了，可是男孩不敢鬆開他鼓起勇氣抓住的這隻手，因為這麼一來等於承認了他在冒汗，這讓他感到羞恥。於是他們的手就這麼濕濕熱熱地握了一個半小時，直到燈光再度亮起，他們才鬆開對方的手。

為了延長約會的時間，男孩帶她走去舊城區的小街巷，一直走到舊城區最醒目的老修道院，那兒的迴廊吸引了一大群觀光客。顯然，一切都在男孩預先構想的計畫之中，他的步履相當堅定，帶阿涅絲來到一處幽僻的廊道，還編了一個夠蠢的藉口，說是要帶她去看一幅畫。他們到了走廊的盡頭，沒看到半幅畫，只有一扇漆成褐色的門，上頭寫著「廁所」兩個字。男孩沒注意到這扇門，停下了腳步。阿涅絲心知肚明，她的男同學對繪畫興趣缺缺，他不過是想找個地方避開人們，吻她一下。這可憐的男孩，哪裡不好找卻找到這條死巷，而且就在廁所旁邊！阿涅絲忍不住笑了出來，為了讓男孩知道她不是在嘲笑他，阿涅絲指了指門上的字。男孩儘管失望，但是也笑了。有了這兩個字當背景，男孩是不可能傾身向前親吻阿涅絲的（尤其這是初吻，根據定義，這是要讓人永難忘懷的），他只能帶著投降的苦澀心情，轉身走回街上。

他們一路無語，阿涅絲很生氣：為什麼他不吻她呢？就乾乾脆脆在大街上吻她不就行了？何必帶她去一個奇怪的走廊，走到廁所旁邊？那是世世代代又老又醜又臭的修道士清空肚腸的地方啊。男孩的尷尬讓她很得意，因為這訊息代表男孩被愛情沖昏了頭；但這尷尬卻也讓阿涅絲的氣憤甚於得意，因為那證明了男孩其實並不成熟：跟同齡的男孩子約會總讓她覺得自己降了格；只有年紀比較大的男人才會吸引她。或許是因為她在心理上背叛了這個男孩，而且又意識到這男孩愛她，於是她內心湧現了一股模糊的正義感，促使她去幫他，給他希望，把他從幼稚的尷尬裡拯救出來。既然男孩不夠勇敢，那麼該勇敢的就是她了。

男孩送她回家，她想像回到家的時候，她會在花園的矮圍籬前輕輕摟住男孩，給他一個吻，讓他驚訝得愣在那裡。可是到最後一刻，這麼做的欲望消失了，因為她看到男孩不只臉色凝重，還一副拒人於千里之外的樣子，甚至還帶有敵意。他們於是握了手，然後阿涅絲就走上兩座花壇之間的通道，往她家的大門走去。她感覺到男同學動也不動地在背後看她，目光沉甸甸地壓在她身上。再一次，她對他產生了憐憫之情，那是一種姊姊對弟弟的憐憫，於是她做了一件事（她在一秒鐘之前還沒想到呢）。她沒有停下腳步，只是轉過頭看著那男孩，她露出微笑，並且開心地向空中展臂，輕盈而柔軟，彷彿向天空拋出一顆五彩的氣球。

這一瞬間，阿涅絲在毫無準備的情況下突然輕快而優雅地舉起手，這個瞬間是令人讚嘆的。在幾分之一秒的時間裡，而且是第一次，阿涅絲如何做出這麼無懈可擊、這麼完美的肢體動作，宛如一件藝術品？

那一陣子，有一位四十來歲的婦人固定會到家裡來找父親，那是系上的祕書，她把各式各樣的文件交給父親，然後再把他簽過字的文件帶走。儘管他們沒做什麼，祕書的幾次造訪卻總是帶來一種莫名的緊張氣氛（母親變得沉默寡言），這讓阿涅絲感到非常困惑。祕書一準備要走，她就急急忙忙地跑到窗邊偷看。有一次，祕書往花園的矮圍籬走去（然後沿著那條通道走下去，那正是日後阿涅絲在她不幸的男同學的目光中走上去的那條路），祕書轉過身來，露出微笑，然後突如其來地做了個動作，把手揮向空中，輕快而優雅。這動作著實令人難忘——鋪著細沙的通道在陽光下閃閃發亮，宛若一道金色的河流，矮圍籬的兩側各有兩叢盛放的茉莉花。那手勢垂直開展，像是要為這隅金色的土地指點飛行的方向，這麼一來，白色的茉莉花叢儼然化成了一對翅膀。阿涅絲看不到父親，但是她知道他站在門口，看著這女人的手勢，目送她離去。

這手勢如此出人意料，如此美麗，因此它留在阿涅絲的記憶裡宛若一道閃電的痕跡；這手勢邀請阿涅絲踏上某個遙遠的旅程，它在阿涅絲心中喚醒一股莫名而巨大的欲望。每當她必須向朋友表達什麼重要的事，這手勢就在她身上甦醒了，幫她說出她不知如何表達的事。

我不知道她倚賴這手勢多久了（或者說得精確些，該說這手勢倚賴她多久了）；直到有一天（應該就是這天吧），她看見小她八歲的妹妹把手揮向空中和一個女同學告別。阿涅絲看見從小就崇拜她、事事都模仿她的小妹做出她專屬的手勢，心裡有一種不舒服的感覺——成人的手勢跟十一歲的小女孩並不協調。但是真正讓她心慌的，是這手勢人人可用，根本不是屬於她的財產；彷彿她做這手勢就犯了竊盜或製造贗品的罪行。從此她不僅避免做出這個手勢（要戒除我們習慣的手勢實在不容易），而且對所有的動作都產生懷疑。從此她只做一些必要的、不具任何原創性的肢體動作（點頭說「是」或者搖頭說「不」）。於是女祕書從金色的通道離去時讓她著迷的手勢（也就是穿泳衣的婦人向教練告別時讓我著迷的手勢），就在她的身體裡沉睡了。

然而有那麼一天，這手勢甦醒了。那是在她母親過世之前，她回家陪伴生病的父親過了半個月。到了最後一天要向父親告別的時候，她知道有好長一段時間看不到他了。那時母親剛好不在家，父親想送她出去，送她到車上。阿涅絲不讓父親走出別墅的門口，她獨自一人走向花園的矮圍籬，走在兩座花壇之間的金色細沙上。她的喉頭哽咽，心裡有一股巨大的欲望想對父親說些美好的事情，可是話卻說不出口；霎時間，也不知怎麼回事，她就這麼轉過頭去，帶著一抹微笑把手揮向天空，輕快而優雅，彷彿要說他們還會活很久，以後還會常常見面。片刻之後，她想起二十五年前的那個女祕書，在同樣的地點以同樣的方式，向父親傳遞了一個訊息。阿涅絲感動莫名，亂了心緒。彷彿在剎那之間，兩個遙遠的年代相遇了，彷彿兩個不同的女人在一個相同的手勢裡相遇了。她心裡浮現這個念頭：或許，父親愛過的女人只有她們兩個。

9

晚餐之後，所有人都坐在客廳的扶手椅上，手裡拿著一杯干邑白蘭地或一杯咖啡。終於有第一個客人勇敢地站起來，帶著微笑向女主人鞠了躬。信號一出，大家都奉為命令，也從扶手椅上跳起來，保羅和阿涅絲也不例外，走出門外，坐上了他們的車。保羅開車，阿涅絲凝望川流不息的車輛和閃爍的燈光，凝望這都市不眠的夜裡一切虛浮的騷亂。再一次，阿涅絲心底湧上一股強烈而奇異的感覺，這感覺越來越常來侵擾她——她覺得自己跟這些兩腳直立，頭長在脖子上，嘴巴長在臉上的生物沒有任何共通之處。從前，屬於這些生物的政治、科學和種種發明還能吸引她，她還想過要在他們偉大的冒險之中扮演個小角色，直到有一天，她的心裡萌生了這種和他們不同夥的感覺。這感覺很奇怪，她試圖要克制，因為她知道這感覺既荒謬又不道德，但是到頭來她還是只能告訴自己，人無法掌控自己的感情——她不會因為這些生物的戰爭而感到苦惱，也不會因為他們的節慶而開心，因為她萬分確定，這一切都與她無關。

這麼說來，她是鐵石心腸囉？不是的，這和她的心腸毫不相干。而且，好像也沒有人像她一樣，給乞丐那麼多錢吧。她沒辦法視若無睹地走過那些乞丐身邊，而乞丐們似乎也都知道這一點，他們在幾百個路人當中，立刻感應到這個看見他們、聽見他們的女人，所以老遠就向她迎了過來。——是的，這是真的，但我得補充一點，她對乞丐的慷慨也帶有某種負面的底蘊，阿涅絲會施捨給他們，不是因為他們也是人類的一分子，而是因為他們對人類來說是異類，因為他們是被排除在外的，而且，或許就跟她一樣，徹底脫離了人類。

徹底脫離人類。是的，阿涅絲就是這樣。而唯一可以把她從這分離狀態拉回來的，就是她對一個具體的人的具體的愛。如果她真的愛著某個人，那麼其他人的命運就不再無足輕重了，因為她心愛的人和其他人的命運息息相關，她心愛的人屬於這共同命運的一部分；而她，從此不會再覺得人們的苦難、人們的戰爭和人們的假期都與她無關。

想到這裡她就害怕。她真的不愛任何人嗎？連保羅也不愛嗎？

她想起幾個小時前，在她們還沒出發赴晚宴的時候，保羅如何走到她的身邊，將她擁在懷裡。是的，有些事情是不太對勁，這陣子，有個念頭總是揮之不去——她對保羅的愛只建築在一個意願之上，那就是愛他的意願，那是擁有一個幸福家庭的意願，如果這意願有片刻的鬆懈，愛情就會像鳥兒見到籠子打開，展翅高飛。

時間是凌晨一點，阿涅絲和保羅正在脫衣服。如果要他們描述一下對方脫衣服的樣子和動作，他們會很尷尬，因為他們已經很久都不再看對方了。記憶的儀器已經拔掉了插頭，不再記錄他們爬到共同的床上睡覺前的任何事情了。

共同的床：婚姻的祭壇；而說到祭壇就不能不說犧牲祭獻。他們正是在共同的床上互相為對方犧牲——兩個人都睡不好，一個人的呼吸聲會吵醒另一個人；每個人都把身體挪到床的邊邊，把中間留出一大塊空位；一個人假裝睡著了，希望能讓另一個人睡得著，讓另一個人可以放心地翻來覆去，不必擔心會打擾到他。唉，另一個人也沒得到好處，他也擔心對方睡不著（基於相同的理由），於是他也假裝睡著，身體動也不動。

睡不著又不准動：婚姻之床。

阿涅絲躺在那裡，一幕幕的景象在腦海裡流過：家裡來了一個親切的陌生人，他對他們的事瞭若指掌，但是卻不知道艾菲爾鐵塔是什麼。只要能跟這陌生的客人單獨談話，阿涅絲願意付出一切，可是這個人卻故意挑他們兩個都在家的時間來訪。他們三人圍坐在矮桌旁的扶手椅上，桌上擺著三杯咖啡，保羅陪客人閒話家常。阿涅絲只惦著陌生人何時才會開始說明來意。他的來意，阿涅絲其實心知肚明。可是只有她明白，保羅卻一無所知。終於，陌生人打斷話頭，直接切入主題：「我想你們知道我是從哪裡來的。」

「是的。」阿涅絲答道。她知道陌生人來自別的星球，來自一個非常遙遠的星球，一個在宇宙中相當重要的星球。阿涅絲才答完話，就帶著靦腆的微笑問道：「那裡是不是比較好？」

陌生人只是聳聳肩說：「阿涅絲啊，您應該很清楚您生活的地方啊。」

阿涅絲說：「死亡，大概是無可避免的吧。可是我們難道想不出別的死法嗎？一定要在身後留下一具軀殼，一定得把這軀殼埋到土裡或是丟進火裡嗎？這一切不是太糟了嘛！」

「大家都知道，地球不過就是個糟透的東西啊。」陌生人回答。

「還有另一件事，」阿涅絲又繼續說，「您可能會覺得我的問題很蠢，我想問，生活在那邊的人，他們有臉嗎？」

「沒有。只有這裡才有臉這種東西，只有在你們這裡。」

「那麼在那邊的人，他們彼此怎麼區別呢？」

「在那邊，我們這麼說吧，每個人都是他自己的作品。每個人都從頭到尾創造出自己。這種事很難解釋，您是不會明白的，不過總有一天，您會明白的。因為我就是要來告訴您，下輩子，您不會再回到地球上了。」

當然，阿涅絲早就知道陌生人要來跟他們說什麼，她不可能覺得驚訝，但是保羅聽得瞠目結舌，他望著陌生人，望著阿涅絲，看得阿涅絲不得不問道：「那保羅呢？」

「保羅也不會再回到地球上，」陌生人說。「我要來告訴你們的就是這件事。我們都會在事前通知我們挑選的那些人。我只有一個問題要問你們：下輩子，你們想繼續在一起，還是不想再碰到對方了？」

阿涅絲知道他會問這個問題，這就是為什麼她希望單獨面對這位陌生的訪客。她知道自己當著保羅的面回答不出：「我不想再跟他一起生活了。」她在保羅面前說不出這樣的話，保羅在她面前也說不出這種話——就算他很可能也想過過不一樣的下輩子，經歷沒有阿涅絲的生活。畢竟，當著對方的面高聲說：「下輩子，我們不想繼續在一起了，我們不想再碰到對方了。」這種話等於是說：「我們之間從過去到現在從來不曾存在任何愛情。」這正是他們不能高聲說出來的事，因為他們的共同生活（已經超過二十年的共同生活）建築在愛情的幻象上，建築在兩人一起費心培育、維持的幻象上。阿涅絲也知道，她想像那情景，當她終於面對陌生訪客的問題，她一定會無力招架，不論她想要什麼，渴望什麼，她最後都會回答。「是啊，當然啦，我希望我們可以繼續在一起，下輩子也一樣。」

可是今天是第一次，她確定自己有了勇氣，就算當著保羅的面，她還是說得出自己心裡想要的，說得出她內心深處真正想要的東西；她確定自己有勇氣這麼做，就算有可能看到他們之間的一切在眼前崩毀。她聽見身邊傳來沉沉的呼吸，保羅已經睡著了。她彷彿把影片放進放映機裡，把整個情景重新播放了一遍——她跟陌生的訪客對話，保羅瞠目結舌地望著他們，然後陌生人問道：「下輩子，你們想繼續在一起，還是不想再碰到對方了？」

（奇怪的是：儘管陌生人對他們的事瞭若指掌，他卻無法理解地球人的心理，也沒有愛情的概念；他也沒想到他以最大的善意提出這個又直接又實際的問題，竟然會給他們帶來這些困擾。）

阿涅絲鼓足全身的氣力，用堅定的聲音回答：「我們不想再碰到對方了。」這回答，有如當著愛情的幻象，「砰」的一聲把門甩上。

第二部 不朽

1

一八一一年九月十三日。年輕的新娘貝婷娜（Bettina Brentano）和她的丈夫阿辛・馮・阿爾尼姆（Achim von Arnim）在威瑪市的歌德夫婦家已經住了三個星期。貝婷娜二十六歲，阿爾尼姆三十歲，歌德的太太克莉絲蒂安四十九歲；歌德六十二歲，牙齒都掉光了。阿爾尼姆愛他年輕的妻子，克莉絲蒂安愛她年邁的老爺，而貝婷娜，儘管已經結了婚，還是不停地跟歌德調情。這一天，歌德待在家裡，克莉絲蒂安陪這對年輕夫婦去看畫展（這是他們家的世交樞密顧問官邁爾籌辦的），歌德對這次展出的畫作讚不絕口。克莉絲蒂安不懂畫，不過歌德說過的話她記得很清楚，所以她順口就把她丈夫說的話當成自己的意見。阿爾尼姆聽見克莉絲蒂安有力的聲音，看見架在貝婷娜鼻子上的眼鏡。貝婷娜一皺鼻子（像兔子那樣），這副眼鏡就跳起來。阿爾尼姆很清楚這是什麼意思——貝婷娜氣得快要發作了。阿爾尼姆彷彿感覺到暴風雨即將來臨，於是默默地走到隔壁的展覽廳。

他才剛走出去，貝婷娜就打斷克莉絲蒂安的話，她說：不，她不同意她的看法！老實說，這些畫根本就荒謬透了！

克莉絲蒂安也很火大，理由有二：其一，這個年輕的貴族女人雖然結了婚，懷了孕，還是恬不知恥地跟歌德調情；其二，她竟然還駁斥歌德的意見。這女人想幹嘛？想在追隨歌德的人裡頭站上第一線，同時也在反對歌德的人裡頭站上第一線嗎？克莉絲蒂安分別因為這兩個理由而心煩，也同時因為這兩個理由而心煩，因為這兩個理由在邏輯上是互斥的。於是她也高聲宣稱：這些畫如此傑出，說這些畫荒謬，那才真是荒謬。

貝婷娜立刻反駁：說這些畫荒謬，絕對沒有問題，而且，還得說它們可笑才對！沒錯，就是可笑。她還接二連三地提出論據，支持自己的說法。

克莉絲蒂安一邊聽，一邊也發現了，她完全無法理解這個年輕女子所說的話。貝婷娜說得越起勁，就用到越多她從同輩的朋友那裡學來的詞彙（這些朋友都是讀過大學的年輕人），克莉絲蒂安很清楚，貝婷娜用這些詞彙沒別的原因，是因為這些詞彙讓人無法理解。克莉絲蒂安望著貝婷娜的鼻子，眼鏡在上頭跳動著，她心想，這副眼鏡和這些詞彙還真是和諧無間。其實最引人注目的是貝婷娜鼻子上的那副眼鏡！沒有人不知道歌德斥責戴眼鏡出現在公開場合的行為，他認為那是壞品味的表現，是怪誕的行為。貝婷娜之所以明知故犯，大搖大擺地在威瑪市戴著眼鏡，是為了放肆而挑釁地展現自己屬於年輕的一代——這個世代正是以浪漫的信念和鼻梁上的眼鏡來凸顯自身的不同。如果有人驕矜炫耀地宣稱他屬於年輕的一代，這個人的意思顯然是：他想告訴人們，當其他人（在貝婷娜的故事裡，其他人就是歌德和克莉絲蒂安）都很可笑地躺進墳墓的時候，他還活著。

貝婷娜說著，越說越興奮，突然之間，克莉絲蒂安的手飛了過來。在最後一刻，克莉絲蒂安意識到自己打客人一巴掌是不太得體的。她止住了自己的手勢，於是她的手只拂過貝婷娜的前額。眼鏡摔到地上，跌了個粉碎。附近的人紛紛轉頭來看，大家都尷尬地愣在那裡；倒楣的阿爾尼姆也從隔壁的展覽廳跑過來，他不知如何是好，只能蹲下去撿玻璃碎片，像要把它們黏回去似的。

等了好幾個小時，所有人都不安地等候歌德的判決。大家都想知道歌德獲悉事情的來龍去脈之後，會維護哪一邊？

歌德維護的是克莉絲蒂安，他從此不准這對夫婦踏入他的家門。

玻璃杯摔破的時候，會帶來好運。鏡子破掉的時候，會有七年的厄運。那麼眼鏡飛出去摔成碎片的時候呢？那可是會引發戰爭的。貝婷娜在威瑪市所有的沙龍宴會裡告訴大家：「肥臘腸發瘋了，還咬了我。」這句話在威瑪市口耳相傳，所有人都笑到流淚。這不朽的句子，這不朽的笑聲至今還在我們的耳中迴盪。

2

不朽。歌德對這個字眼並不害怕。他有一本書叫做《我的人生》，書名的副標題很有名，叫做「*Dichtung und Wahrheit*」，《詩與真》。在這本書裡，他談到自己還是十九歲青年的時候，在萊布尼茲市的新劇院裡熱切凝望著舞台上的布幕。舞台深處的布幕上畫著（我引用歌德的文字）「*der Tempel des Ruhmes*」，光榮的神殿，神殿前面是歷代的偉大劇作家。在他們當中，「有一個穿著薄外套的人筆直地朝神殿走去，完全不理會其他劇作家；他背對觀眾，沒有任何獨特之處。那是莎士比亞，他不追隨前人的腳步，對偉大的典範視若無睹，他不靠任何支持，獨自前行，走向不朽。」

歌德所說的不朽當然跟靈魂不朽的信仰毫不相干。他說的是另一種不朽，是世俗的，是死後留在後人記憶中的那種不朽。任何人都可以達成這種不朽，只是偉大的程度有別，久遠的程度有別，每個人從青春期就開始想著這件事了。我還是個小男孩的時候，星期天經常去一個摩拉維亞的村子閒逛，聽說那裡的村長在自己客廳裡擺了一副敞開的棺材，他興致一來，自我感覺特別好的時候，就會躺進棺材裡想像自己的葬禮。在棺材裡的幻想，這是他經歷過最美好的夢幻時刻——此刻他就住在他的不朽之地。

面對不朽，人們的態度並不相同。我們必須區分兩種不同的不朽：小小的不朽，是對某人的回憶，留在認識他的那些人的心裡（摩拉維亞的村長所夢想的不朽）。還有偉大的不朽，也是對某人的回憶，但是卻留在不認識他的那些人的心裡。有些職業會把人一下子推上偉大的不朽，雖說不一定會如此，甚至可以說機會不高，但這樣的可能性卻又毋庸置疑——那就是藝術家和政治家這兩種職業。

當今歐洲所有的政治家裡頭，法國總統密特朗應該是在腦子裡給不朽留了最大空間的人了。我還記得一九八一年總統大選之後的那場典禮，真是令人難忘。先賢祠的廣場上聚集了一大群支持者，密特朗遠離了人群——他爬上大台階（一如莎士比亞在歌德描述的舞台布幕上走向光榮的神殿），手裡拿著三朵玫瑰。然後，在眾目睽睽下，他消失了，接著，他又獨自出現在六十四位盛名的死者的陵墓之中，跟隨他孤獨沉思身影的只有一具攝影機，一個電影工作小組，還有幾百萬的法國人——在貝多芬《第九號交響曲》澎湃的樂聲中盯著小小的電視螢幕。密特朗把玫瑰花一朵一朵放在他選定的三位死者的墳墓上。他像個土地測量員，在巨大無邊的永恆工地上插了三根標竿，如是標畫出一個三角形的範圍，人們將在其間建立起他的宮殿。

季斯卡，是密特朗的前任總統。他在一九七四年邀請了一些清道夫來愛麗舍宮和他共進就職首日的早餐。這是一個情感細膩的布爾喬亞階級擺出來的姿態，他一心希望那些單純的人們能愛戴他，他希望能讓他們相信他跟他們是一夥的。密特朗還沒有天真到想要變成跟清道夫相像的人（沒有任何一個總統會跟清道夫相像的）；他想要跟死者相像，這麼一來，他就見證了一份更偉大的智慧，因為死亡與不朽是一對無法分離的伴侶，誰的臉和死者的臉混在一起，他在世的時候就可以不朽。

我一直對美國總統卡特頗有好感，在電視上看見他在一群幕僚、教練和保鏢的簇擁下穿著厚厚的運動衫跑步，我幾乎要愛上他了；突然間，汗珠從他的額頭滾落，他的表情扭曲，幕僚們圍了上去，攔腰抱住他——他的心臟病小小地發作了一下。慢跑，原本是要讓總統有機會展現他永恆的青春，幕僚們還為此邀集了一群攝影記者，結果人們看到的不是一個精神奕奕的運動員，而是一個日漸衰老的可憐男人，但這也不能算是幕僚的錯。

渴望不朽的人哪，總有一天攝影機會把他斜臉歪嘴的樣子呈現在我們面前，而這將是他唯一留在我們心裡的面貌，這面貌將變成他一生的寓言形象；他將走入不朽——名為可笑的不朽。第谷・布拉赫（Tycho Brahé）是個偉大的天文學家，可是今天沒有人記得他的任何事蹟，只記得他在布拉格皇宮的最後晚餐。他用餐時因為害羞而強忍尿意，導致膀胱爆裂，而他，為了羞愧和尿液而殉道，瞬即加入了可笑的不朽的行伍。他加入這行伍，一如歌德夫人克莉絲蒂安在日後將自己永遠變成了發瘋的臘腸。這世上我最鍾愛的小說家莫過於羅伯・穆齊爾（Robert Musil），他死於某個舉啞鈴健身的早晨。所以我自己舉啞鈴的時候，都很擔心脈搏，怕不要就這麼死了，畢竟手裡拿著啞鈴死去，和我最鍾愛的作家一個樣，這會讓我變成他的追隨者，這種追隨法實在太不可思議，太狂熱，太瘋癲了，可笑的不朽肯定會立刻降臨在我身上。

3

試想在魯道夫大帝的時代已經有了攝影機（那些讓卡特總統不朽的攝影機），這些攝影機拍攝了天文學家第谷先生在皇宮裡的晚餐。第谷的身體在椅子上扭來扭去，臉色越來越蒼白，兩條腿扭絞在一起，還翻著白眼。要是他知道有數百萬的觀眾在看他，他的痛苦會增加十倍，而人們的笑聲會更加響亮，迴盪在他不朽建築的所有廊道之中。想方設法要找樂子的人民，當然會要求電視台在每年的除夕夜播放這部關於知名天文學家不好意思去撒尿的影片。

這景象讓我想起一個問題：在攝影機的時代，不朽的特質是否有所改變？我無須遲疑就可以回答：根本的特質，不變；因為鏡頭本身的無形本質早在鏡頭發明之前就已經存在了。雖然沒有真實的鏡頭架在那裡，人們的行為舉止卻已經像是有相機在拍攝了。在歌德身旁，從來沒有任何攝影隊追著要拍他，但是攝影師的影子卻從遙遠深邃的未來投射在他身邊，追著他跑。譬如，他和拿破崙最有名的那次會面也是這樣。當時這位法國皇帝的功業正是如日中天，他把歐洲所有的國家元首集合在埃爾福特（Erfurt），要他們來追認他和俄國沙皇分享的權力。

在這方面，拿破崙很法國，數十萬的死者不足以讓他心滿意足，他還渴望得到作家們的讚賞。他問他的文化顧問誰是德國當代最權威的精神領袖；文化顧問開出來的名單上，名列第一的是一位叫做歌德的先生。歌德！拿破崙拍了一下額頭說：不就是寫《少年維特的煩惱》的那個作家嗎！他遠征埃及的時候，有一天發現手下的軍官都沉迷於這本書。他知道這本書在講什麼，不由得怒火中燒。他暴躁地斥責軍官們不該讀這種多愁善感的廢話，他嚴令禁止他們再看小說。任何小說都不准看。只准讀歷史，這些書有用多了！不過這一次，他聽說歌德是這麼一號人物，他很高興，決定邀請他。根據文化顧問的說法，歌德最有名的是劇作，拿破崙聽了更開心。他不喜歡小說，卻很喜歡戲劇，因為戲劇讓他想起那一場場的戰役。他是一個偉大的戰役發動者，還是個不世出的導演，在他內心深處，他確信自己是歷來最偉大的悲劇詩人，比索福克里斯更偉大，比莎士比亞更偉大。

文化顧問是個很稱職的人，不過他常常搞不清楚狀況。歌德確實做了很多齣戲，但是他的榮耀跟這些戲劇沒多大關係。文化顧問可能把他跟席勒搞混了。說來歌德跟席勒的交情匪淺，把兩個好朋友組合成一個詩人也不為過；說不定文化顧問這麼做並非無心，而是有教學上的用意，值得嘉許，他為拿破崙創造了一個德國古典主義的綜合體，一個叫做弗列德利希・沃夫岡・席勒阿德[1]的人物。

歌德收到邀請函之後（他還不知道自己是席勒阿德），隨即明白他得接受這個邀請。他就要六十歲了。死亡正在向他靠近，死亡帶著不朽向他走來（因為死亡與不朽，就像我先前說的，它們是一對無法分離的伴侶，它們登對的程度更甚馬克斯與恩格斯，更甚羅密歐與茱麗葉，更甚勞萊與哈台[2]），歌德無法雲淡風清地看待一位不朽者的邀請。儘管他當時正忙著寫他視為登峰造極之作的《色彩理論》，他還是放下手稿，前往埃爾福特。一八〇八年十月二日，一位不朽的詩人和一位不朽的統帥於是完成了一次令人難忘的會面。

1. 兩位詩人的全名分別是：約翰・克里斯多夫・弗列德利希・馮・席勒（Johann Christoph Friedrich von Schiller），約翰・沃夫岡・馮・歌德（Johann Wolfgang von Goethe）。
2. 勞萊與哈台（Laurel and Hardy）：美國著名的喜劇二人組合，兩人自一九二六年起合作演出，風靡全球。

4

在眾多攝影師騷動的影子圍繞下，在拿破崙的副官引導下，歌德走上了大台階，又走上另一道台階，穿過幾道走廊，走向一個大廳，拿破崙就在大廳的深處，坐在桌前用他的早餐。他的身邊擠滿了人，都在向他彙報，這位統帥一邊回答，嘴裡的咀嚼也沒停過。過了一會兒，副官才敢上前，用手指了指歌德——他遠遠站在那兒，動也不動。拿破崙抬起眼，右手插進外套裡，用手掌按住他的胃。這是有攝影師圍在身邊的時候，他的習慣動作。他趕緊把嘴裡的東西吞下去（因為臉歪嘴斜的時候被拍到不是好事，而那些壞心腸的攝影師最喜歡這種人像照），他的嗓音洪亮，他要讓大家都聽到他說：「這才是真正的男子漢哪！」

這正是我們今天在法國所謂的「金句」。政治人物滔滔不絕卻不斷在重複，他們一點也不心虛，一直重複著相同的東西，因為他們很清楚，民眾無論如何也只會知道新聞記者抄下來的那幾句話；為了方便記者們工作，也為了多少操弄一下記者，政治人物會在這些日趨相同的演講裡穿插一兩句從來沒說過的話；他自己也沒想到，也很驚訝，這一兩個「金句」竟然會一下子變得這麼有名。今天，政治的藝術已經不再是管理眾人之事了（這些事自己會依據某種隱隱約約而無法掌控的運作邏輯來管理自己），政治的藝術是要去發明一些金句，政治人物則因為這些「金句」而被看見、被理解，在民意調查裡被評比，於是勝選或敗選。歌德還沒聽過「金句」的概念，但是我們也知道，事物在還沒被具體實現與命名之前，就已經以其無形的本質存在了。歌德明白拿破崙剛剛出口的是一句絕妙的「金句」，這句話對他們兩人都有好處。他很開心地往桌子的方向走去。

您高興怎麼想像詩人的不朽都可以，只是統帥總是比詩人更不朽，所以提問題的終究是拿破崙而不是歌德。「您今年幾歲了？」拿破崙問道。「六十歲了。」歌德回答。「您的氣色很好，不像是這個年紀。」拿破崙的話裡帶著敬意（他比歌德年輕二十歲），歌德則是一副神氣的樣子。歌德五十歲的時候已經有點福態了，他有雙下巴，卻一點也不在乎。但是隨著歲月流逝，他感受到死亡揮之不去的陰影；在此同時，帶著又肥又醜的大肚腩走入不朽也讓他害怕。於是他決定減肥，過沒多久，他就變回了一個苗條的男人，而他的外表，就算說不上美，至少還可以喚起人們對某種逝去的美的回憶。

「您結了婚嗎？」拿破崙對這個問題真心感到興趣。「是的。」歌德微微頷首。「那您有孩子嗎？」「有一個兒子。」說到這裡，有個將軍走到拿破崙身旁，向他報告一個重大的消息。拿破崙陷入沉思。他把手從外套抽出來，叉起一塊肉，放進嘴裡（不再有人拍攝這景象），一邊咀嚼一邊回答。過了好一會兒他才想起歌德。他真心感到興趣，問道：「您結了婚嗎？」「是的。」歌德微微頷首。「那您有孩子嗎？」「有一個兒子。」「那您的查理─奧古斯特怎麼樣？」拿破崙突如其來地對歌德說出威瑪公國君主的名字，很顯然他並不喜歡這位君主。

歌德不想說他的君主的壞話，也不想跟不朽者唱反調，他於是用非常巧妙的外交辭令回應，他說查理─奧古斯特為科學和藝術做了許多事。提到藝術，就讓不朽的統帥找到從餐桌起身的機會，他又把手插進外套裡，用手掌按住他的胃，向詩人的方向走了幾步，在詩人面前發表自己對戲劇的看法。霎時間，隱形的攝影隊顫晃著激動的影子跑了過來，照相機發出啪啪啪啪的聲音，統帥和詩人親熱地面對面，相隔只有一步之遙，可是統帥還是提起嗓門說話，好讓整個大廳的人都聽得到。他建議歌德寫一齣關於埃爾福特會議的戲劇，因為這場會議最後將保障人類的幸福與和平。「劇場啊，」統帥高聲說道，「應該成為人民的學校！」（這是他的第二個「金句」，夠資格登上第二天早報的頭版。）「而且，如果把這齣戲題獻給沙皇亞歷山大，」拿破崙用比較柔緩的聲音繼續說，「那就太棒了！」（因為埃爾福特會議就是為他召開的！拿破崙想結盟的對象正是他！）接著，他硬是幫席勒阿德上了一堂文學課，後來卻被一個副官打斷了思緒。拿破崙想要找回原來的話頭，卻無端說了兩次劇場是人民的學校，然後（來了！終於！話頭給他找回來了！）他終於想到伏爾泰的《凱撒之死》。依照拿破崙的說法，這是一個詩人錯失機會，沒能成為人民導師的好例子。伏爾泰的悲劇應該呈現的是一個為了人類福祉奮鬥，卻因為早逝而壯志未酬的偉大統帥。最後這幾個字的聲音是感傷的，統帥直盯著詩人的眼睛說：「對您來說，這真是個大好的題材！」

結果又有人打斷了他。將軍們走進了大廳，拿破崙把手從外套抽出來，坐在桌前，叉起一塊肉，放進嘴裡，一邊咀嚼一邊聽報告。攝影師們的影子又消失了。歌德四下看看，目光停在幾幅畫上，然後走到陪他進來的副官身邊，問他接見是否已經結束。副官回答說是，拿破崙的叉子舉起，歌德離去。

5

貝婷娜的母親叫做馬克斯蜜莉安・拉・羅歇，歌德二十三歲的時候曾經愛上她。撇開幾次聖潔的親吻不說，那是一種無形的愛，純粹是精神性的，再加上馬克斯蜜莉安的母親及時把女兒嫁給義大利富商布倫塔諾，這段戀情更是無以為繼了。布倫塔諾眼見這位青年詩人對他的妻子糾纏不休，於是把他從家裡趕出去，從此不准這位詩人踏進他家一步。後來馬克斯蜜莉安生了十二個孩子（她那窮凶惡極的義大利男人一共生了二十個！），其中一個女兒的教名是伊莉莎白；這個女孩就是貝婷娜。

貝婷娜很小就迷上了歌德。不只是因為他在所有德國人的注視下走向光榮的神殿，也因為她聽說過歌德和她母親的情史。她對這段古老的戀情十分著迷，而由於這段情史指向遙遠的過去（天哪！故事回溯到貝婷娜出生前十三年！）這簡直把她迷得魂不守舍。漸漸地，她覺得自己對這位偉大的詩人有一些祕密的特權，在隱喻的意義上（除了詩人還有誰會把隱喻當回事呢？）她把自己看作詩人的女兒。

大家都知道，男人有一種壞毛病，就是想逃避做父親的義務，他們不想給生活費，不想承認自己是父親。他們拒絕理解孩子是所有愛情的本質——不管是不是真有受孕和誕生這回事。在愛情的代數運算裡，孩子是兩個生命神奇地加總起來的記號。就算男人沒碰過他愛的女人，他也該設想他的愛情開花結果的可能性，他該設想愛情的果實在最後一次約會的十三年後才瓜熟蒂落的可能性。這差不多就是貝婷娜鼓起勇氣去威瑪市找歌德之前，心裡所想的。那時她二十二歲（換句話說，跟歌德當年追求她母親的年紀相仿），但她一直覺得自己是孩子。這種感覺對她有一種神祕的保護作用，彷彿童年就是她的擋箭牌。

躲在童年的擋箭牌後面，這是貝婷娜一生都在玩的伎倆。這是她的伎倆，也是她的本性，因為她從小就在扮小孩了。她一向對詩人克雷蒙斯・布倫塔諾（也就是她的大哥）有一絲情愫，她總是喜孜孜地坐在克雷蒙斯的大腿上。那時（她十四歲）她已經在享受作為孩子、妹妹以及思春少女的三重曖昧情境了。誰能把一個孩子從自己的大腿趕下去呢？就算是歌德也做不到。

一八〇七年，她和歌德第一次見面的那天，她就坐在歌德的大腿上——如果我們相信她後來自己說的故事：她先是坐在歌德對面的沙發上；氣氛是憂傷的，歌德提到幾天前過世的阿梅莉公爵夫人。貝婷娜說她對此一無所知。「什麼？」歌德很驚訝，「您對威瑪市的生活不感興趣嗎？」貝婷娜說：「除了您之外，我什麼都不感興趣。」歌德滿臉笑意，望著這個年輕的女人，然後說出了這個要命的句子：「您是個可愛的孩子。」一聽到「孩子」這字眼，貝婷娜心裡所有的恐懼都消失了：「這沙發我坐不住，」她才說，就一骨碌地站了起來。「那您就隨便坐吧。」歌德這麼說，貝婷娜於是跑過去摟住他，坐在他的大腿上。她應該是覺得很舒服吧，這麼挨在歌德身上，沒多久她就睡著了。

很難說這一切是不是真的這樣發生，還是說貝婷娜騙了我們，不過如果她騙了我們，那更好，這樣我們就知道她想讓自己呈現什麼樣的形象了，還有，她用什麼方法對男人發動攻勢——她用孩子的方法，那是一種肆無忌憚的真心（她宣稱自己毫不關心公爵夫人的死，她發現沙發坐起來不舒服，可是在她之前，已經有幾十個客人滿懷感激地坐過那張沙發了）；她用孩子的方法，跳上去勾住歌德的脖子，坐在他的大腿上；最厲害的是，她用孩子的方法，在歌德的大腿上睡著了。

採取孩子的行為模式，這真是占盡便宜了——孩子們天真又未經世事，做什麼都可以；他們還沒走進形式主導一切的世界，還沒有人限定他們要學習良好的行為規範；他們可以表露自己的情感，不必在乎禮儀。拒絕看到貝婷娜身上存在一個小孩的那些人會覺得她瘋瘋癲癲（有一次，她只因為一時高興，就在房間裡跳起舞來，跳得跌在地上，還碰到桌角撞破了額頭），沒有教養（在沙龍宴會裡，她老喜歡坐在地上），最讓人受不了的是她的矯揉造作。相反的，願意把她當成一個永恆的孩子的那些人，卻又對她直率的天性十分著迷。

歌德因為孩子而感動。他送給貝婷娜一枚美麗的戒指，紀念他自己的青春。當天晚上，他在記事本上簡短地寫下：布倫塔諾小姐。

6

歌德與貝婷娜，這兩個著名的戀人見過幾次面？一八〇七年（也就是貝婷娜坐在歌德大腿上的那一年）秋天，貝婷娜回來看歌德，在威瑪市的歌德家待了十天。後來，她隔了三年才再見到他——在波希米亞的一個溫泉小城特普利茲——那是歌德泡溫泉的地方，可是貝婷娜先前並不知道。一年之後，真正要命的造訪在威瑪市登場了，就在貝婷娜抵達兩個星期之後，她的眼鏡在地上摔成了碎片。

那麼他們到底單獨見過幾次面？三、四次吧，不會再多了。見面的次數越少，信寫得越多（或者該說得精確些：貝婷娜給歌德寫的信就越多）。她給歌德寫了五十二封長信，她在信裡從來不用「您」，而且談的盡是愛情。然而除了喋喋不休的文字之外，其實什麼事也沒發生。我們不禁要問，為什麼他們的情史這麼出名？

答案如下：這段情史這麼出名，是因為打從一開始，這段情史就牽扯到其他的事情，而不只是愛情。

歌德沒多久就感覺到了。他第一次覺得擔心是在貝婷娜告訴他，早在她造訪威瑪市之前，她跟歌德的老媽媽已經很熟絡了。歌德的媽媽跟貝婷娜一樣，都住在法蘭克福，貝婷娜想知道有關歌德的一切，老太太被她逗得很開心，整天都跟她說些陳年往事。貝婷娜希望她跟老母親的友誼可以迅速幫她打開歌德家的大門，還有歌德的心。這如意算盤打得其實不算太成功。歌德覺得母親對他的寵愛有一點滑稽（他從來不去法蘭克福探望她），而一個怪異的女孩和一個天真的母親結成同盟，他在其中嗅出某種危險。

貝婷娜把她從老太太那裡聽來的故事告訴歌德的時候，我想歌德的心裡應該是五味雜陳。首先，他當然會為這個年輕姑娘對他感興趣而心花怒放。貝婷娜說的話喚醒他心底沉睡的無數往事，令他陶醉。但是他隨即發現有些事不可能發生過，或者說有些事讓他顯得很可笑，所以不應該發生過。還有，他整個童年，整個青年時期，在貝婷娜的敘述裡都蒙上了某種色調，甚至某種意義，在在令他感到不悅。倒不是說貝婷娜用歌德的童年往事來攻擊他；而是任何人（不只是歌德）遇到別人用另一種方式詮釋他生命（而不是用他自己的方式）的時候，都會覺得不快。於是歌德覺得受到了威脅：看看這些投身浪漫主義運動的年輕知識分子（歌德對他們可沒有一絲好感），這位年輕的姑娘也混跡其中，野心勃勃，自以為是未來的作家（因為她近乎恬不知恥的個性）。終於，有一天，她大剌剌地對歌德說：她想要根據他母親的回憶寫一本書，一本關於他——歌德——的書！這一瞬間，在愛情宣言的背後，歌德瞥見一枝羽毛筆的威脅與霸道，於是開始和貝婷娜保持距離。

他雖然和貝婷娜保持距離，但也不願意做得太難看。貝婷娜太危險了，歌德不想把她變成敵人；還是用沉穩的懷柔政策應付她比較好，但也不能太過親切，因為任何細微的舉動都有可能被她詮釋成脈脈含情的跡象（在貝婷娜的眼裡，連打個噴嚏都會變成示愛的動作），這又會讓這位年輕姑娘更加肆無忌憚。

有一次她寫信給歌德說：「不要把我的信燒掉，也不要撕掉；這麼做會傷害你自己，因為我在信裡表達的愛與你相繫，堅定，強烈，充滿活力。可是不要把信拿給任何人看。把這些信藏好，猶如隱藏某種神祕的美。」一起初他帶著微笑，帶著優越感，看著貝婷娜對自己的那些信那麼有自信，可是接下來他卻為這個句子感到困惑：「不要把信拿給任何人看！」為什麼貝婷娜禁止他這麼做？好像他真想要把信拿給什麼人看似的！透過不要給人看的命令，貝婷娜透露了一個祕而不宣的欲望——給人看。想到貝婷娜寫給他的信不知何時也會被別人看到，他覺得自己就像個被告，法官提醒他：從現在開始，您所說的一切都會被用來對抗您。

他於是努力在親切與審慎之間，理出一條中庸之道：回覆貝婷娜那些心醉神迷的信，他用的是短箋，筆調是友善的，而且情感極為節制；貝婷娜對他以「你」相稱，歌德則長期以「您」回應；如果兩人碰巧在同一個城裡，他會讓貝婷娜感受到父執輩的誠意，他會邀她來作客，但是他會希望有其他人在場。

這究竟是怎麼回事？

貝婷娜在一封信裡寫著：「我以堅定而強烈的意志永遠愛你。」請仔細讀一讀這句看似平凡無奇的句子。比起「愛」這個字，真正重要的其實是「永遠」和「意志」。

我就不再兜圈子了。這故事說的不是愛情。它說的是不朽。

7

一八一〇年，偶然的機遇讓他們在特普利茲待了三天。貝婷娜在這段期間向歌德透露，她就要和詩人阿辛・馮・阿爾尼姆結婚了。她告訴歌德這件事的時候或許有點尷尬，因為她以為歌德會把這項婚約視作背叛——背叛了他們狂戀至意亂神迷的愛情。她這個不經世事的姑娘，當然沒想到這消息會讓歌德竊喜不已。

貝婷娜才剛走，歌德就寫了一封信給克莉絲蒂安，信裡有這麼一個讓人忍俊不住的句子：「Mit Arnim ists wohl gewiss.」有了阿爾尼姆，一切就沒問題了。在同一封信裡，他還說到他很高興，因為他覺得貝婷娜「比以前更漂亮也更可愛了」，而我們也猜得到為什麼他會覺得貝婷娜有這樣的變化——歌德很確定，一個丈夫的存在，可以讓他從此免受貝婷娜胡言亂語的侵擾，從此他可以平靜地、愉快地欣賞貝婷娜的魅力了。

若要更清楚地理解這個狀況，我們不能忘記一個基本因素——歌德從少年時代就很有女人緣，所以，他認識貝婷娜的時候，已經在女人堆裡混了四十年了；這期間，歌德身上發展出一套完美的機制，他的風流儀態與反射動作一觸即發。說句公道話，在此之前，歌德也付出了一點努力，他克制自己，讓這套風流的機制在貝婷娜面前停止轉動。但是他明白「有了阿爾尼姆，一切就沒問題了」之後，他如釋重負，他告訴自己，從此不必再謹言慎行。

晚上，貝婷娜到他房裡找他，跟平常一樣孩子氣地嘛著嘴。她一邊說著一些粗魯放肆卻又迷人的話，一邊往地上坐下去，就坐在歌德坐的扶手椅對面。由於歌德的心情奇佳（「有了阿爾尼姆，一切就沒問題了！」），他傾身輕撫貝婷娜的臉頰，像在摸個孩子。此刻，孩子停下口中的喋喋碎語，抬眼望著他，眼裡滿是女性的需索和慾望。歌德抓著貝婷娜的手，拉她站了起來。且讓我們記住這個場景：歌德依然坐著，貝婷娜面對他站著，從窗戶望出去，夕陽即將西沉。他們四目相望，風流的機制發動了，歌德並沒有設法讓它停下來。歌德的聲音比從前低沉些，他依然望著貝婷娜的眼睛，要她把乳房露出來。貝婷娜什麼也沒說，什麼也沒做；她的臉紅了。歌德從扶手椅上起身，解開她低胸連身裙的鈕釦。貝婷娜動也不動，望著歌德的眼睛，夕陽泛紅的霞光灑在她身上，和她額頭到腹部泛紅的肌膚混成一片。歌德把手放在貝婷娜的乳房上：「從來沒有人摸過你的乳房嗎？」歌德問道。「沒有。」貝婷娜答道。「你這麼摸我，感覺好奇怪……」她的眼睛一刻也沒離開歌德。歌德的手始終放在貝婷娜的乳房上，歌德也望著她，望著她的眼睛，深深地凝望，悠長地，貪婪地，歌德觀看著一個從來不曾讓人摸過乳房的姑娘流露的羞恥心。

貝婷娜自己記下的場面約莫就是這樣，應該沒有任何後續了；在他們這個吹噓勝過色情的故事裡，貝婷娜有如一枚獨一無二的輝煌珠寶，閃耀著性的興奮光芒。

8

儘管後來他們離開了對方，但還是在心裡保留了這個魔魅時刻的痕跡。歌德在他們見面之後的那封信裡把她喚作「allerlibebste」，至愛。可是歌德也沒昏了頭，從第二封信開始，他就讓貝婷娜知道他已經開始寫他的回憶錄《詩與真》（*Dichtung und Wahrheit*），他要貝婷娜幫他的忙——他的母親已經過世，沒有人記得他的童年往事，但是貝婷娜長期和這位老太太來往，所以她應該把老太太告訴她的事記錄下來，她應該把這些東西寄給歌德。

歌德難道不知道貝婷娜想要自己出版一本關於他童年的書嗎？他難道不知道貝婷娜甚至已經跟一個出版商在談條件了？歌德當然知道！我敢打賭，他請貝婷娜幫這個忙並非出於實際的需要，而是要讓她沒辦法出版任何跟他有關的書。貝婷娜一方面還被上回見面的事弄得神魂顛倒，一方面也擔心她和阿爾尼姆的婚姻會害她失去歌德，於是她讓步了。歌德就這樣順利拆除了貝婷娜這枚炸彈的引信。

後來，貝婷娜在她年輕丈夫的陪伴下，在一八一一年的九月來到威瑪，這時，她已經懷了阿爾尼姆的孩子。沒有什麼比這事更讓人開心了——見到一個不久以前還令人恐懼的女人，現在見她已經解除了武裝，不再讓人感到害怕！然而貝婷娜，儘管懷孕了，儘管結婚了，儘管沒辦法寫她的書，她還是不覺得自己解除了武裝，也從來沒打算要在這場戰鬥之中認輸。希望大家明白我的意思：這場戰鬥為的不是愛情，而是不朽。

倘若歌德想到不朽，就他的地位而言，這種事不難想像。可是像貝婷娜這麼年輕又這麼名不見經傳的女人，怎麼會有這樣的想法？當然了，有人從童年開始就夢想著不朽。而且，貝婷娜屬於浪漫派的世代，這些人從開眼見光的那一刻，就被死亡眩惑了。詩人諾瓦利斯（Novalis）沒活到三十歲，縱然他如此年輕，但是啟發他最多靈感的，或許正是死亡——魅惑人心的死亡，化作詩意醇酒的死亡。他們全都活在超驗性的世界裡，活在超越自我的世界裡，他們的雙手伸向遠方，伸向生命終結之處，甚至更遠，伸向那屬於非存在的無垠之地。我也說過，不管死亡在哪裡，不朽這個伴侶都會跟它在一起，而浪漫派的信徒則是臉不紅氣不喘地跟死亡稱兄道弟，一如貝婷娜對歌德沒大沒小。

一八〇七到一八一一這幾年，是貝婷娜生命中最美好的時光。一八一〇年在維也納，她一時心血來潮跑去拜訪了貝多芬。所以她認識最不朽的兩個德國人，她認識最俊美的詩人，也認識最醜的作曲家，而且她還跟這兩位不朽者調情。這雙重的不朽讓她陶醉不已。歌德垂垂老矣（那時候，六十多歲的人都被當作老頭子），要死隨時都可以死；貝多芬當時則剛滿四十歲，他不知道自己會比歌德早五年躺進墳墓。貝婷娜蜷縮在這兩人中間，像個嬌嫩的小天使縮在兩個巨大的黑色紀念碑之間。這感覺真好，歌德的嘴裡沒有半顆牙也沒讓她感到絲毫的不舒服。相反的，歌德越老，對她越有吸引力，因為他離死亡越近，離不朽也就越近。只有逝去的歌德才能緊緊握著她的手，帶她走向光榮的神殿。歌德離死亡越近，貝婷娜越不想放棄他。

這就是為什麼在一八一一年要命的那個月，貝婷娜都結了婚也懷了孕，還要變本加厲地扮小孩，大聲嚷嚷，坐在地下，坐在桌子上，坐在五斗櫃上，坐在燈架上，爬到樹上，邊走邊跳舞，別人在嚴肅地講話她卻在唱歌，別人唱歌的時候她卻嚴肅地說起自己的想法，而且不惜任何代價要找機會和歌德單獨會面。可是她也只成功了一次，她在這兩個星期當中只和歌德獨處了一次。

據說這次會面的過程大致如下：

那時天已經黑了，他們坐在歌德房間的窗邊。貝婷娜開始談起靈魂，然後談到星星。歌德抬眼望著天空，指了一顆星給她看。可是貝婷娜近視，什麼也看不見。歌德把望遠鏡遞給她說：「你運氣不錯，這是水星。今年秋天，看得特別清楚。」可是貝婷娜想到的是愛情的星星，而不是天文學上的星星，她把眼睛湊在望遠鏡上，故意說她什麼也沒看見，說是望遠鏡的倍數不夠。歌德很有耐性，他去找來一副倍數更高的望遠鏡。再一次，貝婷娜把眼睛湊了上去，然後再一次說她什麼也沒看見。這倒是激起歌德的興致，跟她談起了水星、火星，諸多行星，談到太陽，談到銀河。歌德說了很久，說完之後，他請貝婷娜見諒，貝婷娜就自己回了房間。幾天之後，在看畫展的時候，貝婷娜宣稱那些畫很荒謬，而克莉絲蒂安唯一的回應則是，讓貝婷娜的眼鏡飛落到地上。

9

這個打破眼鏡的日子，是九月十三日，貝婷娜把這事當成一場大潰敗。她的反應先是充滿敵意，在威瑪市到處跟人說有一條發瘋的臘腸咬了她，但是她很快就明白了，她這麼一副記仇的樣子很可能會害她再也見不到歌德，於是她對不朽者的偉大愛情很可能會淪為一段平庸的插曲，注定要被人遺忘。所以她逼著善良的阿爾尼姆給歌德寫了一封信，希望他能原諒他的妻子。這封信始終沒有回音。夫妻倆於是離開了威瑪，到了一八一二年一月才又回來。歌德還是沒有接見他們。一八一六年，克莉絲蒂安過世，不久之後貝婷娜就寫了一封措辭極其謙卑的長信，歌德還是沒有回應。一八二一年，也就是他們前一次見面的十年之後，貝婷娜又來到威瑪，她讓僕人通報說她來了，歌德正在家裡宴客，沒辦法不讓她進來。可是歌德一句話也沒對她說。同年的十二月，她又寫了信給歌德。她沒有收到任何回覆。

一八二三年，法蘭克福的議員們通過決議，要為歌德樹立一座雕像，他們把這項工作委託給一位名叫勞赫的雕塑家。貝婷娜看了草圖，覺得很不滿意，她確信命運之神為她提供了一個不可錯失的機會。雖然她不會畫圖，她還是動手畫了自己構想的雕像的輪廓——歌德坐在那裡，像個古代英雄；他的手上抱著一把古希臘豎琴；他的兩膝之間站著一個小女孩，應該是普賽克[3]的化身；詩人的頭髮張揚，如火焰一般。貝婷娜把這幅畫寄給歌德，一件令人非常驚奇的事情發生了——歌德的眼裡出現了一滴淚水！就這樣，就在分離了十三年之後（現在的時間是一八二四年七月，歌德七十五歲，貝婷娜三十九歲），歌德接見了貝婷娜，雖然氣氛有點僵結，歌德還是告訴貝婷娜，過去的事就算了，他不屑開口說話的沉默時代已經過去了。

看來，在這些事件發生的期間，兩位主角終於對這些事都有了冷靜而清晰的理解，他們兩人都知道是怎麼回事，他們也都知道對方懂得。在雕像的草圖裡，貝婷娜第一次毫不遮掩地指出，打從一開始，事情的重點就在於：不朽。她沒有說出來，只是輕輕拂過這個詞，宛如觸動悠悠長長輕柔迴盪的一根琴弦。歌德聽到了。他先是天真地陶醉在奉承之中，但是漸漸地（抹掉眼淚之後），他明白了這個訊息包含的真正意義（其實並不是那麼奉承）：貝婷娜要讓他知道，從前的遊戲還在繼續；她並沒有認輸；將來為他裁剪壽衣的是她，他將裹在這件壽衣裡供後人瞻仰；她要讓他知道，他完全無法阻止她這麼做，要賭氣不說話更是沒好處。歌德又想起他早已知道的事：貝婷娜很可怕，最好提防著點，對她客客氣氣的。

貝婷娜知道歌德明白。從他們在同一年秋天會見的時候她就知道了，那是他們和解之後第一次見面；貝婷娜在一封寫給姪女的信裡談到這件事：「從他在家裡接待我之後，」貝婷娜在信裡這麼寫：「歌德先是咕咕噥噥，後來又對我說些甜言蜜語來博取我的好感。」

歌德在想什麼，我們怎麼會不知道！他一看見貝婷娜就怒火中燒，他對於中止這十三年美好的靜默感到憤怒。他開口就想吵架，彷彿要把這輩子不曾用過的咒罵全都發洩在貝婷娜身上。不過他很快就鎮定下來了——何必這麼率直？何必對她說出心裡的話呢？重要的是他先前的決定：敷衍她，安撫她，提防她。

貝婷娜說，歌德假藉各種名義打斷他們的會見，他至少跑到隔壁的房間六次，為的是去偷喝

3. 普賽克（Psyché）：希臘神話中人類靈魂的化身，以少女形象出現，和愛神艾洛斯（Eros）相戀。

酒，這是貝婷娜從他嘴裡的酒氣發現的。後來，她笑著問他，為什麼不聲不響地躲起來喝酒？這下歌德生氣了。

比起歌德躲起來喝酒這件事，我倒是對貝婷娜比較感興趣，她的反應和一般人不一樣，我們也會饒有興味地看著歌德，但是會必恭必敬地不敢吭聲。像貝婷娜那樣對歌德說一些旁人不敢說的話（「你的嘴裡有酒氣！你為什麼喝酒？你為什麼不聲不響地躲起來喝酒？」），那是她向歌德強索交情的方法，她要藉此與歌德近身搏鬥。貝婷娜藉孩子的天真之名，行放肆挑釁之實。這是她慣用的伎倆，歌德一眼就看穿了，這正是十三年前他決定永遠不要再看見的貝婷娜。歌德一言不發，起身執起一盞燈，意思是會見結束了，他要送這位女客穿過黑暗的走廊到門口。

貝婷娜在下一封信裡說，這時，為了不讓歌德走出去，她面對房裡跪在門檻上對歌德說：「我想看看能不能把你關起來，我想看看你是善良的神靈，還是邪惡的魔鬼——就像浮士德的老鼠那樣；我親吻並且祝福這道門檻，因為每天從它上頭跨過的，是一個最偉大的心靈，也是我最好的朋友。」

那歌德怎麼回應呢？根據同樣的這封信，歌德是這麼說的：「要走出去，我無須踐踏您，我無須踐踏你的身軀，也無須踐踏你的愛；你的愛太珍貴，我承受不起；至於你的心靈，我會從旁邊繞過去（確實，歌德小心翼翼地繞過貝婷娜跪臥的身軀），因為你太狡猾了，最好客客氣氣地跟你相處。」

這個句子，由貝婷娜自己放在歌德的口中，在我看來是總結了歌德在這次會見之中一直在說卻沒說出口的話：我知道，貝婷娜，你為雕像畫的草圖是個天才的詭計。在我淒涼老邁的身形裡，我因為你描摹我頭髮張揚如火焰而感動（啊，我稀疏悲涼的頭髮），可是我立刻就明白了：

你想讓我看的不是一張草圖，而是你手上的一把槍，這把槍可以射向我遙遠的不朽。唉，我卸除不了你的武裝。可是我也不想要戰爭。我想要和平。我只想要和平啊。我會小心翼翼地繞過你身旁，不碰到你，我不會擁抱你，不會親吻你。首先，因為我一點也不想這麼做。再者，因為我知道，我所做的一切都會被你變成手槍裡的子彈。

10

十年之後，貝婷娜又來到威瑪市；她幾乎每天都去看歌德（那時候歌德七十歲），在這次停留的最後幾天，她試圖進入查理－奧古斯特的宮廷，她那迷人的放肆行徑又多添了一樁，而這事她始終保密。那時發生了一件意想不到的事——歌德發作了。「家母將這隻令人無法忍受的牛虻（diese leidige Bremse）留給我，」歌德在寫給查理－奧古斯特的信裡這麼說，「這隻牛虻糾纏我們已經很久了。她一直玩著一個小把戲，這把戲在她年少時或許還能討人歡心，她說起話來活像夜鶯，嘰嘰喳喳的時候像隻金絲雀。如蒙殿下恩准，我將以叔父的威嚴禁止她一切糾纏的行徑，否則殿下在她煩擾之下將永無寧日。」

又過了六年，貝婷娜又來歌德家拜見他。可是歌德拒絕見她，而將貝婷娜比做牛虻則成為歌德在這段故事裡的最後一言。

奇怪的是，自從歌德收到那張雕像的草圖之後，他就規定自己要不惜任何代價跟貝婷娜和平共處。儘管他一看到貝婷娜就會過敏，他還是盡了一切的努力（難怪貝婷娜會聞到歌德滿嘴酒氣），要「客客氣氣地」跟貝婷娜度過那個晚上。他怎麼會讓過去的心血在一夕之間化為雲煙？他連走向不朽的時候穿的襯衫都如此苛求，生怕衣服上有一絲皺褶，怎麼會寫下這麼可怕的字句——令人無法忍受的牛虻？兩百年後，甚至三百年後，當世人不再讀《浮士德》，不再讀《少年維特的煩惱》，還會有人為這幾個字責怪他，他怎麼會寫下這麼可怕的字句？

要知道，生命是一個鐘面：

直到某個時刻之前，死亡都還是一件太過遙遠的事，我們根本無從關心。我們無視死亡的存在，我們看不見死亡。那是生命的第一個階段，也是最幸福的時期。

接著，突然間，我們看見自己的死亡出現在眼前，出現在我們的視野裡，揮之不去。死亡與我們同在。而由於不朽與死亡形影不離，一如勞萊與哈台，所以我們可以說不朽也與我們同在。一發現死亡的存在，我們就開始狂熱地關注它。我們會為死亡訂製一件禮服，我們會為它買一條領帶，就怕別人替它選了西裝和領帶，就怕別人選得不好。此時正是歌德決定寫回憶錄《詩與真》的年代，他邀請忠心耿耿的艾克曼（Eckermann）到他家（真是奇怪的巧合：這事也發生在一八二三年，也就是貝婷娜畫了雕像草圖的同一年），讓艾克曼可以專心寫他的《歌德談話錄》——這幅俊美的肖像，在畫中人親切的監督下完成了。

過了生命的第二個階段（也就是人們的眼裡總是看到死亡的那個階段），第三個階段就來了，這是最短也最神祕的階段，我們對這階段的瞭解非常少，也不去談它。人的氣力衰退，身心俱疲，諸事寬容。疲憊：連接生命之岸與死亡之岸的寂靜橋樑。死亡如此靠近，我們根本懶得去看它。一如過去，我們無視死亡的存在，我們看不見死亡。一如近在眼前、太過熟悉的事物，我們無視死亡的存在。疲憊的人從窗戶看風景，凝望窗外的枝葉，心底默默唸著樹木的名字：栗子樹、白楊木、槭樹。這些名字跟樹木的存在一樣美。白楊木身形高大，宛如舉臂向天的運動選手。或者，像是火舌凝結的熊熊烈焰。白楊木，噢，白楊木。倘若我們拿不朽和疲憊的老人從窗戶望見的美麗白楊木相比，不朽只是個微不足道的幻覺，是個空洞的字眼，是一縷輕風，而我們卻舞著捕蝶網在後頭追。不朽，疲憊的老人根本不再惦記。

那麼，如果突然來了個女人要繞著桌子跳舞，要跪在門檻上，要說些矯揉造作的話，望著白楊木的疲憊老人會怎麼做呢？他會湧現一股無法形容的喜悅，一股猝然重生的活力，他會把這個女人喚作leidige Bremse，令人無法忍受的牛虻。

我想著歌德寫下「令人無法忍受的牛虻」的這一刻，我想著歌德感受到的愉悅，我相信，在剎那的清明之中，他明白了：他從來不曾依照自己的意願行事。他自以為掌管著自己的不朽，然而這責任卻讓他喪失了所有的本性。他害怕荒唐，心裡卻又萬分嚮往，可是一旦做出什麼荒唐事，他又會立刻試著去挽救，才不會偏離他微笑待人的穩重自持——他經常將這樣的風度等同於美。「令人無法忍受的牛虻」這樣的字眼，跟他的作品不合拍，也跟他的生命、他的不朽無法相容。這種話，是純粹的自由。只有到達生命第三階段的人才寫得出這種話。進入第三階段的人，不會再去經營他的不朽，也不再把不朽當成正經事。很少有人能到達這個極限，但是來到的人就會知道，除了這裡，沒有別處找得到真正的自由。

這些想法穿過歌德的腦際，可是他立刻就忘了，因為他是個疲憊的老人，他的記憶力已經衰退。

11

還記得吧：貝婷娜第一次來看歌德的時候，就是裝成小孩的樣子。二十五年後，時間是一八三二年三月，當她得知歌德病重的時候，她隨即送去歌德家的，正是一個小孩——她的兒子西格蒙。這個害羞的十八歲男孩，依照母親的指示，在威瑪市待了六天，渾然不知自己所為何來。可是歌德知道：她差遣這男孩來到歌德身邊，他是個信使，他的出現就是要讓歌德知道，死神的馬蹄已經在門後達達響起，從此貝婷娜掌握了歌德的不朽。

接著，死神登門入室，三月二十二日，歌德同死神搏鬥一個星期之後過世了，幾天之後，貝婷娜寫了一封信給歌德的遺囑執行人穆勒首相：「歌德的死確實帶給我無法磨滅的深刻感受，但這並非悲傷的感受；我無法以言語確切形容，但我相信，最接近的說法是一種光榮的感受。」

請特別留意貝婷娜的這個說法：並非悲傷，而是光榮。

過沒多久，她又去拜託穆勒首相，請他把她寫給歌德的信通通寄給她。重讀這些信的時候，她覺得很失望，因為整個故事看起來像一幅草圖，當然，是一幅偉大作品的草圖，但不管怎麼說，它就是草圖，而且，還是一幅不完整的草圖。她得動手工作了。這工作持續了三年——她修改，她重寫，她自圓其說。她對自己寫的信不甚滿意，歌德寫的信更讓她失望。重讀這些信的時候，文字的簡潔讓她有種受傷的感覺，她被這些信的含蓄刺傷，也被這些信的放肆無禮所刺傷。歌德彷彿真的把她當成小孩，寫信的時候常像個和藹可親的老師在教訓一個小學生。所以她只得把語氣改一改——「我親愛的朋友」變成「我親愛的寶貝」，歌德對她的責備也因為加上一些討人開心的話而變得和緩，她還加油添醋，讓人覺得她扮演的角色是女神繆斯，在意亂情迷的詩人身邊為他啟發靈感。

更徹底的方法則是，她重寫了幾封自己的信。這回，她倒沒有改變語氣，她的語氣正是如此。她改的是什麼呢？是日期（為了不讓人發現他們的書信往來曾經數度中斷，而且每次都為時甚久，這種事一旦揭穿，人家就知道他們恆久不渝的熱情是假的了），她刪掉很多不適當的段落（譬如，她請求歌德不要把她的信給別人看的那一段），還發展了其他細節，讓她描述的情況更有戲劇性，讓她對政治、對藝術的看法更有深度，特別是談到音樂和貝多芬的時候。

她在一八三五年完成這本書，然後以*Goethes Briefwechsel mit einem Kinde*（《歌德與小女孩的書信集》）的書名出版。沒有人懷疑這些書信的真實性，直到一九二一年有人發現了這些書信的正本，並且將它們編輯出版。

唉，為什麼她沒有及時把這些信燒掉呢？

您設身處地想想吧。燒掉珍貴的私密文件談何容易；這麼做彷彿承認自己來日無多，死期將至；於是您不斷推遲這銷毀文件的動作，直到有一天，一切都太遲了。

人們期盼著不朽，卻忘記要把死亡一起考慮進去。

12

活在這個世紀的末期，讓我們有回顧的機會，或許我們可以這麼說：歌德確實是一個站在歐洲歷史中央的人物。歌德：絕美的中點，歐洲的中心。他不是那種厭惡極端事物，怯怯懦懦的中心點，他是堅強的中心，他穩穩撐住兩個極端，維持著非凡的平衡，歐洲以後再不會有這樣的中心了。青年時代，歌德還在學習煉金術，後來卻成為現代科學的先鋒；他是最偉大的德國人，同時又是反對愛國主義的歐洲人；他是世界主義者，卻幾乎不曾離開家鄉——他那小小的威瑪市；他屬於自然，同時又屬於人類的歷史。在愛情上，他既放蕩，又浪漫。還有以下這些理由：

還記得阿涅絲在那猝然抖動，像患了舞蹈症的電梯裡吧。儘管她是電腦專家，她還是無法解釋這部機器的高科技腦袋裡到底發生了什麼事。對她來說，這部電梯的科技腦袋始終奇異難解，一如她每天都要碰到的所有東西的機械結構，從擺在電話旁邊的小電腦，一直到洗碗機。

歌德就不一樣了，他經歷的是一個歷史性的時刻，一個短暫而獨特的時刻，那時候，人類的技術水平已經足以提供某些舒適的設備，但是受過教育的人都還知道身邊所有器具的原理。歌德知道他的房子是怎麼建造的，他知道為什麼油燈可以發光，他懂得望遠鏡的機械結構；或許他不敢操刀進行外科手術，可是他在現場看過幾次，所以他可以像個內行人似的，和他的醫生聊得很起勁。科技產品的世界對他來說是可以理解的，是透明的。位在歐洲歷史中央的偉大歌德時刻正是這個樣貌，這短暫的片刻將成為一道鄉愁的瘢痕，留在日後被關在搖擺舞動的電梯裡的人的心中。

貝多芬的創作始於偉大的歌德時刻終結之處。世界漸漸失去它的透明性，變得模糊不清，變得讓人無法理解，急急忙忙走入了未知的領域，而被這世界背叛的人類則遁入內心深處，遁入鄉愁，遁入夢裡，遁入反叛之中，人類心中升起的痛苦吶喊震耳欲聾，再也聽不到外頭呼喚他們的聲音。對歌德來說，內心的吶喊是一種讓人無法忍受的喧嘩。所有人都知道，歌德討厭噪音，他甚至連遠處花園傳來的狗叫聲都受不了。有人說他不喜歡音樂，這不是真的。他不喜歡的是交響樂。他非常喜歡巴哈，因為巴哈還認為音樂是獨立清晰的聲音所發出的透明音質。但是在貝多芬的交響樂裡，幾種樂器的獨特聲音卻混成一陣吶喊與哭叫的模糊聲響。歌德受不了交響樂的嗥叫，也受不了靈魂喧鬧的哭啼。貝婷娜的同伴們在神聖的歌德眼裡讀出了這股厭惡——神聖的歌德摀住耳朵望著他們。他們不能原諒他，他們攻擊他，把他當作靈魂之敵、反叛精神之敵、情感之敵。

貝婷娜，她是詩人布倫塔諾的妹妹，是詩人阿爾尼姆的妻子，是貝多芬的崇拜者。貝婷娜，她是浪漫家族的成員，她是歌德的好朋友。這正是她獨一無二的地位——她是兩個王國的統治者。

她的書像是對歌德絕美的致敬。所有的信就是一首獻給歌德的情歌。好，就算是這樣吧，可是所有人都知道歌德夫人把貝婷娜的眼鏡摔到地上，而歌德當時很可恥，他為了一條發瘋的臘腸背叛了這個愛慕他的小女孩。所以這本書同時也是（而且更應該說是）給詩人好好上了一堂愛情課——這位詩人面對偉大的情感，反應卻像個軟弱的學究，為了可憐兮兮地維持婚姻生活的寧靜，他犧牲了激情。貝婷娜的書對歌德既是一次致敬，也是一頓毒打。

13

歌德過世的同一年，貝婷娜在一封寫給她朋友赫爾曼・馮・蒲克勒—穆斯考伯爵的信裡提到二十年前的一個夏日所發生的事情。根據她的說法，這是貝多芬親口告訴她的。一八一二年（也就是眼鏡破掉的黑色年份之後的那一年），貝多芬來特普利茲待了幾天，他第一次遇到歌德就是在這裡。他們一起散步，走在一條林蔭道上，突然間，皇后在她家人和宮廷侍從的簇擁下，出現在他們前面。歌德一瞥見這陣仗，也沒再多聽貝多芬跟他說些什麼了，他停下腳步，退到一旁，還把帽子摘了下來。貝多芬呢，他把帽子壓得更低，緊皺著彼時又抽長了幾公分的濃眉，他面對那些貴族走去，沒有放慢腳步；結果是那些貴族停下腳步讓他過去，還向他致意。後來他才轉過身，等歌德過來。這時他告訴歌德，他認為歌德的所作所為是一種奴性的舉動。他教訓歌德的樣子像在教訓一個小毛頭。

這畫面是否真的出現過？還是貝多芬自己虛構的？全盤虛構？或者只是加油添醋？或者是貝婷娜自己加油添醋的？或者是貝婷娜自己捏造了整個故事？答案永遠沒有人會知道。然而可以確定的是，貝婷娜寫信給赫爾曼・馮・蒲克勒伯爵的時候，她已經充分理解這則軼事無可估量的價值，這是唯一能揭露她與歌德的情史最深刻意義的一則軼事。話這麼說是沒錯，可是要怎樣才能讓大家都知道這事呢？在信裡，她問赫爾曼・馮・蒲克勒說：「你喜歡這故事嗎？Kannst Du sie brauchen?（你會拿這故事來做什麼嗎？）」由於馮・蒲克勒沒打算拿這故事來做什麼，於是貝婷娜先是計畫要出版她和伯爵之間的所有通信，最後，卻找到一個很不理想的解決辦法：一八三九年，她在一份名為《雅典娜》（*Athenäum*）的文藝期刊上發表了貝多芬自己告訴她這個故事的信件！信上標註的日期是一八一二年，可是人們始終不曾找到那封信的原件，留下來的只有貝婷娜抄寫的謄本。諸多細節（譬如信件的確切日期）都顯示貝多芬根本沒寫過這封信，或者至少貝多芬根本沒寫過貝婷娜重抄的那些內容。但就算這封信是假的或是半真半假的又怎麼樣，這則軼事已經出名了，而且吸引了所有人的注意。突然之間，一切都很清楚了：如果歌德不要偉大的愛情而寧願要一條臘腸，這事並非偶然，因為貝多芬是個有反叛性格的人，他向前走，帽子緊緊壓在頭上，雙手反抄在背後，而歌德呢，他是個有奴性的人，他卑躬屈節地退到林蔭道的邊上。

14

貝婷娜學過音樂，她甚至還作過幾首曲子，所以她知道貝多芬的音樂裡什麼是新的，什麼是美的。但我還是要問這個問題：貝婷娜是被貝多芬的音樂迷住？被那些音符迷住？還是被他的音樂所代表的東西迷住的？換句話說，貝婷娜著迷的是不是貝多芬音樂模糊難解的特性與她這個世代的想法、態度之間的某種相近之處？終究，對藝術的愛是否存在？對藝術的愛真的存在過嗎？難道這不是一種幻象嗎？列寧宣稱他特別喜愛貝多芬的鋼琴奏鳴曲《熱情》（*Appassionata*），他喜愛的究竟是什麼？他聽到的是什麼？是音樂嗎？還是一種崇高的喧嘩，讓他想起自己的靈魂鍾情於鮮血、博愛、絞刑、正義、絕對的靈魂——正在澎湃地運動？他聽到的是音樂嗎？或者他只是任由音樂帶著他進入幻境，而這幻境與藝術、與美毫無干係？我們回頭看看貝婷娜吧。她是被音樂家貝多芬所吸引，還是被反歌德的偉大人物貝多芬所吸引？她對貝多芬音樂的喜愛是出於一種平常的愛，就像我們喜歡某個神奇的隱喻，就像我們喜歡某一幅畫的配色？還是出自一種自命不凡的激情，熱烈到會讓人加入政黨？不管是出自哪一種愛（反正我們也永遠不會知道），貝婷娜都已經把貝多芬壓低帽子向前走的形象送給了世人，而這形象又繼續獨自前行，走過了數個世紀。

一九二七年，貝多芬死後一百年，一份名為*Die literarische Welt*（《文學世界》）的德國期刊邀請當時最重要的作曲家詳述貝多芬對他們的意義。編輯們怎麼也沒想到這個把帽子緊緊壓在前額的人會在死後遭遇這般的凌遲：奧里克（Auric），「法國六人組」的成員，以他所有朋友的名義發表了一份聲明：貝多芬對他們來說根本是可有可無，甚至不值得他們來否定他的重要性。

說他有一天會重見天日，得到平反，就像一百年前巴哈那樣？怎麼可能！太可笑了！雅那切克（Janacek）也說，貝多芬的作品從來就不曾讓他著迷。而拉威爾（Ravel）簡單的總結則是：他不喜歡貝多芬，因為他的光榮不是建立在他的音樂（很顯然是不完美的），而是建立在他傳記裡的一則矯揉造作的傳奇故事。

一則矯揉造作的傳奇故事。在故事裡，這則傳奇建立在兩頂帽子上——一頂在前額上壓得低低的，直壓到那對濃濃的眉毛上，另一頂被人拿在手上，這個人在鞠躬，腰彎得低低的。變戲法的人喜歡耍帽子，他們讓一些東西消失在帽子裡，或是從帽子裡變出幾隻鴿子飛上天花板。貝婷娜從歌德的帽子裡變出屬於他奴性的醜陋飛鳥；而在貝多芬的帽子裡（當然她沒打算這麼做），她讓貝多芬的所有音樂都消失了。她把天文學家第谷・布拉赫和美國總統卡特的命運留給歌德——一種可笑的不朽。但是可笑的不朽一直窺伺著我們每一個人；對拉威爾來說，把帽子低壓到眉頭向前走的貝多芬，比深深一鞠躬的歌德可笑得多。

所以，即使有可能製造不朽，即使有可能預先塑造它，配製它，不朽也絕對不會依照計畫實現。貝多芬的帽子成為不朽。就這一點而言，計畫是成功了。但是帽子不朽之後會有什麼意義，任誰也無法預見。

15

「您知道的，約翰，」海明威說，「我也一樣，我也沒辦法擺脫他們沒完沒了的指責。他們不看我的書，反而寫了一些關於我的書。據說我不愛我那幾個妻子。我對我的兒子也不夠關心。我還狠狠揍過一個評論家。我這個人好像不夠誠懇。我很傲慢。我很大男人。我吹噓自己在戰爭裡受了兩百三十處傷，其實只有兩百零六處。我手淫。我對我媽媽很壞。」

「這就是不朽啊，您說能怎麼樣呢？」歌德說。「不朽是一場永恆的審判哪。」

「如果這是一場永恆的審判，那得要有個真正的審判者！而不是一個手裡拿著撢衣桿的鄉下女教師。」

「鄉下女教師手上揮舞的撢衣桿，這就是永恆的審判哪！您還有別的想像嗎，恩內斯特？」

「我什麼也沒想。我只希望死後可以活得清靜一點。」

「可是您所做的一切努力都是為了不朽。」

「鬼扯。我不過是寫了幾本書，沒別的。」

「問題就出在這裡啊！」歌德放聲大笑。

「我的書不朽，我一點也不反對。我把它們寫到讓人無法更動一字。我盡了一切努力要讓這些書經得住狂風暴雨。可是作為一個人，作為恩內斯特．海明威，不朽這回事我根本一點也不在乎！」

「我明白，恩內斯特。可是您活著的時候應該謹慎一點，現在，我們已經使不上力了。」

「謹慎一點？這是說我愛吹噓嗎？沒錯，我年輕的時候像一隻愛炫耀的公雞。我總是要讓自己成為眾人注目的焦點。可是請相信我，就算我曾經這麼虛榮，我也不是個妖怪，我幾乎不曾想過不朽這回事啊！當我意識到不朽在那裡窺伺我，那一天我簡直嚇壞了。我拜託大家不要來我的生活裡窮攪和，說了不知幾百次，可是我越是拜託，情況就越糟。後來為了躲開這些人，我跑去古巴住了下來。他們要給我諾貝爾獎的時候，我也拒絕去斯德哥爾摩。我可以跟您說，我根本就不在乎不朽，我甚至可以告訴您：我發現不朽把我擁抱在懷裡的那一天，我心裡害怕的感覺比死亡還恐怖。人可以終結他的生命，可是人不能終結他的不朽。一旦不朽拉您上了船，您就永遠下不來了。就算您像我一樣開槍打爆自己的腦袋，您還是會帶著您自殺的事蹟留在船上，真是恐怖，約翰，真是恐怖啊。我死了，躺在橋上，我看見我的四個妻子圍著我蹲在那裡，寫她們知道跟我有關的每一件事，我的兒子就在她們後面，他也在寫，而葛楚德・史坦[4]，那個老巫婆，她也在那裡寫，我所有的朋友都在那裡，說著他們聽過跟我有關的一切風花雪月、惡意中傷的閒言閒語，還有上百個記者拿著麥克風緊跟在後，在美國所有的大學裡，有一整隊的教授把這一切都分門別類整理好，然後分析、發展、製造出幾千篇文章、幾百本書。

16

海明威在發抖，歌德握住他的手。「恩內斯特，冷靜一點。請冷靜一點，我的朋友。我明白您的感受。您告訴我的這些事讓我想起一個夢。這是我最後的一個夢，後來我就不曾再作夢了，也或許後來作的夢都很混亂，我也分不清那是現實還是夢了。請您想像一下，在一個小小的偶戲劇場裡，我在後台操縱那些木偶，還自己朗誦劇本。那是一場《浮士德》的演出。是我寫的《浮士德》。說到這裡，您知不知道《浮士德》演得最好的就是在偶戲劇場？我之所以這麼高興，是因為舞台上沒有演員，我可以自己朗誦。那一天，詩句迴盪在那裡，比任何時候都美。後來，我突然往觀眾席上看去，卻發現那裡空無一人。這讓我感到很困惑。觀眾都到哪兒去了？難道我的《浮士德》這麼無聊，無聊到所有的人都走了？我連個噓聲都不值嗎？我很尷尬，東看西看最後卻被嚇得愣住了——我原本以為會在觀眾席上看到他們，結果他們竟然在舞台後面！他們睜大眼睛，好奇地看著我的一舉一動。我們的目光一碰上，他們就開始鼓掌。我這才明白，他們要看的表演不是偶戲，而是我。他們要看的不是《浮士德》，而是歌德！我簡直嚇壞了，很像您剛剛說的那種恐怖的感覺。我覺得他們想要聽我說些什麼，可是我說不出話來。我的喉頭緊縮，我把那些戲偶丟在亮晃晃卻沒人看的舞台上。我還試著要維持某種高雅從容的神情，我一句話也沒說，逕

4. 葛楚德・史坦（Gertrude Stein，一八七四－一九四六）：美國作家，後定居巴黎，除寫作外並主持一著名的藝文沙龍。海明威旅居巴黎時受其影響及鼓勵甚多。

直往衣帽架走去拿我的帽子，我戴上帽子，完全沒理會他們的好奇，就這麼回家去了。我盡量不東張西望，也不往後看，因為我知道他們就跟在後面。我轉動鑰匙，打開我家沉重的大門，然後很快地在我身後把門關上。我點亮油燈，用顫抖的手拿著，走向書房，想要在我收藏的礦石前面忘掉這段不幸的遭遇。可是我才把油燈放在桌上，我的目光就被帶到窗外了——我看見他們的臉一張張緊貼在那裡。我知道自己永遠也擺脫不了他們了，永遠不能，永遠，永遠不能了。看見他們睜大眼睛盯著我，我才意識到是油燈照亮了我的臉。我熄了燈，心裡知道自己又犯了個錯——這樣他們就知道我躲著他們，我很害怕這麼一來他們會變本加厲。由於恐懼已經壓過了理性，我跑進臥室，把床單扯下來蓋住我的頭，就這樣杵在房間的角落裡，緊貼著牆壁……」

17

海明威和歌德在彼世的路上漸行漸遠，您會問我，我打哪兒跑出來的點子，怎麼就把這兩個傢伙湊在一起呢？可是，有誰能想出比這兩人更隨意的組合嗎？它們之間沒有任何共通之處啊！那又如何？依您看，歌德會喜歡跟誰一起度過彼世的時光？跟艾克曼？跟赫爾德[5]？跟荷爾德林[6]？跟貝婷娜？您應該還記得阿涅絲，還記得她想到死後還得不斷聽到每次做蒸氣浴都聽到的那些女人的聲音，就覺得非常厭惡。她不想再見到保羅，也不想再見到布麗姬特！那麼歌德為什麼就得渴望在死後見到赫爾德？我甚至敢說他一點也不想再見到席勒。當然，他活著的時候絕對不會承認，因為一輩子連一個重要的朋友都沒有，這樣的人生未免有些可悲。席勒當然是他最親密的朋友。但是最親密的意思是說比其他的朋友都親密，而這些其他的朋友對他來說確實沒那麼親密。那都是跟他同時代的人，他並沒有選擇他們。有這麼一天，他會豁然明白，這輩子他身邊繞來繞去的就是這些人了，這時，他的心裡會充滿焦慮。能怎麼樣？也只能聽天由命了。既然如此，他死後為什麼還會想跟這些人來往？

所以我是出自一種純然無私的愛，才會想像把一個可能會吸引他的人送給他當作同伴（如果您不記得，容我提醒您，歌德活著的時候對美國很好奇），因為這個人不會讓他想起浪漫派的小

5. 赫爾德（Johann Gottfried von Herder，一七四四－一八〇三）：德國哲學家、文學評論家，在藝術與文學上對歌德有深遠的影響。
6. 荷爾德林（Friedrich Hölderlin，一七七〇－一八四三）：德國詩人。

圈圈——那些臉色蒼白的浪漫派在歌德的生命即將告終時征服了德國。

「約翰，您也知道，」海明威說，「能當您的同伴對我來說是非常幸運的事。在您面前，人們因為敬畏而顫抖，以至於我那些妻子甚至葛楚德・史坦那個老女人老遠看到您就躲開了。」說完他笑了出來：「她們該不會是因為看到您這一身不可思議的打扮吧！」

為了讓大家明白海明威的這段話，我得說清楚一點，不朽者在彼世散步時，有權在他們於人世的外貌之中挑選出自己最喜歡的樣子。歌德選了他生命最後幾年獨自在家的那個形象；沒有人（有的話，頂多也只有他身邊的親友）看過他這副模樣——為了不讓陽光刺傷眼睛，他在額頭上戴了一塊綠色的透明遮光板，用一條細細的短繩綁在頭上；他的腳上穿著毛拖鞋，而且為了怕著涼，還裹著一條五顏六色的大披巾。

歌德聽到海明威提到他那身不可思議的打扮，笑得樂不可支，彷彿海明威對他說的話是極大的恭維。他靠到海明威身邊低聲說：「我是因為貝婷娜才穿得這麼怪模怪樣的。她不管去哪裡，都要跟人家說她對我的愛情有多偉大。所以我想讓大家看看她這麼偉大的愛情，愛的是什麼樣的對象！現在她只要遠遠看到我就會逃開。我知道她會氣得跺腳，看見我這個樣子在這裡閒逛——滿嘴無牙，頭也禿了，還在眼睛上戴著這個荒唐的玩意。」

第三部 鬥爭

姊妹

我聽的那個電台是國營的，所以不播廣告，但是在新聞和評論之間會播一些最新的流行歌曲。隔壁那台是民營的，廣告取代了音樂，可是那些廣告跟最新的流行歌曲實在太像了，害我從來不知道自己聽的到底是哪一台，更別說在我乍醒卻還睡意沉沉的時候了。半夢半醒之間，我聽到從大戰結束之後，已經有兩百萬人在歐洲的公路上喪生，法國每年的平均數字是一萬人死亡，三十萬人受傷，這些斷手、斷腿、缺耳朵、缺眼睛的人簡直可以組成一支大軍。這嚇人的數字讓國會議員貝爾通・貝爾通感到憤怒（他的名字很好聽，像一首搖籃曲），他建議採取某種卓越的措施，可是睡意在此刻淹沒了我，所以我是在半個小時之後重播同一條新聞的時候才知道：貝爾通・貝爾通，這個名字好聽得像一首搖籃曲的國會議員，他向國會提出一項法案，要求禁止所有啤酒的廣告。這事在國會引起軒然大波，很多國會議員都反對這項法案，廣播電台和電視台的負責人也和反對的議員們站在一起，因為這樣的禁令會讓他們少賺很多錢。接著，我聽到貝爾通・貝爾通本人的聲音，他談到與死亡作戰，談到為生命鬥爭。「鬥爭」這個詞，在他簡短的演說裡重複了五次，讓我想起我的老政黨，布拉格，紅旗，海報，為幸福鬥爭，為正義鬥爭，為未來鬥爭，為和平鬥爭；為和平而鬥爭，直到大家一起摧毀一切，當然，這事還得加上捷克人民的智慧。可是我又睡著了（每次聽到有人唸出貝爾通・貝爾通的名字，我的腦海裡就會湧現一股柔柔的睡意），醒來的時候，聽到的已經是一段關於砍伐森林的評論了；我把收音機轉到隔壁的電台。這一台，正好在談貝爾通・貝爾通議員和禁止所有啤酒廣告的事。這些事的邏輯關係一點一點地浮現在我腦子裡：人們開車互相殘殺，像在戰場上一樣，可是我們不能禁止汽車，因為那是現代人的驕傲；有一定百分比的災禍肇因於酒醉開車，可是我們不能禁止葡萄酒，因為那是法蘭西古老的榮光；有一部分民眾的酒醉是啤酒引起的，可是我們也不能禁止啤酒，因為這樣會破壞自由市場的國際協約；有一定百分比的啤酒飲用者是因為受到促銷廣告的刺激才會縱酒作樂，敵人的罩門終於露出來了！這就是了，勇敢的貝爾通．貝爾通議員決定往這裡開火！貝爾通．貝爾通萬歲，我心裡這麼說，可是這名字對我有一種搖籃曲的作用，我才說著就又睡著了，一直睡到有個非常熟悉的聲音響起，那是一個絲絨般迷人的聲音，沒錯，是貝爾納，電台的主持人，今天似乎除了公路之外沒有其他新聞，他說：昨天夜裡，一個少女背對車行方向坐在馬路上。接連有三輛車子為了閃避她而撞毀在排水溝裡，有人喪生，有人受傷。這個少女自殺不成於是離開，沒有留下任何痕跡，直到警方拼湊了在車禍中受傷的人的證詞，我們才得知這個少女的存在。這則新聞把我嚇得再也睡不著了，只好起身吃了早餐，然後坐在打字機前。但是過了很久，我還是回不過神來，我的眼前是這個坐在公路上的少女，她蜷著身子，頭埋在兩膝之間，我聽到排水溝裡傳來的叫聲。我得奮力揮去這個畫面，才能繼續寫我的小說，如果您的記性還不壞，我的小說是從游泳池畔開始的，我在等阿弗納琉斯教授的時候，看見一個不認識的女人在跟她的游泳教練揮手告別。我們在阿涅絲跟她那靦腆的同學道別時，又看見了這個手勢。每次有朋友送她到花園的矮圍籬前，她就會做出這個手勢。小蘿拉躲在一叢矮樹後面等她姊姊回來；她想要看見他們接吻，然後看著阿涅絲獨自走向他們家的大門。她等著那一刻，阿涅絲轉身向空中揮動手臂。對這個小女孩來說，這動作很奇妙地包裹著朦朧的愛情意念，當時她對愛情還一無所知，但這意念將永遠和一個溫柔迷人的姊姊的形象連結在一起。

當阿涅絲看見小蘿拉模仿這手勢跟她的同學打招呼時，她不太高興，我們也知道，她決定從此用比較素樸的方式跟她的朋友道別，不再招搖。這段關於某個手勢的簡史讓我們看出這對姊妹的互動關係——妹妹模仿姊姊，她把雙手伸向姊姊，可是姊姊總在最後一刻逃開。

高中畢業會考之後，阿涅絲到巴黎繼續她的學業。蘿拉怪她離棄她們兩人曾經共同喜愛的家鄉景致，可是後來她也在會考之後到巴黎的學校註了冊。阿涅絲專心研究數學，畢業的時候，大家都非常看好她未來的學術生涯，可是她沒有繼續做研究，而是嫁給了保羅，並且接受了一個平庸的工作，雖然收入不錯，可是卻沒有任何光榮的前景可言。蘿拉因此覺得悲傷，她一進音樂學校就下定決心要彌補姊姊的失敗，她要代替姊姊成為名人。

有一天，阿涅絲把保羅介紹給她認識。那一瞬間，蘿拉聽見有個看不見的人在對她說：「這才是真正的男子漢哪！真正的。唯一的。世界上再也沒有這樣的男人了。」這個看不見的人是誰？會不會就是阿涅絲她自己？是的。把路指給妹妹看的就是她，同時她又把路給封了。

阿涅絲和保羅對蘿拉非常親切，他們對她關心得無微不至，讓她覺得在巴黎就像待在自己的家，像回到故鄉的老家。在這充滿家庭氣氛的生活裡，蘿拉感受到的幸福之中並非全然沒有憂傷——她愛得上的唯一男人同時也是她唯一不可以愛的。她和這對夫妻一起生活，至福的狀態裡時而浮現著悲傷。她不說話，她的目光陷入空無，阿涅絲握住她的雙手問道：「怎麼了，蘿拉？我的小妹，你怎麼啦？」有時，在相同的情況下，懷抱相同的情感握住她雙手的是保羅，他們三人沉浸在肉慾的氛圍之中，裡頭混雜著種種感覺——手足之情與愛情，同情與色情。

後來蘿拉結婚了。阿涅絲的女兒布麗姬特十歲的時候，蘿拉決定要送給她一個小表弟，或是一個小表妹。她要她丈夫讓她懷孕，她丈夫很容易就辦到了，可是結果卻很讓人悲傷——蘿拉流產了，醫生還告訴她，除非她願意動幾次大手術，否則她再也不能生小孩了。

墨鏡

阿涅絲從高中時代就迷上了墨鏡。她戴墨鏡不見得是怕眼睛被陽光刺傷，而是為了好看，而且讓人覺得神祕。墨鏡成了她的癖好，就像有些男人有一整個衣櫃的領帶，就像有些女人整個首飾盒裡裝的都是戒指，阿涅絲也一樣，只不過她收集的是墨鏡。

至於蘿拉，則是從流產之後才開始對墨鏡產生興趣。那時候，她幾乎整天戴著墨鏡，她向朋友們致歉：「不要怪我，我哭得臉都變了樣，不戴墨鏡見不得人。」從此，墨鏡對她的意義是悲傷。她戴墨鏡不是為了遮住淚水，而是為了讓人知道她流了淚。跟真實的眼淚相比，墨鏡的好處是不傷眼，不會讓眼睛發紅發腫，而且搭配衣服也好看得多，就這樣，墨鏡成了眼淚的替代品。

這又是因為阿涅絲，才給了蘿拉這個靈感，迷上了墨鏡。不過墨鏡的故事更讓我們知道，這兩個姊妹之間的關係不能化約為妹妹模仿姊姊。妹妹是一直在模仿姊姊沒錯，可是她一邊模仿，一邊修正——她給了墨鏡更深刻的意涵，更嚴肅的意義，她硬是讓阿涅絲的墨鏡顯得膚淺而可恥。蘿拉戴上墨鏡的時候，總是意謂著她在受苦，於是阿涅絲覺得自己該把墨鏡摘下，基於尊重也基於體貼。

墨鏡的故事還透露了另一件事：阿涅絲似乎特別受幸運之神的眷顧，而蘿拉則像是遭到幸運之神冷落的棄兒。姊妹倆到頭來都認為她們的命運大不相同，這想法對阿涅絲的影響比對蘿拉的影響還深。「我的小妹很愛我，可是她總是厄運纏身。」阿涅絲這麼說。這就是為什麼她樂於讓蘿拉來巴黎的家裡作客，而且把保羅介紹給她認識，還拜託保羅要像朋友一樣對待她；這就是為什麼她費盡心思在巴黎附近幫蘿拉找了一個舒適的單間公寓，每當她猜想蘿拉心情不好的時候，她就邀她來家裡。可是她這麼做都是徒勞，幸運之神始終不公，始終眷顧她，始終冷落蘿拉。

蘿拉在音樂方面很有天分，她的鋼琴彈得很好，但是她進音樂學校之後卻執拗地決定要主修聲樂。「彈鋼琴的時候，我覺得自己面對的是一個陌生而且帶有敵意的東西。那種音樂並不屬於我，而是屬於我眼前的那一架黑色樂器。可我唱歌的時候就不一樣了，我的身體化作風琴，我變成了音樂。」很不幸地，她因為嗓音太薄弱而成不了氣候，但這並不是她的錯。她沒有機會擔綱獨唱，她在音樂方面的企圖心從此退縮到一個業餘的合唱團，她一個星期去兩次，一年參加幾次例行的演出。

她全心全意投入婚姻生活，但是她的婚姻在六年之後還是失敗了。沒錯，她那非常有錢的丈夫得留給她一個很好的公寓，還有一份可觀的贍養費，她靠這筆錢買了一個店舖賣起皮草，她在這方面的專業表現讓大家都很驚訝；但是這樣的成功太貼近現實，無法彌補她所遭遇的更高層次的不公（心靈的與感性的）。

離婚之後，她的情人一個換過一個，大家都知道她是個多情的情婦，她卻一副把愛情當作十字架背在身上的樣子。她經常以憂傷沉重的語氣說：「我這輩子有許多男人。」彷彿在自憐身世。

「我羨慕你。」阿涅絲接著她的話這麼說，蘿拉則戴上墨鏡，作為悲傷的象徵。

小時候，她看見阿涅絲在花園的矮籬前和朋友道別，她當時對阿涅絲的仰慕從來不曾改變，當她得知阿涅絲放棄學術生涯，內心的失望實在無法掩飾。

「你有什麼資格責備我？」阿涅絲為自己辯護。「你呢，你沒在歌劇院唱歌，反而跑去賣皮草，我呢，我沒有為了一場接一場的學術會議到處奔波，而是在一家小電腦公司裡，占了一個輕鬆愉快卻無足輕重的職位。」

「我不一樣，我可是為了聲樂盡了最大的努力。而你呢，你是自願放棄那些大事業的。我，我是被打敗的。你，你可是自己投降的。」

「那我為什麼就要做一番大事業？」

「阿涅絲！一個人只有一輩子可活啊！我們得為生命負責啊！我們總得在死後留下一點什麼吧！」

「在死後留下一點什麼？」阿涅絲重複了這句話，語氣既驚訝又懷疑。

蘿拉一副不以為然的樣子，那表情近乎痛苦，她說：「阿涅絲，你太負面了！」

這種責怪之詞，她經常對她姊姊說，不過都是在心裡。只有兩三次，她真的大聲對她說了出來。最近的一次，是在她們的母親過世之後，她看見父親在撕相片。父親做的事她完全無法接受。他毀去他生命的一部分，毀去他和母親共同生活的一部分；他撕毀了一些畫面，他撕毀了一些記憶，這些東西不只屬於他，也屬於整個家，尤其屬於他的兩個女兒；他沒有權利這麼做。她開始對父親大叫，阿涅絲則護著父親。剩下她們兩人的時候，她們吵得面紅耳赤有如仇人，這是她們這輩子第一次吵架。「你太負面了！你太負面了！」蘿拉吼著；然後，她氣得哭了出來，戴上墨鏡之後就走了。

身體

著名的畫家達利和他的妻子卡拉很老的時候養了一隻兔子，這隻兔子從此跟他們形影不離；他們很愛這隻兔子。有一天，他們得出門遠行，兩人談到深夜，商討著這隻兔子該怎麼辦。要帶牠一起遠行是困難重重，可是要把牠交託給別人也不容易，因為兔子不容易對人產生信任感。第二天，卡拉做了午餐，達利吃得津津有味，直到他發現自己吃的紅酒洋蔥燉肉，燉的是兔子。他從餐桌起身，跑進廁所，把他珍愛的小動物吐在馬桶裡，那是陪他度過年老時光的忠實伴侶。卡拉的反應則大不相同，她很高興讓她的愛進入肚腸裡，在裡頭慢慢愛撫著這些腸子，然後變成情人身體的一部分。她認為愛情最絕對的實現方式就是把至愛吃下去。跟這種身體融合的方式相比，做愛簡直像是不著痕跡的搔癢。

蘿拉跟卡拉一樣。阿涅絲跟達利一樣。她喜歡很多人，男人，女人，但要是有個奇怪的友情合約規定她得照顧這些人的鼻子，還要幫他們擤鼻涕，那她寧可不要有朋友。蘿拉知道她姊姊對這類事物的反感，她責怪她說：「如果你對某個人產生好感，那是什麼意思？你對一個人有好感的時候，你能把身體排除在外嗎？少了身體，人還是人嗎？」

是的，蘿拉跟卡拉一樣，她完完全全認同自己的身體，完完全全把自己安置於身體。身體不只是她在鏡子裡看得到的東西，最珍貴的部分在那裡面。她還在自己的詞彙裡給體內的器官保留了一席特別座。為了表達她的情人在前一夜讓她沉浸在失望裡，她說：「他一走，我就去嘔吐了。」儘管蘿拉經常提到嘔吐，阿涅絲還是無法確定她妹妹究竟是不是真的吐過。嘔吐對蘿拉來說並非真實，而是詩——是隱喻，是失望與憎惡的抒情畫面。

有一天，她們一起去逛一家內衣店，阿涅絲看見蘿拉輕撫著店員遞給她的一件胸罩。正是在這樣的時刻，她才明白自己和妹妹有什麼差別。對阿涅絲來說，胸罩這類東西的用途是為了彌補某種身體上的不足，就像繃帶、假牙、眼鏡，或是頸椎有問題的病人戴的頸托。胸罩的功能是要支撐某個重量超過預期的東西，這東西的重量沒估算好，所以得在事後支撐一下，就像一棟蓋得不好的建築物，我們得給它的陽台加上一些柱子、一些承重牆作為支撐。換句話說：胸罩透露了女性身體的技術特質。

阿涅絲羨慕保羅從來沒意識到身體的存在，還是活得好好的。他吸氣，呼氣，他的肺像個自動化的風箱，他看待自己身體的方式是這樣的：愉快地忘記身體的存在。就算他有身體方面的問題，他也從來不說，不是因為不好意思，而是因為某種渴望優雅的虛榮心，因為病痛就是一種缺陷，這讓他覺得羞恥。多年以來，他一直為胃潰瘍所苦，但是直到有一次他的胃潰瘍嚴重發作，來了一輛救護車把他送去醫院，阿涅絲才知道保羅有這個毛病。事情就發生在一次戲劇性的辯論庭之後。這種虛榮心讓人想笑，可是阿涅絲反而頗有感觸，她幾乎羨慕起保羅來了。

阿涅絲心想，雖然保羅比一般人虛榮，但是他的行為卻揭露了女性與男性的不同境況：女人比男人多花許多時間在談論她們身體方面的問題；她們不懂得如何無憂地忘記身體的存在。這是從女人第一次失血的經驗開始的；身體突然就在那兒了，女人面對身體，一如負責讓一家小工廠運轉的技師——她每個月都得用衛生棉，得吞藥片，得調整她的胸罩，得準備生小孩。阿涅絲羨慕地望著年老的男人——她父親的身體不知不覺地變成了他的影子，他讓自己漸漸失去物質存在的特性，留在人間的部分，就像一具漫不經心化成的靈魂。相反的，女人的身體變得越沒用，這具身體就變得更是身體——沉重，而且就在眼前；像一座待拆的工廠，可是女人的自我卻被迫擔任門房的角色，在那裡待到最後。

有什麼能改變阿涅絲和她身體之間的關係？除了興奮的瞬間之外，沒有別的。興奮：身體短暫的救贖。

可是在這一點上，蘿拉也不會同意的。救贖的瞬間？瞬間，這是什麼玩意？對蘿拉來說，從一開始，身體先天上就和性有關，身體本質上就是時時刻刻、從頭到尾都和性有關的。愛上一個人，對她來說，意思就是把身體帶去給這個人，把身體送到這個人面前，把她那外表一如內裡的身體，甚至連那柔緩地毀壞著她身體的時間也一併帶去。

對阿涅絲來說，身體與性無關。身體只有極少的時候與性有關，這時候，興奮會投射一柱非現實的、人工的光線在身體上，讓身體顯得美好並且可欲。這就是為什麼阿涅絲會滿腦子性愛，而且喜歡性愛——儘管沒有人會想到她是這樣——因為如果沒有性愛，可憐的身體就沒有任何逃生的出口，就沒有任何希望了。做愛的時候，她總是睜著眼睛，如果附近剛好有鏡子，她就會看著鏡子裡的自己，看見自己的身體沉浸在光裡。

可是看著自己的身體沉浸在光裡，這是個兇險的遊戲。有一次阿涅絲跟她的情人在一起，做愛的時候，她在鏡子裡瞥見她身體的某些缺陷，前一次見面的時候她並沒有發現（他們一年只見一兩次面，在巴黎一家不知其名的豪華旅館），於是她的目光再也移不開了。她再也看不見她的情人了，她再也看不見兩具交媾的身體了，她只看見身體的老化，看見歲月開始啃噬她。興奮迅速地從房間裡消失了。阿涅絲閉上雙眼，加速做愛的動作，以免情人發現她在想什麼——她剛剛決定這是他們最後一次見面了。她覺得很虛弱，她渴望婚姻之床，床頭有一盞小燈永遠都是關著的；她渴望婚姻之床一如某種渴望慰藉，一如渴望某個昏暗的避風港。

加法與減法

在我們的世界上，每天都會出現越來越多的臉，這些臉總是越來越相像，一個人如果想去肯定「我」有原創性，並且確定「我」有一種無可模仿的獨特性，這可不是件容易的事。要培養「我」的獨特性，有兩種方法，那就是加法和減法。阿涅絲把一切外在的、借來的特性都從「我」之中減去，好讓自己接近「我」的純粹本質（這麼做的風險是，一減再減，有可能減到最後什麼都沒有）。蘿拉的方法則完全相反，為了讓「我」更容易讓人看見，更容易讓人理解，也更有內涵，她不停地給「我」加上新的屬性，而她自己則努力去認同這些東西（這麼做的風險是在這些屬性的加疊之下，失去「我」的本質）。

就拿她的暹羅貓當例子吧。離婚之後，蘿拉一個人住在一層大公寓裡，獨自感傷。她想要有人來分擔她的孤獨，就算是小動物也好。她最初的念頭是養一隻狗，但是她又想到狗需要照顧，而她沒有能力做好這一切。於是她弄來一隻母貓。那是一隻大暹羅貓，很漂亮，脾氣也很壞。蘿拉跟暹羅貓生活在一起越久，跟朋友談到這隻暹羅貓的次數就越多，她也越是把牠的重要性不斷提高（這隻貓當初是隨便挑的，也沒多大信心，畢竟她一開始想要的是一隻狗！）——她到處誇耀這隻貓的優點，強迫每個人都要喜歡牠。她在貓身上看到美好的自主性，看到自尊心，看到貓的舉止無拘無束，她還在貓身上看到某種永遠不變的魅力（和人類的魅力大不相同，因為人只要遇到笨拙和不幸的時刻，魅力就會消失）；她在貓身上看到某種典型；她在貓身上看到自己。

蘿拉的個性到底像不像那隻暹羅貓，其實一點也不重要，重要的是，她把這隻貓刻在象徵她個人的紋章上，貓於是成為她的自我屬性之一。這隻暹羅貓動不動就發出不悅的聲音，隨時準備用爪子攻擊人，她有好幾個情人在這隻自我中心又滿懷敵意的動物面前，一下子就露出生氣的樣子，這隻貓就這樣成了蘿拉測試權力的工具，那就像在對每個情人說：你會得到我，但是得到的會是我真正的樣子，換句話說，就是連我的暹羅貓一起得到。暹羅貓是蘿拉靈魂的形象，如果情人想要得到她的身體，首先得要接受她的靈魂。

如果我們把一隻狗、一隻貓、一塊烤肉、喜歡海洋或喜歡冷水澡這些東西加在「我」上頭，這種加法是很有趣的。但是如果我們決定把對共產主義、祖國、墨索里尼、教會、無神論、法西斯或是反法西斯的激情加在「我」上頭，田園詩的氣息就少一點了。在這兩種情況裡，方法完全是一樣的。堅稱貓比其他動物高貴的人，基本上跟宣稱墨索里尼是義大利唯一救星的那些人沒有兩樣——他們誇耀的是「我」的一個屬性，並且盡其全力要讓這個屬性（一隻貓或是一個墨索里尼）得到身邊所有人的確認和喜愛。

凡是運用加法培養「我」的獨特性的那些人，都逃不過這個奇怪的悖論：他們努力地運用加法，為的是要創造出一個無從模仿的獨特的「我」，但他們同時也成為這些屬性的宣傳者，他們用盡全力，卻把力氣耗在增加跟他們相像的人數，並且讓數目達到極大值；結果，這些人的「我」的獨特性（這麼辛辛苦苦才掙來的）就這麼消散了。

所以，我們可以這麼問自己，為什麼喜歡一隻貓（或是一個墨索里尼）的人不會滿足於自己對貓（或是對墨索里尼）的愛，而還要把這種愛強加在其他人的身上呢？讓我們回頭想想蒸氣浴裡的年輕女人，或許可以給這問題提供一個解答。這個充滿鬥志的女人肯定地宣稱自己對冷水澡有所偏愛，她這麼一下，就把自己和比較喜歡洗熱水澡的那一半人類區分開來了。不幸的是，這另一半喜歡沖冷水澡的人卻和她更相像了。啊，悲哀啊！人這麼多，想法這麼少，要怎麼做才能讓我們和其他人有所區別呢？這個年輕的陌生女人只知道這唯一的方法，可以讓她掙脫與無數熱愛冷水澡的人們相似的困境——她得在蒸氣浴室的門口大喝一聲：「我最愛沖冷水澡了！」她使出全力，好讓其他幾百萬喜歡沖冷水澡的女人突然變得像是可憐兮兮的模仿者。換個說法吧，如果我們想要讓我們對於沖冷水澡的愛（天真得微不足道的一份愛）變成「我」的一個屬性，我們就得讓全世界的人都知道，我們可以為了這份愛挺身而戰。

把自己對墨索里尼的激情變成「我」的屬性的那些人，成了政治的鬥士；而那些讚揚貓，讚揚音樂，讚揚舊家具的人，會送禮物給他們的朋友。

假設您有個朋友很喜歡舒曼，很討厭舒伯特。可是您很迷舒伯特，迷得發狂，而舒曼則讓您感到厭煩。那麼您的朋友過生日，您會送他什麼唱片？他酷愛的舒曼，還是您迷戀的舒伯特？當然是舒伯特。送舒曼的話，您會有種不舒服的感覺，覺得自己不誠懇，竟然會把這種東西送給朋友，像是要刻意奉承他，像是處心積慮地要討他歡心。畢竟，送禮物是發自心裡的愛，是要把一部分的您，把一小塊您的心送給別人！於是您會把舒伯特《未完成交響曲》送給您的朋友，可是您離開之後，您的朋友就戴上手套，對那張唱片吐口水，再用兩根指頭嫌棄地拈起來，丟進垃圾桶裡。

幾年之間，蘿拉送給她的姊姊和姊夫一整套餐具，一個高腳水果盤，一盞檯燈，一把搖椅，五、六只菸灰缸，一塊桌巾，還送了一架鋼琴——有一天，突然來了兩個壯漢搬來一架鋼琴，問說要放在哪裡。蘿拉神采奕奕地說：「我想送你們禮物，讓你們不得不想起我，即使我不在你們身邊，你們也會想起我。」

離婚之後，蘿拉把所有空閒的時間都花在阿涅絲的家務上。她照顧布麗姬特就像照顧自己的女兒一樣，她買鋼琴給她的姊姊，為的是要讓她的外甥女學琴。但是布麗姬特討厭鋼琴。為了不讓蘿拉心裡受創，阿涅絲拜託她的女兒盡量表現出喜歡那些白鍵黑鍵的樣子。布麗姬特抗議了：「奇怪，為了讓她高興，我就得學琴嗎？」於是事情的收場並不圓滿，鋼琴在幾個月後只剩下裝飾作用，確實一點的說法，是礙眼；鋼琴的存在是某種悲傷的提醒，讓人想起一項中途流產的計畫；一個巨大的白色軀體（是的，這架鋼琴是白色的）擱在那裡，無人聞問。

老實說，阿涅絲既不喜歡那架鋼琴，也不喜歡那套餐巾和那把搖椅。倒不是因為這些東西壞品味，而是這些東西就是有些地方不對勁，跟阿涅絲的個性不搭，不是她喜歡的東西。一天（在這天之前，已經六年沒人碰過這架鋼琴了），蘿拉興高采烈地告訴阿涅絲，她愛上保羅的一個年輕朋友貝爾納。此時阿涅絲心裡的感受，不僅是一股由衷的喜悅，而且也為自己鬆了一口氣。阿涅絲心想，一個正在經歷偉大愛情的女人肯定有更重要的事要去做，不會帶禮物來給她的姊姊，也不會去關心外甥女的教育。

比男人年紀大的女人，比女人年紀輕的男人

「這真是個好消息。」保羅聽到蘿拉告訴他新的戀情，他請兩姊妹一起去吃晚飯慶祝。彷彿看到自己喜歡的兩個人相愛，對他來說也是件非常開心的事，他點了兩瓶非常昂貴的紅酒。

「你即將進入的這個家族算是法國最大的幾個家族之一啊，」保羅跟蘿拉說，「你知道貝爾納的父親是誰嗎？」

蘿拉說：「當然知道啊！他是國會議員！」保羅說：「我看你什麼都不知道。貝爾通・貝爾通議員是亞瑟・貝爾通議員的兒子。亞瑟對自己的姓氏十分自豪，他希望自己的兒子能讓這個姓氏更出名。為了到底該給兒子取什麼名字，他在心裡想了很久，終於想出這個天才的點子，給他取名為貝爾通。一個如此重複對仗的名字，誰能無視它的存在，誰能忘得了！只要說出貝爾通・貝爾通，這名字就會像一陣喝采、一陣歡呼那樣響起：貝爾通！貝爾通！貝爾通！貝爾通！貝爾通！貝爾通！」

保羅反覆唸著這幾個字，手裡拿起杯子，像在舉杯敬酒，嘴裡還依節拍喊著眾人阿諛奉承的某位長官的名字。喝了一口酒之後，他說：「這酒太棒了，」接著又說：「我們每個人都會在冥冥之中受到自己名字的影響，而貝爾通・貝爾通呢，他每天都聽到自己的名字打著拍子重複好幾次，他覺得自己這輩子毀了，毀在這六個音節的名字所虛構出來的光榮之中。高中畢業會考不及格的那天，他的心情比其他同學糟得多，彷彿他那重複對仗的名字把他的責任感自動放大了兩倍。他那眾人皆知的謙遜性格，讓他得以承受落在自己身上的恥辱；但他無法接受落在自己名字

上的恥辱。二十歲那年，他對自己的名字許下一個莊嚴的承諾，他決定奉獻自己的一生，為了善的事業而戰。可是沒過多久他就發現了，要區分什麼是善，什麼是惡，實在很難。譬如說，他的父親亞瑟和大多數的國會議員都對『慕尼黑協定』投下了贊成票。他的父親想拯救和平，因為毫無疑問，和平是一種善。可是後來人們卻責怪他為戰爭開了一條路，而戰爭，毫無疑問地是一種惡。為了避免犯下父親的那種錯，兒子堅持遵循幾個可靠的基本原則。他從不針對巴勒斯坦人，對以色列，對十月革命，對卡斯楚發表意見，也不對恐怖主義發表意見，因為他知道在某個邊界之外，殺人會變成英雄行徑，而他始終分辨不出這條邊界在哪裡。他於是更加激烈地攻擊希特勒，攻擊納粹主義，攻擊毒氣室，並且在某種意義下，他惋惜希特勒消逝在他總理辦公室的殘磚碎瓦之中，因為，從這一天起，善與惡的標準也消失了，善惡之間模糊的相對性簡直讓人無法忍受。這一切引領著他，在他還沒受到政治扭曲的最直接的觀點之下，他決心獻身於善的事業。他的格言是：『善，就是生命。』於是反對墮胎，反對安樂死，反對自殺成了他存在的目的。

蘿拉笑著抗議說：「要相信你說的話，他不是很低能嗎！」

「你看看，」保羅對阿涅絲說，「她已經開始幫她男朋友的家人說話了。這可是很值得嘉勉，就像我挑的酒也該得到你們的鼓掌！最近有一集關於安樂死的電視節目，貝爾通．貝爾通在一個癱瘓的病人床頭讓人拍攝，這個病人舌頭割掉了，眼睛瞎了，而且整天都痛得沒完沒了。他坐在床邊，低頭看著病人，鏡頭下的他正在給病人打氣，要病人抱著明天會更好的希望。就在他第三次說出「希望」這個字眼的時候，病人不知受了什麼刺激，突然發出一聲可怕的長嘯，像是一匹馬、一頭牛、一頭大象，或是這三者一起發出來的叫聲，貝爾通．貝爾通嚇壞了，他一句話也說不出來，只是以他超人的努力，試圖保持微笑，而攝影機則久久地拍著一個嚇得發抖的國會議員，拍著他僵住的微笑，在他身邊，在同一個鏡頭裡，看到的是一張垂死的臉在嚎叫。不過我要說的不是這個。我要說的是，他在給他兒子挑名字的時候，真的是搞砸了。他最初的念頭是給他取個同樣的名字叫做貝爾通，但是沒過多久，他不得不承認，如果世界上有兩個貝爾通・貝爾通，那實在太怪了，因為人們永遠都沒辦法搞清楚，這到底是兩個人還是四個人。但是，他又不想完全放棄這種幸福——在自己後代的名字裡聽見自己名字的回音。就這樣，給兒子取名為貝爾納的念頭浮現了。哎呀，貝爾納・貝爾通，這名字聽起來不像歡呼或喝采，卻像是一陣咕噥，或者說得精確些，像是演員和電台播音員為了訓練快速說話又不犯錯而做的一種發音練習。我也說過，我們背負的名字在冥冥之中遙遙操弄著我們，而貝爾納的名字則從他躺在搖籃裡的時候，就已經注定他有一天要在空中講話了。」

保羅滔滔不絕地說了這麼些無聊的廢話，是因為他不敢在蘿拉面前大聲說出縈繞在他腦子裡的想法：蘿拉和年輕的保羅之間相差八歲，這八歲的年齡差距令他著迷不已！保羅其實一直對一個大他十五歲的女人存著美好的回憶，那是他在二十五歲的時候親密交往過的一個女人。他很想提起這個女人，他很想對蘿拉說，每個男人都應該跟年紀比他大的女人經歷一段愛情，沒有任何愛情的回憶會比這樣的愛情更珍貴。「年紀比男人大的女人，」他再度舉杯的時候想要大叫，「那是男人生命裡的一塊紫水晶！」但他還是放棄了這個冒失的舉動，只在心裡默默回憶從前的情人。那個女人把公寓的鑰匙給了他，他想住在那兒的時候就去住，想做什麼就做什麼，當時保羅跟父親的關係不好，他渴望的是盡量不要住在家裡，這把鑰匙剛好解決了他的問題。那個女人完全不干涉保羅出去尋歡作樂；他有空的時候就去找她，可是他沒時間去看她的話，也無須任何解釋。那個女人從來不要求他陪她出去，當人們看見他們兩人在一起的時候，她的舉止就像個充滿愛心的長輩願意為她迷人的外甥付出一切。保羅結婚的時候，她送給他一份非常奢華的禮物，阿涅絲對此始終不解。

可是他根本不可能對蘿拉說：我很高興我的朋友愛上一個年紀比他大的女人，因為這女人的所作所為會像個阿姨疼愛她迷人的外甥。再聽到蘿拉說了這麼一段話，他就更說不出口了——

「最美妙的，就是他陪在我身邊的時候，我覺得自己好像年輕了十歲。有了他，我刪去了我生命裡痛苦的十年，或者十五年，我覺得自己像是昨天才從瑞士到這裡，就認識了他。」

這番告白讓保羅無法把他對紫水晶的回憶大聲說出來；他於是把他對紫水晶的回憶留給自己，他品著酒，沒再聽蘿拉說些什麼。過了一會兒，為了回頭加入談話，他才問道：「貝爾納跟你說過什麼關於他父親的事嗎？」

「什麼也沒有，」蘿拉回答他。「我可以跟你保證，他父親從來就不是我們的話題。我知道他們出身於大家族，可是你不會不知道我對那些大家族有什麼看法吧。」

「可是你難道不好奇，不想多知道一點嗎？」

「我不想。」蘿拉愉快地笑著回答。

「你不應該這樣的。貝爾通・貝爾通是貝爾納・貝爾通生命中最重大的課題啊。」

蘿拉高聲說，「才不是呢！」她相信自己才是貝爾納生命中最重大的課題。

「你知道老貝爾通的規劃是要讓貝爾納從政嗎？」保羅問道。

「我不知道。」蘿拉聳聳肩膀。

「在這個家族裡，繼承政治事業就像繼承一個農場一樣。貝爾通・貝爾通相信他的兒子有一天會接他的班，好好當一個國會議員。可是貝爾納二十歲的時候在收音機聽到了這則新聞：「大西洋上空發生空難。一百三十名乘客失蹤，其中有七名孩童，四名記者。」在這種情況下，人們會提到孩童，會把孩童當作人類之中某種特別珍貴的類別，這種事我們早就習以為常。可是這一次，電台的女播音員在孩童之外還加上記者，這對貝爾納來說，無疑是一個啟發。他明白政治人物在今天都是丑角，他於是決定要當記者。碰巧那時候我在法學院帶一堂研討課，貝爾納經常來上這堂課。他就是在那時候下定決心要背叛他父親的。貝爾納跟你說過這些嗎？」

「當然啦！」蘿拉答道。「他很崇拜你！」

這時，有個黑人走了進來，手裡拿著一籃花。蘿拉揮了揮手要他過來。黑人露出他超級潔白的牙齒，蘿拉從籃子裡拿起一束花，那是五朵快要凋謝的康乃馨，她把花遞給保羅說：「我所有的幸福，都要感謝你。」

保羅也把手伸進籃子裡，從裡頭拿了另一束康乃馨。「我們今天祝賀的主角不是我，是你。」他一邊說，一邊把花遞給蘿拉。

「是啊，今天是屬於蘿拉的日子。」阿涅絲說著，也從花籃裡拿出第三束康乃馨。

蘿拉濕了眼眶，她說：「有你們，我實在太幸福了，我實在太幸福了。」然後她站了起來，把兩束花抱在胸前，動也不動地站在那位黑人身邊，他的身形矗立有如國王。所有黑人都像國王——賣花的這個像是奧賽羅[7]，不過是還沒有因為苔絲狄蒙娜而心生妒意的奧賽羅，而蘿拉則像苔絲狄蒙娜，深愛著她的國王。保羅知道接下來會有什麼好戲上場，蘿拉喝醉的時候總是要唱歌。緩緩

7. 奧賽羅（Othello）、苔絲狄蒙娜（Desdemona）：莎士比亞四大悲劇之一《奧賽羅》的人物。奧賽羅是黑皮膚的摩爾人，娶得貌美的苔絲狄蒙娜為妻，後懷疑她與屬下凱西奧有染，因嫉妒而釀成悲劇。

地，從她身體的深處，一股歌唱的欲望湧上喉頭，這欲望如此強烈，餐廳裡好幾個客人都好奇地轉過頭來。

「蘿拉，」保羅低聲說，「在這家餐廳裡，恐怕沒有人懂得欣賞你的馬勒（Mahler）！」蘿拉的兩個乳房前各擁一束花，她以為自己站在歌劇院的舞台上。她的手指似乎感覺到乳房的鼓脹，因為裡頭滿是音符。但是對她來說，保羅希望的事就是命令。她聽了保羅的話，只是發出嘆息：「我真的好想做點什麼……」

而那位黑人依著國王敏銳的直覺，從籃底拿出兩束皺皺的康乃馨遞給蘿拉。「阿涅絲，」蘿拉說，「親愛的阿涅絲，沒有你我永遠也不會來巴黎，沒有你我就不會認識保羅，沒有保羅我就不會認識貝爾納。」她把她的四束康乃馨都放在桌上，放在她姊姊的面前。

第十一誡

從前，海明威的偉大名號就象徵著新聞記者的榮光。海明威所有的作品，以及他簡明素樸的風格，早在青年海明威寄給堪薩斯市幾家報紙的報導中就已經奠下了根基。當記者，意思就是比其他任何職業都更接近現實生活，可以深入探索現實生活的隱蔽之處，可以把手深深地探進去，可以在裡頭把手弄髒。海明威很自豪他寫了幾本書，既貼近人間大地，又被高高地供奉在藝術的穹蒼之上。

貝爾納想到「記者」這個詞的時候（今天在法國，這個職稱也包括了廣播電台、電視台的那些人，還有攝影記者），他想到的並不是海明威，而他渴望一展身手的文類也不是新聞報導。他夢想的其實是在幾家知名的週刊上寫社論，這工作可以讓他父親的所有同行嚇得發抖。或者做人物專訪也行。再者，真要說現代新聞的先鋒是誰？那並不是整天說著他在戰壕裡有過什麼經驗的海明威，也不是跟布拉格妓女混得很熟的埃貢・爾文・基許[8]，也不是在巴黎跟乞丐一起生活過一整年的歐威爾[9]，而是奧列安娜・法拉齊[10]，她在一九六九年到一九七二年間，在義大利的《歐洲》（*Europeo*）雜誌上發表了一系列的訪談，對象是當時最有名的政治人物。這些訪談不只

8. 埃貢・爾文・基許（Egon Erwin Kisch，一八八五—一九四八）：捷克作家、記者，被視為報導文學的開創者。
9. 歐威爾（George Orwell，一九〇三—一九五〇）：英國作家、記者，著有《動物農莊》、《一九八四》等小說。
10. 奧列安娜・法拉齊（Oriana Fallaci，一九二九—）：義大利記者，以採訪風格強悍、提問犀利聞名。

是訪談，而是決鬥。在還沒意識到他們對決的武器並不公平之前——因為，可以提問題的是奧列安娜，而不是他們——這些位高權重的政客還滿腦子想著要把對手擊倒在拳擊場上。

這幾場決鬥是某種時代的訊號，它告訴我們：情況改變了。記者們已經明白，提問不只是報導工作上的方法，不只是在手上拿著記事本謙卑地進行某項調查，提問更是一種行使權力的方法。記者不是提出問題的人，而是擁有神聖的提問權的人，記者有權針對任何主題，向任何人提出問題。可是我們每個人不是都有這種權利嗎？所有的問題不都是一道陸橋，連接著人與人之間的理解嗎？這麼說或許沒錯。那我就把我肯定的事情說得再清楚一點：記者的權利並不是以提問的權利為基礎，而是以要求回答的權利為基礎。

各位，請看清楚，摩西並沒有把「不可說謊」列入上帝的〈十誡〉之中。此事並非偶然！因為會說「不要說謊」的人，在說這話之前應該會先說「回答我！」然而上帝並沒有把要求別人回答的權利賦予任何人。只要一個人把其他人看作與自己平等的存在，他就不該向其他人下達「不要說謊」或是「把真相說出來」這樣的命令。或許，只有上帝可以這麼做，但是上帝也沒有任何理由要這麼做，因為祂知道一切，祂根本不需要我們的回答。

發號施令的人與聽命行事的人之間存在的不平等，並不像有權要求回答的人與有義務回答的人之間存在的不平等那麼徹底。這就是為什麼只有在非常例外的情況下，一個人才會有權要求別人回答。譬如說，法官審理犯罪案件的時候。在我們的這個世紀裡，共產國家和法西斯國家把這項權利封賞給自己，行使的時機不是非常例外的情況，而是時時刻刻。這些國家的國民知道他們時時刻刻都有可能被迫回答：他們昨天晚上做了什麼？他們心裡到底在想什麼？他們跟A先生說了什麼？他們跟B小姐有沒有親密關係？就是這神聖的命令「不要說謊！把真相說出來！」這第十一誡的力量讓他們無力抵抗，把他們變成一幫幼稚可憐的傢伙。可是時不時又會出現一位C先生，固執地拒絕交代他跟A先生說過什麼；為了表現他的反抗（通常這是唯一可能的反抗了！）他沒說出真相，而是編了一段謊話。但是警察早就知道他會說謊，所以早在他家裝了竊聽器。警察這麼做倒不是有什麼惡劣的動機，他們只是渴望知道說謊者C先生所隱瞞的真相。警察堅持的東西很單純，他們堅持的是他們要求回答的神聖權利。

在民主國家裡，如果警察膽敢問任何一個公民，他跟A先生說了些什麼，他跟B小姐有沒有親密關係，這個警察的舌頭大概會被扯下來。可是在民主國家裡，第十一誡至高無上的力量還是施展得開。畢竟在〈十誡〉幾乎遭人遺忘的世紀裡，還是得要有個誡律才行啊！我們這個時代的整個道德結構都建築在第十一誡的基礎上，記者也很明白，維護這個道德結構的責任在他身上；歷史也在冥冥中安排著這樣的布局，今天，歷史賦予記者的權力是海明威、歐威爾從來不敢妄想的。

這一天，事情再清楚不過了，美國記者卡爾・伯恩斯坦（Carl Berstein）和鮑伯・伍華德（Bob Woodward）用他們的問題揭發了尼克森總統在競選期間的不法勾當，逼得這位全世界最有權力的人先是當眾說謊，接著是當眾承認他說了謊，最後是低頭走出了白宮。於是眾人一致鼓掌，因為正義得到了伸張。保羅還多拍了幾下手，因為在這段插曲之中，他感覺到一項即將發生的重大歷史變動，歷史即將跨越一道門檻，經歷一個令人無法忘懷的交班時刻——一股新的力量出現了，只有這股力量能讓那些掌握權力的職業老手退位。在此之前，掌權的職業老手都還是政治人物。讓他們退位的這股力量靠的不是武力也不是陰謀，它靠的是提問這種單純的力量。

「說出真相！」記者如是要求，我們當然會問：對那些以第十一誡為宗旨的機構的經營者來說，「真相」這個詞的內涵是什麼？為了避免任何可能的誤會，我們得強調這裡的「真相」與上帝的真相無關——上帝的真相為約翰・胡斯[11]招來火刑。我們的「真相」也和後來害喬丹諾・布魯諾[12]上火刑架的科學真相無關。第十一誡所要求的真相，非關信仰也非關思想，那是事物本體最低階的呈現，是純粹以實證主義的方法所呈現的事情真相：C先生昨天做的事；他心裡真正的想法；他遇到A先生的時候所說的話；還有，他是不是跟B小姐有親密關係。儘管這真相位於事物本體的最低階，但它畢竟是我們時代的真相，它還是跟從前約翰・胡斯和喬丹諾・布魯諾的真相一樣具有相同的爆炸威力。「您跟B小姐有親密關係嗎？」記者問道。C先生扯了段謊話帶過，還說他從來不認識B小姐。記者暗自偷笑，因為他報社的一個同事早就偷偷拍到B小姐一絲不掛地倒在C先生的懷裡，C先生對於要不要把這醜聞公諸於世早已無權置喙，而這醜聞還加上了說謊者C先生厚顏無恥地堅稱自己不認識B小姐的那些話。

我們來到競選活動最激烈的時刻，政治人物從飛機下來又跳上直升機，從直升機下來又跳上汽車，東奔西跑，揮汗如雨，邊跑邊吃午餐，對著麥克風嘶吼，做著冗長的演講，可是到頭來，哪句話會出現在報紙或電台的千言萬語之中，還是伍華德或伯恩斯坦這些人在做決定。讓自己說的話被聽見，這是政治人物之所以渴望親自去上電台或電視節目的原因，但還是得有個奧列安娜・法拉齊在中間插上一手，在那裡掌控節目的進行，並且提出問題。節目的時間很短，但是全國的觀眾都看得到他，政治人物為了讓這節目發揮效益，總是迫不及待地要說出他心裡時時刻刻掛記的那些事，可是伍華德卻問了一些他從來不曾掛記的事，所以他寧可不去說這些。這麼一來，他就陷入中學生站在黑板前面被老師問問題的古典情境了，他於是耍了個老把戲——虛晃一招，假裝在回答問題，但是嘴裡說的其實是他在家裡為了上節目準備好的那些話。問題是這一招從前騙騙老師還可以，現在可騙不過伯恩斯坦了，他毫不留情地厲聲斥責：「您沒有回答我的問題！」

今天誰還想走政治這條路？有誰想要一輩子站在黑板前面讓人家問問題？有是有的，但肯定不會是貝爾通．貝爾通議員的兒子。

11. 約翰．胡斯（Jean Hus，一三六九－一四一五）：捷克宗教家，路德教派的先驅，認為教會占有大量土地是一切罪惡的根源，主張改革教會，否認教皇擁有最高權力，後以異端罪名遭火刑。

12. 喬丹諾．布魯諾（Giordano Bruno，一五四八－一六〇〇）：義大利科學家，受哥白尼影響，開始質疑上帝創造世界的宗教觀，後以異端罪名遭火刑。

意象形態

政治人物要靠記者。可是記者要靠誰呢？靠那些付他們薪水的人。而付他們薪水的，則是在報紙上買版面，在電台買時段播廣告的那些廣告公司。乍看之下，我們會以為這些廣告公司毫不遲疑地跟所有發行量大的報社買版面，是為了促銷某個產品。但是這想法太天真了，產品的銷售量其實並沒有我們想像的那麼重要。只要想想共產國家就知道了，終究，誰能肯定張貼在人們行經之處的數百萬張列寧海報，會不會讓列寧變得更可親？共產黨的廣告公司（那些厲害的政治宣傳部）長久以來都忘了他們真正的目的性（是要讓人們喜愛共產制度），結果他們變成自己存在的目的——他們創造了一套語言，一些用語，一種美學（這些廣告公司的頭頭從前可都是他們國家頂尖的大師），一種特殊的生活風格，他們繼續發展這一切，把這些東西發揚光大，並且強加在可憐的人民身上。

您會反駁我說，廣告和政治宣傳之間根本不相干，一個是為市場服務，一個是為意識形態服務的，不是嗎？您實在太不清楚狀況了。約莫一百年前吧，在俄羅斯，受到迫害的馬克思主義者祕密地組成一個個的小圈子，聚在一起偷偷讀馬克思的《共產黨宣言》；他們簡化了這個意識形態的內容，好讓它傳播到其他的圈子裡，而其他圈子的成員又把這簡化過的簡單內容再度簡化，廣為流傳，直到這個全球知名並且在各地都發揮了強大威力的馬克思主義被化約為六、七句彼此關係薄弱的口號，讓人幾乎無法把它當成一個意識形態。而由於剩下來和馬克思有關的一切，根本無法形成任何邏輯思考的系統，只是一組具有寓意的形象和標誌（手裡拿著榔頭微笑的工人，白種人向黃種人和黑人伸出手，和平鴿翩翩飛起，等等），我們可以名正言順地說，這個世界正漸漸地、普遍地、全球性地從意識形態轉化到意象形態。

意象形態！是誰最先想出了這麼傑出的新詞？是保羅，還是我？這都不重要。重要的是，終於有個詞可以把一些原本名稱各異的現象集合在同一個屋簷底下了，那些南轅北轍的名稱包括：廣告公司，政治人物的媒體顧問，構思新型汽車線條或是健身房設備的工程師，潮流創造者和高級時裝設計師，髮型設計師，演藝事業的明星（他們決定了外型美醜的標準，各門各派的意象形態都從這裡得到了啟發）。

當然，意象形態的專家遠在我們今日所見的這些威力強大的意象形態機構創立之前就存在了。連希特勒都有他個人專屬的意象形態專家。這位意象形態的專家站在元首面前，耐心地示範他在台上該做些什麼手勢，才能讓群眾心醉神迷。但是這位意象形態專家如果在哪一次記者訪談中告訴德國人，元首沒辦法做出正確的手勢，這麼不識大體的意象形態專家大概活不過晚上。時至今日，意象形態專家不再避談他們的工作，相反的，他們很喜歡講，還經常代替他們的政治人物講話；他們很喜歡公開說明他們教導顧客的一切，還有他們幫顧客改掉的壞習慣，他們給顧客的建議，顧客將來要用的口號和用語，顧客要打的領帶的顏色。意象形態這麼神氣，其實一點也不讓人驚訝，因為在過去的幾十年裡，意象形態已經戰勝了意識形態，獲得了歷史性的勝利。

所有的意識形態都被打敗了——人們終於看到教條的真面目，發現那都是幻象，於是不再把教條當回事。譬如，共產黨人原本相信資本主義的發展會讓無產階級越來越貧窮；但是有一天他們卻發現歐洲所有的工人都開車去上工，他們真想大叫：現實造了假！現實強過意識形態。正因為如此，意象形態勝過了意識形態，因為意象形態比現實還強，因為現實呈現在人類眼前的，早已不是當年我祖母看到的樣子了。我的祖母生活在摩拉維亞的一個村莊裡，她透過經驗得知一切——怎麼做麵包，怎麼蓋房子，怎麼殺豬，怎麼燻肉，做一床鴨絨被需要哪些材料，本堂神父對世界的看法，還有村裡唯一的小學老師對世界的看法；她每天都會遇到村裡的每一個居民，她知道地方上十年來發生過幾樁殺人案；可以說現實就在她的掌握之中，所以家裡如果沒東西吃，要她相信摩拉維亞的農業欣欣向榮，那是完全不可能的。在巴黎，跟我住同一層樓的鄰居大部分時間都待在辦公室，面對著另一個雇員，然後回到家裡，打開電視機看世界各地發生了什麼事，主持人評論著一份民意調查的資料，告訴他大部分的法國人都認為在治安方面，法國是歐洲的第一名（我最近才讀到這份民調），他簡直樂壞了，跑去開了一瓶香檳，他不知道的是，就在同一天，就在他自己住的那條街上，發生了三樁竊盜案，還有兩樁殺人案。

民意調查對意象形態的權力來說，是決定性的工具。民意調查讓意象形態的權力與老百姓相安無事。意象形態專家用種種問題轟炸人們：法國經濟的景氣如何？匈牙利在歐洲還是在玻里尼西亞？在世界上所有的國家領袖當中，哪一個最性感？今天，現實這塊陸地，我們很少涉足，說得精確些，其實我們也不怎麼喜歡那兒，民調於是成了一種位階更高的現實；或者換個說法，民調變成了真相。民意調查是個常設的國民議會，任務是生產真相，說它生產的真相是有史以來最民主的真相也不為過。由於意象形態的權力從來不曾與生產真相的國民議會意見相左，所以意象形態的權力會一直活躍在屬於對的、真的這一邊，儘管我知道一切人文事物都有消失的一天，但我始終無法想像有什麼東西可以摧毀意象形態的權力。

關於意識形態與意象形態之間的關係，我要再補充一點：意識形態就像一個個巨大無比的輪子，在幕後轉動，發動著戰爭、革命、改革。意象形態的輪子也在轉，但是這些輪子的旋轉對歷史並沒有起任何作用。種種意識形態彼此交戰，每個意識形態都足以提供一整個年代的思想。意象形態則是自己做了規劃，一個又一個的體系安安穩穩地交替，節奏輕快活潑一如四季流轉。就像保羅說的：意識形態屬於歷史，意象形態的統治則從歷史終結之處開始。

變化這個詞，對我們的歐洲如此珍貴，它有一層新的意義：它指的不再是一個連續演進裡的一個新階段，（根據維科[Vico]、黑格爾，或馬克思的看法），而是從一個地方移到另一個地方，從左邊移到右邊，從右邊移到後面，從後面移到左邊（根據創造下一季時裝款式的偉大設計師們的看法）。在阿涅絲常去的健身俱樂部裡，意象形態專家之所以決定在牆壁裝上巨幅的鏡子，並不是為了讓健身的人們把自己的動作看得更清楚，而是因為那時候鏡子被認為是意象形態輪盤上一個會贏錢的數字。當我寫這幾行字的時候，如果大家決定得把馬丁・海德格（Martin Heidegger）當成騙子，當成混蛋，那並不是因為他的思想被其他哲學家超越了，而是因為，在意象形態的輪盤上，海德格暫時成了一個會輸錢的數字，一個反理想的傢伙。意象形態的專家們創造了理想體系與反理想體系，這些體系都持續不久，每個體系都是一下子就被另一個體系所取代，但是每個體系都影響著我們的行為，我們的政治見解，我們的美學品味，影響著我們客廳地毯的顏色和我們對書的選擇，意象形態的權力一如過去意識形態的各種體系。

做完這些批評，可以回頭談談我最初的那些想法了。政治人物要靠記者。可是記者要靠誰呢？靠意象形態的專家。意象形態專家是一個有信念、有原則的人，他會要求記者讓他的報社（或電視台，或廣播電台）符合某個特定時刻的意象形態體系的精神。意象形態專家決定支持（或者不支持）某一份報紙的時候，他們時不時要檢查的就是這種事。有一次，他們檢查了一家電台，貝爾納在那裡當編輯，保羅在那裡當主持人，他們的節目在每個星期六播出，叫做「權利與法律」。他們保證會給電台帶來很多廣告合約，而且會做大規模的宣傳，將海報貼遍全巴黎，但他們也提出一些條件讓綽號「大灰熊」的電台總監不得不接受。漸漸地，「大灰熊」開始把評論的時間縮短，以免冗長的思辨讓聽眾覺得無聊；他找其他編輯寫一些問題插入節目編輯寫好的講稿，獨白於是變成了對話；他增加了串場音樂的播放次數，甚至經常給談話配上背景音樂，他還建議所有工作人員對著麥克風的時候，要給自己說的話加上一點自由自在、無憂無慮、年少輕快的調調。就是這種調調讓我清晨的睡夢變得那麼美——他們把氣象報告變成某種滑稽歌劇。電台總監想讓自己在部屬面前時時刻刻都像一頭天下無敵的大灰熊，他盡其所能讓每一個工作人員都各守本分。只有在一件事情上，他讓了步。意象形態專家們認為那個叫做「權利與法律」的節目實在無聊透了，他們拒絕討論這個節目，他們只是在每次有人提到這個節目的時候爆出一陣大笑，露出他們雪白的牙齒。答應他們取消這個節目之後，「大灰熊」因為自己的讓步感到羞恥，而由於保羅是他的朋友，他因此覺得更加羞愧。

他的掘墓人傑出的同路人

電台節目主管的綽號是「大灰熊」，要給他別的綽號也不可能，他身形粗壯，動作緩慢，性情溫厚，但是每個人都知道一旦他生氣的時候，厚重的熊掌就會拍下來。意象形態專家們肆無忌憚，硬要教他工作該怎麼做，這可碰到他熊脾氣的底線了。他那時坐在員工餐廳的餐桌前，對幾個工作人員解釋說：「這些招搖撞騙的廣告商，簡直就是火星人。他們做事情的方式跟正常人不一樣。他們把那些爛牌子硬塞給你的時候，臉上閃爍著喜悅的光芒。他們只會用五、六十個詞彙，用一些短句來表達想法，這些短句從來不會超過四個字。他們的話裡總是夾著兩三個讓人聽不懂的術語，講的頂多是一個或兩個點子，說得天花亂墜其實卻很膚淺。這些人一點也不以自己為恥；他們一點都不自卑。這就是了，這就是他們擁有權力的證據。」

差不多在同一時間，保羅也出現在員工餐廳。他神采奕奕，讓那一小圈人看了更覺得尷尬。他在吧台喝了一杯咖啡，然後走去加入那些同事。

保羅的出現讓「大灰熊」覺得很不自在。他生自己的氣，因為自己放棄了保羅，而且甚至連把事情告訴他的勇氣都沒有。他的心頭又湧上新的一波對於意象形態專家的恨意，他接著說：「為了讓這些蠢蛋滿意，我連氣象報告都改成小丑的對話，但這讓我很不舒服啊，才剛結束，就聽到貝爾納播報一則死了一百人的空難新聞。我願意為了讓法國人開心而奉獻我的生命，可是新聞不是小丑在演戲啊。」

似乎所有人都同意他的說法，除了保羅。他愉快的笑容裡帶著挑釁的意味，他插了話：

「『大灰熊』！意象形態專家們說得沒錯啊！你把新聞和夜間進修課程搞混了！」

「大灰熊」想起保羅的節目，偶爾還滿風趣的，但總是咬文嚼字，滿口冷僻的詞彙，整個節目部的工作人員都得在事後偷偷查字典才知道是什麼意思。不過他覺得還是暫時別提這事比較好，他提振全副的尊嚴回答說：「我一向最重視新聞專業，而且也沒打算要改變。」

保羅接著說：「聽新聞，就像在抽菸，抽完我們就丟了。」

「這正是我沒辦法接受的。」

「可是你是個老菸槍啊！聽新聞像在抽菸，你有什麼好抱怨的呢？」保羅笑著說。「吸菸有害健康，但是新聞對健康可沒有害處，它還可以在一天的苦工之前給你一點娛樂啊。」

「兩伊戰爭，這是娛樂嗎？」「大灰熊」問道，他對保羅的憐憫之中夾雜著些許惱火：「今天發生的鐵路事故，死了這麼多人，你覺得好玩嗎？」

「你犯了一個大家常犯的錯誤，你在死亡之中看到的是悲劇啊。」保羅這麼說，顯然他的精神真的很好。

「我承認，」「大灰熊」冷冷地說，「我在死亡之中看到的一向是悲劇。」

「這就是我所說的錯誤，」保羅說。「一場災難性的鐵路事故對於搭火車旅行的人來說是很恐怖，對於知道自己的兒子搭了這班車的人來說也很恐怖。但是死亡在廣播新聞裡的意義，跟阿嘉莎・克莉絲蒂的偵探小說裡的死亡意義是一樣的。阿嘉莎・克莉絲蒂是有史以來最偉大的魔術師，因為她知道如何把謀殺案變成娛樂，而且不只是一樁謀殺案，她變的是幾十樁謀殺案，幾百樁謀殺案，還有連續殺人案，都是為了給我們提供最大的娛樂而在她小說的毀滅營裡犯下的。奧許維茲（Auschwitz）的集中營已經被人遺忘，可是阿嘉莎・克莉絲蒂小說裡的焚屍爐卻以永恆之姿向穹蒼飄送著煙霧，只有非常天真的人才會說那是悲劇的煙霧。」

「大灰熊」想起保羅長久以來就是用這種自我矛盾的悖論影響整個團隊，這個團隊在意象形態專家不懷好意的目光看來，對老闆根本沒啥幫助，可是他們私底下還認為他是個老古董。「大灰熊」一方面怪自己不該讓步，一方面也知道自己別無選擇。被迫與時代精神妥協其實沒什麼，而且歸根究柢，如果我們不想發動所有厭惡這個時代的人來個大罷工，妥協也是無可避免的。但保羅的問題是，我們不能說他是被迫妥協，他是急著要幫他的時代找理由，他心知肚明，卻還是搬出那些華而不實的悖論，而且在「大灰熊」看來，保羅實在太投入了。「大灰熊」的語氣變得更冷了，他答道：「我也讀阿嘉莎‧克莉絲蒂啊！我覺得累的時候，我想重新回到童年的時候，我就會讀她的書啊。可是如果整個世界都變成了兒戲，世界會在小孩子的笑聲和咿咿呀呀之中滅亡。」

保羅說：「我寧可在咿咿呀呀的背景聲中滅亡，這樣總好過聽蕭邦的《葬禮進行曲》吧。我還要補充一點：一切的惡都來自這首歌頌死亡的葬禮進行曲。如果世界上少一些葬禮進行曲，死人或許會少一點。你知道我的意思：悲劇所啟發的敬意比小孩子無憂無慮的咿咿呀呀要危險得多。悲劇的永恆條件是什麼？是理想的存在，理想的價值被看得比人的生命還高。戰爭的條件又是什麼？是一樣的東西啊。他們要你去死，因為好像有個東西比你生命的位階更高。戰爭只能存在悲劇的世界裡；人類有史以來就只經歷過悲劇的世界，而且無法脫身。悲劇的年代只有來一場輕浮的反叛才能了結。像是貝多芬的《第九號交響曲》，人們從此只認得那四個小節伴隨香水廣告出現的歡樂頌。這種事我一點也不生氣。悲劇會被逐出這個世界，因為它就像一個用手捂住心口，嘴裡粗嘎著台詞的蹩腳演員。輕浮則是一種治本的減肥療法，所有東西都會拋掉百分之九十的意義，變得輕盈。大氣變得稀薄，狂熱將會消失，不可能再有戰爭。」

「我很高興你終於找到消弭戰爭的方法了。」「大灰熊」說。

「你能想像法國年輕人會願意為祖國而戰嗎？在歐洲，戰爭已經是無法想像的了。不是在政治上無法想像，而是在人類學上無法想像。在歐洲，人們已經沒辦法再打仗了。」

請別跟我說兩個打從心底彼此不同意的人會喜愛對方；這種故事是說給孩子聽的。如果他們把自己的見解放在心裡，或者用打趣的方式把這些見解的重要性降到最低（保羅和「大灰熊」從前的談話方式正是如此），說不定他們還有可能會喜愛對方。然而一旦爭論爆發，一切就太遲了。倒不是他們真的那麼相信自己捍衛的見解，而是因為他們受不了自己說的話站不住腳。請看看這兩位先生，到頭來，他們的爭論不會對任何事情造成任何改變，不會達成任何結論，也不會影響任何事情的發展，這場爭論純然是徒勞的、無用的，侷限在這員工餐廳的四壁之間，侷限在餐廳發臭的空氣裡，等清潔婦把窗戶打開，這場爭論就會和空氣一起飄散。可是，請看看這一小群聽眾專心的模樣，他們一個個挨坐在桌邊哪！大家都靜靜地聽著，連咖啡都忘了喝。兩人則為了這個小小的輿論圈而爭辯不休，這些人將在兩人之中指定一個作為真理的擁有者——不管他們指定的是誰，沒被指定為真理擁有者的那個人等於是失去了榮譽。或者說是失去了一小塊的自我。其實，他們堅持的看法對他們來說一點也不重要，但是他們把這些看法變成自我的一個屬性，於是每一個對這看法有所損害的事物，都會在他們的皮肉留下傷口。

當「大灰熊」在靈魂深處意識到保羅再也不會在電台滔滔不絕地發表他那些詭辯的評論時，他感受到的是某種滿足；他的聲音充滿熊特有的自豪，他的聲音變得更低沉，更冰冷了。保羅恰好相反，他的語氣越來越高昂，腦子裡閃過的想法越來越極端，越來越挑釁。「偉大的文化，」

他說，「源自歐洲反常的行徑，這種反常的行徑我們稱之為歷史。我的意思是，這種時時刻刻都要向前進的怪癖把一個個世代的接續看作一場接力賽，每個人都會超越他的前人，然後再被後人超越。如果沒有我們稱之為歷史的這場接力賽，歐洲就不會有藝術，而賦予歐洲特色的東西——原創的欲望、改變的欲望——也不會存在了。羅伯斯庇爾、拿破崙、貝多芬、史達林、畢卡索都是這場接力賽的選手，他們都在同一個體育場上奔跑。」

「你真的相信貝多芬和史達林可以相提並論嗎？」「大灰熊」的語氣嘲諷極了。

「當然可以，就算你心裡不舒坦，事情還是這樣。戰爭與文化是歐洲的兩極，是歐洲的天堂與歐洲的地獄，是歐洲的光榮與歐洲的恥辱，可是我們不能把它們分開。這一端有事的時候，那一端也會有，兩個極點會一起消失。歐洲五十年來沒有戰爭的這個事實，和我們五十年來都看不到一個畢卡索的事實之間有某種神祕的聯繫。」

「保羅，有些事我要告訴你，」「大灰熊」雖然緩緩說著，但那語氣卻令人不安，彷彿他舉起沉沉的熊掌準備攻擊：「如果偉大的文化完蛋了，你也就完蛋了，你那些自我矛盾的悖論也會跟著你一起完蛋，因為這種悖論就是從偉大的文化來的，而不是從小孩子的咿咿呀呀來的。你讓我想起從前參加納粹運動的那些年輕人，他們不是存心要傷害別人，也不是想要出人頭地，他們是太聰明了。是啊，主張一些無意義的想法。還有什麼比這種事更需要聰明的想法呢？我從戰後就親眼看到這樣的事啊，知識分子和藝術家們像小犢牛一樣加入了共產黨，之後，共產黨又很高興地一步步把他們全都清出黨外。你現在做的事跟他們完全沒有兩樣。對那些幫你掘墓的人來說，你是他們傑出的同路人。」

十足的蠢驢

他們兩人的腦袋之間擺著一台收音機，上頭傳來的熟悉聲音是貝爾納正在訪談一位演員，他主演的電影即將上映。演員激昂的聲音把他們從窩窠之中拖了出來：

「我來是要談我的電影，不是要談我的兒子。」

「您別擔心，待會就會談到電影了，」貝爾納的聲音這麼說。「可是新聞節目也有它的要求啊。有人說您也扯進了令郎鬧的醜聞裡。」

「您邀請我上節目的時候跟我保證說談的是電影。所以我們該談的是電影，而不是我兒子。」

「您是公眾人物，我向您提出的問題都是我們聽眾感興趣的。我只是在做我的工作。」

「我會回答一切跟我的電影相關的問題。」

「您想怎麼樣就怎麼樣吧。不過您拒絕回答的話，我們的聽眾可是會很驚訝的。」

阿涅絲下了床。她出門上班之後，過了一刻鐘，保羅才起床，穿上衣服去門房那兒拿信。其中一封信是「大灰熊」寄來的，信裡措辭極其委婉，字裡行間雜著苦澀又故作幽默的歉意，說的是我們已經知道的事——電台不再需要保羅為他們工作了。

他把信反覆讀了四遍，然後去事務所上班，一副無所謂的樣子。但是他心裡並不舒服，他沒辦法集中精神，滿腦子想的都是這件事。這事對他的打擊這麼嚴重嗎？從現實的角度來看，這事一點也不嚴重。但是他受傷了。他一輩子都在努力要逃離法學家的世界——他很高興可以在大學開一堂研討課，他很高興可以在電台上說話。倒不是因為他不喜歡律師的工作——相反的，他很喜歡那些被告，他試著去理解他們犯下的罪，然後賦予這些罪行某種意義；「我不是律師，我是幫人辯護的詩人！」他開玩笑地說；他刻意把全副心力都用在不法之徒的身上，他把自己當作叛徒（他這麼做可不是沒有某種虛榮），把自己當作第五縱隊的成員，當作劫富濟貧的游擊隊員。他生活在一個法律缺乏人性的世界裡，他總是以看破一切的內行人自居，他帶著些許厭惡捧讀厚重的典籍，而這些書裡評注的正是缺乏人性的法律。他也希望能在法院的高牆之外維持一些人際關係，跟學生、作家、記者有所聯繫，好讓他確信（而不是僅止於幻覺）自己屬於他們的圈子。他很看重這些關係。「大灰熊」的信把他遣送回律師事務所和法庭，這令他難以承受。

還有另一個讓人沮喪的理由。「大灰熊」在前一天把他形容為他自己的掘墓人傑出的同路人，保羅在這段話裡只看到某種措辭優雅的惡意，他並沒有看到任何具體內容。「掘墓人」這字眼對他來說沒什麼了不起。那是因為當時他對自己的掘墓人一無所知。可是現在他收到信了，他應該明白一切了——掘墓人的存在是千真萬確的，這些掘墓人已經找到他，而且在那兒等著他。

突然間，他意識到自己在人們的眼中是另外一個樣子，那模樣和他看到的自己不一樣，和他認為別人眼中的自己也不一樣。電台所有的工作人員當中，只有他一個得離開，「大灰熊」已經盡了全力幫他說話（他可沒想到「大灰熊」會這麼做）。究竟是什麼事讓他惹火了所有的廣告商？還有，他以為只有這些人受不了他，這想法太天真了。還有不少人也受不了他呢。他的形象出了什麼問題？確實是出了點問題，但他不知道是什麼問題，而且也永遠不會知道。事情就是這樣，這是對每個人都適用的定律：我們永遠也不會知道，究竟為了什麼，我們惹得別人不高興？為了什麼我們討了別人歡心？為了什麼人家覺得我們可笑？對我們來說，我們自己的形象是最神祕的東西。

保羅知道，他今天一整天都沒辦法想其他事了；他拿起話筒，撥了電話找貝爾納出去吃午飯。

他們面對面坐著；保羅迫不及待地想要講那封信的事，但他畢竟是個有教養的人，所以他還是說了些客套話做開場：「今天一大早我聽了你的節目。你把那個演員逼得像隻兔子到處亂竄。」

「你說得沒錯，」貝爾納說。「我可能做得太過分了。可是我心情糟透了。昨天有個人來找我，這件事我一輩子都忘不了。我不認識那個人，他比我高一個頭，挺著個大肚腩。自我介紹的時候，他的笑容親切得要命。『請容我把這份證書頒給您。』他一邊說一邊把一個硬紙筒遞到我手上。他要我當著他的面把紙筒打開。裡頭有一張證書，是彩色的，字體很漂亮，上頭寫著：貝爾納．貝爾通晉升為十足的蠢驢。」

「什麼？」保羅忍不住大笑，但他隨即克制住自己，因為他看見眼前是一張嚴肅僵硬的臉孔，感覺不出一絲開玩笑的意思。

「沒錯。」貝爾納喪氣的聲音又重複了一次，「我被晉升為十足的蠢驢。」

「可是，幫你晉升的人是誰？上頭有什麼單位的名字嗎？」

「沒有。只有一個亂七八糟的簽名。」

貝爾納又反覆說了好幾次發生在他身上的事，然後才加上這麼幾句話：「剛開始我還不相信自己的眼睛，我覺得有人設計要謀害我，我想大叫，想打電話報警。可是後來我明白了，我什麼也不能做。這傢伙滿臉笑容地握住我的手說：『請接受我的祝賀。』我腦子裡一片混亂，於是也跟他握了手。」

「你還跟他握手？你真的跟他道了謝？」保羅強忍著笑問他。

「當我意識到沒有辦法叫警察來逮捕這傢伙的時候，我想表現出沉著鎮定的樣子，彷彿一切都正常得不得了，我一點也沒受到傷害。」

「肯定是這樣的，」保羅說：「一個人被晉升為蠢驢之後，做的事就會很驢。」

「唉。」貝爾納嘆了一口氣。

「你連他是誰都不知道？他不是做了自我介紹嗎？」

「我那時候太生氣了，一下就忘了他的名字。」

保羅再也克制不住；他笑了出來。

「沒錯，我知道，你會把這事當成笑話，當然啦，你沒有錯，這是個笑話，」貝爾納重複說了兩次同樣的事。「可是我也沒辦法啊，從那時候開始，我就沒辦法再想其他的事了。」

保羅止住了笑，他知道貝爾納說的是真的。毫無疑問的，從昨天開始，他沒想過別的事。如果保羅收到這樣的證書，他會有什麼樣的反應？跟貝爾納完全一樣吧。如果有人把您封為十足的蠢驢，意思就是說，至少有一個人把您看作一頭驢子，而且還非得讓您知道他的看法不可。光是這件事，就已經夠讓人生氣了。更何況這件事很有可能不只是一個人發起的，而是十來個人，而且這些人可能還會有別的行動，像是在報紙上登個小啟事之類的。於是在明天的《世界報》（*Le Monde*）上，所有人都會在婚喪喜慶升官晉爵的啟事版上看到貝爾納被晉升為十足的蠢驢。

接著貝爾納又告訴保羅（而保羅不知道他該笑他的朋友，還是該為他哭泣），收到證書之後，他把證書拿給路上遇到的每一個人看。他不想一個人封閉在他的恥辱裡，他想把其他人也一起捲進來，他向所有人解釋，他告訴他們，他不是唯一的對象：「如果他們下手的對象只有我一個，他們就會到我家來頒發證書。可是他們是到電台來把證書頒給我的！這是針對新聞記者的攻擊行動！這是針對我們全體的攻擊行動！」

保羅在盤裡切著他的牛肉，喝著他的紅酒，心裡想：這兩個好朋友可真絕：一個是十足的蠢驢，一個是他的掘墓人傑出的同路人。他還意識到一件事（這讓他覺得這個小伙子更加可親了）——即便在心裡，他也永遠不會再叫他貝爾納了，他會一直叫他十足的蠢驢。這不是出自惡意，而是因為這麼漂亮的頭銜實在讓人無法抗拒；同樣的，貝爾納氣得失去理智的時候把證書拿給不少人看，這些人肯定也會永遠這麼叫他。

他也想到，「大灰熊」在餐桌上的對話裡把他封為他的掘墓人傑出的同路人，這麼做實在太友善了。畢竟他也可以頒一張證書給他，這樣他的下場會更糟。於是，朋友的抑鬱讓保羅幾乎忘記自己的痛苦。貝爾納問他說：「你好像也有什麼不順心的事？」保羅一語帶過：「不值得一提的小事。」貝爾納附和說：「我就知道你不會把它當一回事的，你有幾百件比這更有意思的事可以做。」

貝爾納陪保羅走向停車的地方，保羅十分感傷地對他說：「『大灰熊』錯了，意象形態專家們才是對的。人不過就是他自己的形象。哲學家要怎麼跟我們解釋都可以，他們總是說人們的看法沒什麼重要，只有我們自己是什麼才重要，可是哲學家根本什麼也不懂。只要我們活在人類當中，人們把我們當成什麼，我們就是什麼。當我們盡可能表現出討人喜歡的樣子，當我們不斷自問別人怎麼看我們的時候，我們被看作是騙子，看作是滑頭。可是在我的『我』和別人的『我』之間，直接的接觸存在嗎？不必經過眼睛的中介嗎？如果不是汲汲追求自己在愛人心裡的形象，愛情如何可能？如果我們不再擔心那個人如何看待我們，從這一刻起，我們就不再愛那個人了。」

「你說得對。」貝爾納悶悶不樂地說。

「有人說我們的形象是一個單純的表象，藏在後頭的才是我們的自我的真正實體，而這實體獨立於世人的目光之外。這種看法是一種天真的幻想。意象形態的專家們用徹底無恥的方法證明了相反的說法才是真的：我們的自我就是一個單純的表象，無法理解，無從描繪，模糊不清，然而唯一的現實是我們在別人眼中的形象，這現實簡直是太容易理解，太容易描繪了。更糟的是：你不是這個形象的主人。一開始，你試著要自己去粉飾它，接著，你希望至少可以影響它、控制它，但是卻徒勞無功，只要一句不懷好意的話，就可以把你的模樣永遠變成一幅可悲的滑稽畫像。」

他們在車旁停了下來；保羅看見眼前是一張比剛才更憂慮、更蒼白的臉。他原本想幫朋友打打氣，可是現在卻發現自己說的話根本是雪上加霜。他感到內疚——是因為想到自己，想到自己的問題，他才會說出這些想法。可是錯誤已經造成了。

道別的時候，貝爾納對保羅說：「拜託你，這件事別告訴蘿拉，甚至也不要告訴阿涅絲。」貝爾納說話時帶著一絲尷尬，這神情令保羅感動。

保羅結實而溫暖地握了握貝爾納的手：「絕對沒有問題。」

回到律師事務所之後，他開始工作。奇怪的是，跟貝爾納見面讓他覺得安慰了些，心裡覺得比早上舒坦多了。傍晚回到家裡，他見到阿涅絲，跟她提起「大灰熊」那封信的時候，他沒忘記補充說，這件事一點也不重要。他試著邊說邊笑，可是阿涅絲卻瞥見在話語和笑聲之間，保羅咳了起來。她知道這樣的咳嗽代表什麼。保羅有事的時候總是藏在心裡；唯一會洩漏他祕密的就是這尷尬的咳嗽，可是保羅自己卻渾然不覺。

「他們想讓節目變得更有趣、更年輕吧。」阿涅絲說。她這麼說是想要諷刺把節目停掉的那些人。然後她輕撫了保羅的頭髮。其實她根本不該這麼做。在阿涅絲的眼裡，保羅看見了自己的形象——一個被羞辱的男人——人們認為他已經不再有趣，不再年輕了。

母貓

我們每個人都渴望違抗成規，渴望打破情色的禁忌，心醉神迷地走入禁地。但我們是那麼地膽怯……找一個比我們年長的女朋友，找一個比我們年輕的男朋友，這是可以推薦給大家的一個方法，要違抗成規，這方法最容易，而且所有人都適用。蘿拉第一次擁有比她年輕的男朋友，貝爾納第一次擁有比他年長的女朋友，兩人都在這第一次的經驗裡感受到一種令人興奮的小小罪愆。

蘿拉告訴保羅，貝爾納讓她年輕十歲，她說的是真的。當時，她被一股活力的浪潮淹沒了。但這並不是說她覺得自己比貝爾納年輕。相反的，她想到情人比她年輕心裡就很樂，這種感覺是前所未有的，這個年輕的情人總是把自己想像得比她軟弱，他怯怯地想著經驗豐富的女友會拿他和前人相比。於是性愛就像在跳舞，共舞的其中一人得要時時引導另一個人。這是蘿拉第一次引導男人。引導，讓蘿拉如此陶醉，一如貝爾納因為被人引導而陶醉。

年紀較大的女人給年紀較輕的男人帶來的，首先是他們的愛情遠離了所有走向婚姻的危險，畢竟，誰會以為一個前程似錦的年輕人會娶一個比他大八歲的女人為妻？這就是為什麼貝爾納看待蘿拉，就像保羅從前看待變成他紫水晶的那個女人一樣——貝爾納想像，只要哪天出現了一個比較年輕的女人，可以讓他帶去介紹給父母親而不會引起任何尷尬，他的情人隨時願意隱藏自己。他對蘿拉母性的智慧有信心，他相信蘿拉會來見證他的婚禮，並且對新娘隻字不提她曾經是（或者，說不定她一直都會是）貝爾納的情人。

他們風平浪靜地過了兩年快樂的日子。後來，貝爾納被晉升為十足的蠢驢，變得鬱鬱寡歡。

蘿拉對證書的事情一無所知（保羅遵守了承諾，什麼也沒說），而由於她從不過問貝爾納的工作，所以她也完全不知道貝爾納在工作上還有其他的問題（我們都知道，禍不單行）；於是，她把貝爾納的沉默解釋為他不再愛她的證據。好幾次，她當場抓到他的罪行——他不知道蘿拉剛剛跟他說了什麼；蘿拉很確定，那時候他心裡一定想著別的女人。啊，愛情啊，一點點小事就會讓人絕望。

有一天，貝爾納來到蘿拉家，滿腦子灰暗的念頭。蘿拉去了隔壁房間穿衣服，貝爾納一個人和那隻大暹羅貓待在客廳。他對這隻貓沒有任何特別的好感，可是他知道在他情人的眼裡，這隻動物是神聖的。他坐在一把扶手椅上，耽溺在自己灰暗的念頭裡，他自然而然地把手伸向那隻母貓，因為他覺得自己應該要摸摸牠。可是這隻母貓卻開始憤怒地低嗚，還咬了他的手。這一咬加上他這幾個星期以來遭受的挫折與屈辱，無異是火上加油，他怒火中燒，從扶手椅上跳了起來，作勢要打那隻貓。暹羅貓跑到牆角，弓起背脊，還發出可怕的叫聲。

這時貝爾納轉頭望見蘿拉，她就站在門口，整個場面她當然都看到了。「不行，」她說，「你不可以懲罰牠。牠這麼做完全是對的。」

貝爾納驚訝地望著她。他被貓咬得很痛，正期待他的情人就算不跟他一起教訓那隻貓，至少也會表現出一點基本的正義感。他想要一腳狠狠地把貓踢到天花板上。他費了好大的勁才把這口氣嚥下去。

蘿拉可沒閒著，她抑揚頓挫清清楚楚地加上一句：「牠被摸的時候，不准別人心不在焉。我也一樣，我也受不了人家待在我身邊卻想著別的事。」

片刻之前，蘿拉看到她的暹羅貓對貝爾納的心不在焉反應如此激烈，她突然感到自己和這隻貓心神相通——貝爾納這幾個星期的所作所為帶給她的感受，跟母貓感受到的是一樣的——貝爾納愛撫著牠，可是卻不知心在何處；他假裝在那兒陪著蘿拉，可是卻沒聽她講話。

看到她的貓咬她的情人，她覺得那是她的另一個「我」在行動，對她而言，她養的小動物就是這個象徵的、神祕的「我」，這個「我」想要用這樣的方式來鼓勵她；這個「我」以身作則，告訴她應該怎麼做。她告訴自己，該伸出爪子的時候就要出爪；於是她決定當天晚上兩人在餐廳面對面吃飯的時候，她要鼓起足夠的勇氣做出行動。

事情還沒發展到那兒，不過我就先直話直說了：很難想像還有什麼事會比這決定更蠢。她想做的事，對她絕對是有害無益。要知道，他們認識的這兩年以來，貝爾納一直很快樂地和她在一起，說不定比蘿拉想像的還要快樂。蘿拉對貝爾納來說是一個化外之地，是一個避風港，離他父親（那個姓與名相同的貝爾通・貝爾通）從小為他準備好的生活遠遠的。他終於可以自由自在、舒舒服服地順著自己的欲望生活了；他終於可以擁有一個祕密的角落，家族裡沒有任何一個人會過來探頭探腦了；在這個角落裡，生活是另外一回事——他喜歡蘿拉的波希米亞作風，他喜歡蘿拉偶爾會彈兩下的鋼琴，他喜歡蘿拉帶他去聽的音樂會，他喜歡蘿拉的情緒和她古怪的行徑。有她在身邊，貝爾納就覺得自己離他父親交往的那些無聊的有錢人很遠。但他們的快樂是有條件的：他們不能結婚。如果他們結了婚，這一切就會立刻變了樣，他們的結合隨時會暴露在貝爾納家人各式各樣的干涉之下；他們的愛情不只會失去了原本的魅力，連愛情的意義都會因此喪失。蘿拉則會失去她原本對貝爾納為所欲為的權力。

她怎麼會做出這麼愚蠢，而且和她自身利益背道而馳的決定？難道她對自己的情人認識這麼不清？她這麼不瞭解自己的情人嗎？

是的，說來有點奇怪，但她確實對她的情人認識不清，也不瞭解。她甚至很自豪，她對貝爾納感興趣的部分只有貝爾納的愛。她從來沒問過他關於他父親的事。她對他的家族一無所知。如果貝爾納自己說起家裡的事，她會毫不掩飾地表現出無聊的樣子，而且是立刻表態，說她不要把可以獻給貝爾納的寶貴時間耗在這些事情上。更奇怪的是，在貝爾納因為那張證書而很灰暗的那幾個星期，他幾乎一句話也沒說，只有幾次開口請蘿拉原諒他有事情心煩，而蘿拉總是回答他：「是啊，有事情心煩，這種感覺我知道。」可是卻從來沒問過他這個問題，這個最簡單的問題：「什麼事情讓你心煩？說清楚嘛，發生了什麼事？說嘛，告訴我，你為什麼心煩？」

說也奇怪，她瘋狂地愛著貝爾納，可同時她卻又對他不感興趣。我幾乎要這麼說了：她瘋狂地愛著貝爾納，正因如此，她對他不感興趣。如果我們怪她缺少興趣，如果我們指責她不瞭解她的情人，她不會理解我們在說什麼。因為蘿拉不知道瞭解一個人是什麼意思。她就像個擔心自己跟情人接吻過多會懷孕的處女！這麼一段時間以來，蘿拉的心裡一直惦念著貝爾納，幾乎不曾間斷。她想著他的身體，想著他的臉龐，她感覺自己時時刻刻都跟他在一起，她的心裡滿滿的都是貝爾納。所以她以為自己對貝爾納熟悉至極，從來就沒有人比她更瞭解貝爾納。愛情的感覺以某種認識的幻覺欺瞞了我們每一個人。

經過這些說明，或許我們終於可以相信，蘿拉在餐後的甜點時間向貝爾納說出這樣的話（為了幫她找藉口，我可以讓他們喝了一瓶紅酒加上兩杯干邑白蘭地，可是我確信她在清醒的時候也會說出相同的話）：「貝爾納，跟我結婚吧！」

抗議侵犯人權的姿勢

布麗姬特走出德文課的教室，她下定決心再也不去上這堂課了。一方面，歌德的語言在她眼裡一點實用性都沒有（是她母親逼她學的），另一方面，她覺得自己跟德文格格不入。這語言缺乏邏輯，讓她很惱火。今天，她終於受不了了：介系詞ohne（無）的作用是賓格，介系詞mit（有）的作用是與格。為什麼？這兩個介系詞的意思明明是同一種關係的正反面，那麼它們在文法上就應該有相同的格才對。布麗姬特向她的老師指出這一點，她的抗議讓這個年輕的德國男人很尷尬，並且立刻感受到某種罪惡感。這個和善又敏感的男人時時都因為自己屬於一個被希特勒領導過的民族而感到痛苦，他隨時都可以讓他的祖國承擔一切缺陷，他立刻承認，沒有任何正當的理由可以支持mit和ohne這兩個介系詞在文法上分屬不同的格。

「我知道，這不合邏輯，但是這是歷經好幾個世紀確定下來的用法。」他這麼說，彷彿想激起這個年輕的法國女人對一個被歷史貶入地獄的語言的同情。

「我很高興您也發現了這一點。這是不合邏輯的。但是語言應該要合邏輯。」布麗姬特說。

年輕的德國男人表示贊同，他說：「唉！我們沒有笛卡爾啊。在我們的歷史上，這是一個無法原諒的缺憾。德國沒有你們理性與啟蒙的傳統，德國籠罩著形而上的濃霧。德國，就是華格納的音樂，而我們都知道，誰是華格納最忠實的樂迷？是希特勒啊！」

布麗姬特既不在乎希特勒，也不關心華格納，她繼續說她的道理：「孩子可以學習不合邏輯的語言，因為孩子不懂什麼是理性。可是不合邏輯的語言，成年的外國人永遠都學不會。在我看來，這就是為什麼德文沒辦法變成世界通用的溝通語言。」

「您說得一點也沒錯，」德文老師說完之後，還低聲加上一句：「您就知道德國人妄想統治世界的野心有多荒謬了。」

布麗姬特對自己感到很滿意，她坐上她的車子，開去「佛雄食舖」（Fauchon）買一瓶葡萄酒。她找了半天都找不到停車位，路上一列列的汽車沿著人行道大排長龍，車頭貼著車尾，排了有一公里長；轉了一刻鐘之後，面對沒有空位的事實，她的心裡倏地湧上一股憤慨不解的情緒，她於是把車開上人行道，熄了火，逕直走向那家高級食品店。遠遠地，她就看見店裡似乎發生了什麼不尋常的事，走近之後才知道是怎麼回事：

這家著名的食品雜貨舖賣的所有東西都比別處貴十倍，所以來的都是些花錢比吃東西更開心的顧客。這會兒，有百來個衣著寒愴的失業者把店舖裡裡外外都占領了；這是一場奇怪的示威抗議，這些人不是來砸店，不是來咆哮嚇人，也不是來喊口號的；他們只是來讓這些有錢人覺得尷尬，來破壞他們買好酒、買魚子醬的興致。結果店員和顧客們的笑容都被嚇得突然僵住了，而且好像同時也失去了賣東西和買東西的能力。

布麗姬特在人群中開出一條路，走進店裡。她對失業者沒有反感，也不想批評那些穿皮草的貴婦人。她高聲向店員要了一瓶波爾多紅酒。她顧盼自若的樣子讓那個女店員嚇了一跳，但也讓她明白了，那些示威者的存在不會造成任何威脅，她提供給這位年輕女客的服務不應該被打斷。布麗姬特於是付了酒錢，向她停車的地方走去，車旁已經有兩個警察在等她，手裡拿著筆。

她氣急敗壞地叫他們住手。警察向她解釋，亂停車子會把人行道堵住，布麗姬特卻把一旁大排長龍的車陣指給他們看：「你們要告訴我車子該停哪兒嗎？」她大叫。「如果政府准許人們買車，就得向他們保證有位子停車，不是嗎？事情得講邏輯啊！」

我說這麼多，其實只是為了接下來的這個細節——對著警察大吼大叫的同時，布麗姬特想起那些在高級食品店門口示威的失業者，她對這些人突然產生了強烈的認同感，她覺得自己跟他們聯合在同一條戰線上。這感受給了她勇氣，於是她拉高了嗓門；警察（跟那些穿皮草面對失業者的貴婦人一樣尷尬）只能愣愣地、心虛地重複著「禁止」、「不准」、「規定」、「秩序」這幾個字，最後沒開罰單就讓布麗姬特走了。

在這場怒罵之中，伴隨著布麗姬特激烈言詞的，是她快速而短促的搖頭動作，她還一邊聳著肩膀，蹙著眉頭。回到家，把這件事說給父親聽的時候，布麗姬特搖頭的方式一模一樣。我們剛才已經看過這個姿勢了，面對試圖否定我們最基本權利的那些人，這姿勢表達的是憤慨不解的情緒。我們不妨把這姿勢喚作：抗議侵犯人權的姿勢。

人權的觀念從兩個世紀前就存在了，但是要到一九七〇年代後期才達到它光榮的頂點。索忍尼辛（Alexandre Soljenitsyne）就是在這個年代被逐出俄羅斯的國境。他這個奇特的角色，一臉大鬍子，戴著一雙手銬，讓那些渴望經歷大時代命運的西方知識分子深深著迷。多虧有他，雖然晚了五十年，但是西方知識分子終於知道在共產主義的俄羅斯國境裡也存在著集中營；連支持共產黨的進步分子們也突然接受了，他們說為了思想問題而把人囚禁起來是不符合公理正義的。而為了強化他們這個新的姿態，他們找到了一個傑出的論據：俄國共產黨侵犯了法國大革命莊嚴地宣告的人權！

於是，多虧了索忍尼辛，「人權」這個詞在我們這個時代的詞彙裡重新找到了它的位子；我不知道有哪個政治人物一天不說上十來次「被踐踏的人權」或是「為人權鬥爭」。可是在西方國家，我們並沒有活在集中營的威脅之下，我們什麼都可以說，什麼都可以寫，以至於「為人權鬥爭」贏得了民心，卻失去一切具體的內涵，最後成為所有人看待所有事的共同姿態，變成一種可以將所有欲望轉化為權利的能量。世界成了一種人權，一切事物都變成了權利——愛情的欲望變成愛情的權利，休息的欲望變成休息的權利，對友情的欲望變成對友情的權利，開快車的欲望變成開快車的權利，幸福的欲望變成幸福的權利，出書的欲望變成出書的權利，晚上在街上大叫的欲望變成晚上在街上大叫的權利。失業者有權占領奢華的食品店，穿皮草的貴婦人有權買魚子醬，布麗姬特有權把車停在人行道上，失業者、穿皮草的貴婦人、布麗姬特，所有人都屬於為人權鬥爭的同一支大軍。

保羅坐在布麗姬特對面的扶手椅上，他愛憐地望著她快速地搖著頭。他知道他女兒很喜歡他，這比他的妻子喜歡他更有意義。因為女兒崇拜的眼神帶給他的，是阿涅絲不能給的。那是他還沒被年輕人嫌棄的證據，那是他一直屬於年輕的一群的證據。阿涅絲因為保羅咳嗽而有所感觸，輕撫了他的頭髮，這不過是兩個鐘頭以前的事。比起那侮辱人的輕撫，保羅多麼喜歡布麗姬特搖頭的動作啊！女兒對他來說，就像是個蓄電池，他可以從那裡獲取力量。

要絕對現代

啊，這個可愛的保羅，他想對歷史、貝多芬、畢卡索……發表一點看法，藉此向「大灰熊」挑釁，藉此惹火他。他這麼做，害我在腦子裡把他和雅羅米爾搞混了。雅羅米爾是我二十年前寫的一部小說裡的人物，在後頭的一個章節裡，大家會看到我把這本小說放在巴黎的一家小酒館，託他們交給阿弗納琉斯教授。

時間是一九四八年，地點是布拉格；十八歲的雅羅米爾愛現代詩愛得要命，他愛得要命的詩人有戴思諾、艾呂雅、布賀東、涅茲瓦爾[13]；他拿這些人當榜樣，他把韓波[14]寫在《地獄的一季》（*Une saison en enfer*）裡的一行詩當成口號：「一定要絕對現代。」然而在布拉格乍然湧現的絕對現代，就是社會主義的革命，這場革命急遽地給雅羅米爾愛得要死的現代藝術定了罪。於是很諷刺地，我的主人翁為了不要背叛這個「要絕對現代」的偉大命令，在幾個朋友面前（這些人也是愛現代藝術愛得要命）否定了他所愛的一切（他真正喜愛，並且全心全意喜愛的一切）。在他否定的行動裡，他把一個未經世事的處男渴望一舉闖入成人生活的全副狂熱與激情都灌注進去了；而朋友們見他如此固執地否定他曾經最珍愛的一切，否定他曾經經歷與想要經歷的一切，

13. 戴思諾（Robert Desnos，一九〇〇—一九四五）、艾呂雅（Paul Éluard，一八九五—一九五二）、布賀東（André Breton，一八九六—一九六六）、涅茲瓦爾（Vitezslav Nezval，一九〇〇—一九五八）：超現實主義詩人，涅茲瓦爾為捷克人，餘皆為法國人。

14. 韓波（Arthur Rimbaud，一八五四—一八九一）：法國象徵主義詩人。

他們見他否定畢卡索與達利，否定布賀東與韓波，見他以列寧與紅軍之名否定這一切（列寧與紅軍在當時象徵著現代性的頂峰）也無話可說，他們先是愣在那裡，接著是心碎，最後是恐懼。這個未經世事的處男加入了宣稱擁有現代性的一邊，而且不是因為怯懦（為了他的前途）才加入，是因為勇氣——他忍痛犧牲所愛——是的，此情此景確實有點恐怖（它預示著迫在眉睫的恐怖，預示著監獄的恐怖，預示著絞刑的恐怖）。或許那時候有人看著這個場景在心裡說：「雅羅米爾是他的掘墓人的同路人。」

當然，保羅和雅羅米爾一點也不像。他們唯一的共同點只有這個激情的信念：「一定要絕對現代」。「絕對現代」這個觀念的內涵變來變去，讓人無從掌握。一八七二年，韓波肯定想像不到，他這幾個字會寫出成千上萬個列寧的銅像和史達林的銅像；他更想像不到那些廣告影片、彩色相片，或是搖滾歌手心醉神馳的臉孔。但這些並不重要，因為絕對現代的意思就是：永遠不要質疑現代的內涵，我們要為現代的精神效命，一如為絕對的精神效命，換句話說就是不要懷疑。

保羅跟雅羅米爾完全一樣，他知道明天的現代性跟今天的現在性不一樣，而為了遵從現代精神永恆的絕對命令，必須要懂得如何背叛它臨時的內涵。由韓波而來的口號也一樣，必須要懂得如何背叛韓波的詩句。一九六八年的巴黎，學生們用了比一九四八年在布拉格的雅羅米爾更激進的學運專用術語，拒絕了世界現有的樣貌，他們拒絕屬於舒適生活的、市場的、廣告的表層世界，拒絕以通俗劇塞滿人們腦袋的愚蠢大眾文化的世界，拒絕墨守成規的世界，拒絕父親的世界。那時候，保羅也在街壘後頭待了幾天，他的聲音和二十年前雅羅米爾的聲音一樣，堅決地在街頭迴盪；沒有任何事情能讓他屈服；大學生的暴動敞開臂膀讓他倚靠，他遠離父輩的世界，在三十五歲的時候，終於變成大人。

時光流逝，後來他的女兒長大了，她和世界現有的樣貌相安無事，和電視、搖滾樂、廣告、大眾文化及其通俗劇相安無事，和歌手、汽車、時尚、高級食品店、以及被捧成明星的優雅工業家的世界也相安無事。保羅面對教授、警察、市長、部長都可以固執地為自己的立場辯護，但若要他和女兒唱反調，他可是一點辦法也沒有。他的女兒喜歡坐在他的大腿上，一點也不急著要離開父親的世界，進入成人的國度（像保羅從前那樣），相反的，她想要一直和她那寬容的父親待在同一個屋簷下，每個星期六，父親還（近乎感動地）讓她和男朋友一起睡在隔壁的房間。

如果我們已經不再年輕，又有一個和我們年輕時截然不同的女兒，那麼「要絕對現代」的意思是什麼？保羅很容易就找到了答案：「要絕對現代」的意思就是，在這種情況之下，和他的女兒絕對認同。

我想像保羅在阿涅絲和布麗姬特的陪伴下，坐在餐桌前吃晚飯。布麗姬特側轉身子坐在椅子上，一邊看電視，嘴裡一邊咀嚼著。餐桌上沒有人說話，因為電視太大聲了。保羅的腦袋始終縈繞著「大灰熊」致命的評語，一句話就把他封為自己的掘墓人傑出的同路人。後來布麗姬特的笑聲打斷了他的思緒，原來是電視螢幕上出現了一則廣告：一個裸著身體的小孩，大概才一歲吧，從便盆上站起來，拖著一捲衛生紙，白色的衛生紙曳展開來，像是新娘禮服壯觀的裙襬。保羅想起他最近才發現——這發現讓他很驚訝——布麗姬特竟然從來沒讀過韓波的任何一首詩。看看他自己在布麗姬特這個年紀的時候多麼喜歡韓波，他還真有理由把布麗姬特列為他的掘墓人。

他的女兒對大詩人一無所知，看電視上的傻戲卻看得很樂。聽到女兒爽朗的笑聲，他覺得有點感傷。他問自己：究竟，為什麼他那麼喜歡韓波？這份喜愛從何而來？他曾經為韓波的詩著迷嗎？沒有，當年韓波在他的腦子裡，跟托洛斯基、布賀東、毛澤東、卡斯楚的名字全混在一起，混成了一個獨特的革命分子大雜燴。他對韓波最初的認識，是所有人一喊再喊的口號：改變生活（彷彿這麼平凡無奇的句子非得要個天才詩人才造得出來……）。或許後來保羅是讀了幾行韓波的詩；其中有幾句他很喜歡而且熟記在心。但是他從來沒有讀完韓波所有的詩，他喜歡的都是他那個圈子的朋友跟他提過的，而他們之所以會提起那幾首詩，又是因為另一個圈子的朋友推薦的。所以從美感的角度來說，韓波並不是他所喜愛的，而且若要以美感為基礎，說不定他從來就沒有真的喜愛過任何東西。他投入韓波的旗下就像人們選邊站一樣，就像一般人加入某個政黨，成為某個足球隊的支持者一樣。實際上，韓波的詩句給了他什麼？除了喜愛韓波詩句的那些人特有的驕傲，沒有別的。

保羅一直忘不掉他和「大灰熊」最近的那次對話。是的，他是誇張了些，他盡情揮灑他的悖論，他故意激怒「大灰熊」和其他人，可是他說的難道不是事情的真相嗎？「大灰熊」滿懷敬意地說是「偉大的文化」的東西，難道不是我們的幻想？這些東西確實美麗而珍貴，但它們根本沒那麼重要，只是我們不敢承認罷了。

幾天前，保羅把他惹毛「大灰熊」的那些話和那些想法盡可能完整地在布麗姬特面前重演了一遍。他想知道女兒的反應。結果布麗姬特不但不覺得這些挑釁的言詞有什麼可議之處，而且還覺得可以發揮得更盡致。這才是保羅在乎的。這幾年下來，他越來越倚賴女兒，不管遇到什麼事都要問她的意見。或許他剛開始這麼做有教育上的考量，他刻意要逼女兒去關心一些正經事，但是沒多久，他們的角色就偷偷互換了——他不再像是為了鼓勵害羞的女學生而問她問題的老師，他反倒像是個缺乏自信的男人，找了個通靈的女人來問卜。

人們不會要求通靈的女人擁有什麼大智慧（保羅對他女兒的才能和知識也沒有多大幻想），

人們要的是她可以藉由無形的管道連結到她心神之外的某個智慧庫。布麗姬特對保羅發表看法的時候，保羅不會把這些看法視為他女兒個人的創見，而是把這些看法視為年輕人集體的大智慧，透過他女兒的嘴巴說了出來；他抱著越來越強的信賴感去聆聽這些看法。

阿涅絲站了起來，把餐桌上的碗盤拿去廚房，布麗姬特乾脆把椅子轉過去對著電視機，剩下保羅一個人坐在那裡，面對餐桌。他想起從前他父母親玩的一個團體遊戲：十個人繞著十張椅子轉，聽到口令，所有人都得坐下。每張椅子上都有一段話。在他轉到的那張椅子上，寫著：他的掘墓人傑出的同路人。他知道遊戲終止了，他會坐在這張椅子上，直到永遠。

能怎麼辦？什麼辦法也沒有。而且，為什麼一個人不能當他的掘墓人的同路人呢？難道非得掄起拳頭跟他的掘墓人拚搏嗎？非得拚到這些人在他的棺木上吐口水嗎？

再一次，他聽到布麗姬特的笑聲，在此同時，有個新的定義浮現在他的腦海裡，那是最徹底、最激進的悖論。他很喜歡這個定義，喜歡到讓他忘記了憂傷。這定義是這樣的：絕對現代，就是成為自己掘墓人的同路人。

因為自己的光榮而受害

無論如何，對貝爾納說出「跟我結婚吧！」這件事本身就是個錯；尤其在他被晉升為十足的蠢驢之後說這話，更是天大的錯。要知道，這時機看起來根本就不對，不過若要瞭解貝爾納，還是有必要回頭看看這個時機有什麼問題：貝爾納除了小時候出過麻疹，從來就沒生過病，他在身邊見過的唯一一次死亡是他父親的獵犬，而除了幾次考試的成績不理想，他的人生不曾遭遇過挫折；他一直活在確定之中，確定的是，他天生就該好命，就該人見人愛。晉升為蠢驢是他第一次遭受命運的打擊。

當時有個奇怪的巧合。意象形態的專家們就在他被晉升為蠢驢之前，幫貝爾納的電台做了一波大規模的宣傳，他們把電台編輯部全體工作人員的彩色照片大剌剌地印在巨幅海報上，貼滿了全法國。海報的背景是藍色的天空，他們全都穿著白襯衫，捲起袖子，張開嘴巴——所有人都在笑。剛開始，貝爾納在巴黎閒逛的時候，心裡總是因為自豪而激盪不已。但是這潔白無瑕的光榮並不長久，一兩個星期之後，大肚腩的大壞蛋帶著微笑跑來給了他一個紙筒。如果這事情早一點發生，發生在那些巨幅海報還沒貼滿全世界之前，說不定貝爾納會好過一點。不幸的是，海報的光榮給證書的恥辱添加了某種共鳴的效果；光榮擴大了恥辱。

在《世界報》上頭讀到一個沒沒無聞的傢伙（一個叫做貝爾納．貝爾通的人）被晉升為十足的蠢驢，這是一回事；但是知道有個傢伙的照片貼得到處都是，卻被晉升為十足的蠢驢，這又是另一回事了。光榮會給我們身上發生的一切添加一百倍的回音。身子後頭拖著一串回音走在人群裡，這可不是什麼好玩的事。貝爾納突然理解了自己最近這陣子的脆弱，他意識到自己確確實實從來沒有野心要追逐光榮。當然，他渴望成功，可是成功與光榮是兩回事。光榮的意思是有很多人認識你，而你卻不認識這些人；這些人都認為他們可以對你為所欲為，他們想知道你的一切，而且一副把你當成自己人的樣子。作家、歌手、政治人物把自己獻給別人的時候，肯定在其中感受到某些快感，但是這種快感，他並不渴望。不過就在最近，在訪談某個演員的時候（這演員的兒子捲入了一樁不光彩的事），貝爾納饒有興味地看著這個人的光榮如何變成他的缺陷、他的弱點，變成他致命的罩門，人們只要抓住這條小辮子，扯來扯去，就再也不肯鬆手。貝爾納想做的是提問的人，而不是被迫回答的人。但是光榮屬於回答問題的人，而不是屬於提問的人。回答問題的人被聚光燈照亮，提問的人則背對攝影機。出現在大片燈光下的是尼克森，不是伍華德。貝爾納渴望的並不是聚光燈對準的人所擁有的光榮，他渴望的是站在光影交界之處的人所擁有的權力。他渴望的是搏殺老虎的獵人的力量，而不是屬於老虎的光榮——人們喜歡老虎，卻把牠拿來當作床邊的小地毯。

然而光榮並非名人的專利。每個人至少都有一兩次小小光榮的機會，至少都有一小段時間可以和葛麗泰・嘉寶、尼克森，或是被剝皮的老虎一樣，感受到相同的東西。城裡的每一面牆上都綻放著貝爾納的笑容，他覺得自己像是做了醜事被釘在柱子上示眾——所有人都在看他，檢視他，審判他。當蘿拉對他說「貝爾納，跟我結婚吧！」的時候，他想像蘿拉也跟他一起釘在柱子上示眾。突然間（這種事以前從來沒有發生過），他覺得蘿拉看起來好老，她的乖僻讓人不舒服，而且有點可笑。

這一切更因為他從來沒有這麼需要過蘿拉，而顯得更加愚蠢。對他來說，最有益身心的愛情一直都是比他年紀大的女人的愛，前提是這份愛要變得祕密些，這個女人要展現多一些智慧，多一些謹慎。如果蘿拉不是傻傻地跟他提議要結婚，而是決定將他們的愛情變成一座遠離公眾生活的豪華城堡，那麼蘿拉就不必擔心她會失去貝爾納。可是蘿拉看到街上到處都是那張巨幅照片，她把這事和她情人最近的態度（他的沉默不語，心不在焉）連結起來，她斷定她情人的事業得意肯定引來了另一個女人，占據了他所有的心思。而由於蘿拉的個性不可能不戰而降，她於是發動了攻勢。

現在您知道貝爾納為什麼向後退了吧。敵進我退，這是定律。大家都知道，撤退，是戰術裡最困難的部分。貝爾納以數學家的精確方式來執行他的撤退：不久之前，他在蘿拉家過夜的次數是一星期四次，現在他減到兩次；他先前每個週末都跟蘿拉出遊，現在他每兩個星期才跟蘿拉出遊一次，而且心裡還在盤算新的縮減方式。他把自己當成太空船的領航員，衝入大氣層的時候，他得猛然減速。於是他一直減速，謹慎而堅定地減速，而他那和藹可親又充滿母性的情人則漸漸從他的視野消失了。取而代之的，是個喜歡吵架的女人，既不成熟又沒有智慧，而且積極主動得讓人討厭。

有一天「大灰熊」跟他說：「我認識你的女朋友。」

貝爾納羞得臉都紅了。

「大灰熊」繼續說：「她跟我說你們之間有點誤會。她人很好，你要好好對她。」

貝爾納的臉從紅色變成慘白，他知道「大灰熊」守不住祕密，他很確定現在整個電台的人都知道他的情人是什麼樣子了。跟一個比自己年紀大的女人交往，對貝爾納來說一向都是充滿魅惑、近乎膽大妄為的變態行徑；但是現在，他知道同事們只會把這事當作肯定他驢性的一項新證據。

「你幹嘛跟不認識的人抱怨?」

「不認識的人?你說的是誰?」

「『大灰熊』啊。」

「我以為他是你的朋友!」

「就算他是我的朋友,你幹嘛把我們的隱私告訴他?」

蘿拉難過地回答:「我不會隱瞞我對你的愛。難道你要我不談這個嗎?你是不是覺得我讓你丟臉?」

貝爾納什麼也沒說。是的,他覺得蘿拉讓他丟臉。雖然在她身邊很快樂,但他還是覺得她丟臉。不過也只有在忘記蘿拉讓他丟臉的時候,他在她身邊才覺得快樂。

鬥爭

在愛情的太空船上，蘿拉很受不了減速這回事。

「你怎麼了？跟我說好不好？」

「我沒怎麼。」

「可是你變了。」

「我需要一個人獨處。」

「發生了什麼事？」

「我有事情心煩哪。」

「如果你心裡有事的話，就更不應該一個人獨處。就是在有事的時候我們才需要別人。」

有個星期五，貝爾納去了他在鄉下的家，沒邀蘿拉一起去。可是星期六蘿拉突然來了。她知道她不該這麼做，但她長久以來就很習慣做一些她不該做的事，甚至還以此自豪，因為男人就是為了這個才崇拜她，而貝爾納對她的崇拜更甚其他男人。有時候，音樂會或表演才進行到一半，蘿拉要是不喜歡，就會起身表示抗議，還故意弄出很大的聲音，周圍的觀眾不以為然地盯著她，她就這麼大搖大擺地走了出去。有一次，貝爾納託門房的女兒把蘿拉等得很焦急的一封信送去店裡給她；蘿拉高興得昏了頭，拿起架上一頂至少價值兩千法郎的毛皮軟帽就送給了這個十六歲的女孩。還有一次，她和貝爾納租了海邊的別墅，去度了兩天假；為了懲罰貝爾納（我也不知道他做錯了什麼事），她整個下午都跟一個十歲的小男孩一起玩，男孩的父親是漁夫，就住在隔壁，蘿拉跟小男孩玩得幾乎忘了她情人的存在。令人驚訝的是，貝爾納當時雖然心裡受了傷，但他最後在蘿拉的行為之中看到的，卻是一種令人著迷的、不羈的天性（「為了這個小男孩，我幾乎忘了整個世界！」），再加上她那令人不得不投降的女性特質（她不是像個母親那樣被一個孩子打動了嗎？），於是所有的怒氣在第二天都消失了，因為蘿拉忘了那個漁夫的小孩，跑來關心貝爾納了。貝爾納的雙眼滿懷愛意與崇拜，望著蘿拉，她任性的想法盡情揮灑，甚至可以說如玫瑰般綻放；行徑古怪，說話不經大腦，這些事在蘿拉身上看起來彷彿標誌著她的創意，彷彿是她的自我賜給她的恩澤，蘿拉快樂極了。

貝爾納開始逃避的時候，蘿拉的胡言亂語並沒有消失，但是卻失去了快樂和自然的特質。她決定不請自來，跑到貝爾納家找他的那天，她知道她不該這麼做，這一次，崇拜不再了，她帶著焦慮走進屋裡，於是她的恣意妄為——不久之前還是天真無邪甚至迷人的恣意妄為——變成了霸道而拙劣的行徑。她意識到這一切，她無法原諒貝爾納剝奪了片刻之前她還可以做自己的那種愉悅。這種愉悅霎時變得非常脆弱，沒有根柢，完全得倚賴貝爾納，倚賴他的愛，倚賴他的崇拜。但她卻變本加厲地做一些古怪、不合常理的事，激發自己心裡的惡意；她想要引發一場爆炸，她隱隱約約抱著一股希望，希望暴雨之後烏雲會散去，一切又會回到從前。

「我來啦，」她笑著說，「希望我這麼做你會很高興。」

「是啊，你這麼做我是很高興。但是我來這裡是要工作的。」

「你工作的時候我不會吵你。你什麼都不必為我做，我只是想待在你身邊。我從來沒吵過你工作，對不對？」

貝爾納沒有回答。

「反正以前我也常陪你來鄉下準備節目啊。我從來沒有吵過你，對不對？」

貝爾納沒有回答。

「我吵過你嗎？」

沒辦法。貝爾納只得回答：「沒有，你沒有吵過我。」

「那為什麼現在我就會吵到你？」

「你沒有吵到我。」

「別說謊！你做個男子漢吧，你至少有點勇氣跟我說，說我不請自來讓你很不高興。我受不了有人這麼懦弱。我寧可聽到你叫我滾。你說啊！」

貝爾納很尷尬，只能聳聳肩。

「你為什麼這麼懦弱？」

貝爾納又聳了聳肩。

「你不要聳肩！」

一股想要聳肩的感覺湧了上來，貝爾納第三度想要聳肩，但是他沒這麼做。

「你怎麼了？跟我說好不好？」

「我沒怎麼。」

「可是你變了。」

「蘿拉！我有事情心煩哪！」他拉高了嗓門。

「我也是啊，我也有事情心煩啊！」蘿拉也拉高了嗓門。

他知道他的樣子看起來很蠢，像個小毛頭在被媽媽罵，他恨她。他該怎麼做呢？他知道在女人面前如何親切，風趣，他知道如何調情，但他不知道該怎麼對女人兇，這種事沒有人教過他，相反的，所有人灌輸給他的觀念都是永遠不可以對女人兇。一個男人面對一個不請自來的女人該如何應對？哪一所大學會教我們這些事？

貝爾納放棄回答了，他走去隔壁房間，躺在沙發上，順手拿起一本書。那是一本口袋本的偵探小說。他躺在那裡，把書打開，架在胸前，假裝在看書。一分鐘後，蘿拉也走進來坐在貝爾納對面的一張扶手椅上。接著，她看著書封上的彩色照片問貝爾納：「這種東西你怎麼看得下去？」

貝爾納嚇了一跳，轉頭望著她。

「這種封面！」

貝爾納還是不明白。

「這本書的封面這麼沒品味，你怎麼看得下去？如果你一定要當著我的面看這本書，拜託你幫幫忙，把它的封面撕掉。」

貝爾納什麼也沒說，只是把封面撕掉，遞給蘿拉之後又把頭埋進書裡。

蘿拉很想大叫。她心想，她應該起身離去，永遠不要再看到貝爾納。或者，她應該把書移開幾公分，把口水吐到貝爾納的臉上。但是這兩件事她都沒有勇氣做，她寧可撲到貝爾納身上（書於是掉到地上），狂暴地親吻他，雙手在他身上四處遊走。

貝爾納一點也不想做愛。但是就算他膽敢拒絕和蘿拉講話，他也不知該如何拒絕女人求歡。這一點，他倒是跟任何年代的任何男人一個樣。哪個男人敢對一個深情款款，把手伸進他褲襠的女人說：「把手拿開！」於是剛才輕蔑不可一世地把封面撕下來羞辱情人的同一個貝爾納，這會兒在情人的愛撫下突然變得溫馴了，他吻了他的情人，一邊解開自己長褲的鈕釦。

但是蘿拉也一樣，她也不想做愛。把她扔向貝爾納的，是無計可施的絕望，她非得做點什麼才行。她急躁而熱情的愛撫表達的是她想要行動的盲目渴望，是她想要說話的喑啞渴望。他們開始做愛之後，蘿拉使勁要讓他們的擁抱比任何時刻都狂野，比森林大火還要激烈。但是在一場靜默的交媾中，如何辦到呢？（他們做愛的時候一直是靜默的，除了喘不過氣的時候呢喃幾個激情的字眼。）是啊，如何辦到？藉著快速而猛烈的動作？藉著更用力的喘息？藉著不斷變換的姿勢？蘿拉想不出其他辦法，只好用這三招了。尤其是她自己發明的這個方法：不斷地變換體位——她一下子四肢著地，一下子跨坐在貝爾納身上，一下子又發明了全新的姿勢，或是高難度的動作，都是他們從來不曾試過的花招。

這場意想不到的肢體演出，貝爾納把它詮釋為不可錯失的挑戰。他年輕時舊有的焦慮又回來了，他擔心對方會低估他的能力和他在性愛方面成熟的程度。這些焦慮讓蘿拉重拾她最近失去的權力，他們的關係過去就是以蘿拉的權力為基礎——一個年紀比她男伴大的女人所擁有的權力。貝爾納的心裡又感到不舒坦了，因為蘿拉比他有經驗，她知道他不知道的事，她可以拿他和其他人相比，並且評判他。於是他格外奮力完成蘿拉要求的動作，而只要蘿拉閃現一點點想要換姿勢的訊號，他就會溫馴而敏捷地做出反應，像個正在出操的士兵。這趟性愛的體操活動要求參與者極度投入，投入到貝爾納連問自己是不是興奮的時間都沒有，他也沒時間問自己是不是感受到堪稱快感的東西。

蘿拉更不關心快感和興奮的問題。我不會放開你，她在心裡這麼說，我不會讓別人把你搶走，我要為了留住你而鬥爭。而她上上下下運動著的性器官，則變成了戰爭機器，她啟動了機器，下達著指令。這是她最後的武器了，她在心裡這麼說，這是她唯一剩下的武器，但這武器是萬能的。隨著運動的節奏，她對自己一再重複，像一首曲子裡的固定低音那樣說著：我要鬥爭，我要鬥爭，我要鬥爭，她相信勝利是屬於她的。

只要打開字典就知道：鬥爭的意思是將自己的意志與他人對立，達到將對方摧毀，讓對方屈服，甚或將對方殺死的目的。「生命是一場戰鬥。」這句話第一次說出來的時候，應該像一聲感傷而無奈的嘆息。可是我們這個悲觀而充滿殺戮的世紀，卻將這個可怕的句子轉化為一首歡樂的小曲。或許您會說，要對某個人進行鬥爭有時候確實是很可怕的，但是為某件事進行鬥爭，這是高貴而且美好的。或許為幸福（為愛情，為正義，等等）而付出努力是美好的，但是如果您喜歡用鬥爭這個字眼來指稱您付出的努力，那就意謂您高貴的努力後頭隱藏著想把某人打倒在地的渴望。為某件事進行鬥爭和對某個人進行鬥爭是分不開的，在鬥爭之中，鬥士們總是為了「對」這個介系詞而忘了「為」這個介系詞。

蘿拉的性器官上上下下強力地運動著。蘿拉在鬥爭。她愛著並且鬥爭著。她為貝爾納進行鬥爭。但是，對誰進行鬥爭呢？對自己緊緊擁吻然後又推開要他變換體位的那個人。在沙發上，在地毯上，他們汗流浹背，他們幾乎喘不過氣。這場令人筋疲力竭的演出像一齣誓死鬥爭的默劇——她攻擊，他防守；她下令，他遵從。

阿弗納琉斯教授

阿弗納琉斯教授沿著曼恩大街往下走，繞到蒙帕納斯車站前面，然後決定從拉法葉百貨公司穿過去——反正他一點也不趕時間。他走到女性用品部，置身於一群穿著當季流行服飾的蠟像假人當中，這些模特兒從四面八方凝望著他。阿弗納琉斯喜歡有她們為伴。他對這些堅持要瘋瘋癲癲地比手畫腳的女人有一種特別的好感。這些女人張大嘴巴不是在笑（她們並沒有咧著嘴），而是因為非常驚訝。在阿弗納琉斯教授的想像裡，所有僵在這裡的女人剛才都瞥見他生殖器宏偉的勃起，他的生殖器不只巨大，而且跟一般陰莖不同的是，它的末端像是魔鬼的頭，頂上還長著角。有幾個女人驚恐之中還帶著崇拜，一旁則有幾個女人把朱紅的嘴唇噘得像雞屁股似的，舌頭在唇間呼之欲出，邀著阿弗納琉斯來個淫蕩的舌吻。除此之外，還有第三類的女人，她們的嘴唇構成一抹迷迷濛濛的微笑。她們半開半闔的眼睛只證明了一件事——她們剛才正在享用一場悠悠靜靜的性交所帶來的快感。

這些模特兒壯麗的性感特質就像放射性物質，瀰漫在空氣裡，但是卻沒有任何人感應得到。人們在商品之間穿梭，疲憊，暮氣沉沉，麻木，帶著怒氣，對於性的存在視而不見；只有阿弗納琉斯教授經過那兒的時候覺得快樂，他以為自己正在帶動一場巨型的性愛派對。

唉，再怎麼美好的事情都有結束的時候。阿弗納琉斯教授走出百貨公司，為了避開大街上的車流，他走向通往地鐵站的樓梯。這地方他很熟，所以看到這樣的場面他並不驚訝。待在走道上的永遠是同一組人——兩個流浪漢醉醺醺地等著酒醒，手裡還抓著紅酒的酒瓶，其中一個有一搭沒一搭地叫著過路的行人，同時露出讓人心軟的微笑，懇求路人為他的下一瓶酒做一點貢獻。還有一個年輕人靠著牆壁坐在地上，臉埋在兩手之間；他的前面，寫著幾行粉筆字，說他剛從牢裡出來，找不到工作，成天挨餓。最後，站在牆邊的（在那個剛從牢裡出來的年輕人對面）是一個疲憊的樂手；他的雙腳前面，一邊擺著一頂帽子，裡頭有幾個銅板，另一邊則擺著一支小號。

這裡一切如常，只有一個異於平日的小節引起阿弗納琉斯教授的注意。就在那個剛從牢裡出來的年輕人和那兩個醉醺醺的流浪漢之間（不是在牆邊而是在走道中央）站著一個稱得上漂亮的婦人，年紀還不到四十歲；她的手裡拿著一個紅色的募款箱，上頭寫著一行字：幫助痲瘋病患。她一身優雅的打扮和身旁的事物形成強烈對比，她的熱心像一只燈籠，照亮了昏暗的走道。實在太明顯了，她的存在讓那兩個流浪漢很不高興，他們早已習慣白天在那裡工作，而樂手擺在腳邊的小號，也對這場不公平的競爭默默表示屈從。

只要一有人看她，這婦人就會清清楚楚地說出一段話，但她的聲音小得幾乎聽不見，路人得讀她的唇才知道她在說：「痲瘋病患！」阿弗納琉斯教授也想要從她的唇解讀出這些字，但是這女人看見他，卻只說了「痲瘋」，而讓「病患」二字成為懸念，因為她認出了阿弗納琉斯教授。阿弗納琉斯也認出她來，但是他想不透為什麼她會出現在這個地方。他跑著上了樓梯，從大街的另一邊走了出來。

上來之後，他才發現剛才根本沒必要走地下道，因為所有車子都被堵住了——從圓頂咖啡館到雷恩街，示威的人潮占滿了整條馬路。由於這些人的臉都曬得黑黑的，阿弗納琉斯教授還以為那是阿拉伯人抗議種族歧視的遊行。阿弗納琉斯對這些人不感興趣，他跑了幾十公尺，推開一家小酒館的門；酒館的老闆對他說：「昆德拉先生會晚一點到。這是他留給您打發時間的書。」然後酒館的老闆把我的小說《生活在他方》遞給他，那是個便宜的口袋本。

阿弗納琉斯教授連看都沒看就把書放進口袋，因為就在這一刻，他想起拿著紅色募款箱的那個女人，他渴望再見到她。「我一會兒再過來。」他一邊往外走一邊說。

看了那些燕尾旗上寫的字，他終於明白那些人不是阿拉伯人，而是土耳其人，而他們抗議的不是法國人的種族歧視，而是保加利亞試圖同化境內的土耳其少數民族。示威的人們雖然舉著拳頭，但手勢卻不太帶勁，因為在人行道上閒逛的巴黎人一副事不關己的樣子，冷漠至極，害這些示威的人失望透了。但是他們一看到人行道上有個男人挺著個傲人又駭人的大肚腩，跟他們往相同的方向一邊走一邊舉拳頭高呼「打倒俄國人！打倒保加利亞人！」他們就覺得精神大大地提振，口號也在大街上越呼越起勁了。

在地鐵站的出口，就在他幾分鐘前走上來的樓梯附近，阿弗納琉斯看到兩個醜女人正忙著發傳單。為了多瞭解一點這場反保加利亞的鬥爭，他上前問了其中一個女人：「您是土耳其人嗎？」「上帝保佑，我才不是呢！」那女人回答，好像阿弗納琉斯誣賴她做了什麼可怕的壞事。「我們跟這遊行一點關係都沒有！我們是為了對抗種族主義而鬥爭！」阿弗納琉斯跟兩個女人各拿了一張傳單，然後他的眼神又碰觸到一個年輕男子的微笑，這傢伙無精打采地靠在樓梯的欄杆上，他也遞過來一張傳單，一臉愉快又帶點挑釁的神氣。

「這又是對抗什麼的？」阿弗納琉斯教授問道。

「是為了卡納克（Kanak）原住民的自由。」

阿弗納琉斯教授於是拿著三張傳單走下去；從入口開始，他就發現這個地下骷髏洞的氣氛變了；疲憊和厭倦都飄散了，不知發生了什麼事。阿弗納琉斯聽到輕盈詼諧的小號聲，還有掌聲、笑聲。接著他看到了整個畫面。拿著紅色募款箱的女人一直在那裡，不過現在被兩個流浪漢圍著，一個抓住她空著的左手，一個輕輕搭著她拿募款箱的右臂。抓著手的那個踩著細碎的舞步，前進三步，後退一步。支著她右手肘的那個，則把樂手的帽子遞向路人，一邊嚷著：「為了痲瘋病患！為了非洲！」樂手則在他旁邊吹著小號，吹到幾乎要斷氣，啊，他可從來沒這麼吹過；人群開始聚集，人們笑著，樂著，把銅板甚至紙鈔丟進帽子裡，那個流浪漢則向眾人道謝：「啊！法國真是個慷慨的國家！謝謝！我們為痲瘋病患謝謝大家，沒有法國，痲瘋病患會像那些可憐的動物一樣餓死！啊，法國真是個慷慨的國家！」

婦人不知該怎麼辦；她一下子想要掙脫，一下子又因為掌聲的鼓勵而踏了幾下細碎的舞步，前進，然後再後退。後來，那個流浪漢想要拉她繞著自己轉過來，好跟她面對面跳舞。她聞到一股腥惡的酒氣，她笨拙地反抗，恐懼與憂慮都寫在臉上。

剛出獄的男人突然站了起來，開始比手畫腳，像是要警告那兩個流浪漢有危險了。這時兩個警察走了過來。阿弗納琉斯教授看到警察，於是也跑去加入跳舞的陣容，他任由自己肥大的肚腩左晃右晃，屈起兩條手臂輪流向前，他不知在對誰微笑，他的周圍散發著一股難以形容、和平無憂的氣息。警察走到一旁的時候，他對那個拿著募款箱的婦人會心一笑，然後和著小號的節奏與自己的舞步拍起手來。兩個警察的眼神陰鬱，轉身看了他一下，然後又繼續巡邏去了。

做得這麼成功，阿弗納琉斯覺得很開心，他加倍起勁，帶著一股意想不到的輕盈在原地轉了起來，他前蹦後跳，把腿踢得半天高，還加上手的姿勢，模仿康康舞的女郎撩著裙襬。這動作立刻給另一個支著婦人右手肘的流浪漢帶來靈感；他彎下身子，抓住婦人裙襬的布邊。婦人想要反抗，可是她的眼睛離不開那個大肚子的男人，因為他帶著鼓勵的微笑望著她；她試著回應他微笑的時候，流浪漢卻把她的裙子撩到腰際，露出她光溜溜的雙腿和綠色的底褲（跟她粉紅色的裙子還很搭配）。再一次，她想反抗，可是卻無能為力——她的一隻手拿著募款箱（雖然沒有人往裡頭丟過半毛錢，她還是把箱子抓得緊緊的，彷彿她的榮譽、她生命的意義、甚至她的靈魂都裝在箱子裡），另一隻手則被流浪漢抓住，動彈不得。如果有人綁住她，要強暴她，情況也不會比現在更糟了。流浪漢把她的裙子撩得高高的，還大聲嚷著：「為了痲瘋病患！為了非洲！」受辱的淚水從婦人的臉頰淌了下來。儘管如此，她還是硬撐著，不願露出受辱的樣子（承認自己受到羞辱，等於是加倍受辱），她硬擠出笑容，彷佛一切都如她所願在進行，都給非洲帶來好處；她甚至也把腿踢向空中，漂亮的腿，雖然有點短。

一股駭人的臭氣衝進她的鼻孔——流浪漢的口氣跟他們的衣服一樣臭，那些衣服經年累月日日夜夜地穿在身上，最後都嵌進皮膚裡了（如果流浪漢出了什麼意外，醫療團隊在把他送上手術檯之前，得花上一個小時才能把這些爛衣服刮下來）；她再也受不了了，她使出最後的力氣，從流浪漢的胳膊裡掙脫出來，她把募款箱抱在胸口，往阿弗納琉斯教授跑去。阿弗納琉斯敞開雙臂將她摟在懷裡。婦人緊緊靠在他身上，顫抖著，啜泣著。他很快就讓婦人平靜下來，他挽著她的手，帶她走出地鐵站。

身體

「蘿拉，你變瘦了。」阿涅絲憂心忡忡地說，她和妹妹一起在一家餐廳吃午飯。

「我沒有胃口。我吃什麼都會吐。」蘿拉一邊說，一邊喝了一口礦泉水。她沒點平常喝的葡萄酒，而是點了一瓶礦泉水。「這太烈了。」她補上一句。

「礦泉水太烈？」

「我得兌一點沒氣泡的水。」

「蘿拉！……」阿涅絲想反駁，但她只是說：「別這麼折磨自己。」

「阿涅絲，一切都完了。」

「可是你們之間有什麼不對嗎？」

「什麼事都不對了。可是，我們做愛卻做得比以前更猛，像瘋子似的。」

「既然你們做愛做得像瘋子似的，那還有什麼不對？」

「只有在這樣的時候，我才確定他在我身邊。一做完愛，他的心思就不知飛到哪裡去了。我們再多做一百次愛也沒有用，一切都完了。因為做愛對我來說不是什麼大不了的事。對我來說，那不算什麼。重要的是，他的心裡要有我啊。我這輩子有過很多男人，可是這些男人沒有一個知道我現在怎麼樣，我也完全不知道他們現在怎麼樣，我問自己：如果我沒在這些人的記憶裡留下一絲痕跡，那我活著幹嘛呢？我的生命還剩下什麼？什麼也不剩了，阿涅絲，什麼都不剩啊！但是這兩年以來，我真的很快樂，我知道貝爾納想著我，滿腦子都是我，我活在他的心裡。因為對我來說，真實的生命就是這樣——活在別人的心裡。如果不是這樣，就算我活著，也是行屍走肉。」

「可是你一個人在家聽唱片的時候，你的馬勒難道不會讓你感到一點起碼的快樂嗎？這種快樂就值得我們為它活下去吧？這還不夠嗎？」

「阿涅絲，你知道自己在說傻話。馬勒對我來說什麼也不是，如果我孤孤單單一個人的話，他根本什麼也不是。馬勒只有在我跟貝爾納在一起的時候才能讓我覺得愉快。貝爾納不在的時候，我連鋪床的力氣都沒有，我連澡都不想洗，連內衣都不想換。」

「蘿拉！你那個貝爾納又不是世界上獨一無二的！」

「他是，」蘿拉回答。「為什麼你一定要我編故事騙自己呢？貝爾納是我最後的機會了。我已經不是二十歲，也不是三十歲了。在貝爾納之後，就是一片荒漠了。」

蘿拉喝了一口礦泉水，又說了一次：「這水太烈了。」然後她向服務生要了一壺白開水。

「下個月，他要去馬提尼克島[15]待半個月，」蘿拉接著說，「我已經跟他一起去過那裡兩次了。這一次，他已經事先告訴我，說他要自己一個人去。我聽了之後，兩天都吃不下東西。可是我現在知道要怎麼做了。」

蘿拉要的白開水來了，她不管服務生看得睜大了眼睛，兀自把白開水倒進她那杯氣泡礦泉水裡；然後她又說了一次：「沒錯，我現在知道要怎麼做了。」

她不再說話，似乎想藉著這樣的沉默讓她姊姊問她些什麼。阿涅絲知道她在玩什麼把戲，故意什麼也不問。然而沉默的時間一直延長，阿涅絲終於讓步了：「那你要怎麼做？」

蘿拉回答說，最近這幾個星期，她至少去找了五個醫生，每次都讓他們給她開鎮定劑。

自從蘿拉開始用一些暗示要自殺的話來補充她習慣性的抱怨，阿涅絲就感到厭煩而且沮喪。多少次了，她用理性或感性的方式要她別再這樣；她用她的愛來安撫她（「你不可以這樣對我！」），可是卻毫無成效，蘿拉還是照樣說她的自殺，好像什麼都沒聽到。「我會比他早一個星期去馬提尼克島，」她接著說。「我有鑰匙，那棟別墅沒有人住，我會讓他在那裡找到我，我會讓他永遠忘不了我。」

阿涅絲知道蘿拉做得出不理性的事，她聽到「我會讓他在那裡找到我」的時候覺得很害怕——她想像蘿拉的身體動也不動地癱在那個熱帶度假別墅的客廳中央，想到這個景象她就害怕，因為這景象太逼真了，太像蘿拉會做的事了。

愛一個人，對蘿拉來說，就是把身體獻給他，就像把那架白鋼琴送去給她的姊姊一樣，她把身體送過去給他；然後把身體擺在公寓的中央——我就在這兒了，這裡是我的五十七公斤，這裡是我的骨頭和我的肉，都是給你的，我把它們全丟在你家了。這祭獻的儀式對她來說是一個性愛的手勢，因為在她眼裡，身體不只是在特定的興奮時刻才和性有關，而是像我在前面說的，從一開始就和性有關，身體先天上就是如此，時時刻刻，從頭到尾，從裡到外，無論醒著、睡著，甚至在死後都和性有關。

對阿涅絲來說，性愛侷限在興奮的時刻，身體在這時候變得可欲並且美好。只有在這個時刻身體才有正當性，才得到救贖；一旦這片人為的光明熄滅了，身體就會變回一具骯髒的機械，她還得好好保養它。這就是為什麼阿涅絲從來不會說「我會讓他在那裡找到我」。她想到就覺得恐

15. 馬提尼克（Martinique）：加勒比海的法屬殖民地。

怖，她所愛的男人見到她，發現那只是一具被剝去性別的身體，不再有任何魅力，臉孔扭曲，身體的姿勢她將再也無法控制。她會覺得可恥。羞恥心會阻止她刻意將自己變成屍體。

可是阿涅絲知道妹妹和她不一樣。把自己沒有生命的身體暴露在情人家的客廳裡，這樣的念頭來自蘿拉與身體的關係，來自蘿拉愛一個人的方式。阿涅絲之所以會害怕就是為了這個，她把身子傾在桌上，握住她妹妹的手。

「你要想想我的情況啊，」蘿拉低聲說。「你有保羅。那是你夢寐以求的男人。我有貝爾納。可是貝爾納離開我，我就什麼都沒有了，我就什麼人都沒有了。你也知道我很不容易滿足！我不要讓我的生活變得那麼悲慘。我對生命的理想太高了。我要我的生命讓我擁有一切，不行的話我就走。你瞭解我，你是我的姊姊啊。」

談話靜默了片刻，阿涅絲的心緒混亂，她思忖該用什麼話來回答。她已經很累了。同樣的對話一週又一週地重複，阿涅絲能說的似乎都沒有作用。突然間，在這疲憊無力的時刻，她聽到一段簡直讓人難以置信的話：「老貝爾通・貝爾通又在國會為了自殺熱而暴跳如雷！馬提尼克島的度假別墅就是他的。看我會讓他多開心！」蘿拉大笑起來。

儘管她笑得神經兮兮而且很勉強，但這笑聲給了阿涅絲意想不到的安慰。她也笑了起來，沒多久，她們的笑變得毫不勉強，霎時之間，變成了真正的笑，那是一種紓解的笑，兩姊妹笑得流出眼淚，她們知道她們彼此相愛，知道蘿拉不會自殺了。她們同時開口說話，沒鬆開手，她們說的是愛，她們的話語後頭浮現了一幢在瑞士的花園別墅，還有一個向天空揮去的手勢，宛如五彩的氣球，宛如旅行的邀約，宛如對一個無法言喻的未來的承諾，承諾尚未兌現，但它的回音對她們來說始終是那麼迷人。

昏亂的時刻過後，阿涅絲說：「蘿拉，你不可以做傻事。沒有哪個男人值得你為他受苦。你要想到我，你要想到我愛你啊。」

蘿拉說：「可是，我想做點什麼事，我真的好想做點什麼事啊！」

「什麼事？什麼事呢？」

蘿拉望著她姊姊眼睛的深處，聳了聳肩，彷彿承認這件「事」的內容她還不是很清楚。她把頭輕輕仰起，表情似憂無憂似笑非笑，雙手的指頭貼著胸口，又說了一次「什麼事」，然後將雙手向前揮了出去。

阿涅絲鬆了一口氣。她大概想像不到這件「事」具體來說究竟是什麼，但蘿拉的手勢不容懷疑——這件「事」指向輝煌崇高的目標，不可能和一具躺在熱帶度假別墅地板上的屍體有任何關連。

幾天之後，蘿拉出現在「法國-非洲協會」（貝爾納的父親是這裡的主席），她來當義工，到街頭為痲瘋病患募款。

渴望不朽的手勢

貝婷娜最初的愛是她的哥哥克雷蒙斯，未來的浪漫派大詩人，後來，我們也知道，她愛上了歌德，她崇拜貝多芬，她愛上她的丈夫阿辛・馮・阿爾尼姆，他也是個大詩人，接著，她又愛上了赫爾曼・馮・蒲克勒—穆斯考伯爵，他不是大詩人，不過也寫了幾本書（而且，貝婷娜的《歌德與小女孩的書信集》題獻的對象就是他），快要五十歲的時候，貝婷娜對菲力普・納涂修斯和朱留斯・鐸齡有一種性愛與母愛錯雜的感情，這兩個年輕人不寫書，不過跟貝婷娜寫了很多信（她出版了一部分的通信）。後來她又仰慕卡爾・馬克思，有一次還在造訪他未婚妻燕妮家的期間，逼馬克思陪她在晚上散了很長的步（馬克思一點也不想去散步，相較之下，他寧願讓燕妮陪他；然而，儘管馬克思可以把世界弄得天翻地覆，他也沒辦法抵擋這個跟歌德平起平坐的女人）。貝婷娜對匈牙利音樂家李斯特也有所偏愛，不過這事沒什麼人知道，因為沒多久她就宣稱她對於李斯特只在意自己的光榮感到厭惡，她曾經熱情地幫助患有精神病的畫家卡爾・布雷亨（她瞧不起畫家的妻子一如從前瞧不起歌德夫人），後來她開始和薩克森—威瑪公國的繼承人查理—亞歷山大通信，她還為普魯士國王腓特烈—威廉寫了《王者之書》，在書中羅列國王對子民的義務，之後她又出版一本《窮人之書》，寫的是民間疾苦，她再次寫信給國王，請他釋放威廉・弗列德利希・施洛費爾，此人被控與共產黨徒密謀不軌，不久之後她又找他幫忙，要營救關在普魯士監獄裡等候處決的波蘭革命領導人路德維克・米洛思勞斯基。她崇拜的最後一個人，她從來沒見過，那是匈牙利詩人桑鐸・斐多菲，二十四歲時死於一八四八年起義的行伍中。就這樣，她不只讓全世界認識了一個偉大的詩人（她叫他Sonnengott，「太陽神」），連同詩人一起認識的，是詩人的祖國（當時歐洲幾乎不知道匈牙利的存在）。如果我們還記得一九五六年挺身反抗俄羅斯帝國，並且發動第一次大規模反史達林武裝暴動的匈牙利知識分子，他們把自己的團體命名為「斐多菲俱樂部」，那麼我們就會發現，貝婷娜透過她所愛的這些人，出現在歐洲十八世紀到二十世紀中葉廣袤的歷史原野上。勇敢、頑強的貝婷娜——歷史的女神，歷史的女祭司。我說歷史的女祭司可是名正言順的，因為歷史對她來說正是「上帝的化身」（她所有的朋友都用這個相同的隱喻）。

有時候她的朋友會怪她不夠重視自己的家庭，不夠重視自己的物質生活，說她不計代價地為別人犧牲。

「你們說的這些事我沒興趣，我不是會計，我啊，我就是我！」她這麼回答，兩手的指頭貼住胸口，恰恰擱在兩個乳房中間。然後她輕輕將頭往後仰，臉上覆著一抹微笑，接著，她突然卻又不失優雅地把雙手向前方揮去。這動作剛開始的時候，手指還是併在一起的；到最後兩條胳膊才向外分開，兩手十指大大地打開。

沒錯，您記得沒錯。蘿拉在前一章說她想做點「什麼事」的時候也做了相同的手勢。讓我們回憶一下當時的情況：

那時候阿涅絲說：「蘿拉，你不可以做傻事。沒有哪個男人值得你為他受苦。你要想到我，你要想到我愛你啊。」蘿拉回答說：「可是，我想做點什麼事，我真的好想做點什麼事啊！」

說這話的時候，蘿拉心緒紊亂地幻想著跟另一個男人上床。她心裡經常出現這念頭，而這和她想要自殺的念頭一點也不矛盾。這是兩個極端的反應，但是對一個受辱的女人來說是很合理的。她想要出軌的模糊幻想突然被阿涅絲的怒氣打斷了，阿涅絲想把事情弄清楚：

「什麼事？什麼事呢？」

蘿拉意識到自己才說要自殺就想到出軌，實在有點可笑，她覺得尷尬，只好再說一次她的「什麼事」。而由於阿涅絲的目光要她給一個明確一點的答案，她於是盡力去給，至少也得給個手勢，給這麼不明確的說法加上一點意義，她於是把雙手放在胸口，然後向前方揮去。

揮出這個手勢，這念頭從何而來？實在很難說得清楚。先前她從來沒想過。不知是誰在她耳邊偷偷教她這麼做的，就像有人給忘了台詞的演員提詞那樣。這手勢雖然沒有表達任何具體的東西，但手勢本身讓人理解了「做點什麼事」的意思是犧牲，將自己奉獻給世界，將自己的靈魂如同白鴿一般，送往淡藍色的遠方。

片刻之前，蘿拉對於帶個募款箱到地鐵站的計畫肯定還很陌生；倘若她沒有把指頭放在胸口，然後將兩手向前方揮去，她顯然也永遠不會構想出這樣的計畫。這個手勢似乎擁有它自身的意志——它下命令，蘿拉遵循。

蘿拉的手勢和貝婷娜的手勢意義是一樣的，而且在蘿拉想幫助遙遠國度的黑人的渴望與貝婷娜營救波蘭死刑犯所付出的努力之間，一定也有某種關係。但是將她們相提並論似乎並不恰當。我無法想像，詩人阿爾尼姆的夫人貝婷娜帶著一只募款箱在地鐵站乞討。貝婷娜對慈善事業一點也不感興趣。她不是那種有錢有閒的人，為了消磨時間而去幫窮人募款。她對待僕人很苛刻，連她的丈夫都看不過去（「僕人也有靈魂。」阿爾尼姆在一封信上提醒她）。促使她行動的並非善心，而是她渴望與上帝進行直接的、個人的接觸，她相信，上帝化身於歷史之中。她對名人的愛（她對其他人沒有興趣）不過是一張彈簧床，她讓自己全身的重量摔在上頭，為的是彈得高高的，彈跳到天上去，上帝（化身於歷史之中的上帝）就在那裡。

是的，這一切都是真的。但是請注意啊！蘿拉跟那些主持慈善機構的善心婦人也不一樣。她沒有施捨給乞丐的習慣。她經過乞丐身邊的時候，距離不過兩三公尺，她卻看不到他們。她患了精神性的老花眼。黑人身上的肉在幾千公里遠的地方一塊塊掉下來，蘿拉反而覺得他們比較近。黑人所在的地方恰恰是地平線的盡頭，恰恰是蘿拉的手勢痛苦地將靈魂送去的遠方。

不過，波蘭死刑犯和黑人痲瘋病患之間還是有個不一樣的地方！貝婷娜做的事情是介入歷史，到了蘿拉那裡卻變成單純的慈善行動。可是蘿拉也沒辦法。由於革命、烏托邦、希望、恐怖，世界的歷史已經把歐洲變成了沙漠，在一片荒蕪之中，剩下的只有鄉愁。這就是為什麼法國人要把慈善事業國際化。激發他們去做善事的，並不是基督對鄰人的愛（譬如，像美國人那樣），而是對這失落的歷史的鄉愁，他們渴望喚回這歷史，渴望自己至少能以幫助黑人的紅色募款箱的形式出現在歷史當中。

我們就把貝婷娜和蘿拉的手勢喚作渴望不朽的手勢吧。貝婷娜嚮往偉大的不朽，她想說：我不要跟現在還有現在的憂慮一起消失，我要超越我自己，我要屬於歷史，因為歷史是永恆的記憶。而蘿拉，儘管她嚮往的只是小小的不朽，她要的也是同樣的東西——超越她自己，並且超越她經歷過的不幸時刻，做點「什麼事」，好讓所有認識她的人都把她留在記憶裡。

曖昧

小時候，布麗姬特就喜歡坐在父親的腿上了，但是到了十八歲，我看她好像更喜歡坐在那兒。阿涅絲也不想再說什麼了，布麗姬特經常跑到他們的床上（譬如，他們夜裡在床上看電視的時候），他們三個人之間的身體關係比從前阿涅絲和她父母之間的關係親密得多。阿涅絲清楚地意識到這畫面有多曖昧：一個高大的女孩子，胸部豐滿，臀部渾圓，坐在一個精力依然充沛的美男子身上，女孩用她鼓脹的胸部輕輕拂過男人的肩膀和臉龐，她叫他「爸爸」。

有一天晚上，他們邀請了一幫開心的朋友來家裡，蘿拉也來了。在某個欣快的時刻，布麗姬特坐在她父親的腿上，蘿拉說：「我也想這樣坐！」布麗姬特把一條腿讓給她，於是兩人都跨坐在保羅的大腿上。

此情此景讓我們再一次想起貝婷娜，畢竟就是因為她，坐大腿才會被樹立為某種情色的曖昧典型。我說過，貝婷娜一生縱橫愛情戰場，靠的是童年的擋箭牌。她躲在這面擋箭牌後頭，直到五十歲，然後才換上一面母親的擋箭牌，然後才換她讓年輕的男子坐在腿上；情況再次變得無比曖昧——我們不可以懷疑母親對兒子有性方面的意圖，正因為如此，一個年輕男子坐在一個成熟女人腿上的畫面（就算只是一個隱喻）充滿了情色的意涵，而這些意涵越是朦朧，曖昧的性質就越濃厚。

我敢說，沒有曖昧術就沒有真正的情色；曖昧的性質越強，引發的興奮就越鮮活。哪個人小時候沒玩過醫生與護士的高尚遊戲？小女孩躺在地上，小男孩假稱替她做檢查，幫她把衣服脫了。小女孩乖乖地照做，因為看著她的不是一個好奇的小男孩，而是一位關心她健康的嚴肅專家。這個情境所承載的情色意涵巨大而神祕；兩人都喘不過氣。小男孩越是時時以醫生自居，就越是喘不過氣，他一邊脫小女孩的底褲，一邊還用「您」稱呼她。

這段幸福的童年時光讓我想起一則更美好的往事，這事發生在捷克鄉下的一個小城，一九六九年，有個年輕的女人從巴黎回到城裡定居。她在一九六七年離開故鄉到法國讀書，兩年之後回到她被俄羅斯軍隊占領的祖國；人們什麼事都害怕，他們唯一渴望的就是去別的地方，去一個屬於自由，屬於歐洲的地方。在巴黎的那兩年，這個年輕的捷克女人兢兢業業地參加了所有的研討會（當時想在知識分子圈裡立足的人所應該兢兢業業參加的所有研討會）；她在這些研討會裡學到，我們在幼年時期，在伊底帕斯階段之前，會經歷著名的精神分析學家所說的鏡像階段，這個概念說的是我們在拿自己與父母親的身體對照之前，會先發現自己的身體。回國之後，年輕的捷克女人心想，有很多同胞在他們個人的成長過程中完全沒有經歷過這個階段，實在是很大的損失。她頂著巴黎的光環還有那些研討會的威望，創立了一個年輕女人的社團。她給這些女人上一些沒人能懂的理論課，還帶她們做一些實習，實習是簡單得要命，理論是要命的複雜——所有人都把衣服脫光，然後每個人都在一面大鏡子前面檢視自己的身體，接著，她們全都聚在一起，極其仔細地端詳彼此的身體，最後，每個人都拿一面小鏡子把別人從來看不到的地方照給她看。輔導員無時無刻不在講她的理論，理論的晦澀迷人至極，讓這些女人都遠離了俄羅斯的占領，遠離了她們的鄉下，還讓她們得到一種神祕無名的興奮，這是她們刻意避而不談的。或許那個輔導員不只是偉大的拉康（Lacan）的門徒，而且還可能是個女同性戀；但是，我並不覺得這個社團有很多女同性戀。而在這些女人當中，我承認，帶給我最多想像的是一個非常純真的姑娘，對她來說，上課的時候，世界上除了拉康那些被譯成爛捷克文的晦澀理論之外，什麼都不存在了。啊，這些裸體女人的學術聚會，這些在捷克小城公寓裡的精神分析課程，當俄羅斯大兵巡邏時，聚會和課程進行得比狂歡派對更讓人興奮，每個人都努力做出規定的姿勢，一切都是約定好的，只有一種意義，獨特得要命啊！我們還是趕緊離開這個捷克的小城，回到保羅的腿上吧——蘿拉坐在他的一條腿上，另一條腿上，現在讓我們想像一下，為了實驗的理由，上頭坐的不是布麗姬特，而是她的母親：

對蘿拉來說，把臀部貼在她偷偷渴望的男人的大腿上，是一種很舒服的感覺；尤其她不是以情婦的身分坐在保羅的腿上，而是在他妻子的贊同之下，以小姨子的身分坐在他腿上，這種感覺更是讓人興奮。蘿拉是吸食曖昧的毒癮犯。

對阿涅絲來說，這情境沒有任何讓人興奮之處，但是她腦子裡始終縈繞著一個可笑的句子：「保羅的兩條大腿，每條腿上都壓著一個女人的肛門！保羅的兩條大腿，每條腿上都壓著一個女人的肛門！」阿涅絲是頭腦清晰的曖昧觀察家。

那保羅呢？他說話可大聲了，他一邊說笑一邊把兩腿輪流撐高，他要讓這兩姊妹相信，他是個有趣的叔叔，隨時都可以變成一匹賽馬，讓他的小姪女們開心。保羅是不懂曖昧的傻子。

蘿拉因為愛情而極度憂傷時，常常去找保羅給她出主意，他們會約在不同的咖啡館見面。我們得留意，自殺不曾在他們的談話中出現。蘿拉拜託阿涅絲保守關於她那些病態計畫的祕密，她自己也從未在保羅面前提起。這樣，過於突兀的死亡畫面才不會撕裂那鋪襯著美麗悲傷的細緻布料，而保羅與蘿拉就這麼面對面坐著，時不時他們還會碰觸對方。保羅按著蘿拉的手或肩膀，給她打氣，給她信心，因為蘿拉愛貝爾納，愛人的人應該得到支持。

我幾乎要說，這時，保羅望著蘿拉的眼睛，但是這說法並不準確，因為這時蘿拉又重新戴上了她的墨鏡；保羅知道那是為什麼，因為她不想讓人看到她哭腫的眼睛。霎時之間，墨鏡承載了多重的意涵，它讓蘿拉擁有一種近乎冷峻、近乎不可親近的優雅；但是墨鏡同時也代表某種非常肉慾、非常淫蕩的東西——那是被淚水浸濕的眼睛，那是突然變成身體開口的眼睛——那是阿波里奈爾（Apollinaire）著名的詩句所說的女性身體的九個美麗門戶之一——濕潤的開口藏在黑色的鏡片之後，一如葡萄葉遮掩著私處。墨鏡後頭的淚水，這想法有時是那麼地強烈，而想像的淚水又是那麼地滾燙，於是淚水化作霧氣將他們兩人包裹起來，剝除了他們的判斷力和視力。

保羅瞥見這片霧氣。但是他明白這霧氣的意義嗎？我不這麼認為。讓我們設想一下這樣的狀況：小女孩來找小男孩，小女孩開始脫衣服，一邊說著：「大夫，您得幫我檢查一下。」而小男孩是這麼說的：「可是，小妹妹！我不是醫生啊！」

這正是保羅幹的好事。

通靈的女人

保羅跟「大灰熊」爭論的時候，一派輕浮的痞子樣，為什麼兩姊妹坐他大腿的時候，他卻這麼不輕浮呢？原因如下：在他的想法裡，輕浮是一種有益健康的灌腸劑，他想把這種灌腸劑用在文化、公眾生活、藝術、政治上，這是一種對歌德和拿破崙都有益的灌腸劑，但是（請記清楚！）絕對不能讓蘿拉和貝爾納用。保羅對貝多芬和韓波作品的深刻懷疑，如今已經被他賦予愛情的無限信任所贖救。

愛情的概念在保羅的心裡與海洋的形象連結在一起，那是充滿驚濤駭浪的一種元素。他和阿涅絲去度假的時候，總是把旅館房間的窗戶整個打開，好讓他們做愛的喘息可以加入海浪的聲音，好讓他們的激情和這偉大的聲音融合在一起。他和妻子幸福地生活在一起，他確實愛她，但是想到他的愛情從來不曾出現稍具戲劇性的狀況，他的靈魂深密之處還是不免有一絲輕微的、一絲若有似無的失望。他幾乎羨慕起蘿拉在情路上遇到的障礙，因為在他看來，只有障礙才能把愛情轉化為愛情故事。因此他對蘿拉總是有一種感同身受的關愛，蘿拉痛苦他也痛苦，彷彿那是他自己遭遇的困擾。

一天，蘿拉打電話告訴他，過幾天貝爾納要去馬提尼克島，去他家的度假別墅，雖然貝爾納沒邀她，但是她決定去找他。如果到了那裡，她發現貝爾納身邊有個陌生女人，那就算了。至少，一切都清楚了。

為了避免不必要的衝突，保羅試著要她打消這個念頭。但是他們的對話卻拖得沒完沒了——

蘿拉不斷重複同樣的說法，而保羅也放棄了，打算對她說：「既然你這麼確定你的決定是對的，你要去就去吧！」可是他還沒開口，蘿拉就說了：「只有一個人可以禁止我去，那就是你。」她剛說出口的話很清楚地告訴保羅，他該說些什麼，好讓她改變計畫，同時也幫她保住女性的尊嚴——一個決心走到絕望和鬥爭盡頭的女性的尊嚴。讓我們回憶一下她第一次見到保羅的情況；那時候，她心裡聽到的話跟拿破崙對歌德說的話一字不差：「這才是真正的男子漢哪！」如果保羅真的是個男子漢，他片刻也不會猶疑，他會立刻對蘿拉說禁止她去。唉，他不是真正的男子漢哪，他是個有原則的男子漢——長久以來他已經把「禁止」這個字眼從他的語彙裡刪除了，而且還以此自豪。他不以為然地說：「你知道我從來不會禁止任何人做任何事。」

蘿拉堅持說：「可是我就是要你的禁止，我要你的命令。你知道沒有任何人有權命令我。你說什麼，我就做什麼。」

保羅覺得尷尬了，他已經花了一個小時為蘿拉分析她為什麼不該去，而一個小時以來，蘿拉也一直堅持著相反的理由。為什麼她不讓人說服，卻要人禁止呢？保羅不說話了。

「你怕了？」蘿拉問道。

「怕什麼？」

「怕把你的意願強加在我身上。」

「如果我沒辦法說服你，我就沒有權利禁止你做任何事。」

「這說的就是這個：你怕了。」

「我想用理性的方式說服你。」

蘿拉笑了：「你躲在理性的後頭，因為你怕把你的意願強加在我身上。因為我讓你害怕！」

蘿拉的笑聲讓保羅陷入更深的尷尬，於是他趕緊結束了談話：「我會好好想一想。」

後來他問了阿涅絲的意見。

阿涅絲說：「不能讓她去。那會鑄成大錯的。如果你有機會跟她說，無論如何你都得阻止她去。」

但是阿涅絲的意見不算數，保羅的首席顧問是布麗姬特。

他向布麗姬特說完她的姨媽現在有什麼問題之後，布麗姬特立刻回說：「為什麼她不該去？想做什麼就應該去做啊。」

「可是，」保羅提出反對的意見，「如果她發現貝爾納跟另一個女人在一起，那她真的會做出可怕的事！」

「貝爾納說有個女人陪他一起去嗎？」

「他沒這麼說。」

「如果有的話，他就應該說。如果他沒說，那他就是個懦夫，蘿拉沒有任何理由再遷就他了。她有什麼損失嗎？什麼也沒有啊。」

有人會問，為什麼布麗姬特給保羅的恰恰是這個意見，而不是別的？是因為她跟蘿拉站在同一邊嗎？我不這麼認為。蘿拉經常表現出一副她是保羅女兒的樣子，布麗姬特覺得可笑，心裡也不高興。她一點也不想跟蘿拉站在同一邊；她唯一關心的是要討她父親的歡心。她早就感覺到保羅問她的意見像在問靈媒，她想要強化這種神威。想當然，她的母親一定很反對蘿拉去找貝爾納，那麼她就要採取相反的立場，她要讓年輕人的聲音從她的嘴裡說出來，她要讓父親為一個不假思索的勇敢手勢著迷。

她快速地搖著頭，聳著肩，蹙著眉，而保羅則再次感受到那美妙的感覺——他的女兒像個蓄電池，他可以從那裡獲取力量。他心想，說不定啊，要是阿涅絲跟他跟得緊緊的，還坐飛機追蹤他的情婦追到遠方的島嶼，說不定他會比較快樂。他一輩子都渴望他所愛的女人會為他去撞牆，會因為絕望而喊叫或因為高興而在家裡蹦蹦跳跳。他心想，蘿拉和布麗姬特都屬於勇氣與瘋狂，沒有那麼點瘋狂，生命就不值得活。所以蘿拉應該聽憑自己內心聲音的引領！何必把我們的行為在理性的鍋子上翻來翻去，像塊煎餅似的。

「可是別忘了，」保羅又提出了反對的意見，「蘿拉可是個敏感的女人，這麼做只會讓她受苦！」

「換作是我，我會去，而且沒有人可以阻止我。」布麗姬特斬釘截鐵地說。

後來，蘿拉打了電話給保羅。保羅打斷她的話，一下子就切入主題：「我想了很久，我的看法是，你應該完全依照你心裡想的去做。如果你想去，那就去吧！」

「你本來對我要去找貝爾納的事有那麼多疑慮，我差點就決定要放棄了。不過既然你現在贊成我這麼做，我明天就去。」

這段話像盆冷水把保羅澆醒，他意識到，如果沒有他的鼓勵，蘿拉根本不會去馬提尼克島。可是他已經無話可說了；他們的對話就凝結在那兒了。第二天，一架飛機載著蘿拉飛越大西洋，而保羅則覺得這件事都是他的責任，在他內心深處，他的看法其實和阿涅絲完全一致，這趟馬提尼克之行簡直荒唐至極。

自殺

蘿拉上飛機之後，兩天的時間過去了。清晨六點，電話鈴響了。是蘿拉。她告訴她的姊姊和姊夫，馬提尼克當時是半夜十二點。她刻意裝出很開心的聲音，但是阿涅絲一聽就知道事情不對勁了。

她沒猜錯。貝爾納看到蘿拉出現在別墅前的椰林小徑上，氣得臉色發白，疾言厲色地對她說：「我已經叫你不要來了。」她想解釋，可是話還沒出口，貝爾納就把兩件襯衫裝進袋子裡，跳上他的車子走了，留下蘿拉一個人。她在屋裡晃來晃去，在衣櫥裡找到一件她的紅色泳衣，是上次來的時候忘記帶走的。

「只有這件泳衣等著我。除了這件泳衣，什麼都沒有了。」她說著說著，笑聲已經變成了啜泣。她哭著繼續說：「好慘哪，我吐了。然後，我決定留下來。一切都會在這個別墅裡劃上句點。貝爾納回來的時候，會在這裡找到我，看到我穿著這件泳衣。」

蘿拉的聲音在他們的房間裡迴盪；他們兩個人都聽得到，但是電話只有一個聽筒，兩人只得把聽筒傳來傳去。

「我求求你，」阿涅絲說：「冷靜一點，你一定要冷靜。想辦法讓自己鎮定下來。」

蘿拉又笑了：「出發之前，我買了二十盒鎮定劑，結果我全都忘在巴黎了，我想到就火大。」

「那就好，那就好。」阿涅絲聽她這麼說，頓時鬆了一口氣。

「不過在這裡，我在抽屜裡找到一把手槍，」蘿拉笑得更起勁了：「貝爾納一定很怕死！他怕那些黑人來打劫！我在這裡頭發現了一個暗示。」

「什麼暗示！」

「這把手槍他是留給我的。」

「你瘋啦！他哪會留什麼給你！他根本不知道你會去找他！」

「他當然不是故意留下來的。不過他買了一把手槍，除了我之外沒有人用，所以這把手槍就是留給我的。」

再一次，絕望的無力感湧上阿涅絲的心頭。「求求你，」阿涅絲說：「把手槍放回去。」

「我不知道怎麼用這把槍。可是保羅……保羅你聽得見嗎？」

保羅把電話接過去。「我聽得見。」

「保羅，聽到你的聲音我好高興。」

「我也很高興，蘿拉，可是我求你……」

「我知道，保羅，可是我受不了了……」蘿拉抽泣起來。

電話兩端沉默了片刻。

接著蘿拉又說：「手槍就在我面前。我沒辦法不去看它。」

「那你就把它放回去。」保羅說。

「保羅，你服過兵役。」

「當然啊。」

「你是軍官！」

「少尉。」

「也就是說，你知道手槍怎麼用。」

保羅覺得很尷尬。但他還是回答：「對啊。」

「我們要怎樣才知道手槍裡有沒有子彈？」

「如果打得出去，那就是有子彈。」

「如果我扣扳機，子彈就會打出去嗎？」

「有可能。」

「什麼叫做有可能？」

「如果手槍的保險打開了，子彈就會打出去。」

「那保險要怎麼打開？」

「拜託！你不會要教她怎麼自殺吧！」阿涅絲在一旁大叫，伸手把電話搶了過去。

蘿拉又接著說：「我只是想知道手槍怎麼用而已。每個人都該知道手槍怎麼用吧。保險到底要怎麼打開？」

「夠了，」阿涅絲說，「不准再說手槍的事了。你把它放回原來的地方。夠了！鬧夠了！」

蘿拉突然換了個聲音，一個低沉的聲音：「阿涅絲！我不是在鬧！」她又抽泣了起來。

這通電話還沒結束；阿涅絲和保羅重複著相同的句子，用他們的愛來安撫蘿拉，求她留下來跟他們在一起，不要再離開他們，最後她終於答應把手槍放回抽屜，然後上床睡覺。

掛上電話，兩個人都累得半晌說不出話來。

後來阿涅絲說：「為什麼她要這麼做？為什麼她要這麼做？」

保羅說：「都是我的錯。是我把她送去那裡的。」

「她無論如何都會去的。」

保羅搖搖頭說：「不會的，她原本已經打算不去了。我做了這輩子最蠢的事。」

阿涅絲不想讓保羅繼續被這罪惡感困擾，不是出自同情，而該說是因為嫉妒——她不希望保羅覺得自己在這件事上對蘿拉有責任，也不希望保羅在心裡跟蘿拉連結得這麼緊。於是她說了：「你怎麼這麼確定她真的找到了一把手槍？」

保羅一時還意會不過來。「你的意思是？」

「說不定那裡根本沒有手槍。」

「阿涅絲！她不是在演戲！這聽得出來的！」

阿涅絲盡量用最謹慎的方式說出她的懷疑：「或許她真的有一把手槍。但是她有安眠藥也不是不可能的事，她提手槍只是想嚇我們。我們也不能排除她既沒有安眠藥也沒有手槍的可能，而她這麼做只是為了讓我們擔心。」

「阿涅絲，」保羅說，「你這麼說有點惡毒。」

保羅責備的話讓阿涅絲有所警覺——這陣子，她竟然沒有察覺，保羅和蘿拉親近的程度甚於他和阿涅絲；他常常想到她，注意她，對她關懷備至，為她感動，突然間，阿涅絲不由得想像保羅會拿她妹妹跟她做比較，而她是兩姊妹當中，心腸比較硬的那個。

她想替自己辯解：「我不是惡毒。我只是說蘿拉不計一切代價就是要引起人家對她的注意。這很正常，因為她在受苦。大家對她在愛情上受的苦常常都是一笑置之，不當一回事。當她握著一把手槍的時候，就沒有人笑得出來了。」

「如果她想引人注意的渴望把她推上了自殺這條路，那又怎麼說呢？這沒有可能嗎？」

「是有可能。」阿涅絲承認，一陣漫長而不安的沉默再次籠罩他們。

後來阿涅絲說：「我也一樣，我可以理解一個人想做個了斷的心情。我可以理解一個人再也無法承受痛苦，也無法承受眾人的惡意的那種心情，他會想要離開，永遠離開。每個人都有權利自殺，那是我們的自由。我一點也不反對自殺，畢竟那是一種離開的方式。」

她停了一秒鐘，不想再說什麼，但是她妹妹所做的事讓她太生氣了，她忍不住又說了下去：「但是蘿拉的情況不一樣，她不想離開。她想到自殺是因為那對她來說是一種留下的方式。她想用這種方式留下來跟貝爾納在一起，留下來跟我們在一起，永遠留在我們的記憶裡。她想用這種方式整個人撲在我們的生活裡，把我們壓垮。」

「你這樣說不公平，」保羅說，「她很痛苦啊。」

「我知道。」阿涅絲哭了起來。她想像她的妹妹死了，她剛才所說的一切顯得既小心眼又可恥，簡直不可原諒。

「她答應要把手槍收起來，會不會只是為了讓我們放心？」她一邊說，一邊撥電話到馬提尼克島的度假別墅；電話沒有人接，他們感覺到額頭上沁出一顆顆的汗珠；他們知道電話不能掛，他們只能聽著象徵蘿拉已死的電話鈴響個不停。最後，他們聽到了蘿拉異常乾澀的聲音。他們問她到哪兒去了。「在隔壁房間。」她說。阿涅絲和保羅對著話筒同時說話，說他們想到她的時候有多擔心，他們一再向她保證他們真的愛她，說他們很希望能盡快在巴黎見到她。

第二天，他們很晚才去上班，而且整天都想著蘿拉。到了晚上，他們又撥了電話給她，電話又講了一個鐘頭，他們又再一次向她保證他們真的愛她，再一次讓她知道他們有多焦急。

幾天之後，蘿拉在門口摁了電鈴。保羅一個人在家。蘿拉站在門口，臉上戴著墨鏡。她倒在保羅的懷裡。他們走到客廳，面對面坐在扶手椅上，但蘿拉的心情如此激動，片刻之後她就站了起來，開始在客廳裡走來走去。她開始說話，情緒激昂。這時保羅也站了起來，也在客廳裡走來走去，也開口說了話。

他語帶不屑地說起他從前的這個學生——他的得意門生，也是他的好友。他這麼做的理由當然可以說是為了撫平蘿拉分手的痛苦。可是他自己也很驚訝，因為他發現他說的竟然都是他由衷地、認真地相信的事——貝爾納是一個被寵壞的孩子，一個富家子，一個傲慢的傢伙。

蘿拉的手肘支在壁爐上，眼睛望著保羅。而保羅，突然瞥見蘿拉臉上沒有墨鏡了。她把墨鏡拿在手上，用她腫脹、濕潤的雙眼直盯著保羅。保羅這才發現，蘿拉已經有那麼一會兒沒在聽他說話了。

他閉上嘴。一股巨大的沉默籠罩了客廳，一股莫名的力量推促他靠近蘿拉。「保羅，」蘿拉說，「為什麼你和我，我們沒有早一點相遇呢？在其他人出現以前……」

這些話如霧氣般瀰漫在兩人之間。保羅向前伸出雙手走進這片氤氳，像在摸黑前進；他的手輕輕碰觸到蘿拉。蘿拉嘆了一口氣，讓保羅的手碰觸她的肌膚。接著，她往旁邊靠了一步，又戴上了眼鏡。這動作驅散了霧氣，他們又回到面對面的位置，回到妹妹和姊夫的身分。

幾分鐘以後，阿涅絲下班回家，走進了客廳。

墨鏡

蘿拉從馬提尼克島回來，阿涅絲還是第一次見到她，但她並沒有像擁抱劫後餘生的人那樣把蘿拉擁在懷裡，反而是冷漠得出奇。她看不見她的妹妹，她看到的是墨鏡，這個悲劇性的面具決定了重逢的基調。「蘿拉，」阿涅絲彷彿沒注意到這個面具，「你瘦得太厲害了。」這時她才走近蘿拉，照法國人和熟人見面的習慣，輕輕地吻了她兩邊的臉頰。

在這麼戲劇性的幾天之後，第一次見面說這樣的話，老實說，確實不太得體。這些話要談的不是生命，不是死亡，不是愛情，而是消化吸收。這些話本身倒是沒什麼問題，反正蘿拉本來就喜歡談她的身體，還認為身體是她感情的一個隱喻。糟的是這句話說得漠不關心，對於蘿拉之所以變瘦的種種痛苦，不僅沒有任何感傷的讚佩之情，而且還帶著明顯的厭倦和厭惡。

當然，阿涅絲的語氣蘿拉完全感受到，也明白這句話的意涵，但是現在輪到她了，她假裝不知道姊姊在想什麼，故意用痛苦的聲音答說：「是啊。我瘦了七公斤。」

阿涅絲很想大叫：「夠了！夠了！這一切拖得太久了！別再鬧下去了！」可是她忍了下來，什麼也沒說。

蘿拉舉起手說：「你看，這已經不是手臂了，是樹枝……我沒辦法再穿裙子了。我穿什麼都飄來飄去的。我還流鼻血……」為了證明她剛剛說的都是真的，她還把頭往後仰，用鼻子吸氣吸了很久。

阿涅絲凝望這具變瘦的身體，壓抑不住心裡的厭惡，她心想：蘿拉失去的七公斤去了哪裡？

跟耗掉的能量一樣消融在天空之中嗎？還是跟糞便一樣排入了水溝？蘿拉無法替代的身體失去的七公斤去了哪裡？

這時，蘿拉摘掉了墨鏡，放在壁爐上，她的手肘也支在那兒。她把腫脹、含淚的眼睛轉向她的姊姊，就像先前看著保羅那樣。

她把墨鏡摘掉的時候，彷彿是要讓臉裸露出來。彷彿她脫去了衣服。但是，與其說那是一個女人在情人面前寬衣解帶的模樣，還不如說是在醫生面前脫衣服，要把身體的責任交付給他。

阿涅絲遏止不住那些在腦海裡打轉的句子，終於高聲說了出來：「夠了！別再鬧下去了！我們都受夠了。你跟貝爾納好好地分手，跟其他幾百萬個女人和幾百萬個男人一樣好好地分手，別老是拿自殺來嚇人了。」

姊妹倆沒完沒了地說了好幾個星期，阿涅絲還不斷向妹妹保證她有多麼愛她，我相信，現在這樣的情緒爆發應該會讓蘿拉嚇一跳，然而，奇怪的是，她沒被嚇到；蘿拉的反應像是早已對阿涅絲說的話心裡有數。她回應的方式再平靜不過了：「我要告訴你我的想法。你根本不懂愛情，你從來就不懂愛情，你也永遠都不會懂。愛情從來就不是你擅長的事。」

蘿拉知道她姊姊的弱點在哪裡，阿涅絲怕了；她知道蘿拉就是因為保羅在那裡，才這麼說的。突然間一切都清楚了，事情跟貝爾納已經沒有關係了，這整齣自殺的戲碼都跟他毫不相干；從一切可能的跡象看來，他有可能完全不知情，這齣戲是演給保羅和阿涅絲看的。阿涅絲還在心裡對自己說：一個人如果展開鬥爭，他發動的力量不會只是停留在第一個目標——貝爾納是蘿拉的第一個目標，在他之後，還有其他目標。

要迴避鬥爭已經不可能了。阿涅絲說：「如果你為貝爾納瘦了七公斤，這是愛情的證據，是個駁不倒的具體證據。可是，我實在不知道你在想什麼。如果我愛一個人，我會希望他好。如果我討厭一個人，我會希望他不好。你呢，這幾個星期以來，你一而再再而三地折磨貝爾納，也折磨我們。這跟愛情有什麼關係？什麼也沒有啊。」

讓我們把客廳想像成劇場的舞台吧：最右邊，是壁爐，左邊有一個書櫥，舞台就到書櫥為止。中間呢，在舞台最深處，有個沙發，有一張矮桌和兩把扶手椅。保羅站在客廳中間，蘿拉站在壁爐附近，盯著距離她兩步遠的阿涅絲。蘿拉腫脹的雙眼控訴著她姊姊的殘忍、不明事理、冷酷。阿涅絲一邊說，蘿拉一邊往客廳的中間退，退到保羅站的地方，彷彿要藉著後退來指涉姊姊偏頗的攻擊帶給她的驚嚇與害怕。

退到距離保羅兩步的地方，蘿拉停了下來，反覆說著：「你根本不懂愛情。」

阿涅絲往前走，占據了壁爐附近她妹妹剛剛棄守的地方。她說：「我很清楚什麼是愛情。在愛情裡，重要的是我們所愛的人。愛情指的是這個人，不是別的。我問自己，對於一個只看得到自己的女人來說，愛情是什麼？或者換個說法，我問自己的是，愛情這個詞對於一個絕對自我中心的女人來說，它的意義是什麼？」

「問自己愛情是什麼，這種事沒有任何意義，我親愛的姊姊，」蘿拉說，「愛情是什麼就是什麼，就這麼回事。要嘛我們去經歷它，要嘛不去經歷。愛情就像一隻翅膀，關在我的心裡拍呀拍的，激勵我去做一些你覺得沒道理的事。這種事從來沒在你身上發生過。我只看得到自己，這是你說的。可是我看你看得很清楚，我看到你心底去了。前陣子你向我保證你愛我的時候，我很清楚『愛』這個字從你口中說出來根本沒有任何意義。那只不過是一個小手段，一個讓我平靜下來的說詞，這樣我才不會再來擾亂你的清靜。我很瞭解你，姊姊，你一輩子都在愛情的另一邊，完完全全在另一邊，在愛情的外面。」

談到愛情，兩個女人說起狠話都不留餘地。她們身邊的那個男人沮喪極了，他想說點什麼來緩和這個令人無法忍受的緊張情勢：「我們三個人都在同一條船上，我們三個人都需要到遠方，到某個地方，而且要把貝爾納忘了。」

可是貝爾納已經被忘得乾乾淨淨了，保羅介入的唯一作用就是讓沉默取代了爭吵；這片沉默之中沒有任何同情，沒有任何共同的回憶，也沒有一絲一毫的姊妹之情。

我們來看看整個舞台上的場面：在右邊，靠在壁爐邊上的，是阿涅絲；在客廳中間，轉頭看著阿涅絲的，是她的妹妹蘿拉，她站在距離保羅兩步的距離。保羅看到他所愛的兩個女人爆發如此荒謬的恨意，他做出象徵絕望無力的動作，彷彿想藉此表達他的譴責，彷彿想離她們越遠越好，他掉頭往書櫥走去。他背靠著書櫥，把頭轉向窗戶，不想再看到她們。

阿涅絲瞥見擱在壁爐上的墨鏡，不自覺地把它拿了起來。她憤恨地檢視著墨鏡，彷彿手上拿的是她妹妹流下的兩顆肥大的黑色淚珠。她感到所有來自蘿拉身體的東西都令她厭惡，而這兩顆肥大的玻璃淚珠在她看來就像是這具身體的分泌物。

蘿拉看到墨鏡在阿涅絲的手上。突然間，她覺得非常需要這副墨鏡。她需要一塊盾牌，她需要一個面罩把自己的臉在姊姊的恨意前遮掩起來。但同時她又沒有勇氣走那四步，走到她的敵人姊姊那裡去把墨鏡拿回來。她怕阿涅絲。於是她帶著某種被虐待狂的激情，把自己和那毫無抵抗能力的光裸臉龐等同起來，這張臉上，印刻著她一切苦痛的痕跡。她知道她的身體，她說的那些關於身體，關於她失去的七公斤的那些話，這些東西讓阿涅絲惱火到了極點，她很本能，很直覺地，就是知道。正因如此，為了爭一口氣，為了反叛，她那時很想極盡所能地把自己當成一具身體，她什麼都再也不是了，就是一具身體，一具被人拋棄，被人拒絕的身體。她很想把這具身體放在他們家的客廳中間，然後就留在那裡。把身體留在那裡，沉重的，動也不動的身體。逼得他們——如果他們不想讓她出現在家裡——得要抬起這具身體，她的身體，一個抓住手腕，一個抓住腳，把這具身體丟在人行道上，像在半夜裡偷偷把破舊的床墊丟出去。

阿涅絲站在壁爐附近，手裡拿著墨鏡。蘿拉在客廳中間，一邊看著她的姊姊，一邊繼續往後退。她走完最後一步，她的背靠上了保羅的身體，緊緊地，靠得非常緊，保羅則是背靠著書櫥。蘿拉把雙手緊緊貼上保羅的大腿，她的頭向後仰，倚在保羅的胸口。

阿涅絲在客廳的邊上，手裡拿著墨鏡；客廳的另一頭，和她遙遙相望的那頭，蘿拉和保羅像雕像似的，動也不動地僵在那裡。沒人開口說半句話。就這麼過了一陣子，後來阿涅絲鬆開了食指和拇指，墨鏡——這悲傷的象徵，淚珠的化身——跌落在壁爐周緣的石板上，摔成碎片。

第四部

感性人（Homo sentimentalis）

1

在對歌德進行的永恆審判之中，有人宣讀了他在貝婷娜事件中的無數罪狀，提供了無數的證詞。為了避免讓讀者逐條去讀一些無關痛癢的東西，我在這裡只提出我覺得最重要的三項證詞。

第一項：里爾克（Reiner Maria Rilke）的證詞。他是繼歌德之後，德國最偉大的詩人。

第二項：羅曼・羅蘭（Romain Rolland）的證詞。他是二〇年代與三〇年代在烏拉山到大西洋中間的歐洲大陸上，擁有最多讀者的小說家之一，除此之外，他作為進步人士、反法西斯人士，作為人道主義者、和平主義者以及法國大革命的支持者，也享有極高的聲譽。

第三項：詩人保羅・艾呂雅（Paul Eluard）的證詞。他是我們所謂的「前衛主義」的傑出代表，他是愛情唱詩班的領唱者，或者用他自己的說法該說是「詩意愛情」的領唱者，而這兩個概念在他的腦子裡根本混成了一個。（他最美麗的詩集名字恰恰叫做《愛情詩》〔*L'amour la poésie*〕，就是個證明。）

2

里爾克被傳喚到永恆的審判之中作證，他說的話跟他最著名的散文作品裡的措辭一模一樣，那是一九一〇年出版的《馬爾特・勞里茨・布里格記事》（*Cahiers de Malte Laurids Brigge*），他在書裡把這封冗長的斥責信寄給貝婷娜：

「怎麼可能人們還沒開始談論你的愛情？難道發生了什麼更讓他們難忘的事？究竟有什麼事占據了他們的心思？我相信你知道你的愛的價值，你高聲向你那位大詩人說愛，為的是讓他在愛情之中注入人性；因為這份愛還只是個胚胎。可是詩人寫信給你的時候，卻勸人遠離愛情。所有人都讀了這些回信，也越來越相信他的說法，因為詩人對他們來說，比大自然容易理解。但是終有一天，人們或許會明白，大詩人的侷限就在這裡。這個愛著他的女人（diese Liebende）被指派給他（里爾克在此處用的auferlegt，在德文裡的意思是『指派』，就像指派一項作業或一次考試給一個學生），而他失敗了（er hat sie nicht bestanden，這段話精確的意思是：他沒有通過這次考試，測驗的主題是貝婷娜）。他說他不能回報（erwidern）她的愛，這是什麼意思？這樣的愛無須回報，它本身就包含著呼喚與回應；它本身就可以完滿自己。可是在這樣的愛情面前，在愛情輝煌壯麗的景致面前，詩人應該謙卑；愛情所講述的一切，詩人應該像拔摩島[16]上的使徒約翰一樣，雙膝跪地，以雙手記錄下來。這『執行天使的職務』（die « das Amt der Engel verrichtete »）的聲音籠罩著詩

16. 拔摩島：基督宗教的使徒約翰撰寫《啟示錄》的地方。

人，引領他走向永恆，在這聲音面前，沒有其他選擇。馬車就在那裡，載他邁上烈焰燃燒的旅程，橫越天際。為他的死亡所安排的晦暗神話（der dunkle Mythos）就在那裡，詩人卻任它空無。」

3

羅曼・羅蘭的證詞講的是歌德、貝多芬與貝婷娜之間的關係。這位法國小說家於一九三〇年在巴黎發表一篇名為〈歌德與貝多芬〉的評論文章，裡頭對此做出非常詳細的解釋。雖然他的態度多少有些細緻的轉折，但他並未掩飾他對貝婷娜特別的同情──他對事情發展的詮釋與貝婷娜的說法大同小異。儘管他並不否認歌德的偉大，但他為歌德感到悲傷──謹慎，無論在美學上或是政治上，都不適合天才。那克莉絲蒂安呢？啊，就別提她了吧，她是個「智識平庸的人」。

這個觀點，容我再說一次，是用一種很巧妙，分寸拿捏得宜的方式表達出來的。而追隨者總是比他們的啟迪者更激進。像我手頭上這本關於貝多芬的精采傳記，是六〇年代在法國出版的，書裡明確地提到歌德的「軟弱」、「奴性」和「老人面對一切新事物所表現出來的恐懼」，等等，諸如此類。相反的，貝婷娜具有「一種敏銳的特質，一種預知的能力，這讓她幾乎擁有天才的每一個面向」。而克莉絲蒂安呢，依照慣例，她只能是個可憐的「臃腫的妻子」。

4

就算里爾克和羅曼・羅蘭都站在貝婷娜這邊，他們提到歌德的時候還是恭恭敬敬的。保羅・艾呂雅的《詩歌的小徑與大道》（*Les sentiers et les routes de la poésie*）寫於一九四九年（我們得站在他的立場想一想，當時是他的詩人事業最慘澹的時刻，也是他瘋狂擁護史達林的時候），作為捍衛詩意愛情最激進的正統革命分子，他的態度顯然嚴厲得多：

「歌德在日記裡只寫下『布倫塔諾小姐』這幾個字，代表他和貝婷娜・布倫塔諾的會面。名滿天下的詩人，《少年維特的煩惱》的作者，寧願要家庭和諧，也不要那些激情躍躍的妄想。貝婷娜的一切想像與一切才華都沒有打亂他登上奧林匹斯山封神的夢想。如果歌德讓了步，他的詩歌或許會跌落凡間，但我們不會因此減少對他的喜愛，因為他應該不會變成一個阿諛奉承的人，也不會教壞他的同胞，讓他們相信不公不正的事會好過混亂失序。」

5

「這個愛著他的女人被指派給他」，里爾克是這麼寫的，而我們會問：這個被動的語態有何意涵？換句話說：這個愛著他的女人，是誰指派給他的？

我們讀到貝婷娜於一八〇七年六月十五日寫給歌德的那封信的時候，腦子裡也會浮現相同的問題。信上是這麼寫的：「我不該害怕讓自己陷入這感覺，因為把這感覺栽種在我心裡的並不是我自己。」

那麼是誰種的？歌德嗎？貝婷娜的意思肯定不是這樣。把愛情栽種在她心裡的，是一個位階比她更高，比歌德更高的什麼人——就算不是上帝，至少也是里爾克所說的天使。

說到這裡，我們就可以為歌德講幾句話了：如果有誰（上帝或是天使）在貝婷娜的心裡種下了一種感覺，那麼貝婷娜很自然地會遵循這種感覺——這感覺就在她的心裡，那是她自己的感覺。可是似乎沒有人在歌德的心裡種下什麼感覺。貝婷娜被「指派」給他，像一份作業那樣規定給他。Auferlegt。既然如此，里爾克怎麼能指責歌德抗拒人家違抗他的意願，連一聲招呼都不打就指派給他的作業呢？為什麼歌德得要雙膝跪地，「以雙手」記錄來自高處的聲音所「講述」的東西？

我沒辦法給這問題一個合理的答案，我只能打個比方：試想西門在提比里亞海捕魚，耶穌走近他，要他放下漁網跟他走[17]。結果西門說：「別煩我。我比較喜歡我的漁網和我的魚。」這樣

17. 參見《聖經・約翰福音》第二十一章一至十四節。

的西門會立刻變成《福音書》裡頭的一個喜劇人物——在里爾克的眼裡，歌德正是如此，於是他變成了愛情的丑角。

6

關於貝婷娜的愛情，里爾克是這麼說的：「這樣的愛無須回報，它本身就包含著呼喚與回應；它本身就可以完滿自己。」天使的園丁栽種在人類心裡的愛情，就像貝婷娜說的，並不需要任何對象，任何回音，任何「Gegen-Liebe」（反愛情，回報的愛情）。被愛的人（譬如說，歌德）既非原因，亦非愛情的目的。

貝婷娜在她和歌德通信的年代，也寫情書給阿爾尼姆。她在其中一封信裡寫著：「真正的愛情（die wahre Liebe）不存在背叛的問題。」這無須回報的愛情（「die Liebe ohne Gegen-Liebe」）「在愛情的所有化身之中尋找被愛的人」。

如果貝婷娜心裡的愛情不是天使的園丁所種，而是歌德或是阿爾尼姆種下的，那麼對歌德或對阿爾尼姆的愛就會在她心裡綻放出無法模仿、不可替換的愛，對象則是那個種下愛情的人，是那被愛的人，所以這愛情並沒有化身。我們可以把這樣的愛情界定為一種關係，一種兩人之間特別享有的關係。

相反的，貝婷娜所謂的「die wahre Liebe」（真正的愛情）並不是關係性的愛情，而是感覺的愛情——一隻來自天上的手在一個人的靈魂裡點燃了火焰；愛人的那個人在火炬的照明下，「在愛情的所有化身之中尋找被愛的人」。這樣的愛（感覺的愛情）沒有背叛的問題，因為就算對象換了，愛情還是燃燒著同樣的火焰，那是同一隻來自天上的手所點燃的火焰。

我們的反思進行到這裡，或許就漸漸理解了貝婷娜為何在這麼多封信裡頭，只向歌德提出那麼少的問題。天哪，如果有人允許我們和歌德通信就好了！還有什麼問題我們不會問！我們會問他關於他所有的書，關於他同代作家所寫的書，關於詩，關於散文，關於繪畫，關於德國，關於歐洲，關於科學，關於技術。我們或許會把他逼到無言以對，逼他表態。我們或許會跟他爭辯，迫使他說出他先前從來沒說過的話。

但是貝婷娜不同歌德爭辯，甚至談藝術的時候也不爭辯。只有一次例外：她在歌德面前展露了她對音樂的想法。可是那是貝婷娜在給歌德上課！她很清楚歌德並不同意她的看法。那她為什麼不問歌德不贊同的理由？如果她提出了問題，歌德的回答除了是一封信之外，等於是給我們提供了浪漫主義在音樂方面的第一次評論！

可是她沒有，我們在浩瀚的書信裡沒有找到任何這類的問題；這些書信沒有讓我們知道什麼關於歌德的事，理由就是因為貝婷娜對歌德的興趣遠低於我們所想像的；她的愛情的起因與意義並非歌德，而是愛情。

7

一般人都認為歐洲文明建築在理性的基礎之上。但我們也可以說歐洲是一個屬於感覺的文明；歐洲孕育了某種人的類型，我喜歡稱之為「感性人」：homo sentimentalis。

猶太人的宗教給信徒們規定了一套律法。這套律法希望能在合理性的前提下讓人覺得可懂可行（猶太教的法典是對《聖經》裡的規定進行永無休止的說理）；這套律法對信徒的要求既沒有超自然的神祕意義，也不是特別的激情，也沒有燃燒靈魂的神祕火焰。善與惡的標準是客觀的——信徒們要理解、遵行的是成文法。

這套標準，基督宗教把它的意義倒過來了：敬愛上帝，行汝所欲！聖奧古斯丁如是說。善與惡的標準轉移到個人的靈魂之中，變成主觀的。如果某甲的靈魂充滿了愛，一切就沒問題了——這個人是好人，他做的事情都是好事。

貝婷娜寫信給阿爾尼姆的時候，心裡想的跟聖奧古斯丁一樣：「我發現了一句很美的格言：真正的愛永遠都是對的，就連它錯的時候也一樣。至於馬丁路德，他在一封信裡則說：真正的愛經常是錯的。我覺得這句話沒有我的格言那麼好。而且，路德在別的地方也說過：愛，先於一切，先於犧牲，甚至先於祈禱。我的結論是，愛是至高無上的美德。愛讓我們對塵世失去知覺（macht bewusstlos），並且讓我們充滿天堂的知覺；如此，愛讓我們變得純真（macht unschuldig）。」

在這愛情讓人變得純真的信念上，存在著歐洲律法及其定罪理論的基礎，被告的感覺必須列入考量——如果您很冷靜地殺了某個人，為的是錢，那您就沒有任何脫罪的理由了；如果您殺人是因為您被冒犯了，您的憤怒是可以減罪的情狀，判刑會比較輕；而如果您是被某種受創的愛的感覺，被嫉妒心逼得去殺人，陪審團會跟您感同身受，而保羅，作為您的辯護律師，他會要求對受害者處以極刑。

8

感性人的定義並不是感受到某些感覺的人（因為我們每個人都感覺得到），而是將感覺樹立為價值的人。自從感覺被當成一種價值之後，所有人都想要感受到它；而由於我們每個人都以自己的價值為傲，於是，把我們的感覺展示出來的欲望變得很強大。

感覺轉化為價值，這個轉化大約發生在七世紀的歐洲：吟遊詩人們歌頌著他們心裡無邊的激情，對象是一位貴婦，是一個可望不可即的愛人。當時，吟遊詩人們看起來是那麼令人讚賞，那麼美好，結果每個人都想拿他們當榜樣，誇耀自己因為內心無法抑制的悸動所受的痛苦。

在深入感性人的內心這方面，沒有人比塞萬提斯更有洞察力。唐吉訶德決定愛某一位叫做杜爾西內婭的婦人，儘管他對這婦人幾乎一無所知（這沒什麼好驚訝的：如果這是「wahre Liebe」，如果這是真正的愛，我們已經知道，被愛的是誰並不重要）。在《唐吉訶德》的第一部第二十五章，他在僕人桑喬的陪伴下來到一片荒山野嶺，他想在那裡向桑喬展現他偉大的激情。但是要怎麼證明我們靈魂裡有一股烈焰在燃燒？還有，要怎麼證明給桑喬這麼天真又粗魯的人看呢？於是，唐吉訶德在陡峭的山路上脫了衣服，脫到剩下一件襯衫，然後，為了向他的僕人展現他的感情有多麼偉大，他開始在他面前跳上跳下翻著筋斗。每一次唐吉訶德頭下腳上的時候，襯衫就會滑到肩膀，而桑喬就會看到唐吉訶德的生殖器在那兒晃呀晃的。騎士聖潔的小陰莖提供了一場可笑復可悲、讓人看了傷心的表演，結果連靈魂粗俗的桑喬都看不下去了，他跨上唐吉訶德那匹瘦弱的馬趕緊跑了。

阿涅絲的父親過世時，她得規劃喪禮該如何進行。她希望儀式當中不要有人演說，音樂要放她父親特別喜歡的馬勒第十號交響曲第一樂章《柔板》（*Adagio*）。但是這音樂實在太悲傷，阿涅絲怕她在儀式進行的時候會忍不住落淚。她不能接受自己在眾人面前流淚，於是她用自己的電唱機放了這段音樂。聽了一次，然後兩次，然後三次。音樂勾起她對父親的回憶，她哭了。但是當《柔板》在屋裡迴盪了第八次、第九次的時候，音樂的力量就減弱了，聽到第十三次的時候，阿涅絲的感動比聽到有人在前面演奏巴拉圭國歌的時候還少。經過這樣的訓練，喪禮進行的時候她沒有流淚。

根據定義，感覺是在我們不知情的狀況下出現在我們身上的，而且我們的身體經常是抗拒的。自從我們想要感受它（自從我們決定要感受它，就像唐吉訶德決定要愛杜爾西內婭那樣），感覺就不再是感覺，而是對感覺的模仿，是對感覺的展示。通常我們把這個叫做歇斯底里。這就是為什麼感性人（也就是把感覺樹立為價值的人）其實跟歇斯底里人（homo hystericus）是一樣的。

這並不是說模仿一種感覺的人就感受不到它。扮演年老的李爾王的演員在舞台上面對觀眾，他感受到一個被拋棄、被背叛的人真實的悲傷，但這悲傷在表演結束的那一剎那就煙消雲散了。這就是為什麼感性人用他們偉大的情感炫惑我們之後，接著就讓人望著他們沒有來由的冷漠而感到困惑。

9

唐吉訶德是處男。貝婷娜二十五歲，第一次感受到男人的手放在她的乳房上，那是在特普利茲的旅館房間，她獨自和歌德待在那裡。而歌德呢，如果我們相信他的那些傳記，他是在那次著名的義大利之旅才初嘗性愛的滋味，當時他已經差不多是四十歲的中年人了。過沒多久，在威瑪市，他遇見一個二十三歲的女工，後來成為他第一任固定的情婦。那是克莉絲蒂安・弗爾皮烏斯，過了幾年的共同生活，她於一八〇六年成為歌德的妻子，然後在那令人難忘的一八一一年的某一天，她把貝婷娜的眼鏡摔在地上。她對她的丈夫忠誠不移（據說她面對拿破崙野蠻的士兵，曾經以身體護著歌德），而且肯定也是優秀的情人，看看歌德是怎麼開心地把她喚作「mein Bettschatz」就知道了，這兩個德文字翻譯出來的意思就是「我床上的寶貝」。

可是，在那些把歌德當作聖徒的傳記裡，克莉絲蒂安的位子卻在愛情之外。十九世紀（我們的世紀也一樣，這個世紀的靈魂始終被囚禁在上個世紀）拒絕讓克莉絲蒂安進入歌德的愛情陳列館，和那些女人並列，像是夏綠蒂（她應該是《少年維特》裡的綠蒂的原型）、弗里德里克、莉莉、貝婷娜，或是烏爾麗克。或許您會說，那是因為克莉絲蒂安是他的妻子，而我們已經習慣把婚姻當成違反詩意的事。但是我相信真正的原因更深刻：公眾們拒絕在克莉絲蒂安身上看到歌德的愛，純粹是因為歌德跟她上床。因為愛情的寶貝跟床上的寶貝看起來是兩個不相容的東西。十九世紀的作家之所以喜歡拿婚姻作為他們小說的結尾，不是因為怕無聊的夫妻生活會破壞愛情故事。不是的，他們是不想讓愛情故事受到性交的破壞。

歐洲偉大的愛情故事都是在性交之外的空間裡開展的：《克列芙公主》（*La princesse de Clèves*）的故事，《保羅和薇吉妮》（*Paul et Virginie*）的故事，弗羅芒坦（Fromentin）的《多米尼克》（*Dominique*）（男主角一生只愛一個他從來不曾親吻過的女人），當然還有《少年維特》的故事，挪威小說家韓桑（Knut Hamsun）的《維多莉亞》（*Victoria*），還有《皮耶和露西》（*Pierre et Lucie*）的故事，這兩個出自羅曼・羅蘭筆下的人物，當年曾讓全歐洲的女性讀者為之流淚。在《白痴》裡，杜斯妥耶夫斯基可以讓娜斯塔霞・菲立波夫娜和任何一個商人上床，但是當真正的激情來臨，也就是說娜斯塔霞處在梅詩金公爵和羅果仁之間的時候，他們的性器官在三顆偉大的心裡就像三顆糖在三杯茶裡溶解了。安娜・卡列妮娜與弗隆斯基的愛情和他們的第一次性行為一同終結，從此愛情只剩衰敗之後的空殼，而我們甚至連為什麼都不知道：難道他們做愛做得那麼慘嗎？還是剛好相反，他們做愛的花招太多，結果肉慾的力量強大到讓他們產生罪惡感？不管答案是什麼，我們的結論永遠只有一個：在愛情的前性交期過後，就不再有，也沒辦法再有偉大的愛情了。

這絕對不是說性交之外的愛情就是無邪的，就像天使、像孩子一般，就是純潔的：相反的，這種愛情裡包藏了我們在塵世所能想像的一切地獄。娜斯塔霞・菲立波夫娜可以跟那些粗俗闊氣的商人上床，心裡沒有任何波動；但是自從她遇到了梅詩金公爵和羅果仁，他們的性器官，就像我先前說的，在浸滿感覺的俄羅斯茶炊裡溶解了，娜斯塔霞走入了災難的國度，注定毀滅。您還記得弗羅芒坦寫多米尼克的那個美妙場景吧：兩個戀人，相戀多年卻是誰也沒碰過誰，他們要騎馬出遊，而這位細緻、優雅的瑪德蓮竟然這麼狠心，明知多米尼克騎馬的功夫很糟，卻故意催馬狂奔，這簡直要了他的命。性交之外的愛情：那是一口鍋子架在火上，鍋裡煲的是感覺，煲到水滾湯沸，感覺煲成了激情，衝得鍋蓋猛掀，突突跳跳像個瘋子似的。

歐洲的愛情概念植根於性交之外的土壤。二十世紀誇稱自己完成了性解放，並且喜歡嘲笑浪漫的感覺，但是卻無法給愛情的概念增添任何新的意義（這是這個世紀的一大失敗），以至於年輕的歐洲人在心裡說出「愛情」這個偉大字眼的時候，不論願不願意，總是被一雙魔魅的翅膀帶回到同一個點，就是在這個點上，少年維特經歷了他對綠蒂的愛，多米尼克差一點從馬上摔下來。

10

里爾克（貝婷娜的仰慕者）也仰慕俄羅斯，甚至有一陣子將之視為精神的祖國，這件事是有某些意涵的。因為俄羅斯正是基督宗教的感性之國。俄羅斯沒有受到中世紀經院哲學的理性主義影響，也不知文藝復興為何物。以笛卡爾的批判思想為基礎的現代（Les Temps modernes），晚了一兩個世紀才傳到那裡。所以感性人在俄羅斯找不到足以與之抗衡的力量，於是在那兒演變成誇張版的感性人，通常我們稱之為「斯拉夫靈魂」。

俄國和法國是歐洲的兩個端點，這兩個國家之間有一股永恆的吸引力。法國是一個年老疲憊的國家，殘留在這裡的感覺只剩下形式。在一封信的結尾，法國人會寫上：「親愛的先生，請您接受我崇高的感情的保證。」我第一次收到這樣的信，是伽利瑪出版社的一位女祕書寫來的，當時我還住在布拉格。我高興得跳上天花板了——在巴黎，有一個女人愛上我了！她在一封談公事的信函裡，在最後幾行插進了一段愛情的告白！她不只感受到對我的感情，而且還特別強調這感情是崇高的！從來就沒有一個捷克女人跟我說過這樣的話！

很久以後，我在巴黎定居了，有人告訴我，寫信的時候有一整套語意不同的客套話可以用；法國人可以像藥劑師一樣精確，在這些客套話裡頭挑選他想要的感覺，不必感受到什麼，就可以直接表達給收信人；在這寬廣的選擇裡，「崇高的感情」代表的是最低限度的公事性的客套，再下去幾乎就是輕蔑了。

噢，法蘭西！你是形式的國度，一如俄羅斯是感覺的國度！這就是為什麼法國人永遠都因為胸中感受不到任何火焰在燃燒而感到挫折，他們懷抱著鄉愁，羨慕地凝望著杜斯妥耶夫斯基的祖國，在那裡，人們將友愛的唇向別人靠過去，而且隨時準備要宰殺任何拒絕親吻他們的人（而且，如果他們割了誰的喉嚨，我們得立刻原諒他們，因為是受創的愛要他們這麼做的，貝婷娜也告訴過我們，愛可以讓愛人的人脫罪。至少有幾百個巴黎的律師隨時願意包下一列火車到莫斯科，去為感性的殺人犯出庭辯護。推促他們這麼做的不是什麼同情的感覺（這種感覺在他們的國家太有異國情調，太少人實踐），而是他們的抽象原則，這也正是他們獨特的熱情。俄國殺人犯對這些東西一無所知，在無罪開釋之後迫不及待地迎向他的法國辯護律師，想要緊緊擁抱他並且吻他的唇。法國人嚇得往後退，俄國人氣得拿刀捅他，而這整個故事將一再重複，就像小狗追香腸的兒歌那樣沒完沒了。）

11

啊，俄國人……

我還住在布拉格的時候，有人說了這個關於俄羅斯靈魂的故事給我聽。有個捷克男人以驚人的速度勾引了一個俄羅斯女人。性交之後，俄羅斯女人以輕蔑無比的語氣對捷克男人說：「我的身體，你得到了。我的靈魂，你永遠也得不到！」

精采的小故事。貝婷娜寫了四十九封信給歌德。「靈魂」這個詞在信裡出現了五十次，「心」這個字出現了一百一十九次。「心」這個字在用的時候，很少用到它在解剖學的字面意義（「我的心在跳」）；比較常見的是以部分喻整體的提喻法，也就是用「心」來指稱胸膛（「我想把你緊緊摟在我的心上」），但是在大多數的情況，它的意涵跟「靈魂」一樣，指的是：有感覺的自我。

「我思，故我在」是一句知識分子說的話，這句話低估了牙痛這回事。「我感覺，故我在」則是一個真相，它涵蓋的範圍普遍得多。我的自我和你的自我基本上沒什麼差別。人多，想法少——我們每個人想的差不多都是相同的東西，還互相傳遞想法，借用彼此的想法，竊取彼此的想法。但是如果有人踩到我的腳，只有我一個人會覺得痛。「我」的基礎不是思想，而是痛苦，那是所有感覺之中最基本的。在痛苦中，就算是一隻貓也無法懷疑自己獨特而無可替代的「我」。當痛苦加劇的時候，其他人會漸漸消失，而每個人都得單獨跟自己留在那裡。痛苦是自我中心主義的學術殿堂。

「您在心裡難道不是深深鄙視著我嗎？」伊波利特問梅詩金公爵。

「怎麼會呢？難道就因為您比我們受過更多的苦，而且還將繼續受苦嗎？」

「不是的，但我配不上我受的那些苦。」

我配不上我受的那些苦。偉大的句子。這句話隱含的意思是，痛苦不僅是「我」的基礎，是「我」獨一無二、不容置疑的本體論的證據，更是所有感覺之中最值得受人尊敬的：痛苦，是最崇高的價值。這就是為什麼梅詩金公爵仰慕所有受苦的女人。他第一次看到娜斯塔霞．菲立波夫娜的照片，他就說：「這個女人一定受過很多苦。」這些話一下子就脫口而出，我們連人都還沒看到，娜斯塔霞．菲立波夫娜就已經站上一個高過其他人的位子了。「我什麼也不是，而您，您曾經受過苦。」梅詩金神魂顛倒地對娜斯塔霞這麼說，這畫面出現在第一部第十五章，從此，梅詩金就沒救了。

我說過，梅詩金仰慕所有受苦的女人，但是他仰慕的女人不一定都在受苦——只要他喜歡上哪個女人，他就開始想像這個女人正在受苦。而由於他心裡藏不住話，他就迫不及待地跟那女人說了。其實，這也是個勾引女人很好的方法（只可惜公爵不懂得好好利用它），因為我們對一個女人說「您受過很多苦」，這就像直接在和她的靈魂說話，彷彿我們輕撫著這個靈魂並且歌頌它。所有的女人在這樣的情境下，都會對我們說：「你還沒得到我的身體，可是我的靈魂已經屬於你了！」

在梅詩金的眼中，靈魂不斷變大，它就像個巨大的蘑菇，跟五層樓的房子一樣高，它就像個熱氣球，隨時都可以戴著它的乘客升空。我說的靈魂惡性膨脹就是這樣。

12

歌德從貝婷娜那裡收到雕像計畫的時候，不知道您還記不記得，他感覺到眼裡有一滴淚；當時他很確定，他內心的最深處以這樣的方式讓他知道了真相——貝婷娜真的愛他，他對貝婷娜並不公平。後來他才明白，眼淚並沒有為他顯露任何關於貝婷娜忠誠與否的驚人真相，頂多只是一個關於他自己的虛榮的無聊真相。歌德被自己眼淚的煽動力給唬了，他覺得可恥，因為他從五十歲開始，他和眼淚已經有很長的相處經驗了，每次只要有人對他歌功頌德，或是他因為自己做了一件好事或者一件事做得很好而感到一陣自滿，他就會熱淚盈眶。眼淚是什麼？歌德經常問自己，卻從來沒有找到答案。不過對他來說，有一件事是很清楚的：眼淚太常、太常因為歌德看到自己而心情激盪而流下來。

在阿涅絲不幸身亡之後約莫一個星期，蘿拉來看痛苦不堪的保羅。

「保羅，」蘿拉說，「我們現在都孤孤單單地活在世界上了。」

保羅感到淚水湧上眼眶，他轉過頭去，掩飾自己的痛苦。

正因為這個動作，使得蘿拉緊緊抓住了他的臂膀：「保羅，別哭！」

保羅含淚望著蘿拉，發現她也濡濕了眼睛。他笑了。「哭的人是你呀。」保羅顫著聲音說。

「如果你需要我的話，不管是什麼事，保羅，你知道我就在這裡，你知道我整個人都和你在一起。」

保羅回答她：「我知道。」

蘿拉眼眶裡的淚水是她看到自己而心情激盪而流下的淚水。這個蘿拉，是在姊姊過世之後，決定奉獻一生陪伴姊夫的蘿拉。

保羅眼眶裡的淚水是他因為自己的忠誠而心情激盪而流下的淚水。這個保羅，無法跟其他女人繼續生活，他只能忠誠地跟他逝去的伴侶的影子，她的化身，也就是她的妹妹一起生活。

於是，有一天，他們一起躺在一張大床上，眼淚（眼淚的赦免）把他們有可能背叛死者的最後一絲嫌疑一掃而空。

千年的情色曖昧術跑來幫了他們的忙——他們不是像夫妻那樣並肩睡在床上，而是像一對兄妹。對保羅來說，蘿拉曾經是禁忌；他從來不曾把她和性的意象連結在一起，就算在思緒最偏僻的角落也不曾。他覺得自己像是她的哥哥，從此得代替她的姊姊負起責任。起初，這感覺讓他在道德上比較容易和蘿拉上床，後來，這感覺卻讓他充滿某種不曾識的興奮——他們對彼此瞭若指掌（就像哥哥和妹妹一樣），將他們隔開的並不是陌生，而是禁忌；一個長達二十年的禁忌，而這禁忌隨著時間，變得更加不可違犯。沒有什麼比對方的身體更親近的了。沒有什麼比對方的身體更禁忌的了。懷著亂倫的興奮（而且眼眶裡含著淚水），保羅開始和蘿拉做愛，野蠻地做愛，彷彿這輩子從來沒跟其他女人做過。

13

從建築學的角度來看，有些文化確實比歐洲的文化優越，而古代戲劇也永遠是歐洲戲劇無法超越的。但是沒有任何文化能用聲音創造出這樣的奇蹟，我說的這個奇蹟是歐洲音樂千年的歷史，及其豐富的形式與風格！歐洲：偉大的音樂和感性人。一對雙胞胎並肩睡在同一個搖籃裡。

音樂不只把感性教給歐洲，它同時也把崇拜感覺的能力和有感覺的自我也教給了歐洲。您看過這個場面吧：台上，小提琴家閉上眼，悠悠地拉響了兩個音符。再來是聽眾，他們也閉上了眼，感覺到靈魂在胸中脹大，他們感嘆：「這音樂多美啊！」但是，他們才聽見兩個音符，這兩個音符根本表現不出作曲家的任何思維，也表現不出任何創意的構思，因此也不是任何藝術或任何一種美。然而這兩個音符卻打動了聽眾的心，強行讓觀眾的理性和美感沉默了。一個簡單的音符作用在我們身上的方式和梅詩金凝望一個女人的目光相差無幾。音樂：靈魂的打氣筒。惡性膨脹的靈魂變成一個個巨大的氣球，飄盪在演奏廳的天花板上，在那兒撞來撞去，擠得不像話。

蘿拉衷心熱愛音樂，在她對馬勒的喜愛裡，我發現一個準確的意涵：馬勒是最後一位還用純真而直接的方式向感性人致意的偉大作曲家。馬勒之後，音樂上的感覺就靠不住了；德布西想迷惑我們，而不是感動我們，而史特拉汶斯基則以感覺為恥。馬勒對蘿拉來說是最後的作曲家，當她聽到布麗姬特的房裡傳來搖滾樂的喧囂，她對歐洲音樂所懷抱的愛受創了，歐洲音樂正在電吉他聲中漸漸消失，受創的愛讓蘿拉開始憤怒；於是他向保羅下了最後通牒：要嘛馬勒，要嘛搖滾樂；意思就是說：要嘛我，要嘛布麗姬特。

該如何在兩種不可愛的音樂裡做出選擇呢？搖滾樂對保羅來說太吵（跟歌德一樣，保羅的耳朵很敏感），而浪漫主義的音樂又會讓他產生焦慮。在戰爭的年代，他身邊所有的人都因為歷史凶惡的進軍而感到驚恐，有一天，收音機播的不是探戈，也不是圓舞曲，而是一段莊嚴悲傷的樂曲的小調和弦；這些小調和弦就像災難的信號一樣，永遠刻在孩子的記憶裡。後來，保羅明白了，整個歐洲都團結在浪漫主義音樂誇張的表現手法之下——每次有國家領導人被暗殺或是有戰爭爆發的時候，每次需要用光榮填滿人們腦袋，讓他們更義無反顧地去殺人的時候，我們就會聽到這種音樂。歐洲的國家相互撕裂，這些國家的人民聽到蕭邦的《葬禮進行曲》或是貝多芬的《英雄交響曲》的時候，腦袋裡的反應卻像手足兄弟一樣，充滿了相同的感動。啊，如果這種事可以由保羅一個人決定，世界上就不會有搖滾樂也不會有馬勒了。但是這兩個女人是不會放過保羅的。她們逼他做選擇：在兩種音樂之中，在兩個女人之中做出選擇。而保羅不知道該怎麼做，因為這兩個女人他都愛。

相反的，這兩個女人都討厭對方。布麗姬特望著那架白鋼琴，心裡是又痛又悲，這架鋼琴多年來的功能就是擺放雜物；這架鋼琴讓她想起母親，她因為對她妹妹的愛，曾經拜託她去學鋼琴。阿涅絲才過世，這架鋼琴就重生了，每天都有人彈它。藉著搖滾樂的狂放，布麗姬特渴望為被背叛的母親復仇，趕走不速之客。當她知道蘿拉會留下來，那麼走的就是她了。搖滾樂沉寂了。唱片在唱盤上轉著，馬勒的長號在公寓裡迴響，撕裂著保羅因為布麗姬特不在而消沉的心。蘿拉捧著保羅的頭，望著他的眼睛。「我想給你一個孩子，」她說。他們倆都知道，長久以來醫生一直警告蘿拉不可以再生小孩。所以蘿拉又加上一句：「我願意去做任何必要的手術。」

夏天來了。蘿拉把店關了，兩人到海邊度了兩個星期的假。海浪在岸邊碎成浪花，浪花的喧嘩填滿保羅的胸膛。這是保羅真正熱愛的音樂。他既快樂又驚訝，他發現蘿拉竟然也融入了這個音樂；他這輩子的女人之中，只有蘿拉像海洋；只有蘿拉是海洋。

14

羅曼・羅蘭，在對歌德的永恆審判中，他是控方的證人。他個人有兩項特質：他是女性的崇拜者（「她是女人，所以我們愛她。」他提到貝婷娜的時候說了這樣的話），他也熱切地渴望與進步的事物一同前進（對他來說，這意謂著：和共產黨的俄羅斯一同前進，和法國大革命一同前進）。奇怪的是，這個女性特質的崇拜者也對貝多芬有同樣的崇拜，因為他拒絕向女人行禮致意。事情是這樣的，如果我們還記得在特普利茲這個溫泉小城發生的事：貝多芬，帽子緊壓在前額，雙手反抄在背後，他面對皇后和她的隨從們走過去，這些隨從當然不只有男人，也有女人。不行禮致意當然是一樁空前絕後的粗魯行徑！這簡直無法想像：就算貝多芬是個獨特、抑鬱又暴躁的人，他也從來沒有在女人面前表現出粗野的舉止！整個小故事很明顯的都是傻話：這則小故事會被人天真地接受還廣為流傳，那是因為人們（甚至還有一個小說家，真是可恥！）失去一切現實感。

有人會反駁我說，去檢視一則軼事的真假未免有點過頭，尤其這件事怎麼看都不是一則見證，而是有其寓意。也罷；就讓我們把寓意當寓意來看吧，暫且忘記這幅寓意畫誕生的情境（那些情境始終模糊不清），忘記各路人馬想給這則軼事添上的偏頗意義，讓我們試著掌握它的意涵，這麼說吧，掌握它的客觀意涵：

貝多芬緊壓在前額的帽子意謂著什麼？意謂著貝多芬鄙視貴族，因為貴族反動，因為貴族不公不義嗎？而歌德謙卑的手上拿的帽子則是在乞求世界維持原貌？是的，這是一般人接受的詮釋，但這個詮釋很難自圓其說：貝多芬跟歌德一樣，他也得為了自己，為了音樂而和他的時代做出妥協；他也把他的奏鳴曲一下子題獻給這個王侯，一下子題獻給另一個，而為了歌頌那些打敗拿破崙在維也納聚集的勝利者，他毫不遲疑地譜了一曲大合唱，歌詞高喊著「讓世界再一次回復原貌！」；他甚至為俄國皇后寫了一首波蘭舞曲，彷彿故意要將悲慘的波蘭（這個波蘭正是三十年後貝婷娜將勇敢地為之奮戰的波蘭）象徵性地擺在掠奪者的腳下。

所以呢，如果在我們那幅寓意畫裡，貝多芬跟一群貴族錯身而過而沒有摘下他的帽子，這並不意謂貴族就是可鄙的反動分子，而貝多芬就是可敬的革命分子；這幅寓意畫的意涵是創造者（創造雕像、詩歌、交響曲的人）比統治者（統治侍從、官員、人民的人）更值得尊敬。創作所代表的比權力所代表的多，藝術所代表的比政治所代表的多。不朽的是作品，而不是戰爭，也不是王侯們的舞會。

（而且，歌德的看法應該也一樣，只是他覺得把這擾人的真相在世界的主宰們活著的時候告訴他們根本沒用。他很確定，這些主宰在彼世會先來向他致意，而這樣的確信，對他來說已經夠了。）

寓意是清楚的，可是我們卻一直做出相反的詮釋。急著要在這幅寓意畫前急著要為貝多芬鼓掌的人根本對他的傲慢一無所知；這些人通常都是一些被政治搞得神智不清的人，這些人跟喜歡列寧、卡斯楚、甘迺迪、密特朗勝過畢卡索或費里尼的人是同一批。羅曼・羅蘭自己如果在特普利茲的林蔭道上看見史達林向他走近，他肯定會把帽子摘下來，腰彎得比歌德還低。

15

羅曼・羅蘭對女性特質的尊敬讓我覺得有點怪，他崇拜貝婷娜只因為她是女人（「她是女人，所以我們愛她」），可是他卻沒有在克莉絲蒂安身上找到任何值得尊敬的東西，而克莉絲蒂安毫無疑問也是個女人！他說貝婷娜有一顆「溫柔而瘋狂的心」，說她「既瘋狂又有智慧」，「瘋狂地活潑而且喜歡說笑」，還有好幾個地方都用到「瘋狂」這個字眼。我們也知道，對感性人來說，「瘋狂」這個詞的意涵是在頌讚從所有禁制中解放出來的感覺（就像艾呂雅說的「激情的積極譫妄」），所以說出「瘋狂」這個詞的時候還要帶著一種感動的崇敬。相反的，說到克莉絲蒂安的時候，這位女性與無產階級的崇拜者卻完全不顧男性應有的風度，每次提到她，都把她的名字和「嫉妒」、「紅通通又矮墩墩」、「胖」、「惹人厭」、「怪異」並列，幾頁幾頁下來都是這些形容詞，還有，「肥」。

說也奇怪，想到克莉絲蒂安曾經是女工，想到歌德公開和她一起生活後來又娶她為妻所展現的非凡勇氣，這位女性與無產階級的朋友，這位平等與博愛的報信人，卻沒有流露出絲毫感動。歌德想必不只要面對來自威瑪沙龍裡的流言蜚語，還要面對他那些知識分子朋友們的反對——像是赫爾德和席勒，他們高高在上，睥睨著克莉絲蒂安。聽到貝婷娜把歌德夫人封為肥臘腸的那句話，貴族的威瑪社會為之鼓掌，這種事我並不驚訝。我驚訝的是看到這位女性與工人階級的朋友鼓掌。他怎麼會覺得自己跟一個貴族女青年如此接近？這個貴族女青年所做的，是對一個單純的女人惡意炫示自己的文化修養。而克莉絲蒂安，她愉快地喝酒，跳舞，發胖，從不擔心自己的身材，難道她就永遠沒有權利享用「瘋狂」這個神聖的形容詞嗎？對無產階級的朋友來說，她就只是個「惹人厭」的女人嗎？

無產階級的朋友怎麼沒有想到把眼鏡摔碎的畫面變成一幅寓意畫，在畫裡看到一個平民女人讓一個傲慢的女性知識分子得到應有的懲罰，並且看到歌德為了保護他的妻子，抬頭挺胸（而且沒戴帽子！），衝向貴族及其可憎的偏見所組成的大軍？

當然，這幅寓意畫的愚蠢跟前一幅比起來實在不遑多讓。就算這樣，問題還是存在：為什麼女性和無產階級的朋友喜歡那個愚蠢的寓意勝過這個？為什麼他喜歡貝婷娜勝過克莉絲蒂安？

這問題帶我們走入了事情的核心。

下一章將為我們提供解答：

16

歌德奉勸貝婷娜（在一封沒有標註日期的信裡）要「走出自我」。今天，我們會說歌德在責備她自我中心。可是歌德有資格這麼說嗎？為邊境的蒂羅爾（Tyrol）山民們辯護的是誰？捍衛斐多菲的事蹟，捍衛死刑犯米洛思勞斯基的是誰？是貝婷娜還是歌德？無時無刻不想著別人的是誰？他們兩人當中，隨時願意犧牲奉獻的是誰？

是貝婷娜。毋庸置疑。但是歌德的批評並不因此而失效。因為貝婷娜從來不曾走出她的自我。不論她到什麼地方，她的自我都像一面大旗，在她後頭迎風招展。促使她去為蒂羅爾山民辯護的，並不是那些山民本身，而是貝婷娜為了蒂羅爾山民激情鬥爭的迷人形象。促使她愛上歌德的，不是歌德本身，而是小女孩貝婷娜愛上老詩人的美麗形象。

還記得這個手勢吧，我把它喚作渴望不朽的手勢——她先把雙手的指頭對著兩個乳房中間的一點，彷彿要指出我們稱之為「我」的那個中心點。接著，她把雙手向前揮去，彷彿將這個「我」拋向非常遠的地方，拋向地平線，飛向無垠的天邊。渴望不朽的手勢只有兩個定位點：「我」，就是這裡；地平線，就是那裡，在遠方。這手勢也只有兩個概念：屬於「我」的絕對和屬於人們的絕對。所以這手勢與愛並無共通之處，因為他者、鄰人、每一個人，只要是在這兩個極端（世界和「我」）中間的，都會被事先排除在外，都會被忽略，不會被看見。

男孩二十歲就登記加入共產黨，拿著步槍去山裡參加游擊隊，是因為對自己革命分子的形象深深著迷——這個形象，讓他有別於其他人，這個形象，讓他成為他自己。在他鬥爭的源頭，有一種因為對自我不滿而激化的愛，他想為他的自我勾勒出清晰的輪廓，然後再將它送到歷史的大舞台上（用的正是我描述的渴望不朽的手勢），成千上萬的目光都匯聚在那裡；而梅詩金和娜斯塔霞．菲立波夫娜的例子也讓我們知道了，靈魂在目光的強烈凝視下，會不斷變大，不斷膨脹，體積不斷變大，最後就像一個熱氣球，光彩輝煌地飛上穹蒼。

促使人們為公義或不公義的理由舉起拳頭、拿起槍的，並不是理性，而是惡性膨脹的靈魂。歷史的推進器所需的燃料，正是這樣的靈魂。少了它，歷史的推進器就無法運轉，少了它，歐洲就還躺在草地上，懶洋洋地望著白雲在天空飄來飄去。

克莉絲蒂安沒有靈魂惡性膨脹的問題，她也一點都不想站上歷史的大舞台展示自己。我猜她可能比較想躺在草地上看白雲在天空飄來飄去（我甚至猜她在這樣的時刻是快樂的）。羅曼．羅蘭，他是進步與淚水的朋友，所以當他必須在克莉絲蒂安和貝婷娜之間做出選擇的時候，他毫不遲疑。

17

海明威在彼世的山林小徑散步，他遠遠望見一個年輕人向他走來；他的衣著高雅，身子挺得很直。隨著這優雅的年輕人越走越近，海明威看出他嘴角掛著一抹促狹的微笑。走到距離不到幾公尺的時候，年輕人放慢了腳步，彷彿要給海明威最後一次機會認出他是誰。

「約翰！」海明威驚訝地大叫。

歌德露出得意的微笑，他為自己傑出的舞台效果感到自豪。別忘了，歌德曾經長期領導一個劇院，他知道如何製造舞台效果。接著，他挽著他朋友的手臂（有趣的是：儘管此刻他變得年輕多了，他還是繼續以老人家和藹可親的態度跟海明威互動），他拉著海明威，漫無目的地走了很長的路。

「約翰，」海明威說，「您今天美得像天神似的！」他衷心因為朋友的美而感到愉悅，他開心地笑了：「可是您那雙毛拖鞋到哪兒去了？還有，您那片綠色的遮光板呢？」他笑完之後又說：「這才對，您就應該穿這樣去出席永恆的審判。不僅用您的雄辯壓倒那些審判者，還要用您的美把他們壓垮！」

「您知道的，在永恆的審判裡，我一句話也沒說。那是因為我輕蔑他們。但我又沒辦法不去聽他們在說些什麼。我實在很後悔。」

「您還能怎麼樣？人們為了處罰您寫過一些書，決定判您不朽。這事情您跟我解釋過了。」

歌德聳了聳肩，帶著些許驕傲說：「就某種意義來說，我們的書是有可能不朽的。或許。」

他停頓了一下，又用嚴肅的語氣低聲說：「但不朽的不會是我們。」

「事情剛好相反！」海明威滿腹辛酸地說。「人們很有可能不再讀我們的書了。您的《浮士德》只會剩下古諾（Gounod）那齣笨笨的歌劇。或許，還有那句詩，說什麼永恆的女性會把我們帶到什麼地方……」

「Das Ewigweibliche zieht uns hinan.」歌德朗朗讀出「永恆的女性引領我們向上」。

「對，就是這個。可是跟您生活有關的枝微末節，人們的閒話可是永遠都不會停的。」

「難道您一直沒明白，他們說的那些人物，跟我們一點關係也沒有？」

「約翰，您別說您和所有人嘴裡說的，筆下寫的那個歌德沒有任何關係。我承認您跟一直代表著您的那個形象不是完全一樣，我也承認您被嚴重變形了。可是，您還是出現在那個形象裡。」

「不，我沒有出現在這個形象裡，」歌德斬釘截鐵地說。「我還可以更進一步告訴您，我也沒有出現在我的書裡。不存在的人就不可能出現。」

「這語言對我來說太哲學了。」

「請暫時忘記您是美國人，動動腦子吧。不存在的人，不可能出現。有那麼複雜嗎？從我死掉的那一刻開始，我就放棄了我過去占據的所有空間，連我寫的書也一樣。這些書沒有我，自己留在世界上。沒有人會在裡面再找到我了。因為我們不可能找到不存在的東西。」

「我很想相信您，」海明威接著說，「可是請您告訴我，如果您的形象跟您沒有任何共同點，那您活著的時候為什麼要為它那麼盡心盡力？為什麼您要邀請艾克曼到家裡？為什麼您自己要寫《詩與真》？」

「恩內斯特，您就老老實實地接受我過去跟您一樣荒唐可笑的事實吧。在乎自己的形象，這種事代表的正是人類無可救藥的不成熟。要對自己的形象無動於衷實在很難！這種無動於衷已經超越了人類的能力。人只有在死後才能克服這種事。而且，還不是立刻就能克服。得等到死後很久才辦得到。您還沒到那裡。您一直都還沒成年。話說回來，您已經死……多久了？」

「二十七年。」海明威說。

「確實不久。您還得再等個二、三十年，至少。到時候，或許您才會明白，人是一定會死的，並且知道死後會發生的一切。要早一點知道這些東西是不可能的。我死前沒多久，還肯定自己感覺得到一股強大的創造力，還覺得這股創造力不可能完全消失。當然，我也相信可以在身後留下一個形象，那將是我的延伸。是的，我過去就跟您一樣。就算在死後，要我乖乖接受自己不再存在，是很難的。您知道，這種事實在很怪。死亡是人類最基礎的經驗，然而人卻始終無法接受它，理解它，然後順著這個基礎來做事。人們不懂得怎麼做一個會死的人。所以當一個人死掉的時候，他甚至不知道自己已經死了。」

「那您呢，您相信自己懂得怎麼當死人嗎？」海明威這麼問，他想緩和一下此刻的沉重。「您真的認為死了以後最好的生活方式就是把您的時間耗在跟我閒扯嗎？」

「別傻了，恩內斯特，」歌德說。「您很清楚我們此刻都在一個小說家無聊的幻想裡，他讓我們說出他自己想說的話，這些話多半是我們從來沒說過的。算了，別提這個了。您有沒有注意到我今天的樣子？」

「我跟您說過了，我剛認出您的時候就說了！您美得像個天神似的！」

「這就是我以前的模樣，那個年代，全德國的人都在我身上看到一個完美的獵豔高手。」歌德的語氣近乎莊嚴。接著，他又頗有感觸地說：「我希望您在未來的歲月裡，可以用這個形象記住我。」

海明威心裡突然湧現某種溫柔的寬容，他望著歌德說：「對了，約翰，您死後的年紀有多大了？」

「一百五十六歲。」歌德有點不好意思地回答了。

「那您一直都還沒學會怎麼當死人嗎？」

歌德笑了：「我知道，恩內斯特。我做的事跟我剛才說的有一點矛盾。我之所以放任自己這麼幼稚虛榮，是因為我們今天是最後一次見面了。」然後，歌德緩緩地，用那種從此不再做任何宣示的語氣說了這些話：「因為我終於明白了，永恆的審判是一場荒誕的鬧劇。我決定還是好好利用我的死亡狀態去『睡覺』——如果您允許我用這麼不確切的說法。我要去好好享受這種完全非存在的快感，照我的死對頭諾瓦里斯（Novalis）的說法，這快感有一種淡淡的藍。」

第五部 偶然

1

吃完午餐，她上樓回到房裡。那是個星期天，旅館沒有任何新來的客人要進住，沒有人催她把房間空出來；那張大床還沒有人來整理，還是跟她早上起床的時候一樣。這場景讓她心裡洋溢著幸福——她獨自一個人過了兩晚，除了自己的呼吸之外，沒有聽到任何聲音，她從一個床角睡到另一個床角，彷彿要睡遍這塊專屬於她的身體和她的睡眠的長方形。

行李箱打開放在桌上，裡頭的一切都已經整理好了：裙子上面放的是幾本平裝的韓波詩集。她把這幾本詩集帶著，是因為這幾個星期以來，她經常想到保羅。布麗姬特出生前，她經常坐在保羅後面，兩人騎著重型機車在法國到處跑。在她的記憶裡，這個時期和這輛摩托車都跟韓波混在一起了——韓波是他們的詩人。

這些詩她幾乎忘了大半，但是這些詩就像一本舊的日記簿，她想看看過去的眉批在發黃的紙張上看起來會是感動，可笑，讓人著迷，還是一點感覺都沒有。詩句依然是那麼美麗，不過有一件事讓她感到驚訝——這些詩句跟她從前和保羅一起騎的重型機車一點也扯不上關係。韓波的詩的世界和歌德的同代人近得多，和阿涅絲的同代人就遠多了。韓波，他把絕對現代的命令下達給全世界，他是個自然的詩人，他是個浪遊的詩人，他的詩裡有些字詞人們在今天已經遺忘，或者再也無法從中體會到任何樂趣：蟋蟀、榆樹、水田芥、榛樹、椴樹、歐石楠、橡樹、親愛的美妙的烏鴉、老鴿舍的熱鴿糞；還有路，尤其是路：夏日藍色的夜，我從小徑走入田野，刺刺扎扎的麥芒，我踏在細細的草上……不言不語，我任思緒空盪……我將至遠方，遙迢的遠方，像波希米亞人一樣，越過大自然——幸福如同有女人為伴……

她關上行李箱，走出房間，來到走廊上。她在旅館前跑下階梯，把行李箱丟上車的後座，然後坐上駕駛座。

2

十點半了，她得趕緊離開，不能再拖時間了，因為她不喜歡在晚上開車。但是她下不了決心去轉動汽車的鑰匙。她就像個來不及表明心跡的情人，四周的景致阻止她離去。她下了車。周圍群山環繞；左邊的山巒映著絢麗的色彩，蒼翠的山影上閃爍著白色的冰川；右邊的山巒則覆著一層淡黃色的霧氣，只有山的稜線隱約從霧中浮現。這是兩種截然不同的光線；是兩個不同的世界。她把頭從左邊轉到右邊，又從右邊轉到左邊，最後決定去做最後一次散步。她選了一條緩緩上攀的山路，從草地走向森林。

她和保羅騎重型機車在阿爾卑斯山區旅行，算算也差不多有二十五年了。保羅喜歡海洋，山不會讓他感動。她想要讓保羅喜歡她的世界；她想要讓保羅為這些樹木和草地著迷。摩托車停在路邊，保羅說了：

「草地不過是一片痛苦的原野。在這片美麗的綠地裡，每一秒鐘都有生物死去，螞蟻們活吞著蚯蚓，鳥兒在空中虎視眈眈，盯著地面上的鼬鼠或老鼠。你看到這隻在草地上動也不動的黑貓嗎？牠只是在等待機會去獵殺別的動物。人們對大自然天真的敬意讓我覺得很反感。你相信一頭鹿在老虎的嘴巴裡所感受到的驚恐會比你少嗎？如果人們說動物不會像人類一樣感受到那麼多痛苦，那是因為他們無法忍受大自然之中只有殘酷，他們無法想像動物生活在這樣的大自然裡，除了殘酷，還是殘酷。」

保羅很高興看到人類一點一點地用混凝土把地面蓋起來。對他來說，這就像是把一個兇惡的殺人犯活活監禁起來。阿涅絲太瞭解他了，所以她對於保羅厭惡大自然也沒什麼不高興，因為這厭惡的起因可以說是他的善良和他的正義感。

但這也說不定是很普通的嫉妒，來自一個努力要將妻子從岳父那裡永遠奪過來的丈夫。因為阿涅絲是因為父親才會如此迷戀大自然。在父親的陪伴下，她踏過無數的山路，讚嘆樹林的寂靜。

有一次，幾個朋友開車載她在美國的野外兜轉。那是個樹木的王國，無窮無盡也無法接近，一再被長長的公路切斷。這些森林的寂靜給她的感覺跟紐約的喧囂一樣陌生，一樣具有敵意。在阿涅絲喜歡的樹林裡，大路會分岔為小路，小路又會再岔成更小的山徑；山徑上走著森林管理員。大路旁邊有長椅，坐在上頭可以看風景，看到滿山的綿羊和牛群在吃草。這就是歐洲，是歐洲的心臟——阿爾卑斯山。

3

八天了，我蹭破我的短靴
在碎石路上……

韓波如是寫著。

路：帶狀的土地，可以在上面行走。公路之所以和路不同，不只是因為我們在上頭開車，還因為公路就是把一個點連結到另一個點的一條單純的線。公路本身並沒有任何意義；只有公路所連結的那兩個點才有。路的本身每一段都具有意義，邀我們駐足其間。公路是空間貶值的勝利成果，如今，空間的存在只是阻礙人的移動，浪費人的時間，除此之外什麼也不是。

路從風景裡消失之前，已經從人類的靈魂裡消失了——人類不再有緩緩走在路上感受愉悅的欲望。生命也一樣，人類不再把生命看作一條路，而是一條公路——有如從一點連結到另一點的一條線，從上尉的軍階到將軍的軍階，從配偶的身分到寡婦的身分。活著的時間縮減到變成只是障礙，我們必須用越來越快的速度去克服它。

路和公路也隱含著兩種美的概念。如果保羅說某個特定的地方有美麗的風景，他想說的是：你把車子停下來，就會看到一座宏偉的十五世紀的城堡，城堡外頭是個大公園；或者：那裡有個湖，湖面如鏡，無邊無際，幾隻天鵝在湖上游來游去。

在公路的世界裡，美麗風景的意涵是：一座美的孤島，由一條長長的線連結至其他美的孤島。

在路的世界裡，美是連續的，而且不斷在變動；我們每踏出一步，美就會對我們說「停下來吧！」

路的世界是父親的世界。公路的世界是丈夫的世界。扣成一個環套之後，阿涅絲的故事就完成了——從路的世界到公路的世界，現在又重新回到出發點。因為阿涅絲到瑞士住了下來。她已經下定決心了，這就是為什麼兩個星期以來，她的幸福感那麼連續，那麼強烈。

4

她走回車上的時候，下午已經過了一大半。就在她把鑰匙插入鎖孔的時候，阿弗納琉斯教授正穿著游泳褲向小池子走過來，我泡在這熱水池裡等他，池壁湧出的強烈水渦拍打著我。

事件的同時性就是這麼發生的。每次在Z地發生一件事，在A、B、C、D、E這些地方也會發生其他的事。「就在這時候……」是一個具有魔法的句型，我們在所有的小說裡都找得到，這是我們在讀《三劍客》的時候著迷不已的句型，而《三劍客》正是阿弗納琉斯教授最愛的小說，於是我用這樣的話代替了見面的問候：「就在這一刻，當你走近池子的時候，我的小說的女主角終於發動了引擎，把車子開上往巴黎的公路。」

「美妙的巧合。」阿弗納琉斯教授說。他看起來非常滿意，說完之後也泡進了水裡。

「很顯然的，世界上每一秒鐘都有幾十億像這樣的巧合在發生。我的夢想是拿這個當主題來寫一本巨著：偶然的理論。第一部：偶然支配巧合。把各種不同形態的偶然分門別類。譬如：『就在阿弗納琉斯教授走進池裡，把他的背對著水渦的時候，在芝加哥公園裡，有一棵栗樹落下了一片葉子。』這就是事件的一個巧合，不過它沒有任何意義。在我的分類之中，我把它叫做無聲的巧合。不過，如果我說的是：『就在第一片葉子落在芝加哥的時候，阿弗納琉斯教授走進池裡按摩他的背。』句子就變得感傷了，因為我們看到阿弗納琉斯教授像個秋天的信差，而他泡的那池水則讓我們覺得跟眼淚一樣鹹。這種巧合給事件注入了預想不到的意涵，所以我把它叫做詩意的巧合。但是我看到你的時候也可以這麼說：『阿弗納琉斯教授泡進了池子裡，就在這時候，阿涅絲在阿爾卑斯山的某個地方發動汽車上路了。』這個巧合就不能說是詩意的，因為它畢竟太精確了，我把它叫做對位的巧合。這就像兩組旋律結合在同一首曲子裡。我從小就知道這個了。一個男孩唱著一首小曲子，另一個男孩也唱著另一首小曲子，而兩首小曲子搭配起來很協調！但是還有另一種巧合：『阿弗納琉斯教授在蒙帕納斯衝進地鐵站，就在這時候，那裡站著一個手拿紅色募款箱的美麗婦人。』這樣，就是一個生成故事的巧合，這種巧合對小說家來說尤其珍貴。」

我停了一下，希望能讓阿弗納琉斯教授告訴我更多他在地鐵站發生的巧遇；但他只是把他的背擺來擺去，好讓腰痛的部位對準那加壓的按摩水渦，還做出一臉無辜的表情，好像我最後舉的那個例子跟他毫不相干似的。

「我一直擺脫不了一個想法，」他說，「為什麼在人類的生命裡，巧合不能用計算機率的方法來掌握。我要說的是，我們經常遇到一些那麼不可能的偶然，這些事根本找不到任何合理的數學解釋。最近有一次，我在巴黎走路的時候，不知道在哪一區的哪一條街上，遇到一個從德國漢堡市來的女人，二十五年前，我幾乎每天都在漢堡市看到她。後來走著走著，她就不知走哪兒去了。我之所以會走到這條街上，是因為我搭地鐵不小心早了一站下車。至於那個女人，她來巴黎待三天，迷了路。我們遇見對方的機率是十億分之一！」

「你用什麼方法來計算相遇的機率？」

「你有辦法嗎？」

「沒有。我也不知道該怎麼算，」我答道：「這種事很奇怪，不過人類的生命從來就不曾乖乖地順著什麼數學的計算方法走。就拿時間來當例子好了。我夢想著要做這個實驗：把一些電極接在一個人的頭上，然後計算看看他有百分之幾的生命是用在現在，百分之幾的生命是用在回憶過去，還有百分之幾是用在未來。這樣我們就可以從人類與時間的關係裡發掘人究竟是什麼，發掘人類的時間究竟是什麼。我們也可以根據主導每個人的時間面向，界定出三種人類的基本類型。我從這裡又想到了偶然。關於生命的偶然，如果沒有數學的分析，我們說的能算得數嗎？只可惜啊，世界上沒有可以計算存在的數學。」

「計算存在的數學，了不起的新發現，」阿弗納琉斯教授陷入了冥想。後來他又說：「總之，不管發生的機會是百萬分之一還是億萬分之一，相遇幾乎是完全不可能的，而正是這個不可能，把所有價值賦予了偶然。因為計算存在的數學，雖然它並不存在，但是它會提出的方程式也差不多就是這樣了：偶然的價值等於這個偶然不可能發生的程度。」

「不期而遇，在人來人往的巴黎，一個多年不見的美麗女人……」我一臉神往的樣子。

「我很好奇，你是憑哪一點決定她是個美麗的女人？那時候，她在我每天都去的一家酒吧工作，管的是衣帽間，這次，她跟一群退休的人來巴黎玩三天。我們遇到的時候，兩個人都尷尬地看著對方，甚至還有一點失望，那種失望就像一個沒有腿的人，抽獎的時候卻抽到一台腳踏車。我們兩個都覺得這巧合像是一份非常珍貴的獎品，但是卻一點用處也沒有。好像有人在那兒嘲弄我們似的，我們看著對方，兩個人都覺得不好意思。」

「這種巧合，我們可以把它叫做病態的巧合，」我說。「不過我還要提一個無聊的問題：貝爾納・貝爾通收到十足蠢驢的證書，這件事該歸到哪一類巧合？」

阿弗納琉斯用他最權威的神情說：「貝爾納・貝爾通被晉升為十足的蠢驢，那是因為他確實是十足的蠢驢。在這種情況下，這事和偶然根本完全無關。這其中有一種絕對的必然性。就算是馬克思說的歷史的鐵律，它的必然性也不會強過這張證書。」

話才說完，彷彿我的問題惹惱他似的，他嚇人的身形從水裡矗立起來。我也站了起來，然後兩個人一起走去健身俱樂部的另一頭，坐在吧台。

5

我們點了兩杯葡萄酒，嚥下第一口之後，阿弗納琉斯繼續說：「你應該很清楚，我的每一個行動都是對惡魔黨作戰的行動。」

「這個我當然知道，」我回答說。「我的問題就是從這裡來的：為什麼你迎頭痛擊的對象恰恰就是貝爾納・貝爾通呢？」

「你根本什麼都不懂，」很明顯的，阿弗納琉斯看到我對於他解釋過無數次的事情始終不解，感到很無力。「對抗惡魔黨，沒有任何鬥爭方式是有效的，也沒有任何方式合乎理性。馬克思試過，所有革命分子也都試過，但是到頭來，惡魔黨卻把所有最初意圖消滅它的那些組織變成它的一部分。我所有作為革命分子的過去，走到盡頭就是個幻滅，如今，只有一個問題對我來說是有意義的：既然一切對惡魔黨有組織、合於理性、有效的鬥爭方式都是不可能的，那麼，一個人理解了這個道理之後，還能夠做什麼？他只有兩條路可走：要嘛認輸，從此不再做他自己，要嘛繼續培養他內心私密的反抗動機，然後不時把它展現出來。這麼做不是要改變世界，像馬克思過去那樣，理直氣壯卻徒勞無功，這麼做是受到自己內心道德命令的推促。這陣子我經常想到你，這對你來說也很重要，要表達反抗，不能只是藉由小說，那根本沒辦法帶給你任何滿足，得要透過行動才行啊！我很希望你今天會開竅，加入我的行動！」

「可是我一直不明白，」我回答說，「為什麼內心的道德命令會推促你去攻擊一個可憐的電台主持人？有什麼客觀的理由引導你這麼做？為什麼你選來當作驢性象徵的是他，而不是別人？」

「我不准你用『象徵』這個愚蠢的字眼！」阿弗納琉斯拉高嗓門說。「這正是那些恐怖組織的心態！這正是今天那些政客的心態！這些人都只會拿象徵來耍花槍！我看不起在窗口掛旗子的人，我也同樣看不起在廣場上燒旗子的人。貝爾納，在我眼裡，完全跟象徵扯不上關係。對我來說，沒有什麼比他更具體的了！我每天早上都聽他講話！我的每一天都是從他說的話開始的！我聽了就火大啊，他那娘娘腔的聲音，矯揉造作的台詞，還有那些白痴笑話！他說的每一個字都讓我受不了！要說客觀的理由嗎？我不知道這是什麼意思！我把他晉升為十足的蠢驢，這靈感來自我個人最荒誕不經、最不懷好意、最任性妄為的自由！」

「這就是我想聽你說的。你的行動不是以必然性的上帝自居，而是以偶然性的上帝自居。」

「偶然或是必然，我很高興在你眼中像是上帝，」阿弗納琉斯的聲音緩和下來了。「但我不明白為什麼我的選擇讓你這麼驚訝。一個人整天跟他的聽眾開些蠢玩笑，還領導反對安樂死的運動，這種人不是十足的蠢驢是什麼？我真的不知道有誰可以反駁我的說法。」

聽到阿弗納琉斯說的最後幾句話，我愣住了：「你把貝爾納‧貝爾通和貝爾通‧貝爾通搞混了！」

「我說的是那個在廣播節目裡說話，又反對自殺又反對啤酒的那個貝爾納‧貝爾通！」

「可是他們是不同的兩個人！他們是一對父子啊！你怎麼會以為他們是同一個人呢？一個是電台的節目編輯，一個是國會議員嘛。你犯的這個錯就是我們剛才說的病態巧合最完美的例子。」

阿弗納琉斯尷尬了一下子。但他隨即回過神來，說道：「我只怕你被自己那套巧合的理論給搞糊塗了。我犯的錯一點也不病態。事情很清楚，這個錯反而跟你說的詩意巧合很像。父親和兒子變成了雙頭驢。就連古老的希臘神話也沒發明過這麼美妙的動物！」

喝完酒，我們走去更衣室穿上衣服，我在那兒打電話去餐廳訂了位子。

6

正當阿弗納琉斯在穿襪子的時候，阿涅絲想起了這個句子：「一個女人總是愛她的孩子甚於她的丈夫。」阿涅絲十二、三歲的時候聽到母親這麼跟她說（至於是在什麼情況下說的，她也忘了）。這句話的意義我們得要想一下才會懂：說我們愛A勝過B，這並不是在比較兩種程度的愛，而是說B沒有被愛。因為如果我們愛一個人，就不能拿他去做比較。我們所愛的人是無可比擬的。就算我們同時愛A也愛B，也不可能拿這兩個人來比較，否則我們對其中一個人的愛就會立刻停止。而如果我們公開宣稱愛一個人甚於另一個人，這麼做並不是要向全世界承認我們對A的愛（因為要達到這個目的只要說「我愛A！」就夠了），而是要讓人理解（有所節制但是清楚地），B對我們來說完全是可有可無。

小阿涅絲當然做不出這樣的分析。她的母親肯定也意識到這一點；她很想找人傾訴，但是又不想讓人看透心思。但是，就算孩子沒辦法完全理解，也猜得到這些話對父親沒什麼好意。對她所愛的父親！而且她被拿來當作比較的對象，這種事她一點也不覺得高興，反倒是因為所愛的人受到傷害而覺得痛苦。

這句子印刻在阿涅絲的記憶裡；她一直試著去想像，愛一個人比較多，愛另一個人比較少，具體的意涵是什麼？她躺在床上，裹在被窩裡，眼前浮現了這個畫面：父親站在那裡，牽著他的兩個女兒。對面站著一列行刑隊，蓄勢待發，只欠一個口令：瞄準！射擊！母親哀求敵人的將軍行行好，將軍讓她在三個死刑犯當中赦免兩個。她立刻跑去行刑隊那兒，就在指揮官下令射擊的前一刻，她把兩個女兒從父親的手中拉開，千鈞一髮，驚惶萬分，她把兩個女人帶走了。阿涅絲被母親拖著走，但還是回頭看著父親；她回頭的動作如此固執，如此堅持，連頸背都感到一陣痙攣；她看見父親悲傷地看著她們走，眼神裡沒有一絲不滿——他認命地接受了母親的選擇，他知道母親的愛勝過夫妻的愛，他知道應該死的是他。

有時，阿涅絲會想像敵人的將軍只允許母親赦免一個死刑犯。她毫不懷疑，母親會救的是蘿拉。她想像自己一個人留在父親身旁，面對那些士兵的步槍。她緊緊握著父親的手。這一刻，阿涅絲完全不在乎她的母親和妹妹，她沒看她們，卻很清楚她們正快步離去，誰也沒回頭！阿涅絲在小小的床上裹在被窩裡，熱淚盈眶，她感覺心裡充滿無法言喻的幸福，因為她握著父親的手，因為她和父親在一起，因為他們就要一同死去。

7

如果不是因為她們兩姊妹大吵了一架——那天，她們發現父親低頭看著一堆撕碎的照片——阿涅絲或許已經忘記行刑的畫面了。她看著蘿拉大叫，想起這同一個蘿拉留下她一個人跟父親一起面對行刑隊，離去，沒有回頭。她霎時明白了，她們之間不合的問題比她想像得更深層；所以後來她再也沒提起這次爭吵，彷彿害怕給應該永遠無名的事情加上名字，彷彿害怕把應該沉睡的事情喚醒。

可是，就在她的妹妹帶著憤怒的淚水離去，留下她一個人和父親在一起的時候，她第一次感覺到這種奇怪的倦意——她發現自己這輩子都將擁有同一個妹妹，她為此感到驚訝（最平凡無奇的發現總是最令人驚訝的）。她可以換朋友，換情人，如果她要的話，她可以和保羅離婚，但是無論在什麼樣的情況下，她都沒辦法換妹妹。在她的生命裡，蘿拉是一個固定不變的常數，從小，她們的關係就像一場追逐賽——阿涅絲在前面跑，她的妹妹在後頭追。這樣的關係更讓她覺得疲憊。

有時她覺得自己很像小時候看過的一個童話故事裡的人物。那是一個公主騎著馬，想要逃過壞人的追趕；她的手上有一把刷子、一把梳子，還有一條絲帶。她把刷子往後一丟，一片濃密的森林出現在她和壞人之間。於是她爭取到了一點時間，可是壞人過沒多久又追了上來；她丟下梳子，梳子立刻變成有稜有角的大岩石。而當壞人再次迫近的時候，她把絲帶解開，絲帶伸展開來變成一條大河。

再來，阿涅絲手上就只剩下最後一樣東西了，那就是：墨鏡。她把墨鏡丟在地上，銳利的玻璃碎片把她跟壞人隔開。

但是她的手從此就空了，她知道蘿拉比她強。蘿拉比較強是因為她把自己的弱點變成武器，變成一種道德上的優越——人們對她不公平，她的情人拋棄她，她在受苦，她試圖自殺；而阿涅絲呢，她婚姻幸福，她把妹妹的眼鏡丟在地上，羞辱了她，還把門關上不想理她。是的，從眼鏡摔破的事件發生之後，她們有九個月沒見面。而阿涅絲也知道，保羅雖然沒說什麼，但是心裡卻在怪她。他為蘿拉難過。追逐賽接近終點了。阿涅絲感覺她妹妹的氣息就在後頭，她知道自己輸了。

她的倦意越來越沉。她已經沒有一絲意願再跑下去了。她不是田徑選手。她從來不想和別人競爭。她並沒有選擇她的妹妹。她不想要這個典型，也不想要這個對手。在阿涅絲的生命裡，這個妹妹就跟她耳朵的形狀一樣偶然。阿涅絲沒有選過妹妹，也沒有選過耳朵的形狀，她一輩子都得在後頭拖著一個沒有意義的偶然。

小時候，父親教她下棋。有個走法讓她非常著迷，專家把這叫做「國王入堡」——下棋的人可以同時移動兩只棋子，把城堡移到國王旁邊的格子，同時把國王移到城堡的另一邊。她非常喜歡這一招：敵人正集合所有的兵力要攻擊國王，可是就這麼一下，國王在敵人的眼前消失了——他搬了家。阿涅絲一輩子都夢想著這麼一招，隨著她的倦意越來越沉，她也越來越想用上這招。

8

父親過世的時候，在瑞士給她留了一筆錢，從此，她每年都會去瑞士兩三次，每次都待在同一家旅館，她試著想像自己永遠留在阿爾卑斯山區：她可以不要保羅，不要布麗姬特自己生活嗎？她習慣在旅館裡度過三天的孤獨，這種「實驗性的孤獨」並沒有給她什麼啟發。「離去！」這聲音有如最美麗的誘惑在她體內迴響。但是如果真的離去，她會不會立刻後悔？她確實渴望孤獨，但她同時也愛她的丈夫和女兒並且擔心他們。她會想要知道他們的消息，她會渴望知道他們的身體是不是健康。但是要怎樣才能一個人過日子，離他們遠遠的，但是又知道他們在做什麼？她又該如何規劃新的生活？找個新的工作？這可不容易。什麼都不做？是啊，是很誘人，但是她會不會突然有一種退休的感覺呢？認真想過之後，她「離去」的計畫似乎越想越不自然，越想越勉強，越不可行，像個欺騙自己的烏托邦式的空想，其實心底清清楚楚，我們什麼也沒辦法做，什麼也不會去做。

後來有一天，從外面來了一個解決的辦法，這辦法是最出乎意料，也是最平凡無奇的。阿涅絲的老闆在瑞士首都伯恩設了一家分公司，由於大家都知道阿涅絲德語說得跟法語一樣好，於是就問她願不願意去那裡主持新的研究工作。老闆知道她是結了婚的人，並沒有太期望她會答應；結果她讓所有人都嚇了一跳——她毫不猶豫就回答說「好」；她自己也嚇了一跳——她不假思索就說出來的這聲「好」，證明她想要離開的欲望並不是在騙自己，不是裝模作樣卻連自己都不信，而是真的有那麼回事。

這欲望貪婪地抓住了機會，終於讓自己從浪漫的夢想變成毫無詩意的東西——一個有利升遷的因素。阿涅絲接受這個工作機會的時候，表現得跟任何一個有事業野心的女人一樣，所以沒有人會發現，也沒有人會懷疑她真正的個人動機。從此，她腦子裡一切都清楚了；不再需要測試，也不需要實驗了，不必再想像「如果發生……的話，會有什麼結果」。她渴望的事突然就在那兒了，她感到驚訝，因為她感受到如此純粹、沒有雜質的喜悅。

這喜悅太強烈了，害得阿涅絲覺得有點可恥，覺得有罪惡感。她沒有勇氣把這個決定告訴保羅。於是她去了最後一次阿爾卑斯山的那家旅館（從此，她會有一個完全屬於她的公寓，或者在伯恩市的郊區，或者遠一點，在山裡）。這兩天的時間，她要想出個辦法，把這些事都告訴布麗姬特和保羅，她要讓自己在他們眼裡看起來像一個解放的女人，像一個野心勃勃的女人，熱中於自己的工作和成就，可是在此之前，她從來不曾如此。

9

天已經黑了；車燈都亮起了，阿涅絲越過瑞士邊界，開上那一向令她害怕的法國公路；循規蹈矩的瑞士人遵守交通規則，可是法國人卻急促地搖著頭，對於任何想要否定他們開快車權利的事物表現出憤怒，並且把他們的遠行變成歌頌人權的狂歡舞會。

她的肚子餓了，於是決定在公路旁邊找一家餐廳或汽車旅館停下來吃晚飯。三輛重型機車從她車子的左邊超過去，還發出震耳欲聾的噪音；在車燈照明下，機車騎士的衣服像是太空人的飛行裝，這讓他們看起來有點像非人的外太空生物。

就在這時候，就在服務生傾身在我們餐桌上收拾前菜的空碟子的時候，我也正在跟阿弗納琉斯說：「就在我開始寫我小說第三部的那天早上，我在收音機裡聽到一則讓我忘不了的新聞。有個少女半夜跑到公路上，坐了下來，背對路上的汽車。她把頭埋在兩膝之間，等死。第一輛車的駕駛為了閃開她，結果跟他太太和兩個小孩都撞死了。第二輛車也一樣，跌進了路旁的排水溝裡。接著是第三輛。那個少女毫髮無傷。她站起來，走了，沒有人知道她是誰。」

阿弗納琉斯說：「照你看來，是什麼原因讓這個少女半夜跑去坐在公路上，讓自己被車撞死呢？」

「我一無所知，」我說。「但是我敢打賭，她這麼做一定是為了一個微不足道的原因。或者，一個來自外部的原因，在我們看起來是微不足道，而且一點也不理性。」

「為什麼？」阿弗納琉斯問道。

我聳了聳肩說：「我就是無法想像任何重大的原因，譬如說什麼絕症啊，親人死啦，所以她才用這麼恐怖的方式去自殺。在這種情況下，沒有人會選擇這種可怕的方式，害別人跟著一起死！只有不理性的理由才會導致這種不理性的恐怖。法文的raison這個字，在所有源自拉丁文的語言裡（拉丁文的ratio，英文的reason，義大利文的ragione）有兩個意思：在指稱原因之前，它指稱的是思考的能力。因此，作為原因的raison一向被看作是合於理性的。一個在理性方面不夠清晰的原因似乎不能導致一個結果。但是，作為原因的raison在德文裡是Grund，這個字和拉丁文的ratio完全沒有關係，它最初的意思是「土地」，繼而指稱「基礎」。從拉丁文ratio的角度看來，少女坐在公路上的行為看起來是荒謬的、過分的，不理性的，但是這行為有它的原因，也就是說，有它的基礎，有它的Grund。我們每個人的內心深處都刻著一個Grund，那是我們所有行動永恆的原因，那是我們命運生長的土地。我試著去掌握我的每一個人物的Grund，結果我越來越確定，每個人物的Grund都有一種隱喻的特質。」

「你的想法我不是很懂。」阿弗納琉斯說。

「那很可惜，這可是我腦袋裡曾經出現過的最重要的想法。」

這時候，侍應生把我們的鴨肉主菜端了上來。肉香誘人，剛才說的那些話我們全都忘了。

過了一會兒，阿弗納琉斯才打破沉默說：「你正在寫的東西，到底是什麼？」

「那沒辦法講給人聽。」

「那很可惜。」

「有什麼可惜的呢？那是個機會啊。在我們的時代，人們爭先恐後地撲向一切可以寫成文字的東西，好把它變成電影，變成電視劇或是漫畫。既然一部小說裡最重要的東西，只有小說能把它說出來，那麼，在所有改編的作品裡，剩下的就只有不重要的東西了。今天不論是哪個還在寫小說的瘋子，如果想保護他的小說，就要寫得讓人沒辦法改編，換句話說，就是要寫得讓人沒辦法再講給別人聽。」

阿弗納琉斯不同意這個看法：「我很樂意把大仲馬的《三劍客》講給你聽，你隨時有空，我都可以從頭到尾講給你聽！」

「我跟你一樣，我也喜歡大仲馬，」我說。「只不過，在那個年代，幾乎所有的小說都太耽溺在情節一致性的規則裡了。我的意思是，它們全都是以情節或事件單一的因果連貫性為基礎。這些小說就像一條狹窄的街道，人們拿著鞭子在後頭抽打著小說人物，要他們沿著這條街往前跑。戲劇性的張力，這是小說真正的噩運，因為它把一切都改變了，甚至連最美好的段落，最令人嘆為觀止的場面和觀察都變成只是導向結局的一個階段，而在此之前的一切意義也都以結局為中心。小說被它自身戲劇張力的火焰吞噬了，燒起來就像一捆稻草。」

「照你這麼說，」阿弗納琉斯教授有點不好意思地說，「你的小說會不會有點無聊？」

「那麼，沒有狂熱地奔向結局的東西都一定很無聊囉？你品嚐這隻美味的鴨腿的時候，會覺得無聊嗎？你會急急忙忙地奔向終點嗎？不會吧，你會希望這塊鴨肉慢慢進入你的身體，越慢越好，你會希望它的滋味停留得久一點。小說不應該像一場自由車賽，它應該像一場盛宴，一場菜色豐盛的筵席。我等了好久才等到第六部。有個新的人物會出現在我的小說裡。而在這第六部的最後，他兩手拍拍就走了，跟來的時候一樣，沒有留下一絲痕跡。他不是任何事物的原因，也不會導致任何結果。我喜歡的就是這樣。這將是小說裡的一部小說，也是我所寫過最悲傷的性愛故事。就連你看了也會覺得悲傷。」

阿弗納琉斯尷尬地沉默了一會兒，後來他很親切地問我：「那你這部小說的書名是什麼？」

「生命中不能承受之輕。」

「這個書名不是已經有人用過了嗎？」

「是啊，是我用的！但是那時候，我把書名弄錯了。這個書名應該屬於我現在正在寫的這部小說。」

我們都陷入沉默，專心地關注紅酒和鴨肉的味道。

阿弗納琉斯一邊嚼著鴨肉，一邊說：「我覺得，你工作太多了。你得好好照顧你的身體。」

我知道阿弗納琉斯想說什麼，但是我裝作沒聽出來，只是靜靜地品著我的紅酒。

10

過了好一會兒之後，阿弗納琉斯又說了一次：「我覺得，你工作太多了。你得好好照顧你的身體。」

「我有照顧身體呀，」我回答。「我定時會去健身房舉重。」

「這很危險。你說不定會心臟病發作。」

「我擔心的就是這個，」我說，「這讓我想起羅伯・穆齊爾。」

「你該做的運動是跑步。夜間跑步。我拿個東西給你看。」他神祕兮兮地說，一邊解開外套的釦子。在他的胸部和那壯觀的肚腩周圍，我看見那兒固定著一套奇怪的東西，讓人聯想到馬背上的鞍轡。就在這套東西的右下方，阿弗納琉斯用一條細皮繩繫著一把尖尖的大菜刀。

我大大地讚美了他的裝備，但是為了轉移話題（這話題我已經聽得不想再聽了），我把話頭導向我唯一感興趣，還想多知道一點的那件事：「你在地鐵站的走廊遇到蘿拉的時候，她認出你了嗎？你也認出她了嗎？」

「是啊。」阿弗納琉斯說。

「我很想知道你是怎麼認識她的。」

「你對一些蠢事很感興趣，而那些正經事你反而覺得很無聊，」他說話的樣子看起來滿失望的，他一邊說，一邊又把外套的釦子扣上了。「你有點像看門的老太婆。」

我聳了聳肩。

他接著說：「這事情沒多大意思。我還沒去頒發十足蠢驢的證書之前，他的照片就已經貼得滿街都是了。我因為想看到他本人，於是跑去電台的大廳等他。他走出電梯的時候，有個女人向他跑過去，吻了他。接下來，我跟著他們，我的目光數度跟那個女人的目光交會，所以她會覺得我有點面熟，其實她根本不知道我是誰。」

「你喜歡她嗎？」

阿弗納琉斯壓低聲音說：「我必須承認，如果不是對她有興趣，我的證書計畫或許永遠不會付諸實現。像這類的計畫，我腦子裡有幾千個，通常都停留在夢想的階段。」

「沒錯，這個我知道。」我贊同他的說法。

「可是當一個男人對一個女人感興趣的時候，他會盡一切努力，設法跟這個女人接觸，至少間接地接觸，才能遠遠地碰觸到她的世界，然後去動搖她的世界。」

「簡而言之，貝爾納之所以變成十足的蠢驢，是因為你對蘿拉有意思。」

「你這麼說或許沒錯，」阿弗納琉斯若有所思，又加上一句：「這個女人身上有一種東西，讓她注定要變成受害者。就是這個東西吸引我走向她。看見她被兩個喝醉酒又臭熏熏的流浪漢挽在臂彎裡，我興奮極了！真是個令人難忘的時刻！」

「嗯，我終於知道你的故事了。可是我還想知道後來發生了什麼事。」

「她的屁股絕對是美妙非凡的，」阿弗納琉斯沒理會我的要求，繼續說他的。「她上學的時候，班上的男同學一定常常捏她的屁股。在我的想像裡，每一次她都會用她的女高音發出一聲尖叫。這些美妙的尖叫預示著她未來的高潮。」

「是啊，這個我們再說吧。先告訴我，你像上帝派來的救星那樣把她帶出地鐵站之後，發生了什麼事？」

阿弗納琉斯裝作什麼也沒聽到。「在美學專家的眼裡，」他繼續說，「她的臀部可能太大，而且有一點下垂，尤其她的靈魂渴望飛向高處，這就更麻煩了。但是對我來說，這樣的矛盾為人類的境況做出了總結：腦袋充滿夢想，臀部卻像個錨，把我們定著在地上。」

阿弗納琉斯的最後一段話，不知道為什麼，竟然迴盪著些許感傷，或許是因為盤子空了，我們再也感覺不到鴨肉存在過的任何一絲痕跡。再一次，侍應生傾著身子幫我們收拾餐桌。阿弗納琉斯抬起頭看著侍應生說：「您有沒有一小張紙？」

侍應生遞給他一張發票，阿弗納琉斯拿出一枝原子筆，畫了這個圖：

畫完之後，他說：「這就是蘿拉。她的腦袋充滿夢想，望著天空，但是她的身體被吸向地面：臀部和乳房也滿重的，望著下面。」

「這很奇怪。」我說，我也在他的圖旁邊畫了一個：

「這是什麼？」阿弗納琉斯問道。

「她的姊姊阿涅絲。她是身體像火焰一樣向上升起，但是腦袋始終微微低垂——一顆懷疑的腦袋望著地面。」

「我比較喜歡蘿拉，」阿弗納琉斯的語氣堅定，接著他又說：「不過我最喜歡的，還是我的夜間跑步。你喜歡聖日耳曼德佩教堂嗎？」

我點點頭。

「你喜歡這教堂，可是你從來沒有真正看過它。」

「我不太懂你的意思。」我說。

「不久以前，我沿著雷恩街往聖日耳曼德佩大道走去，一邊數著有多少次我可以抬眼探望教堂，而不會被匆匆忙忙的行人推擠，或是被車撞。最後我一共看了七眼，代價是左邊的胳膊被撞青了一塊，因為有個冒失的年輕人給了我一記拐子。當我站在教堂的入口前面，仰著頭，才有了第八次的機會。但是我也只看得到教堂的正面，而且是仰望，看到的畫面變形得很厲害。這些短暫或變形的注視，留在我記憶裡的只是一個約略的記號，這記號和教堂的相似之處不多，正如同蘿拉跟我畫的那兩個箭頭也不太像。聖日耳曼教堂消失了，所有城市的所有教堂也都消失了，就像月蝕一樣。汽車不僅攻佔了街道，還縮減了擁擠的人行道。如果行人們想互相看，他們會看到背景都是汽車；如果行人們想看對面的房子，他們會看到汽車出現在前景；沒有一個角度看不到汽車，背景、前景、側面，到處都是。汽車的噪音無所不在，簡直就是一種酸性的腐蝕液，吞噬著每一個凝視的時刻。因為汽車，城市舊有的美麗看不見了。我不是像那些愚蠢的道學家，因為看到公路上一年死一萬人而義憤填膺。好歹，這樣也可以減少開車的人數。可是我要反抗的是汽車的存在蓋過大教堂的事實。」

阿弗納琉斯教授沉默了一下，然後說：「我要吃一點乳酪。」

11

乳酪讓我忘了教堂，而紅酒讓我想起兩個箭頭交疊的色情畫面：「我很確定，你送她回家，然後她邀你上去她的公寓。她向你傾訴，她是世界上最不幸的女人。此刻，她的身體在你的愛撫下癱軟了，她的身體沒有任何防備，再也克制不住淚水，也克制不住尿液了。」

「克制不住淚水，也克制不住尿液！」阿弗納琉斯像在歡呼。「多麼美妙的畫面！」

「然後你跟她做了愛，她望著你的臉，搖著頭不斷重複：『我愛的人不是你！我愛的人不是你！』」

「你現在說的實在很刺激，」阿弗納琉斯說，「不過，你說的是誰？」

「蘿拉啊！」

他打斷我的話：「真的，你一定要去做運動了。只有夜間跑步才能讓你分分神，不會滿腦子都是色情的幻想。」

「我的裝備沒有你那麼好，」我說的是他那套像鞍轡的東西。「你也知道，沒有合適的裝備，這種事是做不來的。」

「你別擔心。裝備沒有那麼重要。我自己一開始的時候也沒有裝備。這一切，」他指著自己的胸口，「這麼考究的東西，可是花了我多年的心血才做出來的，而我這麼做，其實比較不是因為實用上的需要，而是因為某種追求完美的欲望，那純粹是美學的問題，幾乎沒有任何實際的功用。你現在只要先有一把折疊的小刀就行了。最重要的，是要遵照這個規則：第一輛車，右前；

第二輛，左前；第三輛，右後；第四輛……」

「……左後……」

「錯！」阿弗納琉斯大聲笑了，他一副壞老師的嘴臉，像是因為學生做錯事而喜不自勝：「第四輛，四邊都要！」

我跟他一起笑了一下，阿弗納琉斯接著說：「我知道你這陣子對數學很著迷，所以你會很重視這種幾何的規律性。我給自己的規定是一種沒有限制的規則，它的意義是雙重的：一方面，這個規則會把警察引入一條錯誤的線索，因為輪胎被戳破的地方有一種怪異的組合，顯然帶有某種特殊的意涵，看起來像是要傳遞某種訊息，某種密碼，於是警察們努力要解碼卻徒勞無功；但是更重要的意義是：在遵從這個幾何規律性的同時，我們還把數學上某種美的準則帶入破壞行動之中，這樣我們才能徹底和那些拿釘子劃車子，然後在屋頂上大便的破壞藝術有所區別。好久以前，就是在德國的時候，我把我這個方法的執行細節整理出來，那年頭，我還相信要規劃一些東西對抗惡魔黨是有可能的。我經常參加一個環保團體的活動。對這些搞環保的人來說，惡魔黨所造成的最極致的惡，就是破壞大自然。我很喜歡這些搞環保的人。我還跟他們提議說要組織幾個專門在晚上戳輪胎的小組。如果你們採用了我的計畫，我跟你保證，世界上早就沒有汽車了。只要五個三人小組，一個月之內就可以讓一個中型城市的汽車全部癱瘓！我從頭到尾鉅細靡遺地跟他們講解我的計畫，如果有心的話，所有人都可以從我這兒學到怎麼進行顛覆性的破壞行動，不只是有效得沒話說，而且還讓警察百思不解。可是這些智障的傢伙竟然以為我是來找碴的！他們對我發出噓聲，對我揮舞拳頭！兩個星期之後，他們騎了幾輛重型機車，開了幾輛小汽車，跑去森林裡示威，抗議某個核能發電廠的工程。他們示威了四個月，不知毀了多少樹木，那裡留下讓人無法忍受的惡臭。那時我才意識到，長久以來，他們其實是惡魔黨不可或缺的一部分，我知道我試圖改變世界的努力根本就沒有用。今天，我用那些革命分子老掉牙的方法，純粹只是因為自私的理由，為了讓自己高興。夜裡在街上跑來跑去還一邊戳輪胎，這對靈魂來說，有一種神奇的樂趣，對身體來說，則是一種絕妙的運動。我再一次向你強烈推薦。你會睡得比較好，你不會再想蘿拉。」

「有件事我搞不懂。你太太真的相信你晚上出門是去戳輪胎嗎？她不會懷疑你編了個藉口出去拈花惹草嗎？」

「你忘了一件事，我睡覺會打呼。所以我可以在另一個房間睡覺。我是我的夜晚絕對的主宰。」

阿弗納琉斯露出微笑，我也很想接受他的邀請，答應陪他去跑步——一方面我覺得這件事值得嘉許，一方面我很喜歡這個朋友，我想讓他開心。但是我還來不及說，他就已經大聲地把服務生叫過來結帳，於是話頭又岔到了另一個主題。

12

在高速公路上瞥見的餐廳沒有一家是她想進去的，她沒有停車，就這麼一家家開過去，肚子越來越餓，身體也越來越疲憊了。她在一家汽車旅館停下來的時候，天色已經很晚了。

大廳裡除了一個母親和她六歲的兒子沒有別人。小男孩一下子坐到桌上，一下子繞著圈子跑來跑去，還發出一陣陣的尖叫。

她點了最簡單的套餐之後，發現桌子中間擺著一個小人像。那是個橡膠玩偶，做廣告用的。小玩偶的身體很大，腿很短，綠色的大鼻子怪裡怪氣的，一直長到肚臍。她心想，真有意思，她拿起小玩偶在手裡把玩，細細端詳了好一會兒。

她想像有人賦予這個小玩偶生命。小玩偶一旦擁有靈魂，如果有人像阿涅絲現在這樣，扭著它綠色的橡膠鼻子玩，它可能就會感受到劇烈的痛苦。再過沒多久，它就會開始害怕人類，因為所有人都想玩弄這個可笑的鼻子，而這個小玩偶的生命將只有恐懼和痛苦。

它會對它的創造者懷有敬意嗎？它會感謝創造者賜予它生命嗎？它會向創造者祈禱嗎？有一天，會有人遞一面鏡子給它，從此它會恨不得把自己的臉埋在手裡，因為它在人們面前感到無比的羞恥。但是它又沒辦法把臉遮起來，因為創造者把它造成這樣，它根本連手都動不了。

阿涅絲心想：小玩偶會感到羞恥，這種事想到就覺得奇怪。它該為自己的綠鼻子負責嗎？它不是應該聳聳肩，一副無所謂的樣子就算了嗎？不，它不會聳肩，它會感到羞恥。一個人第一次發現肉體的「我」的時候，他最初的感覺不是無所謂，也不是憤怒，而是羞恥：那是一種根本的羞恥，起起伏伏，甚至也會隨著時間而變鈍，但這羞恥將陪伴他度過一生。

阿涅絲十六歲的時候，去她父母的朋友家作客；夜裡，她來了第一次月經，床單上沾了血漬。一大早，阿涅絲發現床單髒了，十分恐慌。她躡手躡腳地走到浴室，拿一條浸了肥皂水的濕毛巾在床單上用力搓；結果不只血漬擴大了，連床墊也弄髒了；阿涅絲覺得羞恥得要命。

為什麼她會覺得羞恥？女人不是都有生理周期嗎？難道創造女性生理器官的是阿涅絲嗎？她該為此負責嗎？當然不是。可是該不該負責跟羞恥毫無關係。如果阿涅絲打翻的是墨水，假設她弄髒了屋主的桌布和地毯，這種事也讓人難堪而且會讓屋主不高興，但是阿涅絲不會覺得羞恥。羞恥的起因並不是我們會犯的錯，而是我們作為我們不曾選擇的存在所感受到的恥辱，還有因為這恥辱處處可見而讓人覺得難以承受。

小玩偶的鼻子又綠又長，它為臉孔感到羞恥沒什麼好驚訝的。可是阿涅絲的父親該怎麼說呢？他可不一樣，他是那麼的英俊！

是的，他是很英俊。可是從數學的觀點來看，美是什麼？如果一個樣本跟原型盡其可能地相像，那就是美。試想，我們把身體每一個部位的極小值和極大值都輸入電腦：鼻子的長度在三到七公分之間，額頭的高度在三到八公分之間，諸如此類。一個額頭高度是六公分而鼻子只有三公分的人就是醜的。醜，是偶然性任意妄為的詩歌。在一個美男子的身上，偶然性的遊戲選擇了一切尺度的平均值。美，是屬於精準中間值的乏味散文。跟醜比起來，一張美麗的臉所展現的，更多是沒有個性，不屬於個人的特質。一個美男子在他臉上看到的就是那張原始設計圖，跟臉的原型一模一樣，他很難相信他所看到的，是個無從模仿的「我」。於是他也感到羞恥了，一如鼻子又綠又長的小玩偶。

父親快要過世的時候，阿涅絲坐在床邊守著他。在進入彌留之前，父親對她說：「不要再看我了。」結果這是她聽到父親說的最後幾個字，這是父親最後的訊息。

她照著做了；低頭對著地面，閉上雙眼，她只是握著父親的手，緊緊握著；她讓他自己走，慢慢走，沒有人看見，走入沒有臉孔的世界。

13

她付完帳，往停車的地方走去。方才在餐廳吵吵鬧鬧的小孩急匆匆地跑到那裡等她。他在阿涅絲前面蹲了下來，舉起手臂，好像拿著一把自動手槍似的。他模仿槍響的聲音：「砰，砰，砰！」他用想像的子彈在阿涅絲身上打了好幾個洞。

阿涅絲走到小孩身邊，用很平靜的聲音對他說：「你是白痴嗎？」

小孩停止射擊，瞪著他童稚的大眼睛望著阿涅絲。

阿涅絲又說了一次：「當然，沒錯，你是個白痴。」

小男孩幾乎要哭了，嘴癟得臉都變了樣：「我要去跟我媽媽說！」

「去呀！去告狀啊！」阿涅絲說。她坐上駕駛座，快快離開了。

她很高興沒碰上小男孩的母親。她想像她大聲喊叫，快速地搖頭，聳肩，皺眉，捍衛她那被人冒犯的孩子。當然，孩子的權利高於其他一切權利。那麼，當敵人的將軍只答應阿涅絲的母親從三個死刑犯當中赦免一個的時候，母親之所以會選擇蘿拉而不是阿涅絲，為的是什麼？答案很清楚：她選擇蘿拉的原因是蘿拉的年紀比較小。在年齡的位階裡，初生的嬰兒在最頂層，接著是小孩，再來是青少年，再過來才是成人。至於老人，他們在最接近地面的位階，在這價值金字塔的底層。

那死人呢？死人在地下，所以比老人的位階還低。人們還承認老人擁有一切人權。相反的，死人在過世的那一刻就失去了一切人權。再也沒有任何一條法律保護他不受人惡意中傷，它的私生活不再是私生活，他寫給情人的信件，他母親留給他的紀念相簿，這一切的一切，什麼都不再屬於他了。

父親在他過世前的那幾年，把所有的東西一點一點毀掉了。他甚至沒在衣櫥裡留下衣服，也沒留下任何手稿，任何上課的筆記，任何信件。他把他的痕跡全都抹去了，沒有人知道他這麼做。只有一次，很偶然地，他嚇了一跳，有人看到他面前有一些撕碎的照片。但這並沒有阻止他毀掉照片，這些照片一張也沒留下來。

蘿拉要抗議的就是這件事。她為活人的權利而戰，她反對死人無理的要求。因為明天會出現在地下或出現在火中的臉孔並不屬於未來的死者，而是僅僅屬於活著的人。這些活人貪婪地想著或渴望著吞噬死者，吞噬他們的信件、他們的財產、他們的相片、他們的舊情人、他們的祕密。

但是父親，阿涅絲心想，他徹底逃離了這些活著的人。

她微笑著，想著父親。突然間，她的心裡浮上這個想法：父親是她唯一的愛。是的，這是再清楚不過的事了：父親是她唯一的愛。

在此同時，又有幾部重型機車以瘋狂的速度從她車旁超了過去；她的車燈照著低斜在把手上的身影，這些身影的霸氣撼動了夜。她想要逃離的是這個世界，永遠逃離，於是她決定在下一個交流道把車開下高速公路，走一條車子比較少的公路。

14

我們又來到巴黎燈火通明人車擾攘的大街上，一起往阿弗納琉斯停在幾條街外的賓士汽車走去。我們又想起那個半夜坐在馬路上，把頭埋在兩膝之間，等著車子來撞的少女。

「我跟你解釋過，」我說，「我們每個人的內心深處都存在一種基礎，那是我們所有行動的原因，德國人把它叫做Grund；那是一種密碼，裡頭包含著我們命運的本質；而這個密碼，我認為，具有某種隱喻的特質。就拿我們談到的這個少女來說好了，她一直是讓人無法理解的，除非我們求助於某個形象。譬如：她的人生路像是走在山谷裡；每一刻她都會遇到一個人，並且對那個人說話；但是人們不解地望著她，繼續趕他們的路，因為這女孩說話的聲音太微弱了，根本沒有人聽得到。這就是我對她的想像，我可以肯定她也是這麼看她自己──就像一個走在山谷裡的女人，走在人們中間，但是人們卻聽不到她說的話。或者，另一個形象：她去看牙醫，候診室裡擠滿了人；有個患者剛到，他往扶手椅走過去，直接坐了下來，就坐在少女的腿上；他不是故意的，事情很簡單，他看到的扶手椅上頭並沒有人；少女抗議，用胳膊頂他，喊道：「先生，不會吧！您不會沒看見這位子有人坐吧！我坐在這裡呀！」可是那個男人聽不到她說話，他舒舒服服地坐在少女身上，還跟一旁等著看牙的人聊得挺開心的。這兩個形象定義了這個少女，讓我可以理解她。她自殺的欲望和外部的原因一點關係也沒有，這欲望是種在她個人存在的土壤裡，慢慢在她心裡發芽成長，然後像一朵黑色的花那樣綻放出來。」

「就算是這樣，」阿弗納琉斯說，「你還是沒辦法解釋她為什麼就決定要在這一天自殺，而不挑別的日子。」

「花要在這一天開而不在別的日子開，這種事要怎麼解釋？時間到了嘛。自我毀滅的欲望在她的心裡慢慢滋長，有那麼一天，她終於忍不住了。人們對她的不公，我猜，其實不是太嚴重——她打招呼人們不理她；沒有人對她微笑；她在郵局排隊的時候，有個胖太太推了她一下，還插到她的前面；她是一家百貨公司的售貨小姐，她那個部門的主管怪她沒有好好招呼客人。不知有多少次，她想要反抗，她想要發出抗議的吶喊，可是卻始終下不了決心，因為她的嗓子細得像條絲線，她一生氣，聲音就散了。她比其他人都弱，她不斷受到旁人的冒犯。一個人受到傷害的時候，會把這些傷害轉嫁到別人身上，這就是所謂的吵架、打架、報復。可是弱者沒有力量把自己遭受的傷害轉嫁出去，他自身的軟弱羞辱他，折磨他，他面對自身的軟弱完全沒有招架的能力。他只能以自我毀滅的方式來毀滅他的軟弱。這就是為什麼這個少女會去夢想自己的死。」

阿弗納琉斯張望著他的賓士車，他發現他弄錯了，車子不是停在這條街上。我們於是往回走。

我繼續說：「死亡，一如這少女渴望的，並不像消失，而是像拋棄。拋棄她自己。她這輩子沒有一天是讓她滿意的，她也沒滿意過自己說過的任何一句話。她一生都把自己背在身上，像背著一個畸形的包袱，她厭惡這個包袱可是又擺脫不了。這就是為什麼她渴望拋棄自己，像扔掉一個揉爛的紙團，一顆爛蘋果那樣把自己扔掉。她渴望拋棄自己，彷彿拋棄的和被拋棄的是不同的兩個人。她想像她把自己從窗戶推下去。但是這念頭很可笑，因為她住在二樓，而她工作的百貨公司在一樓，而且沒有窗戶。她渴望死去，被重擊而死，一記突如其來的重擊，發出巨響，彷彿敲碎了金龜子的甲殼。想被壓碎，那是一種非常強烈的身體欲望，就像身體痛的時候，我們會很想用手心緊緊壓著那個地方。」

我們來到阿弗納琉斯那輛華麗的賓士車旁，停下了腳步。

「照你對她的描述，」阿弗納琉斯說，「我幾乎都要同情她了。」

「我明白你的意思：如果她沒有造成其他人死亡的話。但是這個部分也表現在我造給她的兩個形象裡。她跟人說話的時候，沒有人聽她說。那時，她正在失去這個世界。我提到世界的時候，心裡想的是宇宙回應我們呼喚的那個部分（哪怕是一個幾乎聽不見的回音也好），以及呼喚著我們的那一部分宇宙。對她來說，世界漸漸沉默了，不再是她的世界了。她整個人封閉在自己裡頭，封閉在自己的痛苦之中。她會因為看見別人的痛苦而擺脫她封閉的狀態嗎？不會。因為別人的痛苦發生在她失去的世界裡，那已經不是她的世界了。如果整個火星就是個痛苦的行星，就算火星的石頭們痛苦地哀嚎著，我們也不會被打動，因為火星不屬於我們的世界。脫離了這個世界的人，不會感受到這個世界的痛苦。只有一件事可以讓她有片刻擺脫她的痛苦，那就是她的小狗病了或者死了。隔壁的女人會憤慨地說：這女孩對人沒有半點同情心，可是她竟然為了她的狗在哭。她之所以為了她的狗哭泣，那是因為這隻狗屬於她的世界，而隔壁的女人則完全與她的世界無關；狗會回應她的聲音，人們不會回應。」

我們有好一會兒都沉默不語，想著那個不幸的少女。後來阿弗納琉斯把車門打開，對我做了個邀請的手勢：「來吧！我帶你去！我借你球鞋還有刀子！」

我知道如果我不跟他去戳輪胎，他是找不到其他同夥的，最後只能一個人去，像是被放逐到他荒誕不經的世界裡。我非常想陪他去，但我實在太懶了，我感到一股模糊的睡意從遠方襲來，而且半夜在街上跑步，這種犧牲我簡直無法想像。

「我回家了，我想走路回去。」我把手遞過去跟他握手。

他走了。我看著他的賓士車，想到自己背叛了一個朋友，不免感到內疚。後來，我走上回家的路，思緒又回到這個少女的身上，自我毀滅的欲望像一朵黑色的花，綻放在她的心裡。

我心想：於是有那麼一天，下班之後，她沒有回家，而是走到城外。她看不到周圍的任何東西，她不知道當時是夏天是秋天還是冬天，她不知道自己沿著走的是河岸還是工廠；事實上，她早就沒活在這個世界上了；她僅有的世界是她的靈魂。

15

她看不到周圍的任何東西，她不知道當時是夏天是秋天還是冬天，她不知道自己沿著走的是河岸還是工廠，她一直走，而她之所以一直走，是因為靈魂擔憂的時候，需要動，靈魂不能在原地不動，因為不動的時候就是靈魂痛苦不堪的時候。這就像我們牙齒很痛的時候，有個莫名的力量會讓我們在那兒打轉，在屋裡走來走去。走來走去雖然不能減輕我們的痛苦，但是不知道為什麼，那顆壞掉的牙齒就是會哀求我們不停地動。

於是少女一直走，走到一條寬闊的高速公路，車子川流不息，她走在路旁的人行道上，走過一塊又一塊的里程碑，什麼也沒看到，只是在靈魂的深處探索著，而靈魂卻一再把同樣的羞辱畫面傳送給她。她沒辦法不去看這畫面；只有這麼些時候，當機車呼嘯而過，隆隆的引擎聲幾乎震破她的耳膜，她才意識到外界的存在；但這外在的世界沒有任何意義，那只是個空空盪盪一無所有的空間，只能讓她在上頭走路，讓她傷痛的靈魂懷抱著減緩痛苦的希望，從一個地方移動到另一個地方。

被汽車撞死的念頭在她腦子裡已經醞釀很久了。但是汽車開得那麼快，她會怕，這些汽車的力量強過她千百倍；她不知道該到何處才能找到足夠的勇氣撲到汽車的輪下。她得撲向汽車，對抗汽車，可是她沒有這樣的力量，就像她想對那個胡亂罵人的部門主管大叫的時候，她也沒有這樣的力量。

她出發的時候是黃昏，現在夜幕已經低垂。她兩腳都青腫了，她知道自己太虛弱，沒辦法走太遠。在這疲憊的時刻，他看見第戎（Dijon）這個城市的名字出現在一塊發亮的大牌子上。

霎時間，她忘了疲憊。彷彿這個城市的名字讓她想起了什麼事。她努力地在腦海裡找到一絲轉瞬即逝的記憶：那是關於一個從第戎來的人，或是有人跟她說過什麼好玩的事，就發生在第戎。突然之間，她相信在這個城市生活是美好的，這城市的居民跟她之前所認識的人都不一樣。就像一首舞曲在沙漠裡響起，就像一股銀色的水泉在墓園裡汩汩湧出。

是的，她要去第戎！她開始向汽車打手勢。可是所有的車子都開了過去，沒有一輛停下來，亮晃晃的車燈照得她睜不開眼睛。同樣的情況一再上演，她根本逃不出這個困境——她想跟某個人說話，她叫喚這個人，對他說話，對他吶喊著什麼，可是沒有人聽到她的聲音。

整整半個小時，她揮手卻沒人理，沒有一輛車子停下來。燈火通明的城市，第戎，歡樂之城，沙漠中的舞曲，再度陷入幽暗。世界再一次從她的身旁撤退，她也再一次回到她靈魂的深處，而她靈魂的周緣，盡是空無。

後來，她來到一個分岔點，一條比較小的公路從高速公路岔了出去。她停了下來，心想：不，高速公路上呼嘯而過的快車是行不通的，這些車子既不會把她撞死，也不會載她去第戎。她放棄了高速公路，走上那條比較安靜的小公路。

16

如何在一個格格不入的世界生活？當我們無法分享其他人的苦痛與歡樂，當我們知道自己跟這些人不是一夥的，我們如何跟這些人一起生活？

阿涅絲坐在駕駛座上，心裡想著：愛情或者修道院。愛情或者修道院：人類要拒絕、逃離造物者的電腦，有這兩種方法。

愛情：從前，阿涅絲想像過這種檢驗方式：死後，有人問您是否希望在新的生命中甦醒。如果您真心愛著某人，除非讓您和所愛的人在新生命中相遇，否則您不會接受。生命對您來說只有在特定的條件下才有價值，只有在它能讓您感受愛情的時候才有價值。您所愛的人對您來說比天地萬物重要，比生命更重要。當然，這麼說不免有些嘲諷地褻瀆了造物者的電腦，因為造物者的電腦自認掌握了存在的意義，自認是萬物的頂峰。

但是大部分的人並不知道什麼是愛情，就連那些自認為很懂愛情的人，也很少有人能通過阿涅絲發明的檢驗；大家都急著要得到一個新生命的保證，卻沒有提出任何條件；他們看重生命甚於愛情，他們於是再一次心甘情願地墮入造物者的羅網。

如果一個人無法選擇與所愛的人一起生活並且將一切置於愛情之下，那麼，他還有一個辦法可以逃離造物者——進入修道院。阿涅絲想起一個句子：「他遁入巴瑪修道院。」小說的行文裡始終沒提過任何修道院，但這絕無僅有的句子，出現在小說的最後一頁，卻重要到讓司湯達爾把它拿來當作小說的書名[18]；因為男主角的所有經歷，其目的性就是進入修道院——一個遠離世界，遠離人們的地方。

過去，與世界格格不入，無法分享世人的苦痛與歡樂的那些人會進入修道院。但是我們的這個世紀拒絕承認人們與世界格格不入的權利，於是修道院就沒戲唱了，司湯達爾的男主角也無處遁隱了。再也沒有什麼地方可以遠離世界，遠離人們了。留下來的只剩下回憶：修道院的理想，修道院的夢。修道院。他遁入巴瑪修道院。修道院的幻象。就是為了這幻象，阿涅絲已經造訪瑞士七年了。為了她的修道院，這修道院為她提供離開世界的路。

她想起今天經歷的一個奇異時刻，傍晚時分，她在山裡最後一次散步的時候，走到一條小溪旁，躺在草地上。她在那裡躺了很久，感覺流水穿過她的身體，帶走她的一切痛苦和一切污穢——她的自我。這是個奇異、令人無法忘懷的時刻，她忘了她的自我，她失去了她的自我，她從自我解脫了出來；在那裡，她擁有幸福。

這記憶在她身上產生了一種隱隱約約、轉瞬即逝但又重要的想法（或許是所有想法之中最重要的），阿涅絲試圖以話語來描繪這個想法：

生命中不能承受的，不是存在，而是作為「我」而存在。造物者藉由祂的電腦把幾十億個「我」，以及這些「我」的生命，放進世界。但是在這所有的生命旁邊，我們可以想像一個更基本的存在，那是造物者還沒開始造物之前就有的存在，造物者不曾對這存在發揮任何影響力，也不會這麼做。阿涅絲躺在草地上，任憑小溪單調的吟唱穿過她的身體，帶走她的自我，帶走她的自我的污穢。阿涅絲具有這種基本存在的性質，這種基本的存在呈現在時光流逝的聲音裡，呈現

18. 司湯達爾（Stendhal，一七八三－一八四二）：法國小說家，著有《紅與黑》、《巴瑪修道院》等書。

在天空的蔚藍之中；阿涅絲知道，從此，再也不會有更美麗的東西了。

她現在開車走的省道很靜；遠方，無垠的遠方，星星閃爍著。阿涅絲心想：活著，沒有任何快樂可言。活著：以世界之名背負著痛苦的自我。可是存在，存在是快樂的。存在：化作湧泉，化作盛水的石盤，宇宙湧落其上如溫暖的雨水。

17

少女又走了好久，兩腳青腫，步履蹣跚，她走到右邊的公路中間坐了下來。她縮著頭，鼻子埋在兩膝之間，弓著背，想到背上就要承受金屬、鐵皮的撞擊，她的背上感到一陣灼熱。她蜷縮在那裡，縮著她越發乾癟可憐的胸部，悲痛的自我在胸中燃著苦澀的火焰，讓她除了自身以外，無法思考其他事情。她渴望被撞死，好讓這火焰熄滅。

她聽到一輛汽車靠近的聲音，她把身體蜷縮得更緊了，車聲終於變得令人無法忍受，她所期待的碰撞並沒有發生，但是卻感覺到右邊有一陣強風襲過，讓她的身體略微轉了一下。先是輪胎與地面摩擦的吱嘎聲，再來是一聲巨響；她什麼也沒看見，因為她一直閉著眼睛，把臉埋在膝蓋之間，頂多只是對自己還活著並且跟原來一樣坐在那裡感到驚愕不已。

她又聽見一具引擎隆隆逼近的聲音；這一次，她貼在地面，撞擊的聲音很近，緊接著是一聲慘叫，一種無法形容的慘叫，把她嚇得跳起來。她依然站在荒涼的公路中央；她看見約莫兩百公尺遠的地方烈焰熊熊，而離她再近一點的地方，同樣駭人的叫聲從排水溝裡不斷傳來，飄向晦暗的天空。

這苦苦哀求的叫聲恐怖極了，恐怖得讓她周遭的世界去而復返，她曾經失去的世界又變得真實了，五顏六色，亮得讓人睜不開眼，還發出巨大的聲響。她站在馬路中間，張開雙臂，突然感覺到自己很高大，很有力，很強壯；世界，她失去的這個世界曾經拒絕聆聽她，現在卻大聲嚎叫著回到她身邊，這景象實在太美也太可怕了，讓她也想大叫，但這念頭最後卻成空，因為她的聲音在喉嚨裡熄滅了，她喚不醒這聲音。

第三輛汽車的車燈照得她睜不開眼。她原本想躲開，但是不知該跳到哪一邊；她聽到一陣輪胎吱嘎的響聲，車子避開她，撞上了別的東西。這時，她喉嚨裡的聲音終於醒了。從排水溝裡，同一個地方，一直傳來斷斷續續的哀嚎，最後，她開始回應這哀嚎的聲音。

後來，她還是轉身逃跑了。她一邊跑一邊大叫，她很著迷，因為她的聲音這麼微弱竟然能發出這樣的叫聲。在省道接上高速公路的地方，立著一支架著電話的水泥柱。少女拿起話筒：「喂！喂！」電話線的另一端傳來答話的聲音。「這裡發生意外了！」少女說。另一頭的聲音問她在哪裡，可是她說不清，於是掛上電話，往她下午離開的那個城市跑去。

18

幾個小時前，阿弗納琉斯還孜孜不倦地跟我解釋戳輪胎的時候必須嚴格遵循的順序：先戳右前輪，再戳左前輪，然後是右後輪，最後是四個輪子都戳。但這不過是理論，目的是要讓那些搞環保的聽眾或是容易唬弄的朋友大吃一驚。其實阿弗納琉斯自己在做的時候根本就毫無章法。他在大街上跑步，時不時心血來潮就拿出他的刀子，戳破離他最近的輪胎。

在餐廳裡，他的說法是，每戳完一刀就要把刀子收進外套，把刀子掛回腰帶上，然後空著手繼續跑步。這麼一來，我們可以跑得自在些，另一方面，也比較保險——還是不要讓人看到手上拿著刀比較好吧。還有，戳輪胎的時候，下手要快、要狠，幾秒鐘之內就得完成。

但是，唉，阿弗納琉斯在理論上那麼教條，在實踐上卻這麼不當一回事，他不只漫無章法而且隨心所欲，根本不管危險不危險。在一條空盪盪的街上戳了兩個輪胎之後（照理應該戳四個），他直起身子，繼續跑步，手裡還揮著那把尖尖的菜刀，完全不顧任何安全守則。現在他往一輛停在街角的車子跑去，距離目標還有四、五公尺，他就把手臂伸了出去（這又是一次違反了規則：時機還沒成熟啊！）就在此刻，他的右耳聽到一聲尖叫。有個女人嚇得愣在那裡，呆望著他。那女人應該是從街角跑出來的，正好碰上阿弗納琉斯奔向他的目標，全神貫注在人行道的邊上。兩人面對面杵在那兒，由於阿弗納琉斯也被嚇得僵住了，他舉起的手臂於是動也不動地停在半空中。那女人的眼睛離不開阿弗納琉斯手上的刀子，她又發出了一聲尖叫。阿弗納琉斯終於回過神來，把刀子掛回腰帶上，用外套蓋住。為了讓那女人平靜下來，他露出微笑，並且問她：

「請問現在是幾點？」

這問題彷彿比刀子更讓那女人驚駭，她又發出了第三次恐懼的尖叫。

這時候出現了幾個夜貓子，阿弗納琉斯犯下了一個致命的錯誤——如果他把刀子再拿出來，兇神惡煞地揮它一揮，那女人一定拔腿就跑，而其他碰巧路過的人也會跟著她一起逃跑。但是阿弗納琉斯卻決定裝出一副什麼事也沒發生過的樣子，還彬彬有禮地又問了一次：「不好意思，可不可以告訴我現在是幾點鐘？」

那女人看到有路人走近了，而且阿弗納琉斯也沒有什麼惡意，她於是又發出第四聲恐怖的尖叫，然後開始高聲喊著，要讓所有聽見她聲音的人都可以來作證：「他拿刀威脅我！他想強姦我！」

阿弗納琉斯兩手一攤，做出一個代表絕對無辜的手勢。他說：「我只是想知道現在到底是幾點。」

圍觀的人群裡走出一個穿制服的矮男人，那是個警察，他問發生了什麼事。那女人又說了一次，說是阿弗納琉斯想強姦她。

矮男人靦腆地走到阿弗納琉斯身邊，阿弗納琉斯挺直他雄偉的身軀，用他渾厚有力的聲音說：「我是教授！阿弗納琉斯教授！」

這段話，一如話裡提到的頭銜，給警察留下了強烈的印象；他似乎就要叫人們散開，讓阿弗納琉斯離去了。

但是那女人，在恐懼消失之後，卻變得咄咄逼人。她大聲叫道：「就算你是卡匹拉琉斯教授，也不能改變你拿刀威脅過我的事實！」

幾公尺遠的地方，一扇門打開了，有個男人走到街上。他走路的樣子很怪，活像在夢遊，就在阿弗納琉斯語氣堅定地說出「我什麼也沒做，我只是請這位女士告訴我時間」的時候，他停了下來。

那女人彷彿感覺到阿弗納琉斯的頭銜讓這些看熱鬧的傢伙對他產生了好感，她於是對著警察大叫：「他的外套裡有一把刀！他把刀藏在外套裡面！一把好大的刀！不信的話，搜他的身就知道了！」

警察聳聳肩，幾乎用道歉的語氣對阿弗納琉斯說：「麻煩您了，可不可以請您把外套的釦子解開？」

阿弗納琉斯愣了一下，他知道沒有其他選擇了。慢慢地，他解開釦子，把外套敞開，讓大家看到束在他胸口的那套精巧裝備，還有懸在皮繩上的一把尖尖的菜刀。

圍觀的人們發出一聲驚嘆，此時，夢遊的那個人靠到阿弗納琉斯的身邊對他說：「我是律師。如果您需要我幫助的話，這是我的名片，您只要跟我說一聲就行了。您完全沒有義務回答他們的問題。從調查一開始，您就可以要求有律師在場。」

阿弗納琉斯接下名片，放進口袋裡。警察抓住他的胳膊，轉身向人們說：「讓開！讓開！」

阿弗納琉斯沒有抵抗，他知道自己被逮捕了。自從他們看到那把大菜刀吊在他的大肚腩上，這些人就對他沒好感了。他在人群裡尋找那個自稱是律師，還給了他名片的那個人，可是那個人沒有回頭，已經走遠了。他走向一輛停在路邊的汽車，然後把鑰匙插進車門的鎖孔。阿弗納琉斯還來得及看到他在那裡遲疑了一會，然後在輪胎旁跪了下來。

就在這時候，警察緊緊扣住阿弗納琉斯的手臂，把他帶走了。

在車旁，那男人發出一聲哀嘆：「天哪！」接著，他因為嗚咽而渾身顫抖。

19

他含著眼淚走上他家，急急忙忙跑去拿起電話，想要叫一輛計程車。電話那頭，一個極其溫柔的聲音對他說：「巴黎計程車中心，請稍候，不要掛斷電話……」接著，聽筒裡傳來音樂聲，那是一段歡樂的女聲合唱，還配上打擊樂的伴奏；過了好一陣子，音樂停了，那溫柔的聲音再次請他不要掛斷電話。他很想大聲咆哮，說他的妻子性命垂危，他沒有耐性再等了，但是他知道咆哮根本沒有意義，因為電話那頭的聲音是預錄在磁帶上的，沒有人會聽到他的抗議。接下來，音樂變得越來越大聲，女聲大合唱，嘈嘈嚷嚷的聲音加上打擊樂，等了很久，他聽見一個真的女人的聲音，他一聽就知道那是真人，因為聲音裡再也沒有一絲溫柔，而是極不耐煩，讓人聽了非常難受。他一說出他需要一輛計程車載他去距離巴黎幾百公里遠的地方，那個真人的聲音立刻回絕了他，當他試圖要解釋，說他已經沒有其他辦法，一定得要有一輛計程車載他過去才行，再一次，歡樂的音樂在他的耳邊響起，打擊樂，女人嘈嘈嚷嚷的聲音，久久之後，那預錄的溫柔聲音請他耐心等候，不要掛斷電話。

他掛上電話，撥了他助理的電話。但是電話那頭說話的不是他的助理，而是他預錄的語音。那是個活潑、調皮的聲音，因為邊笑邊說，聲音變得跟平常不太一樣：「很高興您終於想起我的存在了。您無法想像不能跟您說話我有多遺憾，但是如果您留下電話號碼，我會很開心，我會盡快給您回電……」

「白痴。」他一邊罵，一邊掛上了電話。

為什麼布麗姬特不在家？她早該回來了啊，他這麼對自己說了幾百次，還跑去她房裡看了一眼，但是心裡早知道他不會在房裡看到布麗姬特。

還可以打電話給誰呢？給蘿拉？她肯定會毫不遲疑地把車子借給他，但是她一定會堅持要陪他去；這一點他就沒辦法答應了：阿涅絲跟她的妹妹鬧翻了，保羅不想做任何違背她意願的事。

這時，他想起貝爾納。他突然覺得他們之間不愉快的原因簡直無聊得可笑。他撥了他的電話號碼。貝爾納在家。保羅向他借車，他告訴他阿涅絲翻車掉進溝裡，醫院的急診處剛剛打電話來通知他。

「我馬上過來。」貝爾納說。這一刻，保羅在心裡感覺到對這個老朋友滿滿的愛。他真希望擁抱他並且在他的懷裡哭泣。

他很慶幸布麗姬特不在家。他不希望看到她回來，這樣他才能自己一個人守在阿涅絲身邊。突然間，一切都消失了，他的小姨子，他的女兒，整個世界都消失了，只剩下他和阿涅絲；他不想要有第三者出現在他們之間。他想，阿涅絲已經性命垂危了，如果她的狀況不是這麼絕望，那家外省的醫院也不會在半夜打電話給他。接到電話之後，他唯一掛心的，就是希望能及時趕到，來得及再吻她一次。再吻阿涅絲一次的欲望縈繞在他的腦海裡，他渴望一個吻，最後的吻，讓他可以如同攤開一張網，用這最終的吻，捕捉住阿涅絲即將消失，從此空留回憶的臉孔。

能做的，也只有等待了。保羅開始動手整理書桌，他自己也很驚訝，在這種時候他竟然還能投入這麼無關緊要的事。他的桌子整齊或凌亂有什麼關係？而幾分鐘之前，他又為什麼在街上把名片給了一個陌生人？但他就是停不下來：他把書整齊地擺在書桌的一角，把幾封舊信的信封揉成一團丟進廢紙簍。就是這樣，他心想，一個人被不幸的事情打擊的時候，就會這麼做，他的行為舉止會像在夢遊，日常生活的慣性有一種力量，會讓他繼續在生活的軌道上行走。

他看了看錶。輪胎被戳破已經害他浪費了將近半小時。快點，快點，他竊竊呼喚著貝爾納，我不想讓布麗姬特在這裡看到我，我想要自己一個人去，我要及時趕到啊。

但他沒有如願。布麗姬特恰好在貝爾納之前回到家裡。兩個老朋友互相擁抱，貝爾納開車回家，保羅坐上了布麗姬特的車。布麗姬特讓他開車，父女倆急馳而去。

20

阿涅絲看見一個身影站在公路中間，車燈的強光猛然一照，她看見那是個少女，雙臂展開像在跳芭蕾；那畫面彷彿一個舞者在演出當中拉著簾幕，因為接下來什麼都沒有了，舞者在剎那間忘了整個舞碼，於是演出只剩下這個最終的畫面。後來，除了倦意她再也沒有其他感覺了，那倦意如此巨大，和一口深不見底的水井沒有兩樣，連醫生和護士們都以為她已經沒有意識了，但她的意識其實出人意外地清晰，她可以感覺並且知道自己正走向死亡。她甚至隱約覺得有點驚訝，因為她沒有感受到任何對過去的鄉愁，沒有任何遺憾，沒有任何恐怖，沒有感受到任何與死亡聯想在一起的東西。

後來她看到一個護士靠在她耳邊輕聲對她說：「您的丈夫已經趕來了。他要來看您。您的先生就要過來了。」

阿涅絲露出微笑。但她為何微笑？那場被遺忘的演出有些什麼東西回到她的腦海裡了——是的，她結了婚。接著，浮現了一個人名：保羅！是啊，保羅。保羅。保羅。她的微笑是突然想起一個忘記的字詞時會露出的微笑。就像人家把您五十年沒見的玩具熊拿給您，而您還認得這隻熊寶寶。

保羅，她帶著微笑反覆唸著這個名字。即便她忘了微笑的原因，微笑依然停留在她的唇上。她非常疲憊，一切都讓她感到疲憊。尤其是目光，她無力承受任何目光了。她閉著眼睛，不想看到任何東西任何人。身邊發生的任何事都讓她感到厭煩，感到不舒服，她渴望什麼事都不要發生。

後來她想起來了：保羅。剛才護士說什麼？他就要到了？這場被遺忘的演出，這場曾經是她的一生的演出，霎時間往事歷歷在目。保羅。保羅。保羅來了！這一刻，她心神激盪，她渴望保羅不會再看到她。她累了，她不想要任何人的目光。她不想要保羅的目光。她不想讓他看到自己死去。她得快一點。

最後一次，她生命的基本情境又重現了：她在跑，有人在後面追。保羅在後頭追趕著她。此時，她的手上再也沒有任何東西了，沒有刷子，沒有梳子，也沒有絲帶。她所有的武器都沒了。她裸著身子，只蓋著醫院的一塊白布。這是最後的一段直線，再也沒有任何東西可以幫她，一切就看她跑多快了。誰會是跑得比較快的那個？是保羅還是她？她會先死，還是保羅會先到？

倦意越來越沉，阿涅絲感覺到自己在全速遠離，彷彿有人把床往後拉走似的。她睜開眼睛，看見一位白衣的護士。護士的臉長得像什麼？阿涅絲再也看不出來了。這幾個字再度回到她的記憶裡：「那裡，沒有臉孔。」

21

保羅走近床邊的時候，看見的是身體覆著一張床單，一直蓋到頭部。一個穿著白袍的女人告訴他們：「她在十五分鐘前過世了。」

這麼短短的幾分鐘，卻將他隔絕在阿涅絲臨終的時刻之外，這讓他更加絕望了。他比她晚了十五分鐘。除了這十五分鐘的欠缺，他自己的生命也有欠完滿，他的生命突然中斷了，莫名其妙地被切去了一大段。他覺得在他們一起生活的這段日子裡，阿涅絲似乎從來不曾真正屬於他，他從來不曾真正擁有阿涅絲；而為了讓他們的愛情故事變得完滿，他還欠最後的一個吻；用這最後的吻，透過嘴唇，牢牢記住還活著的阿涅絲；把她留在雙唇之間。

穿白袍的女人掀起床單。保羅看見那張熟悉的臉孔，蒼白美麗，但是卻完全不一樣了：嘴唇，雖然還是安詳的，但是那線條卻是他從來不曾見過的。他不知道這張臉要表達的是什麼。他沒辦法俯在阿涅絲的身上親吻她。

布麗姬特在保羅身旁啜泣，她的身體開始顫抖，她把頭靠在保羅的胸口。

他望著眼皮闔攏的臉孔。這詭異的微笑對象並不是保羅，他從來不曾看見這樣的笑容；這微笑是對他不認識的某個人發出的；保羅無法理解這微笑。

穿白袍的女人猛然伸出手支住保羅的胳膊；他快要暈厥了。

第六部

鐘面

1

孩子一生下來，就開始吮媽媽的奶。媽媽讓孩子斷奶之後，他就吮自己的拇指。

有一天，魯本斯（Rubens）問一個婦人：「您為什麼讓您的兒子吮他的拇指？他已經十歲了！」這位婦人很生氣地說：「我不會禁止他這麼做。這樣可以延續他和母親乳房的接觸啊！您希望我讓他留下心理創傷嗎？」

於是那孩子吮拇指吮到十三歲，之後，他慢慢從拇指過渡到香菸。

後來魯本斯和這位維護兒子吸吮權的母親做了愛，魯本斯把自己的拇指放在她的唇上；她緩緩把頭從右邊轉向左邊，舔起魯本斯的拇指。她閉著眼睛，想像同時被兩個男人占有。

這則小故事標誌了魯本斯生命中的一個重要日期，因為這女人讓他發現了一個測試女人的方法：他把拇指放在她們的唇上，然後觀察她們的反應。那些舔拇指的女人，毋庸置疑，都對群交的性愛有興趣。那些對拇指視若無睹的女人則與變態的誘惑完全絕緣。

在這些被「拇指測試」檢測出群交傾向的女人當中，有一個是真心愛著魯本斯的。做完愛之後，她抓住魯本斯的拇指笨拙地吻了一下，意思是說：現在，我希望你的拇指變回拇指了，因為在經歷我所幻想的一切之後，和你在一起覺得好幸福，只有我，只有你。

拇指的化身。或者還有：指針如何在生命的鐘面上移動。

2

在鐘面上，指針轉著圓圈。占星師畫的黃道十二宮圖也一樣，是一個鐘面的形象。十二宮的星象命盤，就是一個時鐘。不管我們信不信占星師的預言，十二宮的星象命盤都是生命的隱喻，而星象命盤作為生命的隱喻，其中蘊涵著一個大智慧。

占星師是怎麼幫人畫星象命盤的？他會先畫一個圓，那是天球的圖像，然後再把它分成十二份，每個扇形代表一個星座：牡羊座、金牛座、雙子座，等等。在這黃道十二宮的圓形裡，占星師接下來會在準確的地方畫上象徵太陽、月亮和七個行星的圖樣，那是您出生時這些星球所在的位置。占星師彷彿在一個規律地分為十二個小時的鐘面上，不規則地刻上了九個補充的數字。九根指針在這鐘面上轉著：這九根指針也是太陽、月亮和七個行星，但它們在天上運行一如在您生命的進程中移動。每一個指針星球和所有的數字星球（也就是您星象命盤裡固定不動的這些點）不斷變換著新的相對關係。

一個人出生的那一刻，星球之間會構成獨特的位形，這個位形就是您一生永恆的主題，這個位形的代數定義，就是您人格特質的數字印記；這些被固定在您命盤上的星體，彼此之間會構成某些角度，這些角度的價值依其度數而定，並且擁有精確的意涵（正面的、負面的、中性的）：譬如，想像一下，您的愛情金星和您好戰的火星對衝；掌管您人格特質的太陽因為和掌管活力與冒險的天王星交會而變強；象徵性慾的月亮受到興奮妄想的海王星加持……諸如此類。但是這些指針星球在它們的路程當中，會碰到星象命盤上的每一個定點，由此您生命主題的不同成分都被放進了命盤（這些成分時而被減弱，時而被加強，時而受到威脅）。生命正是如此：它可不像那種無賴流浪漢的冒險小說，可以讓主人翁每一章每一回都因為新的事件而感到驚奇，而事件與事件之間卻毫無共同的因素；生命像是音樂家稱之為主題變奏的曲式。

天王星在天上走的速度算是很慢的。它得花七年的時間才走完一個星座。試想天王星現在和固定不動的太陽在您的星象命盤上處於某種悲劇性的關係（假設它們相隔九十度）：您可有一年的苦日子要熬了；二十一年之後，同樣的情況會再重複（屆時天王星會在距離太陽一百八十度的位置，帶來的是同樣不祥的意涵），但是這種重複只是表象的，因為這一年，就在天王星衝到您的太陽的時候，土星在天空裡和您命盤上的金星正處於極其和諧的關係，所以暴風雨會踮著腳尖從您身旁掠過。這就像您生了一場相同的病，可是這一次您住的醫院像是神話裡的樂園，照顧您的不是沒耐性的護士，而是天使。

占星術似乎教我們要相信宿命——你無法逃脫你的命運！但是在我看來，占星術（請把占星術理解為生命的隱喻）說的是更細緻的東西：你無法逃脫你生命的主題！也就是說，如果您在生命的中途宣稱要打造一個「新生活」，跟先前的生命沒有關係，完全從零開始，那根本就是痴人說夢。您的生命永遠都是用相同的材料、相同的磚塊、相同的問題構成的，而您很快就會發現，您起初以為的「新生活」，只是用似曾相識的東西所譜成的一曲變奏。

星盤像時鐘，而時鐘是終結的學院：一根指針轉完一圈之後，會回到原先出發的地方，此時，一個階段就完成了。在鐘面上，九根指針依不同的速度旋轉，時時刻刻都標誌著一個階段的終結和另一個階段的開始。一個人年輕的時候，看不出時間像個圓圈，反而覺得時間像一條直直的路，永遠帶著他走向不同的遠景；他沒有想到，他的生命只有一個主題；關於這一點，他要到後來才會明白——直到，生命譜出最初的變奏。

魯本斯約莫十四歲的時候，有個小女孩在路上把他攔了下來，小女孩的年紀大概只有他的一半，她問道：「對不起，先生，請問您現在是幾點？」這是第一次，一個陌生的女性用「您」並且用「先生」稱呼他。他激動不已，他覺得生命從此展開一個新的階段。後來，他完全忘了這段插曲，直到有一天，有個漂亮的女人對他說：「在您年輕的時候，不也是這麼想的嗎……」這是第一次，一個女人提到他年輕的時候，像提起陳年的往事。此刻，從前在路上問他時間的那個小女孩的形象浮現他的腦海裡，他明白了，在這兩個女性的形象之間，存在某種親族關係。這兩個形象本身並沒有任何意義，都是偶然遇見的，然而，自從魯本斯把這兩個形象聯繫起來，它們看起來就像是他生命鐘面上的兩個決定性的事件。

換個說法：試想魯本斯生命的鐘面鑲在一座巨大的中世紀鐘樓上，譬如，就像我從前在布拉格曾經千百次走過的那個舊城廣場的鐘樓。鐘響的時候，鐘面上會打開一扇小窗；裡頭會跑出一個玩偶，那是個七歲的小女孩，問著現在是幾點。然後，等這同一根指針，非常緩慢地，在多年之後，走到了下一個數字，鐘又響了，小窗戶又打開了，裡頭跑出了另一個玩偶，那是一個年輕的女人，說著：「在您年輕的時候……」

3

在他年紀很輕的時候，從來不敢對女人坦承自己的情色幻想。他認為自己有責任將全副做愛的精力轉化為對女體的探索，而且要做到讓人嘆服。他那些年紀相仿的伴侶也和他有相同的看法。他隱約記起其中的一個，我們就把她叫做A吧，A做愛做到一半的時候，猛然用手肘和腳板把身體整個拱起來；由於魯本斯正壓在她身上，因此失去了平衡，差一點跌到床下。他經歷了他的第一個時期：沉默的競技時期。

這種沉默，後來他一點一滴地失去了；那一天，他自認十分大膽，那是他第一次對一個年輕的女孩大聲指稱自己身體的某個部位。老實說，做這種事所需要的勇氣比他想像中的少，因為他的用語是一個溫柔的暱稱，或者說，是一個帶有詩意的迂迴說法。然而，他還是因為自己的勇氣而激動不已（也因為年輕的女孩不要求他沉默而感到驚訝），於是他開始創造隱喻，透過詩意的轉化，他創造出最細緻的隱喻來指稱性行為。這是他的第二個時期：隱喻時期。

那時候，他正在跟B交往。在習慣性的言語前戲（充滿很多隱喻的前戲！）之後，他們開始做愛。就在B覺得快要高潮的時候，她突然說了一句話，在話裡用了一個毫不含糊，不帶任何隱喻的詞彙指稱她的性器官。這是魯本斯第一次從一個女人的口中聽到這個詞（順帶一提，這是他生命鐘面上另一個重要的日子）。

過了一陣子，C邀請魯本斯去她家。這個女人比他大十五歲。赴約之前，魯本斯在他朋友M的面前反覆地說他打算在交媾之際對C女士說的種種淫穢猥褻的話語（不，不再是隱喻了！）這是一次奇怪的挫敗——在他還沒找到足夠的勇氣開口之前，C已經把那些猥褻話先說出來了。再一次，他愣住了。不只是因為他的伴侶的勇氣先他而至，而是為了更奇怪的原因：C的遣詞用字竟然跟他花了好幾天醞釀出來的那些猥褻話一模一樣。這巧合令他興奮極了。他把這歸因於某種情色的心電感應，或是靈魂之間神祕的親族關係。於是他漸漸進入他的第三個時期：淫穢的真話時期。

第四個時期則和他的朋友有密切的關連：阿拉伯電話時期。有個遊戲叫做「阿拉伯電話」，五歲到七歲的孩子經常玩這個遊戲：幾個孩子排排坐，第一個孩子在第二個孩子耳邊輕聲說一個長句，第二個再悄悄地把這個句子說給第三個聽，然後這個孩子再把句子說給第四個聽，依此類推，直到最後一個。最後一個孩子得把句子大聲說出來，這時所有人都笑了，因為最初的句子和傳到最後的句子相差太遠了。這兩個大人，魯本斯和M，他們也玩起阿拉伯電話的遊戲，他們在情婦們的耳邊嘰哩咕嚕些猥褻的話，說些用心雕琢的猥褻話；這些女人不知道自己加入了遊戲，就這麼把句子傳了下去。由於魯本斯和M有幾個共同的情婦（或者有幾個情婦是他們謹慎地轉手給對方的），他們可以藉由這些中介的女人，互相傳遞歡樂的友誼訊息。有一次，有個女人在做愛的時候，在魯本斯的耳邊輕聲說了一個句子，這句子如此精雕細琢，聽起來簡直不像真的，魯本斯立刻在其中認出他朋友促狹的新點子，忍不住想笑；那女人見他憋著笑的樣子，以為是某種性愛的痙攣，她因此受到激勵，又說了那個句子；說到第三次的時候，她乾脆用叫的，叫得魯本斯在他們火熱交纏的身體上方，瞥見他朋友的幽靈在那兒放聲大笑。

於是他想起年輕的B，在隱喻時期接近尾聲的時候，她出人意料地用了一個猥褻的字眼。過了些時日，他回想起這個字眼，腦子裡出現了一個問題：B是第一次說出這個字眼嗎？當時他相信是的。他想的是B愛他，他以為B想嫁給他，而且B沒有認識別的男人。現在，他明白了，在B對他說出這個字眼之前，應該有另一個男人教過她（我甚至會說，訓練過她）這麼說。是的，過了這麼些年，有了阿拉伯電話的經驗之後，魯本斯明白了，當年B口口聲聲說只愛他一個，但是B肯定有另一個情人。

阿拉伯電話的經驗改變了魯本斯：他失去了這種感覺（我們所有人都抵擋不住這種感覺）——性愛是完全私密的時刻，兩個孤獨的肉體在這段時間裡緊緊依偎，兩個肉體所在的世界化成了無垠的荒漠。玩過阿拉伯電話的遊戲以後，他知道了一件事，這樣的時刻不會帶來什麼孤獨。就算在香榭麗舍大街的人群裡，他都覺得比在最祕密的情人的懷抱裡來得私密而孤單。因為阿拉伯電話時期是性愛的社交時期——透過幾個字的作用，所有人都參與了兩人的擁抱；社會不斷提供淫猥的形象給市場，讓這些形象的傳播和交易可以順利進行。於是他給國家提出這樣的定義：個人所組成的社群，其成員的情色生活連結於同一個阿拉伯電話遊戲。

但是他後來就遇到了年輕D，那是他遇過最會說話的女人。第二次見面的時候，D就狂熱地自承她很喜歡自慰，而且她可以自己在心裡講些奇奇怪怪的故事而達到高潮。「故事？什麼樣的故事？說給我聽！」然後他開始跟D做愛。D說了：一個游泳池，幾間更衣室，木頭隔板上打了幾個洞，她換衣服的時候感覺到有一些目光盯著她的身體，更衣室的門突然打開，四個男人出現在門口，如此如此，這般這般；故事很好，也很平庸，魯本斯也只能讚美他的伴侶。

但是這期間他發生了一件奇怪的事：他遇到其他女人的時候，他發現在她們的想像裡會出現一些D在做愛的時候說給他聽的長篇故事的片段。他經常發現相同的字眼，相同的措辭，而這些字眼、這些措辭都是平常不會用的。D的長篇獨白是一面鏡子，裡頭映照出他認識的每一個女人，那是一部浩瀚的百科全書，一部八大冊的形象與文辭並茂的色情圖鑑。起初，他根據阿拉伯電話的原理來詮釋D的獨白：藉由幾百個情人的中介，全國同胞把各地的淫猥形象都採集到D的腦海裡，一如蜜蜂嗡嗡嗡地把蜂蜜採集到蜂窩裡。但他後來卻發現，這解釋行不通。D長篇獨白裡的某些片段，出現在一些女人說的話裡，但是他知道，而且很確定，這些女人不可能跟D有直接的接觸，他們之間也不可能有任何共同的情人可以扮演信差的角色。

魯本斯於是想起他和C的性愛經驗：他原本準備了一些淫猥的話要對她說，結果是C說了這些話。那時，他告訴自己那是心電感應。但是C真的在魯本斯的腦子裡讀到了這些句子嗎？比較有可能的是，這些句子早在認識魯本斯之前，就已經在C的腦子裡了。但是他們兩人怎麼會在腦子裡有同樣的句子呢？那是因為這些句子有共同的來源吧。當時魯本斯想到的是：唯一的、同樣的流水貫穿了所有男人和所有女人，同樣的一條河流在地下汩汩湧送著色情的形象。每個個體都會收到他的那一份形象，但不是像阿拉伯電話遊戲那樣，透過情人或情婦，而是透過這條不具備人的特質的河流（貫穿人的，或是在人之下流動的）。然而，要說貫穿我們的河流不具備人的特質，意思就是說它並不屬於我們，而是屬於創造我們並且把它放在我們當中的那一位；換句話說，這條河流屬於上帝，甚至，它就是上帝，或者是上帝的一個化身。魯本斯第一次這麼想的時候，還覺得這念頭很瀆神，但後來瀆神的表象消失了，他抱著某種宗教性的謙卑沉浸在地下的暗流裡——他感到我們每個人都聯合在這暗流之中，不只像是同一個國家的國民，更像是上帝的子民；他每一次潛入這暗流之中，就會感受到自己與上帝在某種神祕的融合過程裡融為一體。是的，第五個時期是神祕時期。

4

魯本斯的生命就這麼化約為一則性愛的故事嗎？

我們確實可以如此理解他的生命；而他頓悟的那天，也在鐘面上標誌著一個重要的日子。

魯本斯還是高中生的時候，經常在美術館一耗就是幾個小時，在家裡畫了幾百幅水彩畫，還因為畫了老師們的滑稽畫像而在學校裡大出風頭。這些滑稽畫像有時是鉛筆素描，登在學生的油印刊物上，有時則是在黑板上用粉筆畫的，全班同學都被他逗得樂不可支。魯本斯在這段日子裡發現了什麼是光榮——學校裡大家都認識他，而且崇拜他，所有人都開玩笑地叫他「魯本斯」[19]。為了紀念這幾年的美麗時光（他僅有的幾年光榮），這個綽號他留了一輩子，而且（以一種讓人意想不到的天真）要他的朋友都這麼叫他。

光榮和高中畢業會考一起結束了。他想要進美術學院讀書，可是考試卻不順利。他比其他人差嗎？還是他運氣不好？說也奇怪，這麼簡單的問題我反而不知該如何回答。

他一副不在乎的樣子，轉而投身學習法律，把失敗歸咎於他的祖國瑞士太小。他期待在他方實現畫家的志業，他做了兩件事來試自己的運氣——先是參加了巴黎美術學院的入學考試，鎩羽而歸，接著是把自己的素描寄給幾家雜誌。他們為什麼拒絕魯本斯？這些素描很糟嗎？收到信的人都是些笨蛋嗎？還是這個時代不再對素描感興趣了？我也只能再說一次，這些問題，我沒有答案。

這種種的挫折讓他覺得很厭煩，他放棄了。人們可以由此得出結論，肯定是這樣的（他自己也意識到了），他對繪畫的熱情並沒有自己想像得那麼強烈——他高中的時候錯了，才會想要投身藝術家的志業。這個發現起初讓他感到失望，但是沒多久，一個讚揚他放棄的聲音卻像某種挑戰，在他的靈魂裡響起：為什麼他一定要對繪畫有熱情？大部分爛畫和爛詩的誕生，不都是恰恰因為藝術家在自己對藝術的熱情裡看見某種神聖的東西——一種使命，一種責任（對他們自己，甚至對全人類的責任）？他的放棄讓他把藝術家和作家視為野心比才華高的人，從此他不再與這些人為伍。

他最大的對手N，是個跟他同年的男孩子，他們來自同一個城市，高中讀的也是同一所學校。N進了藝術學院，而且沒多久就有很出色的表現。中學的時候，大家都認為魯本斯的天分比N高得多。這麼說來，大家都錯了嗎？還是說才華這種東西有可能在半途失落？各位都料到了，這些問題沒有答案。而且，問題的重點不在那裡——他的挫折讓他決定永遠放棄繪畫的時候（N初次表現得很出色的時候），他正在和一個很年輕、很美麗的女孩交往，N則是娶了一個有錢的小姐為妻，這位小姐醜到讓魯本斯看到幾乎提不上氣。魯本斯覺得這個巧合似乎是命運的信號，讓他知道自己生命重心之所在——不在公眾生活，而在私人生活；不在事業的爭逐，而是在女人方面的成功。突然間，前一天看起來還像是挫敗的事，現在卻像一場令人驚奇的勝利。是的，他放棄了光榮，放棄了追求眾人認可的鬥爭（悲傷而徒勞的鬥爭），為的是投身於生命本身。他甚至沒問過自己，為什麼女人恰恰就是「生命本身」。這對他來說是極其明顯，毋庸置疑的。他很肯定自己選的路比他那有醜女為伴的同窗來得好。在這樣的情況下，他那年輕美麗的女友對他來

19. 魯本斯（Rubens，一五七七—一六四〇）：法蘭德斯（Flandre）人，巴洛克時期的重要畫家。

說，不僅代表著幸福，更代表他的凱旋和他的驕傲。為了確定這出乎意料的結果是一場勝利，為了給這場勝利蓋上不可撤銷的戳印，他娶了那個美女為妻，他相信所有人都羨慕不已。

5

對魯本斯來說，那些女人代表「生命本身」，可是他卻急著娶他的美女為妻，這麼一來，他就得放棄所有的女人了。這是個沒有邏輯的舉動，可這種事還真是常見。魯本斯當時二十四歲，他剛剛進入淫穢的真話時期（也就是在他認識B女孩和C女士沒多久的時候），但是他的經驗並沒有削弱他的信念，他始終相信在性愛之上還有真正的愛情，有偉大的愛情，那是一種至高無上的價值，他經常聽人說起，也經常夢想，可是卻對這種愛情一無所知。他相信：愛情是生命最完滿的高峰（他愛這「生命本身」勝過他的事業），所以當然得敞開雙臂毫不遲疑地迎接它的到來。

就像我剛才說的，指針在他性生活的鐘面上標誌著淫穢真話的時刻，但是在墜入愛河的同時，魯本斯卻往前一個時期退去：在床上的時候，他要不是保持沉默，就是對他的未婚妻說些甜美的隱喻，他認為淫穢猥褻的話會把他們倆逐出愛情的國度。

容我換個說法：魯本斯對他的美女的愛，把他帶回了處男的狀態；因為他說出「愛情」這個字眼的時候，就和我在另一處說的一樣，所有歐洲人都乘上了魔魅的翅膀，回到性交之前（或是性交之外）的狀態，回到少年維特內心受苦的所在，回到多米尼克在弗羅芒坦的小說裡差點從馬上摔下來的地方。魯本斯遇見他的美女的時候，正準備要把鍋架在火上開始煮沸他的感覺，他等著水滾湯沸，把他的感覺轉化為激情。事情之所以會變得有點複雜，是因為他在另一個城市還有個比他大三歲的女朋友（暫且就叫她E吧），他在認識他的美女之前就認識E了，認識美女之後，他又和E繼續來往了幾個月，直到決定結婚的那一天，他才決定不再去找E。他們的關係並不是因為魯本斯對她的感覺自然變淡而結束（待會我們就會看到魯本斯有多愛她），而是因為魯本斯確信自己進入了生命中的一個莊嚴肅穆的時期，在這個時期，忠誠被視為榮耀愛情的美德。可是，就在預定要結婚前的一個星期（婚禮的時機還是在他心裡激起了一絲疑慮），他對E（那個被他無端離棄的E）的懷念嚴重到讓他無法承受。由於他從來不曾把他們的關係當成愛情來看待，他自己也很驚訝，他竟然會有如此強烈的渴望，整個心裡，整個腦子，整個身體都渴望著E。他受不了了，跑去找E。整整一個星期，他任由E冷嘲熱諷，心裡始終抱著可以跟她做愛的希望，他求她，他苦苦哀求，他用盡柔情的攻勢，悲情的攻勢，死纏爛打，但是E只讓他看見她那張不領情的臉；至於她的身體，魯本斯連碰都碰不到。

魯本斯碰了一鼻子灰，在婚禮當天早晨悲傷地回到家裡。他在婚宴上喝醉了，之後，他開車載著新娘回到他們的公寓。和新娘做愛的時候，他被醉意和懷念沖昏了頭，竟然叫出前女友的名字。這下可慘了！他永遠也忘不了這一刻，一雙大眼睛驚恐地望著他！在這個毀滅性的時刻，他心想，是那個被他遺棄的女友在復仇，她在新婚第一天就破壞了他的婚姻。在如此短暫的瞬間，或許他也明白了，過去的那些事簡直不可置信，他脫口而出的錯更是奇蠢無比，而這蠢事就要讓他的婚姻無可避免地走上失敗之途，這更是讓人無法忍受。有那麼駭人的三、四秒鐘他默不作聲；後來，他突然開始大叫：「夏娃！伊莉莎白！英格麗！」然後，因為他一時想不起其他的女性名字，他又重複了一遍：「英格麗！伊莉莎白！對，你對我來說就是所有女人的化身！你是世界上所有女人的化身！夏娃！克拉荷！茱莉！你是所有女人的化身！你是世界上所有女人的化身！英格麗！格瑞珍！世界上所有的女人都在你身上了，你帶著她們每一個人的名字……」然後他加快了做愛的動作，一副性愛運動員的模樣；幾秒鐘之後，他終於看到妻子圓睜睜的大眼睛恢復了正常，而她僵硬的身體也因為安心而重拾了正常的節奏。

他避開災禍的方法看來似乎令人難以置信，而他年輕的妻子會把這麼瘋狂的鬧劇當真，我們可能也會感到驚訝。但是別忘了，他們兩人都活在「前性交時期」的思想控制下，這思想把愛情變成了絕對。在這童貞的時期，愛情的判準是什麼？那純然是數量的問題：愛情是一種非常，非常，非常，非常巨大的感覺。假的愛情是一種渺小的感覺，真正的愛情（die wahre Liebe!）是一種非常巨大的感覺。可是，從絕對的觀點來看，所有的愛情不都是渺小的嗎？確實如此。這就是為什麼愛情為了證明自己是真的，會想要逃離合情合理的東西，會想要無視於一切尺度的存在，會想要走出一切可信的事物，會想要變成「激情的積極譫妄」（我們可別忘了艾呂雅！），換句話說，就是要變得瘋狂！所以，不可置信的誇張動作只會帶來好處。對一個外部的觀察者來說，魯本斯脫困的方式既不漂亮也沒有說服力，但在當時的情況下，卻是唯一能讓他避開災禍的方法；魯本斯藉由瘋子一般的舉動，宣稱自己是絕對的，是為了愛情絕對瘋狂的；而這方法拯救了他。

6

是的，在他非常年輕的妻子面前，魯本斯又變成了一個熱情奔放的運動員，但這並不是說他從此就放棄了淫猥的遊戲，只能說他想拿這些遊戲來為愛情服務。他想像自己將在這讓人心醉神迷的一夫一妻生活裡，僅僅和一個女人一起體驗他原本可以在一百個不同女人身上發掘的所有經驗。於是沒解決的問題只剩下一個：性愛的冒險該以何種節奏在愛情的道路上行進？既然愛情的道路必須這麼漫長，非常漫長，說不定還沒有盡頭，他於是給了自己這個原則：把時間慢下來，不要著急。

這麼說吧，他想像未來與美女共度的性生活像攀爬一座高山，如果第一天就攻上了頂峰，那他第二天要做什麼？所以他得規劃一個上山的計畫，好讓整個登山的過程填滿他的一生。他和妻子做愛當然也是滿懷激情，滿懷熱忱，但招式可以說是很古典的，完全不用那些吸引他的變態把戲（這些把戲在他妻子身上比在其他任何女人身上更吸引他），但他想的是把這些把戲留到以後。

他沒有想到事情會變成這樣：他們不再交心，他們讓彼此心煩，他們為了伴侶間的權力關係爭吵，她要求更多的個人發展空間，他氣她不煮蛋給他吃，他們還沒搞清楚兩人之間究竟出了什麼問題，就離婚了。這巨大的感覺，魯本斯宣稱要在上頭建立他的一生，卻消逝得如此之快，快到魯本斯幾乎以為自己從來不曾經歷。這感覺的蒸發（猝然，迅速，輕易的蒸發！）對他來說是件讓人暈眩，讓人無法置信的事，比起兩年前經歷愛情的心醉神迷，這件事更讓他著迷。

如果說他的婚姻生活在感覺方面的總結是個零，那麼在性愛方面更是乏善可陳。由於他給自己定下的緩慢節奏，他跟這個尤物只玩過兩個很單純，不怎麼刺激的情色遊戲。他不只沒爬到頂峰，他連第一個平台都沒上去。離婚之後，他想再見見他的美女（她也不反對——自從他們不再為權力關係爭吵，美女又恢復了她對兩人相會的喜好），可是魯本斯想的是他當初刻意保留給日後的那些變態的小把戲，他想趕緊把它們用一用，用個一招半式也好。可是他幾乎什麼也沒用上，因為這一次，他選擇的節奏太快了，而這位剛剛離婚的美女（魯本斯想要一舉把她過渡到淫穢的真話時期）把魯本斯的猴急看作是某種無恥和缺乏愛意的表現，於是他們後婚姻時期的性關係很快就畫下了句點。

婚姻在魯本斯的生命裡不過是一段插曲，我幾乎要說魯本斯恰恰又回到他遇到未來的妻子之前的那個點上了；但事情並非如此。愛情的感覺膨脹過後，他經歷的消腫過程不痛不癢又缺乏戲劇性，簡直令人無法置信，彷彿就是一次令人詫異的頓悟：從此，他永遠在愛情的另一邊了。

7

偉大的愛情在兩年前讓他目眩神迷，也讓他忘卻了繪畫。但是當他結束了婚姻的插曲，哀怨地發現自己處在愛情的另一邊的時候，他突然覺得放棄藝術是一次無從辯解的投降行為。

他開始在記事本上描繪他想畫的東西的草圖，但是沒過多久他就發現自己根本不可能再回到過去。中學的時候，他想像世界上所有的畫家都循著同一條大道前進，那是一條皇家大道，從哥德式的繪畫走向文藝復興時期偉大的義大利畫家，再走向荷蘭的畫家，接著是德拉瓦，從德拉瓦到馬奈，從馬奈到莫內，從波納爾到馬蒂斯（啊，他多喜歡波納爾啊！），從塞尚到畢卡索。在這條路上，畫家們不是像士兵那樣成群結隊地前進，不是的，他們各走各的，但是某些畫家的發現的東西啟發了其他畫家，而且每個畫家都意識到自己在開闢一條走向未知的道路，把他們連結在一起的正是這個共同的目的。後來，突然之間，這條道路消失了。那就像一場美夢的尾聲——有那麼幾秒鐘，我們還想找回那些褪色的畫面，後來我們終於明白，夢境是找不回來的。道路消失了，但是在畫家的靈魂裡，道路還是在那裡，鋪展著人們無法平息的「向前走」的欲望。可是如果道路已然不再，「前方」在哪裡呢？要往哪個方向才找得到這失落的「前方」？在畫家的圈子裡，「向前走」的欲望變成一種精神官能症；他們全都開始往四面八方亂跑，彼此不斷地錯身而過，就像在同一個城市的同一個廣場上騷動的一群路人。所有畫家都想讓自己有別於其他人，他們每一個人都竭盡全力要重新發掘一個別人還沒重新發掘的發現。還好，過沒多久出現了一些人（不再是畫家，而是一些生意人，一些策畫展覽的人，在畫家的經紀人和廣告顧問的陪伴下出現了），他們在這片混亂之中恢復了秩序，並且決定哪一年必須重新發掘哪一個發現。這個新秩序活絡了當代繪畫的市場——這些畫作突然成堆地出現在同一批有錢人家的客廳裡，而這些有錢人十年前還在嘲笑畢卡索和達利呢，魯本斯正因為這樣而瞧不起他們。有錢人決定擁護現代主義，魯本斯嘆了一口氣，慶幸自己不是畫家。

有一次，他參觀了紐約的現代美術館。二樓展出的是馬蒂斯、布拉克、畢卡索、米羅、達利、恩斯特的畫作；魯本斯十分著迷——畫布上的筆觸展現著一種狂熱的愉悅。一會兒是現實遭到一次壯麗的侵襲，像是一個女人被人頭羊身的牧神侵犯，一會兒現實又和畫對立，宛如一頭公牛面對著鬥牛士。但是樓上那層展出的是年代更近的畫作，魯本斯置身於荒漠裡——沒有任何歡樂的筆觸；沒有任何愉悅的痕跡；鬥牛士們和那些公牛都消失了；那些畫作要不是用一種遲鈍而刻薄的忠實手法來模仿現實，就是把現實驅逐出境。在這兩層樓之間流動的是一條冥間的河流——死亡與遺忘之河。魯本斯心想他之所以會放棄繪畫，或許不只是因為沒有才華或恆心，而是有更深層的原因——在歐洲繪畫的鐘面上，指針標誌著午夜。

一個煉金術的天才如果被送到十九世紀，他會做什麼？哥倫布在今天這個由幾百家運輸公司維繫海上交通的時代，會變成什麼樣的人？莎士比亞在一個劇場尚未出現或者劇場不再存在的時代，會寫些什麼？

這些問題不純粹是耍嘴皮子的問題。一個人擅長某種技藝，可是時鐘已經為這技藝敲響了午夜的鐘聲（或者還沒為這技藝敲過第一聲鐘），那麼這個人的才華會變成什麼？會轉變嗎？會順應時勢嗎？哥倫布會變成一家運輸公司的老闆嗎？莎士比亞會為好萊塢寫劇本嗎？畢卡索會畫漫畫嗎？還是說這些才華出眾的天才會遺世獨立，一走了之，也就是說遁隱到歷史的修道院之中，帶著一身外太空來的晦氣，怨嘆自己生不逢時，生在屬於他們的年代之外，生在標誌著他們時代的鐘面之外？他們會放棄自己不合時宜的才華，像韓波一樣，在十九歲的時候放棄詩嗎？

這些問題也一樣，不論是您，是我，或是魯本斯，都得不到答案。我小說裡的魯本斯，有可能成為偉大的畫家嗎？還是，他根本就沒有才華？他放棄了畫筆，是因為他有能力清楚地意識到繪畫的虛浮？當然，他經常想到韓波，在內心深處，他很喜歡拿自己和韓波相比（雖然是帶著靦腆和嘲弄的心情）。韓波不只徹徹底底，毫不留情地放棄了詩，他後來做的事更是對於詩的否定與嘲諷——據說他在非洲從事軍火交易，甚至販賣黑奴。儘管第二個說法只是一種污衊性的傳說，但是這誇張的故事卻清楚表現出韓波為了與他作為詩人的過去決裂，所激發出的自我毀滅的暴力，激情，憤怒。魯本斯之所以對於投機和金融的世界越來越感興趣，或許也是因為他在其中（不論他想的是對是錯）看見他藝術家之夢的對立面。他的同窗N成名之後，他把從前N送給他的一幅畫賣掉了。這樁買賣不只帶給他一些金錢上的收入，而且為他展現了一個謀生的方法：把當代畫家的作品（他看輕的）賣給有錢人（他瞧不起的）。

有那麼多人都是靠賣畫為生的，他們一點也不覺得做這一行有什麼可恥的。維拉斯貴茲（Velasquez）、維梅爾（Vermeer）、林布蘭特（Rembrant），他們不也都是賣畫的商人嗎？魯本斯當然知道。但他就算拿自己和奴隸販子韓波相提並論，也絕不會拿自己和賣畫的商人大畫家相比。魯本斯確信他的工作沒有任何用處。剛開始的時候，他還因此覺得悲傷，怪自己不道德。但後來他對自己說：究竟，「有用」是什麼意思？每個時代的每個人的用處的總和全都包含在今天這個世界的德行裡了。結論是：沒有任何事情比當個沒用的人更有道德。

8

約莫在他離婚十二年以後，F來找他。F跟他說了她去某位先生家發生的事：一開始，這位先生請F在客廳等了足足十分鐘，理由是他在隔壁房間有一通重要的電話還沒講完。或許他只是假裝要去講電話，但是真正的目的是要讓F有時間坐在他請她坐下的扶手椅上，翻翻那些擱在矮几上的色情雜誌。F以這句話為她的故事做了總結：「如果我那時候再年輕一點，大概就被他弄到手了。如果我那時只有十七歲的話。那是最多遐想最瘋狂的年紀，根本什麼誘惑都抵擋不了……」

魯本斯幾乎是心不在焉地聽著她說話，但是最後這幾個字卻把不在乎的他拉了回來。從此，他永遠就是這樣了——有人在他面前說出一句令他吃驚的話，彷彿某種責備，讓他想起自己失落的東西，一去不回的。F說到她的十七歲，說到她那時候無力抵抗誘惑，此時，魯本斯想起他年輕的妻子，他們初次相遇的時候她也是十七歲。他想起一家鄉間的旅館，他們結婚前不久一起去了那裡。隔壁的房間住著一個他們的朋友。做愛的時候，他未來的妻子在他耳邊悄悄地說了好幾次，「他會聽到我們的聲音！」現在（坐在F的面前聽她說十七歲的誘惑），魯本斯才意識到那一夜她呻吟的聲音比平時更大，甚至還叫出聲來，他這才意識到他未來的妻子是故意叫給他朋友聽的。接下來的幾天，她經常提起那天夜裡的事：「你真的覺得他沒聽到我們的聲音嗎？」那時候，他在這個問句裡只看到她嬌羞的表情，他還試著要安撫她，跟她保證說他們的朋友睡得很熟。（這種天真讓他現在臉紅到耳根！）

魯本斯望著F，心裡想著如果有另一個女人或另一個男人在場，他不會特別想跟F做愛。但是十四年前他的妻子在朋友隔壁的房間呻吟甚至喊叫，這段往事怎麼會發生？這麼多年過後，這段往事又為什麼會讓他熱血湧上腦門？

他心想：三人或四人的性愛，只有心愛的女人在場的時候才會刺激。唯有愛情，才會讓我們在看到一個女人的身體纏抱在一個男人懷裡的時候，激起某種驚奇，激起某種驚嚇而興奮的感覺。古老的格言說，沒有愛情的性愛是沒有意義的，這句話突然得到了證實，並且得到一個新的意涵。

9

第二天，他坐飛機去羅馬，他得去那裡處理一些事。下午四點左右，事情辦完了。一股無法消除的鄉愁占據了他的心頭，他想起前妻，但是想的又不只是她；他交往過的每個女人都羅列在眼前，他覺得自己思念著她們每一個人，他覺得自己跟她們相處的時間實在太短了。為了揮去這股鄉愁，為了揮去心裡的不滿足，他去了巴貝里尼宮的美術館（他到每個城市都會去參觀美術館），然後往西班牙廣場的階梯走上波格賽公園。公園裡長長的林蔭道上，大理石雕的半身像一尊尊立在基座上，雕的都是些義大利的名人。他們的臉孔僵結在最終的一個矯情的神情裡，彷彿作為他們一生的摘要呈現在那裡。魯本斯一向對雕像喜劇性的面貌很敏感。他笑了。然後他想起一些小時候聽到的故事：有個魔法師在一場筵席上對人們施了法術；所有人都停留在那一瞬間的姿勢上：嘴巴張開，臉孔因為咀嚼而扭曲，手裡拿著一根啃過的骨頭。另一個回憶：上帝禁止逃離索多瑪城的子民回頭看，否則就會被變成鹽柱。這則《聖經》故事清清楚楚地以實例說明了世界上最慘、最可怕的懲罰，就是把片刻變成永恆，把一個人從時間之中，從連續的動作之中抽離出來。他迷失在這些念頭之中（片刻之後就又忘了），這時，他突然看見了她！不，那不是他的妻子（那個明知隔壁的朋友會聽到還發出呻吟的女人），而是別人。

這一切都發生在轉瞬之間。他直到那個女人走到身邊的那一刻才認出她來，再走一步，他們就要永永遠遠地分離了。於是他出奇俐落地停下腳步，轉身（那女人也同時有了回應）對那女人說話。他覺得這麼多年來，他所渴望的女人，他在世界各地尋尋覓覓的女人就是她。百米之外有一家咖啡館，桌椅擺設在樹蔭下，蔚藍的天空讓人心曠神怡，他們倆面對面坐了下來。

她戴著一副墨鏡。他用兩根指頭輕巧地把她的眼鏡拿下來放在桌上。她沒有阻止他這麼做。

「就是因為這副眼鏡，」他說，「我差點沒認出你來。」

他們喝著礦泉水，目光一刻也離不開對方。她是和丈夫一起來羅馬的，所以只有不到一個小時的時間。他知道如果時機允許，他們當天就會做愛，就在這一刻。

她姓什麼？她叫什麼名字？他忘了，而且覺得根本不可能開口問她。他告訴她（誠心誠意地），在他們分開的這段日子裡，他覺得自己等待著她。那麼，他怎麼能承認他忘了她的名字呢？

他說：「你知道我們都怎麼叫你嗎？」

「不知道。」

「魯特琴手。」

「為什麼叫我魯特琴手？」

「因為你細緻得就像一把魯特琴。這名字是我幫你取的。」

是的，這名字是他取的。不是在他們曾經非常短暫交往的那段日子，而是現在，就在波格賽公園裡，因為他需要一個名字才能和她說話；因為他覺得她優雅細緻甜美得像一把魯特琴。

10

他知道她多少事情？很少。

他隱約記得是在網球場上看到她（或許當時他二十七歲，她比他小十歲），然後有一天他邀她一起去了舞廳。那時流行的舞步是男人和女人隔著一步的距離扭動身體，雙臂輪流向舞伴甩去。她就是和這動作一起刻在他的記憶裡。她有什麼特別奇怪的地方嗎？有的話就是這個：她不看魯本斯。那她看哪裡？她望著一片空無。所有跳舞的人都屈起手臂，再把兩手輪流揮向前方。她也做著這個動作，可是方法有點不同，她把手臂向前方揮去，同時也向他畫著弧線，用右臂向左邊畫，用左臂向右邊畫。彷彿想用這些反覆出現的動作遮住自己的臉，彷彿想抹去那張臉。跳舞在當時被認為是有點不知羞的活動，這個年輕女孩跳舞的樣子像是渴望用不知恥的舞步遮掩她的不知羞。

魯本斯被她迷住了！彷彿他從來不曾看過比這更溫柔，更美好，更讓人興奮的畫面。接下來是一曲探戈，所有的舞伴都互相纏繞起舞。一股衝動猝然湧現，他忍不住把一隻手放在她的乳房上。他很害怕。她會怎麼做？她什麼也沒做。她繼續跳舞，魯本斯的手放在她的乳房上，她的眼睛直丁丁地望著前方。魯本斯的聲音幾乎在顫抖，他問她：「以前有人摸過你的乳房嗎？」她的聲音也在顫抖（真的就像我們撫弄了魯特琴的琴弦），她回答說：「沒有。」魯本斯的手始終擱在乳房上，他覺得這聲「沒有」是世界上最美麗的話語，讓他心醉神迷：他似乎看到了羞恥心；近近地看著它，看見它就在那裡；他覺得可以摸得到這個羞恥心（而且，他確確實實摸到了，因為那個年輕女孩的羞恥心全都躲進了她的乳房，注入了她的乳房，變成了她的乳房）。

後來他為什麼沒再見到她？他想破了頭也沒找出答案。他想不起來了。

11

維也納的小說家亞瑟・史尼茨勒（Arthur Schnitzler）在世紀之交出版了一篇名為〈艾絲小姐〉的傑出短篇小說。女主角是個年輕的姑娘，她的父親負債累累，幾乎就要破產了。債主答應把父親的債務一筆勾消，條件是女兒得一絲不掛地出現在他面前。經過許久的內心掙扎，艾絲答應了，但是她的羞恥心如此強烈，結果她展露自己裸體這件事讓她心智失常，最後她死了。我們可別搞錯了，這不是一個道德故事，用來對抗壞心又變態的有錢人！不是的，這是個讓人屏氣凝神的情色短篇，它讓我們明白從前裸體的力量有多大——對債主來說，那意謂著一大筆錢，對年輕的姑娘來說，是無窮的羞恥心，它引發的刺激與死亡只有一線之隔。

在歐洲的鐘面上，史尼茨勒的小說標誌著一個重要的時刻：情色的禁忌在清教徒的十九世紀末依然有很大的影響力，但是善良風俗的鬆動已然激起一股和禁忌同樣強大的欲望，想要打破這些禁忌。羞恥與不知恥交錯在一個點上，在這裡，這兩股力量勢均力敵。這是情色極度緊張的時刻。維也納在世紀之交經歷了這個時刻。這樣的時刻再也不會回來了。

羞恥心意謂著我們為自己想要的東西辯護，同時又因為自己想要這些東西而感到可恥。魯本斯屬於歐洲在羞恥心之中長大的最後一個世代。他把手放在年輕女孩乳房上，因此啟動了少女的羞恥心，他會那麼興奮的原因就在這裡。中學的時候，他有一次偷偷跑到走廊上，從窗戶偷看他班上的女孩子裸著乳房，等著要做胸部的X光檢查。其中一個女孩發現了他，尖叫起來。女孩子們趕緊拿大衣遮住身體，衝到走廊上去追他。那一刻他嚇壞了；這些女孩不再是同一個班上的同學了，不再是可以打情罵俏的女伴了。從她們的臉上可以讀出一種人多勢眾而強化的兇惡，一種決心要獵捕他的集體兇惡。他逃走了，但是她們並沒有放棄追捕，她們去校長那裡告了一狀。於是他在全班同學面前挨了一頓罵。校長不假辭色地輕蔑他，說他是偷窺狂。

大概在他四十歲的時候，女人們把胸罩擱在抽屜裡，大大方方地躺在海灘上，把乳房展示給大家看。他在海邊散步，總是避免去看這些意料之外的裸體，因為那古老的內在命令已經根深柢固地刻在他心裡了——不可以傷害女人的羞恥心。當他碰到一個認識的女人沒穿胸罩的時候，譬如說，他同事的妻子，他總是很驚訝那害羞的人不是對方，而是他自己。他很尷尬，不知道該把眼睛往哪兒擱。他試圖不要去看那對乳房，可是根本不可能，因為就算看著對方的手或眼睛，還是會瞥見乳房。他也試過要盡可能自然地看著她們的乳房，就像在看前額或是膝蓋那樣。但是這並不容易，尤其乳房本來就不是前額也不是膝蓋。不論他怎麼做，他都覺得這些乳房在抱怨他，指控他在裸露的乳房面前不夠自然。他有一種很強烈的感覺——他在海灘上遇到的這些女人跟二十年前到校長那裡告他偷窺的是同一批人，她們一樣兇，一樣因為人多勢眾而霸道地要求他，要他承認她們裸露的權利。

最後，他好歹還是跟裸露的乳房和解了，但是卻擺脫不了一種感覺，他總覺得發生了一件大事：在歐洲的鐘面上，整點的鐘聲響了：羞恥心消失了。羞恥心不只消失，而且消失得那麼容易，在一夜之間失去了蹤影，讓人幾乎以為它從來不曾存在過，讓人以為那只是男人在面對女人的時候發明的東西，讓人以為羞恥心不過是男人的幻想，是男人的情色遐想。

12

離婚之後，就像我先前說過的，魯本斯永永遠遠處在「愛情的另一邊」了。他很喜歡這個說法。他經常在心裡反覆地說（時而憂傷，時而歡喜）：我得在「愛情的另一邊」度過一生了。

但是他喚作「愛情的另一邊」的國度並不像陰暗的後院，藏在一座華麗宮殿（愛情宮殿）的暗影裡無人聞問，不是的，這國度遼闊豐美、變化無窮而且可能比愛情宮殿本身更寬闊更美好。無數的女人住在這裡，在她們當中，有一些他毫無感覺，有一些讓他很開心，而且還有一些是他愛戀的。這個表面的矛盾我們得這麼理解：在愛情的另一邊，還是有愛情。

其實魯本斯之所以把他的性愛冒險都推到「愛情的另一邊」，並不是因為他麻木，而是因為他想把這些冒險限制在單純的情色範圍內，不讓這些冒險對他的生命進程有絲毫影響。所有關於愛情的定義都有一個共同點：愛情是某種本質性的東西，它把生命轉化為命運，在「愛情的另一邊」進行的愛情故事，無論如何美麗，最終必然只是一段插曲。

但我還是要再說一次：儘管這些女人被流放到「愛情的另一邊」，被趕到插曲的國度裡，但是她們當中還是有人會在魯本斯的心裡激起幾許柔情，有人會讓他茶不思飯不想，有人會讓他產生妒意。也就是說，在「愛情的另一邊」還是有愛情，而由於「愛情」這個字眼在「愛情的另一邊」是一種禁忌，所有這一類的愛情其實都是祕密，也因此更有吸引力。

在波格賽公園的咖啡座裡，魯本斯坐在他喚作魯特琴手的女人對面，他霎時明白了，對他來說，這女人是「在愛情另一邊的愛人」。他知道，他對這個年輕女人的生活（她的婚姻，她的家庭關係，她的煩惱）不感興趣，他們很久才會見一次面，但他也知道自己對她產生了一股特殊的柔情。

「我想起來了，」他說，「我想到我給你取的另一個名字了。我以前都叫你哥德式的少女。」

「我是哥德式的少女？」

他從來沒有這麼叫過她。這念頭是剛剛出現的，就在他們一起走過那一百公尺，來到咖啡座的路上。這個年輕女人讓他想起他先前在巴貝里尼宮裡細細凝望的幾幅哥德風格的畫作。

他接著說：「哥德風格的畫家畫的女人，小腹都是微微鼓起的，頭則是俯向地面。你的姿態很像這種畫裡的少女。天使樂隊裡的魯特琴手。你的乳房仰望天空，你的小腹仰望天空，可是你的頭彷彿知道這一切的虛浮，所以俯向塵土。」

他們沿著林蔭道走回相遇的地方。死去的名人切斷的頭顱，擺在石基上傲慢無比地望著他們。

他們在公園的入口處告別。魯本斯到巴黎來看她是比較方便的，於是她把她的姓告訴魯本斯（她丈夫的姓），還有她的電話號碼，還提醒魯本斯她何時會一個人在家；然後她在微笑中戴上墨鏡：「現在，我可以把眼鏡戴上了嗎？」

「可以。」魯本斯答道。她漸漸走遠，魯本斯悠悠地望著她離去。

13

他們相遇的前一天，他想起年輕的妻子永遠離去而感到一種痛苦的慾望，後來，這慾望轉變成對於魯特琴手的魂縈夢牽。接下來幾天，他不停地想著她。他在記憶裡尋找她留下的一切痕跡，但是不管怎麼找都只有舞廳那一夜的記憶。想了一百次，都是相同的畫面：在一對對舞伴之間，她在他對面，隔著一步的距離。她的眼裡一片空無，彷彿不想看到任何外在世界的東西，只想把精神集中在自己身上，彷彿距她一步之遙的不是魯本斯，而是一面大鏡子，她看著鏡子裡的自己。她看著自己的大腿，一左一右輪流向前，她看著自己的雙手在同一時間也在乳房和臉孔之前反覆著相同的動作，像是要把乳房和臉孔遮去，抹去。她彷彿在自己的羞恥心刺激之下，望著那面想像的鏡子，把乳房和臉孔抹去之後又讓它們重現。她跳舞的動作，是一齣羞恥心的默劇，這些動作不斷讓人想起她遮掩的裸體。

在羅馬相遇的一個星期之後，他們約在巴黎一家豪華旅館見面，大廳裡都是日本人，他們覺得很舒服，覺得彷彿在異鄉，沒有人會認出他們。關上房門之後，他靠到她身邊，把一隻手放在她的乳房上：「我們一起去跳舞的那天晚上，我就是這麼碰你的。你還記得嗎？」

「記得。」她說話的樣子，就像魯特琴的木頭輕輕一震。

她害羞嗎？一如她十五年前那般害羞嗎？還有，十五年前，她害羞嗎？歌德在特普利茲摸了貝婷娜乳房的時候她害羞嗎？貝婷娜的羞恥心只是歌德的幻想嗎？魯特琴手的羞恥心只是魯本斯的幻想嗎？這羞恥心就算不真實，就算只是對於某種想像中的羞恥心的回憶，它始終在那裡，和他們一起待在旅館的房間裡，用它的魔法魅惑他們，並且為他們所做的一切賦予意義。他脫掉魯特琴手的衣服，彷彿剛剛離開他們年輕時去的那家舞廳。做愛的時候，他看到的是魯特琴手在跳舞——她用雙手的舞姿遮掩臉孔，在一面想像的大鏡子裡端詳自己。

他們貪婪地任由這股貫穿男男女女的流水載著他們漂湧，這神祕的水流裡盡是相似的女人的淫蕩畫面，但是相同的姿勢和相同的話語從每一張獨特的臉孔發散出來的，都是一種獨特的吸引力。魯本斯聽著魯特琴手，聽著她特有的言語，望著她那哥德式少女的細緻臉龐，她聖潔的雙唇說出粗鄙的字眼，他覺得越來越陶醉了。

他們的情色想像用的是未來的時態：你會為我做……我們會一起去……這個未來把夢想轉化為不斷的承諾（戀人們一旦清醒，這承諾就失去了價值，但他們又從來不會忘記，於是夢想不斷地變為承諾）。所以，這樣的事也就無可避免了：有一次，他和他的朋友M一起在旅館的大廳等她。他們和她一起上樓進了房間，一起喝酒，聊天，然後他和M開始幫她脫衣服。他們脫掉她胸罩的時候，她把手覆在胸部，試著要蓋住乳房。他們於是把她（她身上只剩一條底褲）帶到一面鏡子前面（一面釘在壁櫥門上的鏡子）：她站在他們中間，手掌覆在乳房上，望著自己，非常著迷。魯本斯發現，他和M的眼裡只有她（她的臉孔，她覆在乳房上的雙手），但是她卻不看他們，只是像被催眠似地望著自己在鏡中的形象。

14

插曲是亞里斯多德《詩學》的一個重要概念。亞里斯多德不喜歡插曲。照他的說法，在所有的事件裡頭，最糟的（從詩學的觀點來看）就是插曲式的事件。插曲不必然是先前的事情的後續發展，也不會引發任何效應，插曲位於故事這一類的因果鏈之外。如此徒勞的偶然，刪掉它，故事也不會讓人聽不懂；在當事人的生命裡，插曲不會留下任何痕跡。您搭地鐵要去見您生命中最重要的女人，在您要下車的前一站，有位不認識的姑娘站在您身旁，她突然不舒服，失去意識，整個人癱了。在這事發生的前一刻，您甚至沒留意到身邊有這麼一位姑娘（因為，畢竟，您跟您生命中最重要的女人有約，您當然是心無旁鶩！），可這會兒您不得不把她扶起來，支住她的手臂幾秒鐘等她張開眼睛。您會把她安頓在剛剛空出來的座椅上，而由於地鐵向著您要下車的那一站飛馳，您迫不及待地想要脫身，好奔向您生命中最重要的女人。從這一刻起，您剛剛還在懷裡支著的這位姑娘，就被遺忘了。這就是一則典型的插曲。就像床墊裡塞滿了海綿，生命裡也充滿了插曲，但是詩人（依照亞里斯多德的說法）不是做床墊的師傅，他得把所有填塞的物料和他的故事隔開——儘管真實的生命說不定就是這些填塞的物料組成的。

在歌德的眼裡，他和貝婷娜的相遇是一則毫不重要的插曲；不只是因為這則插曲在他生命裡占的位子極渺小，也因為歌德什麼都做了，就是為了不讓這則插曲在他生命的因果鏈裡插上一腳，他小心翼翼地把這插曲和他的傳記隔離。但是這裡出現的正是插曲這個概念的相對性，這種相對性亞里斯多德並不理解：事實上，沒有人可以保證一個意外發生的插曲在因果方面沒有潛在的影響力，說不定哪一天這潛在性醒了過來，出人意料地讓一連串後續事件動了起來。說不定哪一天，我是這麼說的，而那一天來的時候有可能連當事人都過世了，貝婷娜的勝利就是這麼來的，她在歌德已經不在人世的時候，成為歌德生命裡不可或缺的一個成分。

我們可以給亞里斯多德的定義做個補充：沒有任何插曲注定永遠是插曲，畢竟每個事件，就算是最微不足道的事件，都有可能在日後成為其他事件的原因，然後變成一個故事，一則歷險記。插曲就像是地雷，大部分都是永遠不會爆炸的，但是只要那一天來了，最不起眼的插曲也會要您的命。在街上，一位年輕的姑娘向您迎上來，老遠就向您拋了個眼色，但您總覺得這眼神有些恍惚。這姑娘慢慢緩下腳步，停了下來，她說：「真的是您？這麼些年來我一直在找您！」然後她撲上來勾住您的脖子。那是您要去見您生命中最重要女人的那一天，暈倒在您懷裡的那位姑娘，而您生命中最重要的女人後來成了您的妻子，並且成為您的孩子的母親。但是這位在街上巧遇的姑娘早已決定要跟她的救命恩人談戀愛，而意外的相遇更讓她覺得是命運的安排。接下來她會一天打五通電話給您，她會給您寫信，她會去找您的妻子，告訴她她愛您而且有權利愛您，直到您生命中最重要的女人失去耐性，氣得跑去跟清道夫上床，把您甩了，把孩子都帶走了。為了擺脫這位戀愛的姑娘（她在這段期間已經把她的家當都搬到您的公寓裡擺設開來），您飄洋過海去找個避難的所在，而您將在那裡窮困潦倒絕望地死去。如果我們的生命像古代那些天神的生命一樣是永恆的，插曲的概念就會失去它的意義，因為在無限之中，一切事件（就算是最微不足道的事件）終有一天會變成某個後續事件的原因，會變成故事。

魯特琴手在她二十七歲的時候和他跳舞。對魯本斯來說，她不過就是一則插曲，一則重要的插曲，直到十五年後碰巧在波格賽公園裡再見到她。彼時，從一則被遺忘的插曲裡突然生出了一則小故事，但是這則小故事在魯本斯的生命裡還是徹徹底底的插曲，完全沒有機會變成他傳記的一部分。

傳記：我們認為對我們的生命有一定重要性的一組事件。但是，什麼是重要的？什麼是不重要的？這些東西沒弄清楚的話（我們甚至沒想到要對自己提出這麼簡單、這麼笨的問題），我們會把別人認為重要的東西當作是重要的，譬如老闆覺得重要的是什麼，他會要我們填一張問卷：出生日期，教育程度，做過的工作，住過的地方，父母親的職業（在我的祖國，我們還要填上有沒有加入共產黨），結過幾次婚，離過幾次婚，孩子的出生日期，成功的事，失敗的事。真是恐怖，不過事情就是這樣，而我們學會用行政機關或是警察的問卷來看待我們自己的生命。把合法的妻子以外的另一個女人加入我們的傳記裡，這已經是一樁小小的反叛了；而且，除非這女人在我們生命裡扮演一個特別戲劇性的角色，這樣的例外才會被接受，魯本斯沒辦法說他的魯特琴手有這種特質。除此之外，魯特琴手不論外表或舉止，都符合「插曲式女人」的形象；她優雅卻又低調，美麗又不至豔麗，喜歡性愛又害羞；她從來不會拿她自己生活裡的隱私來煩擾魯本斯，但是她又會留意，不要讓她的安靜低調太戲劇化，讓人猜不透而心煩。她是真正的插曲女王。

魯特琴手和兩個男人在巴黎一家豪華旅館的約會很讓人興奮。他們三個人做愛了嗎？我們可別忘了魯特琴手對魯本斯來說已經成了一個「在愛情另一邊的愛人」；古老的內在命令甦醒了，命令魯本斯放慢事件進展的速度，好讓愛情不要太快失去它負載的性的意涵。在他把魯特琴手帶到床上之前，他向他的朋友使了個眼色，要他悄悄地離開房間。

做愛的時候，未來的時態又再一次把他們的言語化為承諾，而這承諾，是永遠不會兌現的——沒多久，M就消失在他的視線之外，而這場讓人興奮的兩男一女之約終究還是一段沒有後續的插曲。魯本斯有機會到巴黎就會和魯特琴手見面，大約一年兩次或三次。後來他沒有機會再到巴黎，魯特琴手就再次消失了，幾乎完完全全消失在他的記憶裡。

15

時間一年年地過去了，有一天，他和一個同事坐在城裡的一家咖啡館——他住的城市就在阿爾卑斯山的山腳下。他發現對桌有個年輕的女孩在看他。那女孩很漂亮，嘴巴大大的很性感（如果可以說青蛙很美的話，他很想用青蛙嘴來形容她的嘴巴），他覺得這正是他日夜渴望的女人。雖然還隔著三、四公尺的距離，他已經覺得碰觸她的身體會是很舒服的事，在這一刻，他喜歡她的身體勝過其他任何女人的身體。那女人專心地看著他，看得他都忘了聽他同事在說些什麼，他任由自己被她吸引，心裡痛苦地想著幾分鐘之後，等他走出這家咖啡館，他就會永遠失去這個女人。

但他並沒有失去這個女人，因為當他們起身準備離去的時候，這個女人也站了起來，跟他們一樣，往對街的建築物走去，那裡再過幾分鐘就會有一場名畫的拍賣會。過馬路的時候，有片刻的時間他們的距離近到讓他忍不住要跟她說話。她的反應像是一直在等著這一刻，她跟魯本斯聊了起來，無視他同事的存在，這位尷尬的同事於是跟在他們後頭，靜靜地走入拍賣會場。拍賣結束之後，他們兩人去了同一家咖啡館。由於剩下的時間不到半小時，他們迫不及待地要說出他們想告訴對方的一切事情。但他們其實沒什麼大不了的事要告訴對方，所以這半個小時讓他們覺得意外地漫長。年輕的女孩是個澳洲女學生，她有四分之一黑人的血統（幾乎看不出來，但是越看不出來她越喜歡講），她跟著一個蘇黎世的教授做關於繪畫的符號學研究，在澳洲的時候，有一陣子為了賺錢，她曾經在一家舞廳近乎全裸地跳舞。這些事很有趣，但是卻給了魯本斯非常強烈的奇怪印象，（為什麼要在澳洲裸露乳房跳舞？為什麼要在瑞士研究繪畫的符號學？符號學到底是什麼？）他的好奇心還沒被勾起，就已經因為這些奇奇怪怪的問題擋在那裡而覺得累了。所以他很高興半個小時終於結束了；轉瞬間，他的興致又來了（因為他還是很喜歡她），然後，他們定了明天的約會。

第二天一切都不對勁了：他起床的時候偏頭痛，郵差又給他送來兩封討厭的信，他打電話去問一件事，接電話的女人聲音很不耐煩，懶得聽他要問什麼。女學生出現在他家門口的時候，他不祥的預感果然成真了：她為什麼打扮得跟昨天完全不一樣？腳上，她套著一雙巨大的灰色球鞋；鞋子上頭，是厚厚的襪子；襪子上頭，是長褲，奇怪的是，這長褲讓她看起來變矮了；長褲上頭，是一件夾克；夾克上頭，終於，他看到青蛙的嘴唇，還是一樣迷人，條件是要撇開嘴唇以下的一切。

穿著不優雅，這種事本身並不嚴重（也不會對女學生很漂亮的事實造成任何改變）；魯本斯是因為自己的困惑才會越來越不安：為什麼一個年輕的女孩子要去跟一個男人做愛的時候，不穿一些會讓那男人喜歡的衣服呢？她是刻意要告訴別人，她覺得穿著打扮是外在的東西，一點也不重要？或者剛好相反，她覺得她的穿著很優雅，她的大球鞋很迷人？又或者，她根本不在乎她要見的這個男人？

或許是為了怕他們的約會有什麼閃失，魯本斯先給自己找了個開脫的理由，說自己今天一整天都很不順利；他刻意用詼諧的語氣，把自己從早遇到的讓人氣憤的事情一件件說出來。女學生露出大咧咧的笑容說：「要克服那些不吉利的壞事，愛情是最佳的解藥！」魯本斯被「愛情」這個字眼嚇了一跳，他已經不習慣聽到這個字眼了。女學生這麼說是什麼用意？她指的是性愛這回事？還是戀愛的感覺？魯本斯還在想，女學生已經在房間的一角把衣服脫了，然後立刻跑到床上，牛仔褲被她扔在椅子上，厚襪子塞在大球鞋裡放在椅子底下。這雙球鞋經歷了漫長的旅途，從澳洲的大學到歐洲的城市，還在魯本斯的家裡停留了片刻。

　　這是一次很明顯平和而安靜的性愛。我會說魯本斯突然回到了沉默的競技時期，但是「競技」這字眼可能有點不合時宜，畢竟那個滿懷壯志，一心想證明自己體力和性能力的年輕人已經不復當年了；他們全心投入的活動似乎象徵性質多過競技性質。只不過，魯本斯完全沒想到他們的動作會被當成象徵：柔情？愛情？健康？生命的喜悅？敗德？友誼？對上帝的信仰？或許這是祈求長壽的儀式？（女學生研究的是繪畫的符號學；她不是更應該在性交的符號學方面對魯本斯有所啟發嗎？）魯本斯做著空無的動作，這是他這輩子第一次有這種感覺，他也不知道為什麼他要做這些動作。

　　中場休息的時候（魯本斯想到，符號學教授應該也一樣吧，他一定也會在研討課的中間休息個十分鐘吧），女學生說了一個句子（她的語氣始終一樣平靜而安詳），裡頭又再次出現這個令人不解的字眼：「愛情」。魯本斯幻想：絕妙的陰性生物，將從遙遠的外太空降臨地球；她們的身體和地球女人的身體很相似，除此之外她們的身體近乎完美，因為在她們原來的星球，沒有生病這回事，所以她們的身體不會有缺陷。但是地球上的男人永遠不會知道她們的外星生活史，所以對她們的心理也是一無所知；男人們永遠無法預見他們說的話、做的事會在她們身上造成什麼效果；男人們永遠也猜不到隱藏在她們臉孔後面的感覺。魯本斯心想，他沒有辦法跟這麼陌生的生物做愛。過了一會兒他的想法又變了：我們的性慾其實滿自動的，或許，甚至可以讓我們和外星女人交媾，但是，這會是在一切興奮之外的性愛，這會是單純的肉體運動，既沒有感情，也沒有淫念。

中場休息結束了，研討會的第二回合馬上就要開始了，魯本斯很想說些什麼，說些荒唐可笑的話，把女學生推出她的平衡狀態，但是他知道自己下不了決心這麼做。他覺得受到一種奇怪的限制，像是要用他說不好的一種語言跟別人吵架似的——他甚至沒辦法高聲叫罵，因為對手會很無辜地問他：「您想說的是什麼？我完全沒聽懂！」最後魯本斯什麼荒唐話也沒說，繼續沉默而安詳地做愛。

等他們一起走到街上的時候（他不知道她是滿足或是失望，但是她看起來倒是很滿足），他已經決定不要再跟她見面了；或許她會因此受傷，或許她會把這突如其來的疏遠（畢竟，她應該也注意到前一天她是多麼讓他著迷）看作是一次失敗，而事情越是無法解釋，受挫的心情就會越嚴重。魯本斯知道，因為他的過錯，澳洲女學生的球鞋從此將帶著多一點憂傷的心情在世界各地旅行。他向她告別，就在女學生轉過街角的那一刻，他感到令人心碎的強烈鄉愁敲打著他的心，他想起他一生擁有的每一個女人。那就像是意外的、突發的一場病，也沒通知一聲，就在一秒鐘之內爆發了。

漸漸地，他明白了。在鐘面上，指針來到了一個新的數字。他聽見整點的鐘響，他看見一座中世紀的大鐘樓，鐘面上打開一扇小窗，裡頭奇蹟般的機械裝置推出了一個小玩偶——那是一個年輕的女孩，穿著一雙巨大的球鞋。她的出現意謂著魯本斯的慾望剛剛出現了重大的轉變——他再也不渴望新的女人了；他只會對他曾經擁有過的女人有慾望；他的慾望，從此被往事縈繞。

看到街上美麗的女人，他很驚訝自己竟然沒有多看她們一眼。其中有幾個甚至在他經過時轉頭看他，但我猜他並沒有察覺。從前，他只喜歡新的女人。他急切地渴望新的女人，而有些女人他只和她們做愛一次。他像是為了彌補這種貪新的執念，為了彌補自己對一切穩定常在的人事的忽視，為了彌補那讓他急急忙忙往前衝的荒誕急躁，他想要回頭，找回過去的那些女人，再次和她們擁抱，直到盡頭，探索一切尚未探索的東西。他知道那些大的刺激從此只會出現在他後面了，如果他想找到新的刺激，就得回到從前。

16

剛開始的時候，他很害羞，總是設法安排在黑暗中做愛。但是在黑暗中，他卻把眼睛睜得大大的，只要有一絲微弱的光線從簾子裡透進來，他多少可以看到一點什麼。

之後，他不只習慣了光線，而且還做了更誇張的事。如果他發現他的伴侶閉上眼睛，他會強迫她把眼睛睜開。

後來有一次他發現了一件事，自己也嚇了一跳：他在亮晃晃的地方做愛，眼睛卻閉著。他一邊做愛，一邊沉浸在回憶裡。

黑暗之中，睜眼。

亮晃晃的地方，睜眼。

亮晃晃的地方，閉眼。

生命的鐘面。

17

他坐在那裡，對著一張紙，試著把他所有情人的姓名逐一寫下來。才開始，他就遇到了第一個挫敗。很少有哪個女人是他記得名字又記得姓的，有幾個，他是兩者都記不得了。這些女人都變成了（悄悄地，不知不覺地）沒有名字的女人。如果他曾經和她們通信，或許還會記得她們的名字，因為他一定得經常把她們的名字寫在信封上；但是在「愛情的另一邊」，人們沒有寫情書的習慣。如果他有叫女人名字的習慣，或許他還會記得，但是自從他經歷了新婚之夜的慘痛教訓，他規定自己只可以用一些平凡無奇的親暱小名，任何女人在任何時刻都可以接受，不會產生疑心。

他就這麼寫了半張紙（這個實驗並沒有要求他得列出完整的名單），而且經常還用一些特殊代號來代替名字（「雀斑姑娘」或是「小學老師」之類的），然後他試著寫下每個女人的個人資料。這次的挫敗更嚴重了！他對她們的生活一無所知！為了讓事情簡單些，他只問自己一個問題：她們的父母親是做什麼的？除了一個例外（他認識父親在前，女兒在後），他一無所知。然而，父母親在這些女人的生活裡肯定占著一個最根本的位子吧！她們一定和他說過許多關於父母親的事！如果他連她們生活裡最基本的資料都記不住，那麼他對這些女朋友的生活到底賦予了什麼樣的價值？

最後他終於承認（多少有一點不自在），女人對他來說只是單純的情色經驗。但是，至少這種經驗他想要記起來。他碰巧在一個女人那兒停了下來（沒有名字的），紙上寫的是「醫生」。

他們第一次做愛的時候，發生了什麼事？他在想像裡又看見了當年的公寓。一進門，她就跑去電話旁邊；然後當著魯本斯的面，向某人說抱歉，說她那天晚上臨時有事。他們為這藉口笑了，然後做了愛。奇怪的是，他一直聽到這笑聲，可是卻看不到半點跟性交有關的東西。這次性交的地點在哪裡？在地毯上？在床上？在沙發上？做愛的時候她是什麼樣子？他們後來又見了幾次面？三次還是三十次？他們是在什麼情況下不再見面的？他只記得他們對話的一個小片段，但他們的談話加起來應該有二十個鐘頭，甚至一百個鐘頭？不知為何，他隱約記得她經常提起她的未婚夫（至於他是什麼樣的人，他當然早就忘了）。怪就怪在這裡：未婚夫是他留存的唯一記憶。所以性愛這回事對他來說沒那麼重要，還比不上給另一個男人戴綠帽的虛榮小事。

他滿心羨慕地想起情聖卡薩諾瓦。羨慕的不是他的性愛情事，畢竟這些事很多男人都辦得到，他羨慕的是他無可比擬的記憶力。約莫一百三十個女人被他從遺忘之中拉拔出來，帶著她們的名字、臉孔、姿態、言語！卡薩諾瓦：記憶的烏托邦。相較之下，魯本斯的帳目多寒愴！當他在跨入成年之際放棄繪畫的時候，他安慰自己說認識生命比爭權奪利更重要。所有投身於追求成功的朋友，他們的生命在他看來都標誌著攻擊性，同時還標誌著單調與空無。他相信性愛的冒險將會帶領他走入真正的生命的核心，那是真實而飽滿的生命，豐富而神祕的生命，迷人而具體的生命，他渴望擁抱的生命。他突然看見自己的錯：儘管經歷過這一切性愛的冒險，他對人類的認識還是跟十五歲的時候一樣糟。他總是因為自己活得很充實而感到得意；但是「活得很充實」是一個很空泛的說法；魯本斯想找出這個「充實」的內涵，卻只發現一片風沙飄蕩的荒漠。

時鐘的指針向他宣告，從此他將被往事縈繞。但是一個人如果在過去只看得到一片荒漠，只看得到風沙在荒漠裡吹散幾許往事的碎絮，那麼他要如何被往事縈繞？難道說他將被往事的碎絮縈繞？是的。一個人甚至可以被往事的碎絮縈繞。而且，我們說的並不誇張：關於這個年輕的女醫生，魯本斯或許什麼有趣的事情也想不起來，但是有其他女人以激越的方式出現在他眼前。我說她們出現，可是該怎麼想像這種出現呢？魯本斯會發現一件相當奇怪的事：記憶不會拍影片，記憶拍的是照片。他在所有這些女人當中留下來最清楚的東西，是幾幅心理式的照片。他看不到他女朋友們的連續動作；連短短的幾秒鐘也看不到，她們的動作不會以一段時間的方式出現，而是凝結在一個瞬間之中。他的性愛記憶給他提供的會是一本色情相簿，而不是一部色情電影。我說相簿是誇大其詞，因為魯本斯總共也不過留下了七、八張照片；這些照片都很美，也深深吸引著魯本斯，但是照片的數量未免少得讓人氣憤：他從前決定奉獻一切精力與才華去經營的情色生活，在他的記憶裡就這麼縮減為七、八個瞬間。

我想像魯本斯坐在桌前，頭托在手心，活像羅丹的「沉思者」。他在想什麼？他無奈地想著他的生命縮減為情色的經驗，情色的經驗又縮減為七幅凝結的畫面，七張照片，他希望在記憶的某個角落裡還可以找到第八張，第九張，第十張。這就是為什麼他坐在那裡，頭托在手心。他再次想起那些女人，一個接著一個，他試著為每一個女人找到一張被遺忘的照片。

在這個試驗裡，他發現了另一件有趣的事：他有幾個情人在性愛方面特別主動大膽，身體也非常吸引人；但是，這些情人在他的靈魂裡很少留下刺激的照片，甚至連一張照片也沒留下。現在，他沉浸在回憶裡，他越來越被那些在性愛方面比較溫和，外表比較普通的女人所吸引，然而這些女人毋寧是他當年評價較低的。記憶（或遺忘）彷彿從此替換了一切價值，貶低了他過去情色生活裡的一切欲求、意願、誇耀、計畫，而那些無意發生的情史和平庸的外型在他的記憶裡則變得極其珍貴。

記憶如此提高了這些女人的價值，魯本斯想著她們：其中一個已經過了可欲的年紀；其他的則因為生活方式的緣故，很難有機會再相聚。但是還有魯特琴手。他們已經八年沒見了。三張心理式的照片出現在他眼前。在第一張照片裡，她站著，距離他一步之遙，凝結的手勢像是要把自己的臉抹去。第二張照片照的則是魯本斯把手放在她乳房上的那一刻，當時魯本斯問她是不是從來沒有人這麼摸過她，而她看著前方，低聲答說「沒有」。最後一張（這張照片是最吸引人的），他看到她在兩個男人中間站在鏡子前面，用雙手遮住兩個裸露的乳房。奇怪的是，在這三張照片裡，她那靜止的美麗臉龐，擁有相同的目光——越過魯本斯的身旁，凝視前方。

他立刻去找她的電話號碼，從前他可是會背的。她跟他說話的樣子就像他們昨天才見過面似的。他去了巴黎（這次並沒有什麼事要處理，他是專程為她去的），在同一家旅館見到她。多年以前，就是在這家旅館，她站在兩個男人中間，用雙手遮住她裸露的乳房。

18

魯特琴手的身形始終沒變，動作同樣優雅，臉龐的輪廓也保持著相同的高貴氣質。然而這個部分倒是變了——近看的時候，她的皮膚不再鮮嫩。魯本斯沒辦法不注意到這個；但是，奇怪的是，他注意到的時間很短暫，就那麼幾秒而已；之後，魯特琴手很快就恢復了她的形象，一如她長久以來在魯本斯記憶裡呈現的樣子；她躲在自己的形象後面。

形象：魯本斯早知道這是什麼。他躲在同學背後，給老師畫了一幅可笑的漫畫。然後他抬眼看去：老師不斷改變他生動的表情，臉孔已經不像那幅畫了。但是，只要老師一走出魯本斯的視界，他就沒辦法不用那幅漫畫的樣子去想像他（到現在依然如此）。老師永遠消失在他的形象後面了。

在一個知名攝影師的展覽中，他看到一幀照片，一個男人在人行道上，抬起頭，滿臉是血。謎樣的照片，令人難忘。這個男人是誰？他發生了什麼事？或許是一樁小意外，魯本斯心裡這麼想：踩空了腳，跌了一跤；然後攝影師突如其來地出現了。那男人什麼也沒多想，站起身來，到對街的小餐館把臉洗乾淨，然後去見他的妻子。同一時刻，他的形象在誕生的欣快之中和他分離，走向相反的方向，去從事它自身的冒險，成就它自身的命運。

一個人可以躲在自己的形象後面，可以永遠消失在自己的形象後面，可以和自己的形象分離——人永遠不是自己的形象。多虧有三張心理式的照片，魯本斯才會在八年不見之後，撥電話給魯特琴手。但是在她的形象之外，魯特琴手是誰？魯本斯對她的所知極為有限，而且也不想多知道什麼。我想像他們八年不見之後的約會：在巴黎那家豪華旅館的大廳，他坐在她的對面。他們說些什麼？他們什麼都說，就是不會說到他們的生活。因為太熟悉對方會讓他們彼此變得陌生，她在兩人之間築起一道無用資訊的柵欄。他們對彼此只知道最必要的、最少的事情，他們幾乎為此自豪，因為他們把生活隱藏在暗處，讓他們的約會更不受限制，更抽離時間，更脫出一切脈絡。

他以溫柔的目光覆蓋魯特琴手，他很高興見到她顯然沒怎麼變老，而且還是很接近她的形象。他心裡那股犬儒思想被觸動了，他告訴自己：魯特琴手在肉體方面的價值，是她總是有能力把自己和形象混同。

他迫不及待地等著那個時刻的到來，等著她把活生生的肉體提供給這個形象。

19

跟從前一樣，他們一年見面兩次到三次。時間一年年地過去了。有一天，他打電話給她，告訴她兩個星期之後要去巴黎。她答說可能沒有時間見他。

「我可以延後一個星期再去。」魯本斯說。

「我還是不行。」

「那你什麼時候有時間？」

「現在不行，」她聲音裡的尷尬十分明顯，「不行，這陣子都不行。」

「發生了什麼事嗎？」

「沒有，沒事。」

兩人都覺得很不自在。感覺起來像是魯特琴手決定不要再見他了，但是卻說不出口。另一方面，這個假設又不太可能成立（從來沒有任何陰影會破壞他們美麗的約會），於是魯本斯又問了其他問題，想知道她拒絕的原因。但是因為他們的關係從一開始就建築在一個沒有任何攻擊性的基礎上，甚至連一切堅持都被排除在外，所以魯本斯禁止自己對魯特琴手糾纏不休，就算是幾個簡單的問題也不行。

於是他結束了對話，只多問了一句：「我可以再打電話給你嗎？」

「當然可以。怎麼會不行呢？」她答道。

一個月之後，他又打電話給她：「你還是沒有時間見我嗎？」

「你不要生氣，」她說。「不是因為你。」

他問了跟上次一樣的問題：「發生了什麼事嗎？」

「沒有，沒事。」

魯本斯沉默不語。他不知道該說些什麼。「好吧。」最後他這麼說，在電話的一頭憂傷地微笑。

「真的跟你沒有關係，我跟你保證。不是因為你。是我自己的問題，不是你！」

魯本斯在最後這幾個字裡頭似乎瞥見了一絲希望。「既然這樣，這一切根本沒有任何意義！我們一定要見個面！」

「不行。」她說。

「如果我確定你不想再見到我，我什麼也不會再說了。可是你又說是你自己的問題！你到底怎麼了？我們一定要見個面！我得跟你談一談！」

話才說完，他心裡就這麼想：她是因為客氣才不跟他說實話，而真正的原因再簡單不過，就是她不想再和他見面了。她是因為不想直說才會覺得尷尬。正因如此，他不該堅持。再這樣下去，他會惹人厭，而且會破壞他們的默契，畢竟在它們之間，若非兩人共有的慾望，是禁止表達的。

於是當她又說了一次「不行，真的對不起」的時候，魯本斯就不再堅持了。

掛上電話之後，他突然想起穿著巨大球鞋的澳洲女學生。她被遺棄了，為的也是她不明所以的理由。如果有機會重來的話，他會用同樣的方式安慰她：「不是你的問題。不是因為你。是我自己的問題。」他知道他和魯特琴手的故事結束了，而他永遠不會知道是為了什麼。他永遠也不會知道，一如那個有漂亮嘴巴的澳洲女學生。從此，魯本斯的鞋子將帶著比過去多一些憂傷的心情，在世界各地旅行，一如澳洲女學生的那雙大球鞋。

20

沉默的競技時期，隱喻時期，淫穢的真話時期，阿拉伯電話時期，神祕時期，這一切都已離他遠去。指針已經在他性生活的鐘面上轉過一圈了。他位於他的鐘面時間之外。位於鐘面之外，這意謂的並非結束亦非死亡。歐洲繪畫的鐘面上敲響了午夜的鐘聲也不代表什麼，畫家們還不是繼續在畫。一個人位於鐘面之外，意思只是說不會再有什麼新鮮事，也不會再有什麼重要的事了。魯本斯最常碰面的女人是年輕的G，她總喜歡在話裡不時加上一些髒話，藉此呈顯出自己的特色。當時有很多女人都這麼做，那是那個時代的氛圍。她們說媽的，狗屎，幹，好讓人覺得她們早已遠離既保守又有好教養的舊世代，她們是自由的，解放的，現代的。儘管如此，只要魯本斯一碰年輕的G，她就翻著白眼珠瞪著天花板，沉浸在神聖的靜默之中。他們的纏綿總是相當漫長，幾乎是沒完沒了，因為G貪婪渴望的高潮只有在極為漫長的努力之後才到得了。她躺在床上，額頭汗珠滾滾，身上汗水淋漓，她使勁地做。魯本斯想像的垂死畫面，差不多就是這樣了：一個人被燒得滾燙，強烈渴望能有個了結，可是了結的時刻躲起來了，頑固地躲著不肯出來。最初的兩三次，魯本斯在G的耳邊說了些淫猥的話，想要藉此快速了結，可是G立刻把頭撇開，表示她不苟同，之後，魯本斯只能保持沉默了。相反的，G總是在二十或三十分鐘之後，以不悅又不耐的語氣說：「用力一點，再用力一點，再來，再來，再來！」這一刻，魯本斯發現自己撐不下去了；他跟她做愛做得太久，節奏太快，他已經沒辦法再做出更猛烈的撞擊了；於是他往旁邊一滑，採取了一個權宜的招式，他覺得這一招雖然算是認輸，但是招式高明到應該頒發專利——他把手伸入G的小腹深處，用手指強力地上下抽動；熱流汨汨湧出，一場水災，G親吻著他，不停地對他說著溫柔的話語。

可悲的是，他們兩人私密的時鐘並不同調：魯本斯滿懷柔情的時候，G在說髒話；魯本斯想說髒話的時候，G頑固地緘默不語；魯本斯需要安靜和睡眠的時候，G變得溫柔又多話。

G很漂亮，又比魯本斯年輕得多！魯本斯猜想（謙虛地），是因為他的手法靈巧，所以他每次打電話給G她都會來。他對她有一股感激之情，因為她讓魯本斯經由她的身體進入了汗水與靜默之中，在這段漫長的時間裡，魯本斯可以閉著眼睛，從容自在地發夢。

21

有一天魯本斯手上拿了一本老舊的甘迺迪總統的相片集，裡頭全是彩色照片，至少有五十幀，在所有的照片上（所有的照片都一樣，無一例外！）總統都在笑。他不是在微笑，他就是在笑！他的嘴巴是張開的，露出牙齒。相片集沒有什麼特別的地方，在今天看來就是些照片罷了，可是魯本斯發現甘迺迪在所有的照片上都在笑，嘴巴從來沒有合攏過，他還是看得愣在那裡。幾天之後，他去了佛羅倫斯。站在米開朗基羅的大衛像前面，他想像這張大理石的臉孔跟甘迺迪的臉一樣開心，突然間，大衛這個男性美的典範，讓人覺得像個白痴！從此，魯本斯在心裡養成了一個習慣，他給名畫裡的臉孔貼上一張咧開的笑嘴；這是個有趣的實驗——笑臉可以毀掉那些名畫！試想，拿掉蒙娜麗莎若有似無的微笑，換上露出牙齒和牙齦的笑容！

魯本斯雖然對美術館很熟，大部分的時間都耗在裡頭，但他還是要到看了甘迺迪的照片才明白這個簡單的道理：從古代一直到拉斐爾（Raphaël），或許一直到安格爾（Ingres），那些偉大的畫家和雕刻家都避免去表現笑，甚至微笑。伊特魯利亞人的雕像確實都是微笑的，但這微笑並不是一種模擬，不是對某個狀況的立即反應，而是閃耀著永恆至福的一張臉的持續狀態。這種事對古代的雕刻家和後世的畫家來說都是一樣的，美麗的臉孔只有在靜止不動的狀態下才有可能。

只有在畫家想捕捉「惡」的時候，才會讓臉孔失去靜止的狀態，讓嘴巴打開。要嘛是痛苦之惡：女人們傾身在耶穌的屍體上；普桑（Poussin）《屠殺無辜者》的畫裡張開嘴巴的母親。要嘛是敗德之惡：霍爾班（Holbein）的《亞當與夏娃》。夏娃的臉是浮腫的，嘴巴微張，露出剛剛咬過蘋果的牙齒。一旁是亞當，他還是沒有犯下原罪的男人——他的臉是平靜的，嘴是閉著的。在柯雷吉歐（Correggio）的《敗德的寓意畫》裡，所有人都在微笑！為了表現出敗德，畫家得去撼動那些臉上無辜的平靜，把嘴巴向兩側拉長，用微笑扭曲臉的線條。這幅畫只有一個人在笑，那是一個孩子！但是他的笑不是幸福的笑，而是像巧克力或紙尿褲廣告照片上的那些小孩一樣。這孩子笑是因為他墮落了！

笑只有在荷蘭畫家的作品裡才是純真的：哈爾斯（Frans Hals）的《小丑》，或是他的《吉普賽女郎》。因為荷蘭派的畫家是最早的攝影家；他們畫的臉孔在美醜之外。魯本斯在展出荷蘭畫家的廳裡流連，想著魯特琴手，他對自己說：魯特琴手不會是哈爾斯的模特兒；她是從前的大畫家的模特兒，那些畫家在臉部靜止不動的表面追求美。後來，他被一些參觀的人擠來擠去——世界上所有的美術館都擠滿了一群人，和從前的動物園沒有兩樣；熱愛新奇事物的觀光客看那些畫，彷彿看著關在籠裡的珍禽異獸。魯本斯心想，這個世紀已經不再是繪畫的時代了，也不再是魯特琴手的時代了；魯特琴手屬於一個早已完結的世界，在那個世界裡，美，是不會笑的。

但是大畫家們把笑從美的國度驅逐出去，這種事該怎麼解釋？魯本斯心想：臉只有在反映出某種思想存在的時候才是美的，然而人在笑的那一刻，並不思想。可這是真的嗎？笑不就是我們捕捉到喜劇性的那一瞬間所閃現的靈光嗎？不，魯本斯心裡想：在捕捉到喜劇性的那一瞬間，人並不會笑；笑是在其後立刻發生的，就像是生理反應，就像是臉部痙攣，而人在這痙攣之中無法自持，於是被某種既不是自身的意志也不是理性的東西支配了。這就是為什麼古代的雕刻家不表現笑的主題。無法自持的人（在理性之外，在自身的意志之外的人）不能說是美的。

如果我們這個時代與大畫家們的精神背道而馳，如果我們這個時代把笑變成臉最喜歡的表情，那就是說，意志與理性的缺席成了人類的理想狀態。或許有人會反駁說，那些人像照片上的痙攣是裝出來的，所以是有意識的，是刻意的——甘迺迪在攝影師的鏡頭前面笑，他根本不是在反應一個滑稽的情況，而是非常有意識地張開嘴，並且露出牙齒。這只是證明了笑的痙攣（在理性與意志之外）被現代人升格為理想的形象，現代人選擇這個形象，躲在它的後頭。

魯本斯心想：笑在所有的臉部表情當中是最民主的——靜止不動的臉讓每一個線條清晰可辨，把我們每個人和別人區辨開來；但是在痙攣之中，我們全都是一樣的。

凱撒的半身像笑得臉歪嘴斜，這是無法想像的。但是美國總統們卻躲在笑的民主式痙攣的背後，走向永恆。

22

他回到羅馬。在博物館裡，他在展出哥德式繪畫的廳裡久久流連。有一幅畫深深吸引了他，那是一幅耶穌受難圖。他看到了什麼？他看到的不是耶穌，而是一個女人，人們正準備把她釘上十字架。跟耶穌基督一樣，她全身上下只有腰際纏著一塊白布。她的雙腳撐在突出的木架上，而行刑的劊子手則用粗繩把她的腳踝綁在木柱上。十字架立在山頂，不管什麼地方都看得到。周圍是一群士兵，還有一些看熱鬧的老百姓，望著那個被綁在十字架上示眾的女人。那是魯特琴手。她感覺到眾人的目光盯著她的身體，於是用兩隻手掌遮住自己的乳房。她的左右兩側各立著一支十字架，上頭分別綁著一個偷兒。其中一個靠向魯特琴手，慢慢地把她的一隻手從乳房上移開，他把魯特琴手的手臂拉開，一直伸到橫柱的末端。另一個偷兒也抓住她的另一隻手，做出相同的動作，最後，魯特琴手的兩隻手臂都被拉開了。在整個過程當中，魯特琴手的臉都靜止不動。她定在那裡，望著遠方的什麼。魯本斯知道她看的不是地平線，而是一面想像的巨大鏡子，立在她的對面，立在天地之間。她在鏡子裡看到自己的形象，一個女人釘在十字架上，張開手臂，裸露乳房的形象。對著一大群如野獸般高聲叫罵的人，她跟這些人一樣興奮，她跟這些人一樣觀看著自己。

魯本斯的目光無法離開這樣的場景。當他終於把眼睛移開的時候，他心想這一刻應該寫進宗教史裡頭，標題就叫做魯本斯的羅馬顯聖幻象。直到晚上，這神祕時刻的衝擊還在心裡。他已經四年沒有打電話給魯特琴手了，但是這一次他忍不住了。一回到旅館，他就拿起電話。電話線另一頭傳來的是一個女人的聲音，是他不認識的聲音。

他語帶猶疑地問道：「我可以和……太太說話嗎？」他說了她丈夫的姓。

「可以呀，我就是。」那個聲音說。

魯本斯又說了魯特琴手的名字；那個女人的聲音說他要找的人已經過世了。

「她過世了？」

「是的，阿涅絲過世了。請問您是……」

「我是她的朋友。」

「可以告訴我您是哪一位嗎？」

「對不起。」他掛上了電話。

23

電影裡有人死掉的時候，會立刻響起一段悲傷的音樂，但是在真實的生活裡，如果有認識的人死去，我們並不會聽到任何音樂。只有極少數的死亡可以深深激盪我們的心情，而且一輩子就這麼兩、三次吧，不會再多了。一個只是插曲的女人死了，魯本斯因此感到驚訝，並且悲傷，但是這不會讓他心情激盪，更何況這女人已經在四年前走出他的生活，他早該在當時就放棄她了。

這死亡沒有讓魯特琴手的存在變得比從前更縹緲，反而改變了一切。魯本斯每次一想到她，就忍不住會問自己，她的身體變成什麼樣子了？她的身體被放進棺木之中，埋進土裡？還是被火化了？他想起她靜止不動的臉孔，大大的眼睛望著一面想像的鏡子。他見她的眼皮慢慢闔上：突然間，那已經是一張死去的臉。由於這張臉如此平靜，從生命到無生命的過渡幾乎讓人無法察覺，如此和諧，如此美好。但是魯本斯又想到這張臉會變成什麼樣子。那是很可怕的。

G來找他。一如往常，他們靜靜地纏綿，而在這沒完沒了的時刻裡，魯特琴手也一如往常地出現在他的腦海裡。一如往常，她站在鏡子前，裸露著乳房，目光靜止不動，凝望著自己。魯本斯突然想到她過世差不多有兩三年了；她的頭髮已經從頭顱脫落，眼眶也已經變成兩個洞了。他想要擺脫這個畫面，否則他根本沒辦法繼續做愛。他揮散了魯特琴手的記憶，決定把注意力集中在G的身上，集中在她加快的喘息，但是腦子裡的意念卻不聽話，而且好像還故意把他不想看的東西放到他的眼前。終於，他腦子裡的意念決定聽話，決定不再給他看到魯特琴手躺在棺材裡的模樣，但是這些意念卻讓他看到魯特琴手在火焰之中，她的姿勢恰恰是他聽人家說過的——燃燒的身體會直起來（在某種神祕的物理力量作用之下），於是魯特琴手就在火爐裡坐著了。一具燃燒的屍體坐在那兒，這幻象浮現得正清楚的時候，突然傳來一陣不悅又不耐的聲音：「用力一點，再用力一點，再來，再來，再來！」魯本斯不得不中斷他們的纏綿。他請G原諒他的狀態不佳。

那時，他心想：我所經歷過的一切，只剩下唯一的一張照片了。或許這張照片包含了藏在我情色生活最深處、最私密的部分，甚至包含我情色生活的本質。或許我最近這陣子做的愛只是為了讓這張照片重生。而現在這照片在火焰之中，這美麗平靜的臉龐扭曲，縮小，變黑，化成了灰燼。

G下個星期還會再來，魯本斯已經開始擔心那些畫面會在做愛的時候跑來糾纏他。他想要把魯特琴手從他的腦海裡揮除，他坐在桌前，頭托在掌心，開始在記憶裡搜尋其他有可能取代魯特琴手的照片。他找到了幾張，甚至還因為覺得這些照片很美很讓人興奮而感到驚訝，感到愉快。但是他心裡很清楚，他的記憶不會讓他在和G做愛的時候看到這些照片，取而代之的將是記憶偷偷塞進來的畫面，宛如死神的玩笑，讓他看到魯特琴手坐在火焰之中。他猜得沒錯。這次還是一樣，在做愛的時候，他不得不請G原諒他。

那時他心想，和這些女人的關係中斷一陣子也沒什麼壞處。等有了新的情況再做打算，大家都是這麼說的。但是一週週過去了，這中斷的狀態延長了。有一天，他終於意識到，不會再有「新的情況」了。

第七部 慶祝

1

在健身俱樂部裡，巨幅的鏡子長久以來映照著運動中的手臂和腿；六個月前，在意象形態專家的壓力下，游泳池的三面牆壁都被鏡子占據了，第四個牆面是一片巨大的玻璃帷幕，從那裡可以看到整片巴黎的屋頂。我們穿著游泳褲，坐在池畔的一張桌子旁邊，游泳的人們在池裡喘著氣。我們中間站著一瓶葡萄酒，那是我點來慶祝周年的。

阿弗納琉斯還來不及問我慶祝的是什麼周年，他的心神就隨著剛想到的事情飛走了：「想像一下，你可以在兩種可能性之中做個選擇。你可以和一個舉世聞名的美女共度一夜，像是碧姬・芭杜，或是葛麗泰・嘉寶，唯一的條件是永遠都不會有人知道；或者，讓你攬著她的肩在故鄉的大街上散步，唯一的條件是你永遠不能和她上床。我很想知道選擇這兩種可能性的人所占的確實百分比。這得要有個統計的方法，所以我就去找了幾家民意調查中心，但是都沒有下文。」

「我從來都不是很確定，你做的事情我到底該當真到什麼程度。」

「我所做的一切你都應該絕對當真。」

我接著說：「譬如，我想像你正在對那些搞環保的人發表你摧毀汽車的計畫。你總不會以為他們真的會接受吧！」

我停了一下。阿弗納琉斯還是沒說話。

「你以為他們會為你鼓掌嗎？」

「沒有，」阿弗納琉斯說：「我從來沒這麼想。」

「那麼，你幹嘛跟他們發表你的計畫？為了揭開他們的假面具？為了向他們證明，雖然他們擺出抗議的姿態，但他們其實也是你說的惡魔黨的一部分？」

「有什麼事會比這更無聊，」阿弗納琉斯說：「誰會想要證明什麼給這些低能兒看？」

「那就只剩下一個解釋了：你想拿他們開玩笑。但這也有問題，在這種解釋之下，你的所作所為看起來並不合邏輯，畢竟，你不覺得會有人理解，會有人因此發笑！」

阿弗納琉斯搖搖頭，語帶感傷地說：「我是沒這麼想。惡魔黨的特質就是完全沒有幽默感。雖然滑稽的東西一直存在，但是卻變成看不見的東西。開玩笑於是變成一件沒有意義的事。」接著他又說：「這個世界，什麼事都當真。連我自己也一樣，真是夠了！」

「我反而覺得沒有人把什麼事情當真！大家都在尋開心，沒別的！」

「這樣到頭來還是一樣。如果有一天十足的蠢驢得在電台上播報核子戰爭爆發或是巴黎有地震的新聞，他會盡一切努力去搞笑。說不定他從現在開始就會為這樣的事情去找一些有趣的諧音雙關語。但這其實和滑稽的意義毫無關係。因為這件事之所以滑稽，在於有人為了播報地震新聞而去找諧音的雙關語。但是為了播報地震新聞而去找諧音雙關語的人看待這件事是很認真的，他一點也不覺得自己滑稽。只有當人們還在幫重要與不重要的事情劃清界限的時候，幽默才存在。今天，這條邊界已經劃不出來了。」

我很瞭解我的朋友，而且我經常為了好玩而模仿他說話的方式，我也把他的想法和他的觀察當成我自己的；但是我抓不住他。他的所作所為讓我很開心也很著迷，但是我不能說我完全理解這一切。有一次，我試圖向他解釋，只有藉由隱喻才能捕捉到一個人的本質。藉由隱喻啟迪的靈光。自從認識阿弗納琉斯以來，我一直想找出一個隱喻，能讓我捕捉到他的本質並且理解他，卻始終徒勞無功。

「如果不是要開玩笑，那你為什麼要對他們發表你的計畫？為什麼？」

他還來不及回答我，我們的談話就被一陣驚呼打斷了：「阿弗納琉斯教授！真的是您啊？」一個穿著泳褲的美男子在雙扉門那兒對我們說話，年紀大概在五、六十歲之間。他們兩人看起來都有些激動，握著手久久不已。

後來阿弗納琉斯把他介紹給我認識。我才知道對面站著的就是保羅。

2

他在我們的桌邊坐了下來；阿弗納琉斯用一個誇張的手勢指了指我說：「您沒看過他的小說嗎？《生活在他方》！這是一定要看的！我太太說這本小說很了不起！」

我突然明白了一件事，原來阿弗納琉斯根本沒看過我的小說；前陣子他硬要我帶一本給他，是因為他失眠的妻子需要幾公斤的書陪她入眠。這讓我很難過。

「我來是要讓腦袋泡泡水清醒一下，」保羅說。這時他瞥見桌上的酒，忘了池子裡的水。「你們喝的是哪裡的酒？」他拿起酒瓶仔細地讀著酒標，然後又補上一句：「我從早上就開始喝了。」

沒錯，看得出來，而且我很驚訝。我從來沒想過保羅會喝醉。我向服務生多要了一只酒杯。

我們開始漫無邊際地閒聊。阿弗納琉斯好幾次提到我的小說，他從來沒看過卻慫恿保羅發表看法，保羅說話沒考慮我的感受，一點也不客氣，簡直讓人覺得沮喪：「我從來不看小說。回憶錄好看多了，而且比較有教育性。還有傳記！最近我看了幾本書是關於沙林傑、羅丹的，還有卡夫卡的戀情。還有一本很棒的海明威傳記！啊，這傢伙，真是個偽君子。真是個騙子。真是個自大狂啊！」保羅一邊說，一邊笑得很開心。「根本就是個性無能。是個虐待狂。是個大男人。是個色情狂。是個厭惡女人的傢伙。」

「作為律師，如果您願意為殺人犯辯護，」我說：「那麼您為什麼不幫作家辯護呢？這些人除了寫過幾本書，也沒做過什麼壞事啊。」

「因為我覺得他們很煩。」保羅說話的心情很愉快，他把酒倒進服務生剛剛端到他面前的杯子裡。

「我太太是馬勒的迷，」他接著說：「她告訴我，馬勒在他的《第七號交響曲》第一次演出前的半個月，把自己關在一個很吵的旅館房間裡，然後徹夜修改樂器的搭配。」

「對。」我說：「那是一九〇八年的秋天，在布拉格。那家旅館叫做『藍星』。」

「我經常想像他在這個旅館的房間裡，在一堆樂譜當中，」保羅沒被我打斷，繼續說了下去，「他確信第二樂章的旋律如果是用單簧管而不是用雙簧管來演奏，他的作品就完蛋了。」

「確實如此。」我想到了我的小說。

保羅繼續說：「我想找一群很內行的聽眾來聽這首交響曲的演出；先聽十五天前修改過的版本，再聽沒改過的。我敢打賭，沒有人聽得出兩個版本有什麼不同。請不要誤會我的意思：第二樂章裡頭用小提琴演奏的動機（motif）在最後一個樂章改成用長笛，這當然是很讓人激賞。每個細節都到位了，都琢磨過，都悉心設想過，都試驗過了，沒有什麼是隨便碰上的；但是這盡善盡美的大工程超出了我們的範圍，它超出我們記憶的能力，超出我們專心的能力，結果連最狂熱最專心的聽眾也只能領會到這首交響曲所包含的東西的百分之一，而且是馬勒眼中最不重要的百分之一！」

這想法正確得那麼理所當然，讓保羅十分愉快，我卻越來越傷心——讀者如果跳讀了我小說的任何一行，他就什麼也沒辦法理解了，可是有哪個讀者不跳行呢？我自己不就是最會跳行還跳頁的讀者嗎？

保羅又接著說：「我不反對把這些交響曲改得盡善盡美。我反對的只是人們把這種完美看得那麼重要。這些崇高無比的交響曲不過是無聊國度的壯麗建築。人類根本到不了那裡。這些交響曲是非人性的。一直以來，我們都在誇大這些東西的重要性。這些東西讓我們感到自卑。歐洲人把歐洲化約成五十件天才的作品，可是歐洲人卻從來不曾理解這些作品。你仔細想想，這種不平等是不是讓人生氣——幾百萬個歐洲人什麼也不是，但是他們面對的這五十件作品的名字卻代表了一切！這種形而上的不平等，把一些人變成一顆顆的沙粒，卻賦予其他人存在的意義，相較之下，階級不平等不過是個次要的意外。」

酒瓶空了。我把服務生叫來又點了一瓶酒。結果保羅忘記自己講到哪兒了。

「您剛才講到傳記。」我提醒他。

「啊，沒錯。」他想起來了。

「您說您很高興終於可以讀到那些死人的私人通信。」

「我知道，我知道，」保羅彷彿想在對手的反對意見之前搶先一步，他說：「請相信我：我也一樣啊，看到人家在私人信件裡東翻西找，去找別人從前的情婦問東問西，去說服醫生們洩漏醫療上的祕密，這種事很卑鄙啊。那些攝影師都是流氓，我永遠沒辦法跟他們同桌，像我們現在這樣。羅伯斯庇爾也一樣啊，他也永遠沒辦法跟那些到處打劫而且在斷頭台的遊戲裡得到集體高潮的那些流氓同桌。但是他知道，沒有流氓，什麼事也做不成。流氓是革命這種正當仇恨的工具！」

「人們對海明威有什麼革命仇恨來著？」我問道。

「我說的恨不是針對海明威！而是針對他的作品！我說的是他們的作品！總之，這種事我們得大聲說出來：讀那些關於海明威的東西比讀海明威的作品有趣而且有建設性一千倍。我們得去證明，海明威的作品不過就是經過掩飾的海明威的生活，而這生活跟我們任何一個人的生活一樣沒有意義。我們得把馬勒的交響曲切成一小塊一小塊，拿來當衛生紙廣告的背景音樂。我們得想個一勞永逸的辦法，好好解決不朽者帶來的恐怖。打倒所有《第九號交響曲》和所有《浮士德》的傲慢權力！」

保羅陶醉在自己的演說裡，他站起身，舉杯說：「我想和你們一起為一個時代的終結乾杯！」

3

在互相映照的鏡子裡，保羅變成了二十七個保羅，鄰桌的泳客好奇地望著他舉著杯子的那隻手。游泳池邊的小按摩池裡，兩個男人動也不動地站在那裡，他們也目不轉睛地望著保羅懸在半空中的二十七隻手。我起初以為他這麼僵在那兒是為了讓他的演說顯得更莊嚴，後來才發現有個穿泳裝的婦人剛走進來——那是個四十歲上下的女人，漂亮的臉龐，腿有點短，但是線條完美，屁股雖然有點大，但是很迷人，指向地面，像一個粗粗的箭頭。正因為這個箭頭我才認出她來。

她沒有立刻看見我們，逕直往游泳池走去。但我們猛盯著她看，最後我們的目光終於和她碰上，她因此臉紅了。一個女人臉紅的時候，真美；她的身體，在這一刻，並不屬於她；她再也無法掌握她的身體；她只能任由身體來支配她；啊，沒有什麼比一個女人被她自己的身體強暴的場景更美了！我開始理解為什麼阿弗納琉斯這麼喜歡蘿拉了。我看著阿弗納琉斯，他依然面無表情。在我看來，這種自我克制比起蘿拉的臉紅，洩漏出更多的心事。

蘿拉回過神來，露出親切的微笑向我們走來。我們都站了起來，保羅把他的太太介紹給我們認識。我繼續觀察阿弗納琉斯。他原本就知道蘿拉是保羅的妻子嗎？看起來似乎不知道。就我所知，他應該跟蘿拉上過那麼一次床，後來就沒再見到她了。但是，我對這件事一點也不確定，唉，算了，其實我什麼事都不確定。他把手伸向蘿拉，欠身致意，彷彿第一次見到她。之後蘿拉就走了（未免也太快了，我心裡這麼想），她跳進池子裡。

保羅突然變得垂頭喪氣。「我很高興你們認識了她，」他憂傷地說：「她是，嗯，就像人家說的，她是我生命中最重要的女人。我應該覺得很慶幸。生命這麼短暫，大部分的人從來就沒有找到他們生命中最重要的女人。」

服務生端來另一瓶酒，在我們面前把酒打開，給我們一人倒了一杯，結果保羅又忘記自己講到哪兒了。

「您講到您生命中最重要的女人。」服務生走了之後，我提醒他。

「對，」他說。「我們生了個小孩，三個月大。我跟前妻還有一個女兒，一年前，她離開我們家，一句話都沒說就走了。我為這件事感到很痛苦，因為我很愛她。我已經很久沒有她的消息了。兩天前，她回來了，因為她男朋友把她甩了。就在他們生了一個小孩之後，是個女孩子。親愛的朋友，我有個孫女呀！我的身邊一共有四個女人！」這四個女人的形象似乎讓他充滿活力：「我從早上開始喝酒為的就是這個。我喝酒慶祝我們團圓！我為女兒和孫女的健康乾杯！」

在下頭，在游泳池裡，蘿拉和兩個女人一起游泳，保羅笑了。他怪異的微笑看來很疲憊，勾起我的同情。他看起來突然變老了。他又濃又密的灰色長髮，突然變成了老婦人的髮型。他彷彿想要克服自己一時的軟弱，他再度起身，手裡拿著杯子。

這時候，游泳池裡眾多手臂拍打水面，聲音很大。蘿拉的頭浮出水面，她游的是狗爬式，笨手笨腳的，但是熱情十足，甚至可以說是狂熱。

這些拍打水面的聲音，每一下都像打在保羅的頭上，打一下他就老一歲——他一下子就老了。他七十歲了，沒多久就八十歲了，但他還是站在那裡，手裡舉著酒杯，像是要抵擋這雪崩似的歲數一年年落在他的頭上：「我想起年輕的時候人們常說的一句話，」他的聲音突然變得很微弱。「女人是人類的未來。這句話到底是誰說的？我想不起來了。是列寧？還是甘迺迪？不是，是一個詩人說的。」

「阿哈貢。」我提醒他。

阿弗納琉斯毫不客氣地說：「女人是人類的未來，這句話是什麼意思？是說人都會變成女人嗎？我可不明白這句蠢話在說什麼！」

「這不是一句蠢話！這是一句有詩意的話！」保羅說。

「文學就要消失了，這些有詩意的蠢話難道還會繼續在世界各地晃蕩嗎？」我說。

保羅完全沒理會我。他剛剛才瞥見自己的臉在鏡子裡重複了二十七次，他的眼睛離不開鏡子。他不停地轉頭去看他那些映在鏡子裡的臉，他說話的聲音變得非常尖細又微弱，像個老婦人：「女人是人類的未來。這句話的意思是，從前依照男人的形象造出來的世界，以後將依照女人來塑造它的形象。世界變得越是機械化而金屬，變得越是技術化而冷酷，它就越是需要只有女人才能給予的熱情。如果我們想拯救世界，就得讓女人領導我們，就得讓Ewigweibliche領導我們，讓永恆的女性領導我們！」

保羅彷彿被這些先知般的語言耗盡了氣力，他又老了好幾十歲，現在他已經是個一百二十歲或一百六十歲又瘦又弱的小老頭了。他甚至連杯子都拿不住了，整個人癱在他的椅子上。接著，他真誠而悲傷地說：「她沒說一聲就回來了。她討厭蘿拉。蘿拉也討厭我女兒。當了母親讓她們變得更好鬥。事情又重來了，一個房間是馬勒在轟轟轟，一個房間是搖滾樂在隆隆隆。事情又重來了，她們逼我做選擇，她們對我下最後通牒。她們都投入了鬥爭。女人一旦開始鬥爭，她們是不會罷手的。」然後他靠到我們身邊，悄悄地說：「親愛的朋友，別把我說的話當回事。我現在要說的話不是真的。」他壓低了聲音，彷彿要告訴我們一個天大的祕密：「戰爭都是男人在打，這真是萬幸。如果是女人發動戰爭的話，她們的殘酷會很徹底，最後地球上不會剩下半個人。」他用拳頭敲了一下桌子，彷彿要讓我們馬上忘了他剛剛說的話，他揚聲說：「親愛的朋友，我希望音樂從來就沒有存在過！我希望馬勒的爸爸撞見他兒子在手淫的時候就狠狠地賞他一個耳光，把小馬勒打成聾子，讓他永遠聽不出小提琴跟鼓聲有什麼不同。最後我希望我們可以把所有電吉他的電都導過來，把電通到椅子上，我要親手把那些吉他手通通綁上去。」然後他用幾乎聽不到的聲音加上一句：「我親愛的朋友，我希望可以比現在醉上十倍。」

4

他繼續癱在椅子上，這場景淒涼得讓人受不了。我們於是站起來幫他拍拍背。正在這麼做的同時，我們看見他的太太從水裡出來，繞過我們往門口走去。她假裝沒看見我們。

她在生保羅的氣，氣到連一眼都不想看？還是她和阿弗納琉斯不期而遇所以有點尷尬？儘管如此，她的步履之中還是有一股強大的吸引力，以至於我們忘了繼續幫保羅拍背，三個男人都朝著蘿拉的方向看。

她距離雙扉門還剩兩步的時候，發生了一件意想不到的事——她突然向我們轉過頭來，把手臂向空中揮去，動作如此輕盈，如此迷人，如此靈巧，我們彷彿看到一只金色的氣球從她的指間飄起，懸浮在門上。

轉瞬間，保羅的臉上浮現了一抹微笑，他緊緊抓住阿弗納琉斯的手臂說：「您看見了嗎？您看見這個手勢了嗎？」

「我看見了。」阿弗納琉斯說，他的目光盯著天花板上耀眼的金色氣球，那是蘿拉留下的一絲回憶。

在我看來，事情再清楚不過了，蘿拉的手勢不是做給她的醉鬼丈夫看的。那不是平日說再見時不自覺的手勢，那是個意義豐富的特別手勢，只有可能是做給阿弗納琉斯看的。

然而保羅卻一點也沒多心。奇蹟似乎出現了，歲月從他的身上掉出去，他又變回了一個五十歲的美男子，灰白的長髮神氣活現。他望著雙扉門，門上閃耀著金色的氣球，他說：「啊，蘿拉！這確實是她的，這手勢！這手勢代表的就是她整個人！」然後他說了一件感人的事給我們聽：「她第一次對我做這手勢，是我陪她上婦產科的那天。為了生小孩，她做了兩次手術。我們想到分娩這件事就害怕。為了不讓我太激動，她不准我跟她一起進醫院。我留在車子附近，她一個人往醫院的大門走去，走到門口的時候，她就跟剛才一模一樣，轉過頭來，對我揮手。回到家裡，她不在身邊讓我覺得非常悲傷，我很想她，想到為了要找回她的存在，我試著去模仿她，模仿給我自己看，模仿她迷惑我的美麗手勢。如果那時候有人看見我的動作，他一定會笑。我背對著一面大鏡子，把手臂向空中揮去，轉頭對自己微笑。我這麼做了三十次，說不定有五十次，我一直想著她。我同時是她（向我揮手的她），也是我（看著她向我揮手的我）。但奇怪的是，這手勢我做不來。我做這手勢的時候，實在是無可救藥地笨拙又滑稽。」

他站起來，轉身背對我們。接著他把手臂向空中揮去，同時轉頭瞥了我們一眼。沒錯，他說得很對，是很滑稽。我們都笑了出來。這笑聲激勵了他，他又做了好幾次相同的手勢，做得越來越滑稽。

後來，他說：「您們也知道，這手勢男人做不來，這是女人的手勢。藉由這手勢，女人對我們說：來吧，跟我走，我們根本不知道她要邀請我們去哪兒，而她自己也不知道，可是她還是邀請了我們，她確信跟著她走是不會錯的。這就是為什麼我會跟你們說：要嘛女人是人類的未來，要嘛人類就完蛋了，因為只有女人可以對自己保有一種完全沒道理的希望，並且邀請我們走入一個不確定的未來，若不是女人，我們已經很久都不相信這個未來了。這輩子，我隨時都準備要跟隨她們的聲音，就算那聲音是瘋狂的，我還是會跟隨，但我絕對沒瘋。對一個沒瘋的人來說，任由自己在未知的世界裡被一個瘋狂的聲音引導，沒有什麼比這更美好的了！」此時，他莊嚴地重複了這個德文的句子：「Das Ewigweibliche zieht uns hinan! 永恆的女性引領我們向上！」

歌德的詩句宛如一頭驕傲的白鵝，在游泳池的天花板上拍打著翅膀，在此同時，保羅在三面巨大的鏡子映照下，往雙扉門走去，門上，始終閃耀著那只金色的氣球。終於，我看到保羅真的開心了。他走了幾步，把頭轉向我們這邊，把手臂向空中揮去。他笑了。再一次，他轉過頭來；再一次，他向我們揮手。對這美麗的手勢做完最後一次笨拙的模仿之後，他消失在門的後頭。

5

我說：「關於這手勢他說得不壞，可是我覺得他搞錯了。蘿拉沒有邀請任何人跟隨她走到未來，她只是想提醒你她在那裡，她等著你。」

阿弗納琉斯不發一語，他的臉始終讓人參不透。

我用責備的語氣對他說：「你難道不同情他嗎？」

「我當然同情，」阿弗納琉斯答道：「我是真心喜歡這個人的。他很聰明。他很風趣。他很難懂。他很悲傷。最重要的是，你別忘了，他幫過我！」接著，他向我靠過來，彷彿不想讓我意在言外的譴責得不到回應。「我跟你說過我的民意調查計畫，就是問人們比較想偷偷跟葛麗泰•嘉寶上床，還是跟她出現在大庭廣眾前。結果，當然不用想也知道：所有人，連最可憐的傢伙都一樣，大家都會說想跟她上床。因為他們每個人都想讓自己在自己的眼裡，在太太或孩子的眼裡，甚至在民調中心的光頭職員的眼裡，看起來像個享樂主義者。但這是他們的錯覺，是他們譁眾取寵的把戲。今天，已經不再有享樂主義者了。」他說出最後這幾個字的時候，語氣相當嚴肅，接著他又微笑著加上一句：「只剩下我一個。」然後他又說：「不管他們怎麼說，如果他們真的有機會選擇的話，所有這些人，我可以跟你保證，所有人，都喜歡逛大街勝過一度春宵。因為對他們來說，重要的是人們的欽羨而不是享樂，重要的是表面而不是現實。現實已經不再對任何人有任何意義了。對任何人都沒有。對我的律師來說，現實沒有任何意義。」接著他以一種溫柔的語氣說：「這就是為什麼我可以鄭重地向你保證，他不會有任何不愉快；他不會有任何損失，因為他戴的綠帽子還是一樣隱而不見。天氣好的時候綠帽子會變成天空的藍色，下雨的時候，它會變成烏雲的顏色。」他又加上一段：「而且，沒有任何一個丈夫會懷疑一個手裡拿刀要強姦女人的傢伙，會是他妻子的情人。這兩種形象搭不在一起。」

「等等，」我說：「他真的以為你想要強姦女人？」

「我已經跟你說過了。」

「我一直以為那是開玩笑的。」

「難道你以為我會把祕密告訴他嗎？」他又說：「就算我把真相告訴他，他也不會相信的。而如果他終於相信了我，他就會立刻放棄我的案子。我是作為強暴犯才讓他感興趣的。他對我產生的這種神祕的愛，跟那些大律師對大罪犯的愛是一樣的。」

「可是你是怎麼跟他們解釋的？」

「我什麼也沒解釋。證據不足，我被無罪開釋了。」

「什麼，證據不足？那把刀子呢？」

「我只能說當時這個部分確實很棘手。」阿弗納琉斯這麼說，我知道他不想再多說什麼了。

我沉默了半晌，然後才說：「無論如何，你都不會承認關於輪胎的事？」

他搖了搖頭，表示他確實不會承認。

一股奇異的激動湧上我的心頭，我說：「你準備讓自己被當成強暴犯逮捕，只因為不想讓人知道這個遊戲……」

霎時間，我理解阿弗納琉斯了：如果我們拒絕將重要性賦予一個自以為重要的世界，如果我們在這世界上找不到任何回應我們的笑的回音，那我們只有一個解決辦法，那就是把世界當成一大塊東西，把它變成我們遊戲的對象；把它變成一個玩具。阿弗納琉斯在玩遊戲，而遊戲是他在一個沒有重要性的世界裡唯一看重的東西。但是這遊戲不會讓任何人發笑，他心知肚明。他向那些搞環保的人發表他的計畫，並不是要讓他們覺得好玩。他這麼做，是因為他自己覺得這樣好玩。

我對他說：「你就像一個沒有弟弟的憂傷小孩，一個人在和這個世界玩遊戲。」

這就是了！這就是我為阿弗納琉斯尋尋覓覓的隱喻！終於找到了！

阿弗納琉斯像個憂傷的小孩那樣露出微笑。接著，他說：「我沒有弟弟，但是我有你。」

他站起身，我也站起來；在阿弗納琉斯說完最後這幾個字之後，我們能做的似乎也只有互相擁抱了。但是我們都意識到，我們只穿著一條游泳褲，想到我們的肚腩要做這麼親密的接觸，我們都很害怕。於是我們尷尬地笑了笑，一起走去更衣室。擴音器裡傳來一個女人尖銳的高音在吉他伴奏下大聲呼號，吵得讓我們失去了說話的欲望。換了衣服之後，我們走進電梯。阿弗納琉斯直接到地下二樓，他的賓士車停在那裡，我則在一樓跟他道別。一樓大廳裡掛著五幅巨大的海報，上頭有五張不同的臉孔，卻是一樣的噘著嘴。看起來讓人害怕，像是要咬我一口。後來我走到了街上。

馬路上塞滿了車子，喇叭響個不停。摩托車騎上了人行道，在行人之中開出一條路。我想念阿涅絲。兩年前，恰恰一天不差，我第一次想像出這個人物；那時我在健身俱樂部的一張躺椅上等著阿弗納琉斯。我今天點了一瓶酒為的就是這個。我的小說結束了，我想要在小說的第一個意念誕生的地方慶祝一下。

汽車的喇叭鳴響，憤怒的叫聲此起彼落。從前，在同樣的場景裡，阿涅絲渴望買一株細細的勿忘我，一朵勿忘我就好了；她渴望把花拿在自己的眼前，作為最後的，隱約可見的，屬於美的最後的印記。

阿涅絲的必朽[1]

法國評論家／弗朗索瓦・希加（François Ricard）

獻給雅克・布侯（Jacques Brault）

《不朽》第五部的標題是「偶然」，說的是阿涅絲生命中某一天發生的事。阿涅絲決定到瑞士定居，她必須駕車走公路回巴黎告訴丈夫和女兒，從此將和他們遙遙生活在兩地。這一天對阿涅絲來說具有特別的意涵，對我們來說也是如此，因為我們不久之後就會知道，這是阿涅絲生命的最後一天，她將在當天晚上死去，為了避開一個站在公路中間的少女，她的車子將在急馳之中駛進溝渠。而這天發生的一切也都具有決定性的重要意義，無論是再小的事件，再小的念頭，都帶有極其重要的符號價值。

在這些事件當中（每一件當然都值得深思），有兩件特別引人注意，一方面當然是因為事件的美，另一方面也因為事件本身的極度簡單，換句話說，是因為事件有立即而直接的特質，而且事件所蘊含的啟發性讓人取之不盡，這不僅對阿涅絲來說是這樣，對我們來說也是如此，因為我們都和阿涅絲一樣，不久之後終將死去。

◎本文附註除特別標示為「譯註」者，其他皆為原作者註。

1. 本文根據發表在《無限》（*L'infini*）的一篇文章重新修訂。《無限》，第三十五期，一九九一年，秋季號，頁八三－九六。

* * *

第一個事件（或許這兩個事件都不太算是事件，而只能算是阿涅絲在意識裡形成自身存在意義的形而上的顯現）發生在下午兩點半。阿涅絲還在阿爾卑斯山，她決定不要立刻開車回法國，而是去山腳下散散步。她這麼做是為了對美，對這個地方的平靜做出回應，而更深層的原因，則是為了讓自己沉醉在鄉愁裡，因為這樣的散步總是連結著她對父親的回憶，以及父親從前教給她的一首歌德的詩。而阿涅絲正是在這最後散步的時候才發現（也就是說，第一次清楚地理解她在無意識之中早已知道的事），「路」，這個無足輕重的東西究竟是什麼。

路：帶狀的土地，可以在上面行走。公路之所以和路不同，不只是因為我們在上頭開車，還因為公路就是把一個點連結到另一個點的一條單純的線。公路本身並沒有任何意義；只有公路所連結的那兩個點才有。路的本身，每一段都具有意義，邀我們駐足其間。公路是空間貶值的勝利成果，今天，空間的存在只是阻礙人的移動，浪費人的時間，除此之外什麼也不是。

對阿涅絲來說，「路」是如此定義，並且與「公路」對立的；「路」不只是一種在旅途上行進的態度。更廣義來說，「路」是一種在世界上生存與生活的態度，但是這種態度消失了，一如她逝去的父親，一如無憂的浪蕩生活消逝於過去的年代。在阿涅絲的眼裡，這樣的消逝，這樣的遺忘足以讓「路」成為美的象徵，一如其過去的樣貌；基於同樣的理由，波希米亞的傳統音樂在呂德維克[2]的眼裡也是如此，基督宗教的禮拜儀式在不可知論者薩賓娜[3]的眼裡亦然。因為美在昆德拉的世界裡，一向都是落落寡歡的，荒涼的，遍地荊棘的。

路，不僅是作為美學的表現，它還有其他可能的意涵。我們可以在其中看到某種與昆德拉小說的藝術特別相稱的模式或參照，這種藝術在他先前的作品裡有過細緻的展示，在《不朽》之中的明顯展現更是前所未有。為了讓這種藝術的形象清晰，我且稱之為「路的小說」的藝術。

小說的敘事者也提出了同樣的對照，在幾個章節之後，敘事者在他和阿弗納琉斯的談話當中，發表了自己對小說的喜好（或厭惡）的看法。「今天不論是哪個還在寫小說的瘋子，如果想保護他的小說，就要寫得讓人沒辦法改編，換句話說，就是要寫得讓人沒辦法再講給別人聽。」為此，必須放棄「情節一致性的規則」，放棄「戲劇性的張力」（它會把每一個元素轉化成「只是導向結局的一個階段」），它會把小說變得「像一條狹窄的街道」，「像一場自由車賽」，我們還可以加上：變得像一條敘事公路，而這條公路上有意義的事情只有兩件，那就是：閱讀的速度；故事的起點與終點之間不要有障礙。況且，這在敘事學的架構裡已經是習以為常的事了，人們習於將小說化約為大家都覺得重要的東西，那就是：從「最初的狀態」到「最終的狀態」的過渡。而在這兩者當中的一切都只是一系列的「功能」，其唯一（或主要）存在的理由就是以最省時、最省事的方法保障前述的過渡。

然而，這正是「路的小說」不會去做、拒絕去做的事，相反的，「路的小說」以緩慢與迂迴為樂，它加入大量的離題、插曲、哲學式的「小歇」，它不怕所謂「外來的」情節，也不怕插曲裡橫生的歧路，總之，它的作法彷彿作者和讀者都有時間可以消磨——他們不會去計算走了幾步，而且最

2. 《玩笑》第七部－19。
3. 《生命中不能承受之輕》第三部－7。

喜歡的就是聊天和看風景。由此觀之，《不朽》的結構是個典型，我們可以說這部小說聚集了昆德拉前幾部小說（自《生活在他方》開始，尤其是從《笑忘書》至今）的某些形式特徵，但這些特徵在《不朽》之中的表現更強，或者更「嚴重」。

第一個特徵是「主人翁」的衰敗，或者說得好聽一些，是「主人翁」在文本中的退位，但是千萬別與人物的消失混為一談，那畢竟是「新小說」的珍貴特質。因為昆德拉作品裡的人物依然擁有其力量及其「現實性」；呂德維克、雅羅米爾、亞庫、塔米娜[4]，這些人物都可以躋身當代小說中個人特質最強的人物之列。但是昆德拉的人物特別的地方在於：隨著一部又一部的小說，人物漸漸不再壟斷敘事發展，不再將自身的命運強加於敘事之上，作為支配情節發展的主要邏輯。換句話說，人物不再是引導小說的唯一因素，甚至也不是主要因素：小說的開展毋寧是圍繞著人物，或是與人物有關，而不是在人物的直接支配下開展的。敘述的構成不再「依循」人物的生命或冒險的歷程，而是伴隨、思索著生命或冒險的歷程，時而全然沉浸其中，時而抽離，為的是理解，重新詮釋，甚至是為了遺忘並且過渡到另一件事情。

於是，在昆德拉的作品裡，尤其在最近的幾部小說裡，「現代」小說裡必須創造的「中心人物」缺席了，或者至少被邊緣化了。譬如，在《笑忘書》裡，塔米娜和雅恩當然在哲學上或主題上占有特別重要的地位，但是在文本的層次上，他們的特殊地位並沒有重要到足以支配這部小說，從而將其他的「情節推動者」棄置在暗影之中或是將之置於「次要」人物的行列之中。這些「情節推動者」每一個都是小說每一部分的目的，諸如第一部的米瑞克，或是第二部的卡瑞爾，或是第五部陷在「litost」情境裡的大學生。在《不朽》裡，這個效果或許是更被強調的。小說裡，誰是主角？當然，我剛才提到了阿涅絲，但我也大可以談魯本斯，或是阿弗納琉斯，或是小說的敘事者，或是歌德，因為，在這些人物之中，並沒有真正的「主人翁」。儘管他們每一個都擁有極其強大的獨特性，但是這些人物當中沒有誰可以蓋過其他人，並且「主導敘事的進行」。他們的文本關係並沒有層級之分，而是主題性或是音樂性的，有點像是莫札特的歌劇人物之間的關係，首先是一些聲音，一些不同的音色，然後是圍繞著一個共同主題的協調合音與不協調合音的可能性，無窮無盡的轉調的可能性。

這種「平等關係」是「路的小說」的人物特質，這種「平等關係」也出現在所謂的情節之中。在這些小說裡，不只是情節多樣而且數量豐富（這在小說中畢竟不算罕見），值得特別注意的是，《不朽》和《笑忘書》、《生命中不能承受之輕》都一樣，敘事不能說是單線的中心情節的漸漸開展。在這些情節當中，沒有一個是我們可以稱之為「主要」的情節，可以讓其他情節（暫且還是說「次要的」、「輔助的」情節）從屬其下，可以讓其他情節的作用是去闡明它或圍繞它。貝婷娜、克莉絲蒂安與歌德的故事，比蘿拉、阿涅絲與保羅的故事不重要嗎？魯本斯的冒險，或是那個自殺的少女，他們的故事難道比蘿拉或阿涅絲的故事缺少自主性嗎？難道他們的故事的意涵就比較少嗎？而歌德與海明威之間的對話，難道比昆德拉與他的朋友阿弗納琉斯之間的對話來得不「真實」或不「深刻」嗎？

從純粹敘事的角度來看，《不朽》這樣一部小說是由實際上彼此獨立的一些故事總和而成，這些故事的交錯只是出自巧合，時而是「對位法的巧合」，時而是「故事生成的巧合」，小說因此變得完全無法以化約的方式重述。但是從另一個角度來看，所有這些故事彼此之間卻又因為形式與意涵而緊緊相連。這些故事之間，存在著種種平行性、對比，和各式各樣的平衡與共鳴。這些故事因此看來像是同一個系統裡的不同部分，又像是同一個「現實」或者同一個「意義」的不同形象，而這現實或意

4. 譯註：呂德維克：《玩笑》裡的人物；雅羅米爾：《生活在他方》；亞庫：《賦別曲》；塔米娜：《笑忘書》。

義若僅依憑自身的力量，是無從探索的。

昆德拉在《小說的藝術》裡以作曲的原則來比擬小說的結構原則[5]。我們也可以用梵樂希對建築的評論來做比擬，而且對他來說，建築非常近似於音樂，此二者是最重要的兩大藝術。紀念性的建築、神廟看起來很沉重，令人想起統一與永恆的形象。但是如此想像是抽象的。事實上，從居住其中或到彼處散步的人的觀點看來，這些建築物是會爬動的，是會移動的。「建築物的靜止不動是例外；樂趣在於到處走動，走到讓建築物動起來，並且以建築物的構成要件所給予的不斷變化的一切組合為樂——柱子在旋轉，高度偏離了，走廊滑動著，紀念性建築物從千百種看法，千百種和弦之中逃逸出去。」[6]換句話說，紀念性建築物並沒有真正的中心，也沒有唯一的面貌；它的整體性從來不是一次決定的，而是一直停留在片段的狀態，人們看到的只是一系列的部分視角和觀點，所有這些視角和觀點展現著建築物的整體性，同時也修改著它的整體性。總而言之，對於紀念性建築的凝視，是一種既連續又變動的和諧狀態。

「既連續又變動」這幾個字和阿涅絲用來形容「路的世界」的字是一樣的。而這個世界和梵樂希所構思的紀念性建築確實有某些相似之處。兩者都是「對空間的致意」，兩者都召喚著一再被小歇打斷的漫遊，兩者都給漫遊者提供了一個始終如一卻又變化無窮的景致。

最後，這兩者都是這種特殊美學的忠實形象。這種美學讓昆德拉的小說對其讀者而言，並非一個人物的封閉世界，亦非一個故事的直線開展，更不是一種思想的系統式呈現，而是某種網絡，像是在一座森林裡散步的人的足跡踏成的小路漸漸形成的那種網絡。

在阿涅絲喜歡的樹林裡，大路會分岔為小路，小路又會再岔成更小的山徑；山徑上走著森林管理員。大路旁邊有長椅，坐在上頭可以看風景，看到滿山的綿羊和牛群在吃草……

在這樣的一個網絡裡，每一條小徑都依循著自身的動向，一如小說裡的每一則特別的故事。然而，這條小徑又時時刻刻與另一條或另外數條小徑交會，有時只是與這些小徑交錯而過，有時是與這些小徑混在一起，直到分出了一條小徑（這是同一條小徑？還是另外一條？）岔入一個意想不到的方向，甚至到後來又回頭與最初的小徑交會（這是同一條小徑？還是另外一條？），而最初的小徑在這次交會之前，依循的是它自身的道路，並沒有考慮那岔入另一個方向的小徑。簡而言之，在每一條小徑上緩緩行進，這種事完全是偶然的，「閱讀漫遊者」沒有任何方法可以規劃他的行程，也無法預知這樣的小徑要帶他走向何處。這是個驚奇的國度，也是屬於發現的純粹愉悅的國度。

譬如，《不朽》開頭出現的那個六十歲婦人做的手勢就是這樣；這手勢不久之後將引領我們走向阿涅絲，然後是蘿拉，再從蘿拉走向貝婷娜，而貝婷娜的眼鏡會把我們再帶回到阿涅絲和蘿拉那裡，再從蘿拉到貝爾納，貝爾納的故事與阿弗納琉斯的故事交錯，阿弗納琉斯的故事又和蘿拉的故事交錯，一直這樣下去，直到小說的結尾，直到保羅自己做出六十歲婦人的手勢……在這交錯敘事的十字路口，長椅處處可見，邀請我們坐下來小歇，坐下來沉思，關於時間，關於身體，關於臉孔，關於不朽……

閱讀小說於是成了一次長長的散步，沒有明顯的終點，只有行走的幸福在那兒導引著，並且因為每一次轉彎所呈現在眼前的不同景色而開心。但是這永遠新奇的景色在現實裡一直是同樣的，因為這

5.《小說的藝術》第四部〈關於作曲藝術的對話〉。

6. 保羅・梵樂希（Paul Valéry），《達文西方法導論》（*Introduction à la méthode de Léonard de Vinci*），《全集》（*Oeuvre*），Jean Hytier編，Paris, Gallimard, « Bibliothèque de la Pléiade », tome I, p. 1190。

景色的客體始終是山，始終是森林。小徑的走向是隨意的，沒錯，但這些小徑始終在相同的領土上行走，永遠無法窮盡這片領土，也不會扎扎實實地繞上一圈，於是這些小徑的錯綜複雜成了永無止境的發現，永遠都有另一條小徑，也永遠是同一條，而這待人探索的「領土」在這裡是無法從外頭來認識的，換句話說，除了透過這種耐心並且一直重新開始的探索，沒有其他方法。

當然，我們在其中看得出典型的變奏手法，昆德拉在《笑忘書》裡拿這手法來對立於「從一物過渡到另一物，愈走愈遠」[7]的交響樂。交響樂具有史詩的特質，也就是說，它屬於「公路」的世界。變奏曲則沒有被這種「愈走愈遠」的念頭煩擾；相反的，它的行進方式恰恰是山路的行進方式，時而前進，時而後退，在此處攀升，在彼處向下，不停地回到自身，總是緊緊地貼在它所行走的地方（意涵）之上。

我們都知道，變奏是昆德拉美學的基本前提，它同時也在所謂的昆德拉的道德世界裡扮演一個中心的角色。所以，在《雅克和他的主人》裡，存在的呈現方式與黑格爾式獨特的單一路徑相反——黑格爾式的路徑開展是透過一系列的前進與「進步」，將存在不斷引領到更遠、更高的地方，走向某種成就，或是奮力博取某種「命運」的最終實現。而代表存在的則毋寧是「轉著圓圈的旋轉木馬」[8]的形象，也就是說，一種重複出現與原地運動的形象。這個嘲諷的形象在《不朽》裡以「鐘面」的形式出現。「生命正是如此，」魯本斯心想：「它可不像那種無賴流浪漢的冒險小說，可以讓主人翁每一章每一回都因為新的事件而感到驚奇。」生命像時鐘上指針的運動，永遠無法逃離軸心，永遠重複相同的軌跡，永遠重複出現在相同的位置，永遠重複走過同一條「既連續又變動」的小徑。生命正因為如此，所以「像是音樂家稱之為主題變奏的曲式」。換句話說，生命並非如同古老的比喻，真的是一趟旅程，而帶我們走向死亡的時間也和公路式的時間毫無共同之處；此處亦然，生命與時間毋寧像一次循環式的散步，路上的蜿蜒轉折始終沒有完全偏離那祕密連結著這些小徑的中心。於是，一部像《不朽》這樣的小說，儘管（或因為）其非線性與不斷的轉彎，雖然一下子就徒勞地與十九世紀的形式準則決裂，但卻有可能是最寫實的小說，是最接近我們存在真相的小說。

「變奏形式的小說」[9]，這個發明是昆德拉作品中最美的幾個特質之一，這也正是我在這篇文章裡藉「路的小說」的說法所亟欲描述的。事實上，這個發明（《不朽》正是這個發明的一個新的範例）實現了某種西方小說最初的潛在可能，一如我們所見，昆德拉自承他與塞萬提斯（Cervantes）、斯特恩（Sterne）或狄德羅（Diderot）的文學血緣關係，而在這些人的作品裡，小說的想像其實具有在存在的森林裡自由晃蕩的這種特質，他們唯一而明顯的動機就是「緩緩走在路上感受愉悅的欲望」。

但是除了十八世紀，除了唐吉訶德，在我們暫且稱為「路的小說」的作品裡，當然也找得到文藝復興的偉大敘事作品的精神（即使找到的不是形式本身）：拉伯雷（Rabelais）當然不在話下，還有薄伽丘（Boccace）、納瓦爾王后瑪格麗特（Marguerite de Navarre）、邦納豐涂爾・德・佩提耶（Bonaventure des Périers）。在這些人的作品裡也一樣，故事一點也不像直接往結局延伸過去的直線公路。相反的，我們在其中可以發現昆德拉小說結構的預示——一種既鬆散卻又在主題上非常統一的作曲法。譬如，在《七日談》（*Heptaméron*）裡，故事一則接著一則，其間沒有明顯的因果關係，順序依照的毋寧是故事語氣與形式的考量，為的是以所有的故事建立一個龐大的論辯，由這些「閒談者」一場接一場地接續下去，因為這是一場永遠不會封閉的提問，試圖定義的是「完美情人」（parfaictz

7. 《笑忘書》，第六部－7。
8. 《雅克和他的主人——向德尼・狄德羅致敬的三幕劇》，第三幕，第四場。
9. 《笑忘書》，第六部－8。

amans）[10]的德行。然而這樣的一場提問，確實是沒完沒了的，這在充滿憂慮與爭鬥的日常生活中是不會發生的。這種提問必須要有山間與小徑的氣氛，要有時間與空間上的自由，簡而言之，必須要有一個「路的世界」。所以，是因為有一座橋被大水沖走，這群人沒辦法在通往塔貝斯（Tarbes）的公路上繼續他們的行程，於是納瓦爾王后的這些朋友在庇里牛斯山停了下來，「每一日，從中午開始到下午四點，[……]在加伏河（Le Gave）畔的這片綠茵上，樹木如此濃密，陽光無法穿透樹影，無從溫暖這片沁涼」，他們開始說故事，「每個人都說些自己親眼所見或聽到值得信賴的人所說的事」[11]。同樣的，《十日談》（*Décaméron*）裡的小隊伍正是因為佛羅倫斯飽受失序與醜陋事物的摧折而跑出城外（佛羅倫斯就像阿涅絲在《不朽》的開頭所走的那條大馬路），他們在城外找到可以生活在「秩序與愉悅之中[12]」的地方，他們投入無窮無盡的敘事遊戲，「那是一座小山的峰頂，四下距離公路都相當遠。形形色色的灌木與各式各樣的樹種將這地方覆上一片綠蔭，讓人看了心曠神怡[13]……」

遠離公路，其實是一個「沉思式的敘事」世界，一個屬於敘事的極樂至福的世界。「趕路小說」之前的這些作品與昆德拉的作品之間的關係迷住了我，而這關係透過阿涅絲死前漫步的阿爾卑斯山的山路呈現出來，更是讓我心醉神迷。

* * *

小徑與公路不同之處，在於它沒有任何明確的目的地，但這並不是說它不會引人走到任何地方，或是說在上頭漫步無論如何都只是在浪費時間。事實剛好相反。我先前說過漫步是對於山的一種探索，一種緩慢、漸進的發現，是可以真正認識山的唯一方法。換句話說，變奏形式的小說這種鬆散的、「音樂性的結構方式」（作曲方式），是可以一點一滴勾勒出問題意涵的唯一方法。這種作曲方式雕琢著小說，並且悄悄控制著小說的每一個部分，一如形式與節奏，將這些部分串連起來。小徑或者片段的小徑在山上穿行，其中，有幾條小徑上頭看到的山景比其他小徑來得遼闊，某些形象優於其他形象，因為這些形象更清晰，更強烈，看到的是作品整體的景色，並且可以讓人像在閃電的照明之中捕捉到意義，而這意義，通常是不可捉摸的，或者因為太過複雜而無法集中在一個簡單的形貌之中。在我看來，阿涅絲在她死前的那個下午，沿著小徑散步時的第二個發現實在太美了：

> 走到一條小溪旁，她躺在草地上。她在那裡躺了很久，感覺流水穿過她的身體，帶走她的一切痛苦和一切污穢——她的自我。這是個奇異、令人無法忘懷的時刻，她忘了她的自我，她失去了她的自我，她從自我解脫了出來；在那裡，她擁有幸福。〔……〕躺在草地上，任憑小溪單調的吟唱穿過她的身體，帶走她的自我，帶走她的自我的污穢。阿涅絲具有這種基本存在的性質，這種基本的存在呈現在時光流逝的聲音裡，呈現在天空的蔚藍之中；阿涅絲知道，從此，再也不會有更美麗的東西了。

在這如此短暫卻又具有決定性意義的場景之中，所有變奏的唯一主題就集中在這裡，讓人在最純

10. 瑪格麗特・德・納瓦爾，《七日談》，第二日，第十九則故事（收錄於《十六世紀法國說書人》〔Conteurs français du XVIe siècle〕，Pierre Jourda編，Paris, Gallimard, 1956, « Bibliothèque de la Pléiade », p. 846。
11. 《七日談》，序言（Prologue），p. 609。
12. 薄伽丘，《十日談》，引言（Introduction），Jean Bourciez譯、編，Paris, Gallimard, 1967, p. 23。
13. 《十日談》，引言，p. 21；字體改變為本文作者所加。

粹的狀態下領會它。這些變奏定義了阿涅絲這個人物——她是所有的路圍繞、交錯的中心地點，我相信，她同時也是整部小說的幾個中心地點之一。但是在這部小說之外，阿涅絲「照亮的形象」與其他形象交會（或者召喚著其他形象），在其中，同一個意義（意義？）既顯露又隱藏，而這也正是阿涅絲令人難忘的原因。於是，在《戰爭與和平》裡，安德烈公爵在一場戰役之後躺在奧茲特里茨的戰場上，凝望著「無窮無盡，高懸的天空」，天空裡只有白雲飄過，「什麼都沒有，那裡什麼都沒有，只有他一個人，他心想。但是那裡甚至也沒有他，寂靜之外，只有安寧。」[14]於是，在梵樂希的作品裡，浮士德在他的花園裡，在日落之際，變成了「當下」，他覺得自己終於變「輕了，永遠與一切形似於任何事物的東西分離了[……]，彷彿一個旅人拋棄了他的行李，走向冒險的旅程，不在乎他留下的東西。」[15]

但是更直接的關係是，阿涅絲在溪畔休息的這個場景，在昆德拉的作品裡也屬於一個由田園詩性質的形象所構成的重要網絡，僅舉幾則為例：《玩笑》的最後幾頁，呂德維克加入小型民俗樂團，《生活在他方》以「中年男人」這個人物為主軸的第六部；還有《生命中不能承受之輕》，托馬斯和特麗莎陪伴在垂死的卡列寧身旁。為什麼這些畫面如此讓人著迷？這些優雅的時刻意謂著什麼？又為什麼，這樣的一次清點可以點出這麼多的幸福？

正如我在別處曾經說過[16]，昆德拉作品中似乎有一個不變的常數，就是闡明並且探討所謂的田園詩的想像，也就是說對於一個平靜、和諧的世界的渴望（銘刻在昆德拉作品裡的每一個人物之中，也刻在我們每一個人的心裡），在這個世界上，人們擺脫了一切欠缺、一切衝突，人們體驗到他們完滿地實現了他們的天性。讀《不朽》的時候，我忍不住要說，我們在書中發現的不只是這個主題意識（或問題意識）單純的重複，而是一次新的深化，一次新的質問，不只是更清楚地揭示了其中的意涵，而且還以更徹底的方式揭示了事實，可以說幾乎將這個意涵推到了極致。

一如昆德拉以往的作品，田園詩是一個「誤解的詞」，也就是說，其中充滿模糊性與繁複的內涵。我想，其中可以分辨出兩大面向，它們在作品裡具有相對立的價值。一邊是正面的田園詩（大寫的），源自於純真的精神，化身為共產主義的理想及其他價值；這種田園詩主張建立一個全體一致的透明世界，其基礎是超越存在的一般限制，並且將個體歡樂地融合在一起；這種田園詩的特質是拋棄並且摧毀一切抵擋它建立新世界的事物。但是在這摧毀的行動之中，還有另一種田園詩，它的基礎是事物終有極限的共同感覺，也就是說，它的基礎恰恰是對於大寫的田園詩的棄絕，墜落到這個田園詩的帝國之外。與第二種田園詩相連的平靜是一種邊緣與遺忘的平靜。這種平靜基本上是私人的，因此也隱含著某種孤獨與退縮的形式。

在《不朽》之中，這個田園詩的主題意識似乎又運作起來了，但是其中有些不同的地方值得一提。首先，政治的烏托邦作為大寫的田園詩的形象或工具，並不如從前所蘊涵的意義那麼全面；它只留存在保羅的意識裡，透過他對一九六八年五月學運的鄉愁而展現，而且只是個沒有生命的參照，我們可以說，那是大寫的田園詩的遺體。我們在這裡，確實是在意識形態之後的世界裡，在歷史之外。雅羅米爾的革命熱情，弗蘭茨熱情澎湃的「偉大的進軍」（《生命中不能承受之輕》），這些東西都失去了它們的魅力本質；它們田園詩的「基本當量」（valence）接近於零。

總之，天際被清除一空。上帝和馬克思都死了，要將世界改變得比世界更好的渴望也跟他們一起

14. 托爾斯泰，《戰爭與和平》，第一卷，第三部，第十六章。

15. 保羅・梵樂希，《我的浮士德》（*Mon Faust*），「欲望」（Lust），第二幕，第五場，（《全集》，第二卷，p. 321 - 323）；第一幕，第二場（p. 298 - 299）。

16. 〈大寫的田園詩與小寫的田園詩——重讀米蘭・昆德拉〉，《生命中不能承受之輕》，跋。

消逝了。我們進入了利波維茨基[17]年代，我們退縮到自我之中，我們有權主張差異，我們可以解放個體。擴音器高呼黨的口號，向工人群眾承諾一個陽光燦爛的未來，這樣的聲音已經讓位給電晶體收音機，播放著天氣預報，誇耀著自得其樂的幸福。在小說裡，布麗姬特正是這個新的幸福年代的旗手。

然而呂德維克的冒險的意義（或其中的一個意義），一如托馬斯與特麗莎的經歷，正是擺脫了群體的控制，退隱到某種孤獨之中，就像《生活在他方》裡的中年男子，「完全把精力集中在自己身上，集中在私人的尋歡作樂和他的書本上[18]」。換句話說，就是和「我們」決裂，退縮到孤單的「自我」之中，離群索居，不必打報告，沒有恐懼。所以，乍看之下，呈現在這些人物身上的「私人的」田園詩與布麗姬特、貝爾通、蘿拉的世界之間似乎有一種關係，同樣被「我們」的淘汰與「自我」的絕對優先權所支配。

但是這種關係是騙人的，而且我們可以說《不朽》所關心的主要課題之一恰恰是揭示並且深化這種模糊性，並且藉由小說的方法來完成，也就是說，透過對於一些處境的「沉思式的質問」[19]來完成，而這些處境可以讓人看到存在自身的問題意識的反響。為《不朽》的人物所設下的陷阱[20]，正是自我的陷阱，是私人田園詩的陷阱。

由此觀之，很矛盾的，小說的一個發現或許是：自我遠遠不是自由與平靜的所在，相反的，自我是一扇門，即便擺脫了一切社會政治或宗教的事物，透過自我的這扇門，超越與完滿的需求還是會在人的心裡繼續運作。自我，用別的說法，就是大寫的田園詩的新面孔。

關於這一點，正如同大寫的田園詩未久以前可以化身為共產主義的烏托邦或是「反文化」的天體主義（《笑忘書》裡的艾德薇姬），事實上，自我的崇拜（個體走向自身獨特性與自身「發展」的導向）保存了大寫的田園詩的主要特徵。首先是拒絕限制，其形式為「渴望不朽」，因為自我和革命分子的夢想一樣，都無法忍受限制，其原動力在於持續不斷地違抗一切限制，並且摧毀一切有可能以某種方法束縛其存在的事物。但是時時會出現的根本的束縛（而且是自我會碰上的最貼近的限制），就是他自身必然會死的事實。如何接受這事實？如何能不竭盡全力讓自己維持在死亡之外的存在狀態？「人們不懂得怎麼做一個會死的人」，歌德對海明威說。自我正是我們心裡想要超越這最終界限的渴望，而不朽則是自我的田園詩。比較特別的是「小小的不朽」，這是不朽的意義在現代世界裡的降格，也就是說，這是在一個記憶與歷史意識都消失了的世界裡，可以應付超越死亡的渴望的唯一形式。「在現代情境裡，」漢娜・鄂蘭寫道：「一個人認真地嚮往塵世間的不朽，確實不像是真的，人們會覺得那是一種虛榮。」[21]

自我屬於田園詩的第二個特徵是對於一切異議的仇恨。自我無法容忍不被愛，不能容忍自己不是唯一被愛的人。在這方面，自我不僅需要其他人，而且還希望——一如革命——沒有任何人是在他的控制之外。於是這裡有個極其明顯的悖論：肯定自我，就要加倍地投入人群。一方面，只有在他者對我投注的目光裡，在他者給我的名字之中，在他者所見的我的形象之中，我才是我；如果沒有我授予他者不斷肯定我的認同的權利，我的認同將裂成碎片，化約為幾個手勢和幾個特徵的隨意組合，這些東西本身並沒有任何意涵也不專屬於任何人。總之，自我就像一條地下鐵的走廊，乞丐們在那裡爭

17. 譯註：利波維茨基（Gilles Lipovetsky，一九四四－）：法國社會學家。
18. 《生活在他方》，第六部－10。
19. 《小說的藝術》，第二部。
20. 《生活在他方》，第六部－2：「小說不正是為它的主人翁所設下的陷阱嗎？」
21. 漢娜・鄂蘭（Hannah Arendt），《人的境況》（*Condition de l'homme moderne*），第二章（法文本，George Fradier譯，Paris, Calmann-Lévy, collection « Agora », 1983, p. 96）。

搶著行人們的小小施捨——他們的讚賞與愛。但是另一方面，那也是一個遼闊的戰場，一如阿涅絲在小說開頭所走的那條大馬路，因為其他人同時也是自我的敵人，他們的存在使得自我的存在時時陷入險境，並且與自我的獨特性對立；就這一點來說，這些人都應該被打倒，被征服，被消滅，自我才能在完全純真的狀態下，毫無衝突地獨自稱王。

渴望戰勝死亡，渴望眾人信服，自我永遠只能是個發展中的理想，永遠需要再肯定，永遠需要建構，一如未久以前的革命。而這也是為什麼蘿拉和貝婷娜這些屬於不朽自我的「雅羅米爾式」的女主人翁，她們的生活是一場永不退卻的戰鬥，是一場抵抗與征服的戰爭，為的是保存自我的完整性，並且將自我的限制不斷向後推。

我們和呂德維克或托馬斯尋找的荒漠其實遙遠。「退縮」到自我之中，並不是把自我弄到可以解放自我的寧靜與邊緣的境地之中，不是讓自我走出舞台，離群索居，避開人們帶來的傷害，而是突然出現在一個市集裡，將自我暴露在所有目光之下。由於自我從屬於大寫的田園詩的世界，所以現代的自我的世界始終是極權的世界，而且在某種意義下，這個極權的世界比先前的極權世界更有害，因為它不再有任何外在的基礎，不再有任何「超越」的需要為它提供正當性。這是「歷史的終結」的極權主義。

這個發現，特別是由阿涅絲來體現的。在《不朽》之中，她是「反對大寫的田園詩」的「領路人」，也就是說，如同《玩笑》的露西或《笑忘書》的塔米娜，她們從大寫的田園詩之中缺席了，她們墜落在大寫的田園詩之外，她們在這樣的缺席裡找到真正而唯一的寧靜與和諧。

這樣的故事起伏從小說的最初幾頁就開始了，彼時阿涅絲在大馬路上，被雜亂和醜陋侵擾著，她先是感到混著厭惡的一股恨意，但是對父親的回憶卻立刻讓她從恨意之中解脫出來，這回憶讓她發現了唯一得救的方法，那就是徹底脫離人們。「我不能恨他們，因為沒有任何東西可以把我跟他們結合在一起；我們沒有任何共通之處。」同一天晚上，再一次，「阿涅絲心底湧上一股強烈而奇異的感覺，這感覺越來越常來侵擾她——她覺得自己跟這些兩腳直立，頭長在脖子上，嘴巴長在臉上的生物沒有任何共通之處」，她再也感覺不到自己跟他們是「同夥的」。

但是這種感覺該如何面對？阿涅絲不久之後會這麼問自己。「如何在一個格格不入的世界生活？當我們無法分享其他人的苦痛與歡樂，當我們知道自己跟這些人不是一夥的，我們如何跟這些人一起生活？」

關於這個貫穿昆德拉所有作品的問題，第一個回答當然是，與他者斷絕一切往來，並且和希臘悲劇裡的阿塞斯特（Alceste）一樣，「在人間找一個避世之地」，把自己封閉在孤獨的自我之中，把人們遺忘。這種方式，我們可以稱之為小說的解決方式，就像查特頓[22]或是《遐想錄》裡的讓-雅克：「既然我只能在自己的心裡找到慰藉、希望與寧靜，那麼我就應該只關注自我，而且只想關注自我。」[23]

然而，阿涅絲心裡明白，「再也沒有什麼地方可以遠離世界，遠離人們了」；可憐的盧梭，如果他今天還隱居在比恩湖（le lac de Bienne）中央的聖彼得島（l'île de Saint-Pierre），他會有電話，還會聽到他稅務員的鄰居家傳來的電視聲，而他家花園的矮樹叢裡則擠滿了要用攝影機讓他不朽的讀者。在「意象形態」的年代，在無遠弗居即時傳播的年代，所有避世的修道院都消失了。就算奇蹟出現，在某處還有一座隱僻的修道院，躲在那裡享受「和靈魂交談的甜美感覺」又有什麼用呢？畢竟靈魂能提

22. 譯註：法國詩人劇作家維尼（Alfred de Vigny，一七九七－一八六三）的劇作《查特頓》，劇中的主人翁為早逝的英國詩人查特頓（Thomas Chatterton，一七五二－一七七〇）。
23. 盧梭（Jean-Jacques Rousseau），《一個孤獨漫步者的遐想》（*Les rêveries du promeneurs solitaire*），〈漫步之一〉，Henri Roddier編，Paris, Garnier-Flammarion, 1964, p. 40。

供的不過是個孤獨的幻象罷了。就算是讓-雅克，退隱在他的島上，他過的依然是社會生活而且更甚以往，他活在「意象的自我」、「眾人目光凝視的自我」、「與眾人鬥爭的自我」的市集裡。他坦承，「人間的一切對我來說都結束了，」但是在其他地方，一切都有可能重新開始。「上帝是公正的；祂希望我受苦；祂知道我是純真的。[……]任由人們和命運安排吧；學習受苦而不發怨言吧；最終一切都會重返秩序，我早晚也是如此。[24]」漫步者雖然如此孤獨，漫步者的《遐想錄》卻是一支爭逐不朽的大軍。

簡而言之，自我已經不可能是「徹底與人類脫離」之地了，甚至，有可能是個反命題，以至於阿涅絲只剩下一個辦法可以真正地脫離，「不再跟他們是一夥的」，那就是和她自己決裂，廢除在她身上定義自我的一切，讓她自己變得無所遁形，可以被命名，讓她自己成為他者的獵物與共謀。若說蘿拉是自我的鬥士，那麼阿涅絲就是自我的逃兵。

有某些特徵和某些場景讓這對姊妹顯得相近，但這些東西又具有完全不同的意義，前文提到的這種對立就展現在這完全不同的意義上。於是，兩姊妹都有戴墨鏡的習慣，蘿拉為的是讓她的臉的存在更加突出，阿涅絲則相反，她遮住她的臉，為的是要讓她的臉變得朦朧。另外，在那兩個非常色情的場景裡，蘿拉和阿涅絲都是被兩個男人圍繞著，被他們脫去身上的衣物。蘿拉這邊，事情發生在地下鐵的走廊裡，兩個流浪漢抓著她的手，一邊掀起她的裙子，一邊帶她在行人之間跳著舞。而阿涅絲那邊的場景則發生在旅館的房間裡，魯本斯和他的朋友一左一右在她身邊動也不動地站在那裡，望著鏡中裸身的她。這兩個情境之間平行的相似性是很明顯的。然而，一切卻又讓她們對立：地點（一個發生在吵鬧的公共場合，另一個發生在靜默的私密場合），調性（怪誕滑稽的，靜心沉思的），尤其是兩個女人的態度——蘿拉敞開雙臂，對人群微笑，阿涅絲則是把手臂遮在胸前，面無表情，除了鏡子之外什麼也不看。

姊妹兩人都各有一個比語言更能顯露自己的手勢。蘿拉是把雙手放在胸口，然後向前方揮去，跟她之前的貝婷娜做的一模一樣，這手勢具體表達了「對不朽的渴望」，也就是說，這手勢具體表達了存在的擴張，那是將自我無限地擴大，超越了自我；彷彿藉由這手勢，蘿拉同時得意洋洋地展示了她的臉孔，也掃除了她眼前有可能出現在地平線上的一切障礙，彷彿她反手把世界向後一掃，好讓她的自我變輕，讓她的自我可以飛起。（造成阿涅絲死因的那個自殺的少女也有相仿的手勢，「站在公路中間，[……]雙臂展開像在跳芭蕾」。）至於阿涅絲，她跳舞的時候也伴隨著一個伸展手臂的動作，但是她立刻讓雙手在前方交錯，遮住自己的臉。魯本斯把這手勢解讀為害羞——想要逃離人們的目光，想要切斷和外在的關係；我們也可以這樣看，但是對阿涅絲來說，這或許也是一種自我封閉的方式，她要抓住自己的靈魂，讓它牢牢貼緊身體，這麼一來，靈魂就沒辦法飛走了。這手勢，我們或可稱之為阿涅絲必朽的手勢，意思是拒絕，拒絕讓人看到她的形象，拒絕越過她自身的限制，意思是渴望將自己抹除。

因為阿涅絲最渴望的正是將自己抹除，她那撕碎生活照，臨終時不願被人看見的父親也是如此。抹除自我，抹除「靈魂」，抹除她身上一切大寫田園詩留下的痕跡，抹去一切不朽的渴望。蘿拉以「加法」悉心培育著自我的獨特性，阿涅絲卻和她相反，她做的是拒絕，是「減法」，她不停地把那些以界定她為名而讓她和眾人相似的東西減去。「不再跟他們是一夥的」，徹底和人們脫離，就是讓自己減到最小——不再有名字，不再有臉孔，不再有手勢，不再認得自己的形象。

阿涅絲的「方法」讓人想起梵樂希筆下的美少年納西瑟斯，他也是因為在湧泉的水盤裡看到那位望著他看的「先生」而嚇了一跳，他宣稱自己從此與這位「先生」一無共同之處。覺得自我是古怪的，覺得自

24. 出處同上，〈漫步之一〉（p. 39），〈漫步之二〉（p. 54）；字體改變為本文作者所加。

我是一種純粹偶然的東西，這種感覺強烈地凸顯了梵樂希筆下的自戀的特性（譬如與紀德〔Gide〕的書裡談到的自戀之不同[25]），這種感覺也表現在拒絕認同任何特徵，結果其策略性的作法是系統性的抹除——「他說話的時候，〔泰斯特先生〕從來不會抬起手臂，也不會豎起手指——他已經把傀儡殺死了。」[26]

但是相似之處僅止於此。如果梵樂希「減法」的用意是要縮減「意外的」自我的地盤，那也不過是讓位給了抽象的自我——突出於自我之上的純粹意識，它只會接受前者強加的狹隘限定，因為自我覺得自己是「沒有臉、沒有起源的生命直接生下的相像的女兒，和這生命有關的一切都是宇宙的企圖……」[27]。換句話說，在這裡，逃離自我這件事是從上面做成的；逃離自我是一個思想的行動（甚至是思想建構出來的行動），如此與世界分離，並且宣稱自己沒有界限，因為這種逃逸行動的消失是難以想像的。在梵樂希對神話的詮釋裡，納西瑟斯正是為了讓泉水變得渾濁，藉此找回他不朽的存在，才會在最後沉沒在自己的倒影裡。

阿涅絲「照亮的形象」則有完全不同的意義。當然，她覺得解脫，覺得「自我的污穢」被滌清了，連續不斷的減法，最終的結果是零。但是她的解脫更徹底。一切不朽的渴望都隨著她的自我離開她了，她與同類相連的一切剩餘的同情或仇恨也一起走了。現在，再也沒有什麼東西鍊住她了，因為再也沒有什麼東西還存在了，只剩下「時光流逝的聲音和天空的蔚藍」。平靜不是把自己抬高到世界之上，不是退縮到自我之中。平靜很簡單，就是丟下武器然後消失——同意自己必然會死的事實。

平靜不是像蘿拉或公路上的少女試圖的自殺，因為自殺對自我來說依然是一種想要戰勝死亡以及愛自己勝過世間與世人的作法。相反地，自我棄絕，終而放棄一切自我的形象，只有簡單和寧靜的事物繼續存在。和某些倉卒下結論的讀者所想的剛好相反，阿涅絲並沒有自殺，那場致命的意外發生之後，她只是承認並且迎接她自己必然會死的事實。

於是，在還不知道會發生什麼事之前，阿涅絲在這天下午躺在溪畔，走入她生命的最終階段，「最短也最神祕的階段」，像是歌德打發走貝婷娜之後所經歷的那個階段。在越過「連接生命之岸與死亡之岸的寂靜橋樑」的時刻，滿身「疲憊」的人，厭倦了自我也厭倦了自己的欲望，只期望可以凝望窗外樹木的葉簇，無聲無息地消逝。「很少有人能到達這個極限，」歌德心裡這麼想，「但是來到的人就會知道，除了這裡，沒有別處找得到真正的自由。」

這就是為什麼阿涅絲不像梵樂希筆下的納西瑟斯一樣，投入溪裡。她想要的，就是讓溪水繼續流，讓世界上一無所有只剩下溪水。水面上，一切形象終將消散於無形。而阿涅絲會說：

生命中不能承受的，不是存在，而是作為「我」而存在。[……]

活著，沒有任何快樂可言。活著：以世界之名背負著痛苦的自我。

可是存在，存在是快樂的。存在：化作湧泉，化作盛水的石盤，宇宙湧落其上如溫暖的雨水。

這個場景在米蘭·昆德拉對於存在的沉思之中如同一個極限的頂點，在這個頂點之外，我們不知道還能有什麼。

25. 關於這主題可參見保羅·梵樂希的《雜記》（*Cahiers*）裡一九三一年的記事，Judith Robinson編，Paris, Gallimard, « Bibliothèque de la Pléiade », tome I, p. 128。
26. 保羅·梵樂希，《與泰斯特先生共度的晚上》（*La soirée avec Monsieur Teste*），《全集》，tome II, p. 17。
27. 保羅·梵樂希，《註解與離題》（*Note et digression*），《全集》，tome I, p. 1222。

國家圖書館出版品預行編目資料

不朽/米蘭・昆德拉（Milan Kundera)著；尉遲秀譯.
-- 二版.-- 臺北市：皇冠, 2019.06面；公分. --（皇冠叢書；第4767種；米蘭・昆德拉全集；9）
譯自：Nesmrtelnost
ISBN 978-957-33-3451-4（平裝）

882.457　　108007258

皇冠叢書第4767種
米蘭・昆德拉全集 9

不朽

NESMRTELNOST

作　　者—米蘭・昆德拉
譯　　者—尉遲秀
發 行 人—平雲
出版發行—皇冠文化出版有限公司
台北市敦化北路120巷50號
電話◎02-27168888
郵撥帳號◎15261516號
皇冠出版社(香港)有限公司
香港銅鑼灣道180號百樂商業中心
19字樓1903室
電話◎2529-1778　傳真◎2527-0904
總 編 輯—許婷婷
責任主編—許婷婷
責任編輯—張懿祥
美術設計—王瓊瑤
著作完成日期—1990年
二版一刷日期—2019年6月
二版二刷日期—2023年1月
法律顧問—王惠光律師

讀者服務傳真專線◎02-27150507
電腦編號◎044100
ISBN◎978-957-33-3451-4
Printed in Taiwan
本書定價◎新台幣420元/港幣140元